UNMÖGLICH

EINE SCHÖNE UND EIN SCHEUSAL IM LIEBESGLÜCK

DER PHÖNIX CLUB
BOOK FÜNF

DARCY BURKE

Translated by
PETRA GORSCHBOTH

Zealous Quill Press

UNMÖGLICH: EINE SCHÖNE UND EIN SCHEUSAL IM LIEBESGLÜCK

Die exklusivste Einladung der feinen Gesellschaft...

Willkommen im Phönix Club, in dem Londons waghalsigste, anrüchigste und intriganteste Ladys und Gentlemen Skandale, Erlösung und eine zweite Chance finden.

Ada Treadway war schon einmal verliebt gewesen, und hatte nichts als Herzschmerz dabei gewonnen. Dennoch hat sie sich ihren fröhlichen Optimismus bewahrt und ist eine vehemente Verfechterin ihrer Unabhängigkeit und des Respekts, den sie sich als Buchhalterin des Phoenix Clubs erworben hat. Als der Inhaber um ihre Unterstützung bei der Ordnung der Hauptbücher seines Freundes bittet, ist sie gern bereit ihr Fachwissen und ihren Wert unter Beweis zu stellen. Doch sein Freund entpuppt sich als grantiges, unsympathisches Scheusal. Ada strengt sich an, den warmherzigen Gentleman zu entlarven, der sich ihrer Überzeugung nach dahinter verbirgt.

Dem Viscount Warfield, Maximillian Hunt, ist es gleichgültig, ob er den nächsten Morgen noch erlebt, und auf das Gestern will er sich schon gar nicht besinnen. Die Ankunft der vorwitzigen, überschwänglichen Frau, die Ordnung in seine Bücher bringen soll, erinnert ihn nicht nur an die Vergangenheit, die er unbedingt vergessen will, sondern sie weckt auch etwas in ihm, das er längst für gestorben gehalten hatte. Von einer Zukunftsaussicht verlockt, die er sich nie hätte ausmalen können, muss er das Unmögliche vollbringen: Er muss sie überzeugen, ihr Herz für ihn ein zweites Mal zu riskieren.

CHAPTER 1

Juni 1815

Einst, vor hunderten von Jahren, war Stonehill eine Burg gewesen. Nun war es ein großes Landhaus, das in den letzten einhundert Jahren mit einer palladianischen Vorderseite verschönert worden war. Die Fassade war wunderschön, doch Ada Treadway hätte die Burg vorgezogen.

Dunkle Sturmwolken ballten sich im Süden, als wollten sie Ada daran erinnern, dass diese Aufgabe mit Turbulenzen belastet sein könnte. *Sein könnte?* Von Viscount Warfield erwartete Ada nichts anderes.

Die Kutsche aus dem Besitz ihres Arbeitgebers, Lord Lucien Westbrook, kam vor dem Eingang rumpelnd zum Halten. Der Kutscher öffnete die Tür und Ada trat in den frühen Abend hinaus. Eine frische Brise erfasste die Bänder ihrer Haube, die unter dem Kinn gebunden waren. Es hatte den Anschein, als würde der Sturm rasch herankommen. Jetzt war er unausweichlich.

»Ich werde Ihren Koffer nehmen, Miss Treadway«, erbot sich der Kutscher.

Ada dankte ihm und schritt auf das Haus zu. Die Tür öffnete sich nicht auf magische Weise, als sie auf der Schwelle ankam. Also klopfte sie.

Der Kutscher trat neben sie. »Niemand ist hier, um Sie zu begrüßen?«

»Noch nicht.« Wieder klopfte Ada und dieses Mal mit mehr Entschlossenheit.

Es verging ein weiterer Moment, in dem nichts passierte. Stirnrunzelnd schaute sich der Kutscher um. »Vielleicht sollte ich die Kutsche zu den Stallungen lenken und dort jemanden ausfindig machen.«

»Es muss jemand im Haus sein«, beharrte Ada und klopfte ein drittes Mal.

Endlich schien ein Geräusch hinter der Tür zu hören zu sein – Schritte.

Die Tür schwang auf, um den Blick auf eine kleine, rotgesichtige Frau mit gräulich-braunem Haar und matten kastanienbraunen Augen freizugeben. »Ich bitte um Entschuldigung, Miss. Mein Sohn – das ist der Diener – ist im Augenblick beschäftig und ich war bedauerlicherweise im Untergeschoss.« Sie brachte ein Lächeln zustande, das ihr, wie es Ada schien, allerdings schwerfiel.

»Guten Abend«, begrüßte Ada sie herzlich. »Ich bin hier, um Lord Warfield mit seiner Buchhaltung behilflich zu sein.«

»Ja, ich habe von Lord Lucien einen Brief über Ihre Ankunft erhalten. Kommen Sie herein. Ich bin Mrs. Bundle, die Haushälterin.« Sie trat zur Seite und hielt die Tür auf. Mit Blick auf den Kutscher meinte sie: »Wenn Sie den Koffer hier in die Halle stellen, wird mein Sohn ihn gleich hinaufbringen. Ich weiß, dass Sie sich um die Pferde kümmern müssen.«

»Vielen Dank.« Der Kutscher verneigte sich leicht, ehe er Adas Reisekoffer gleich hinter die Tür stellte. Er nickte Ada zu, ehe er in Richtung der Stallungen verschwand.

Ada bezweifelte, dass sie ihn wiedersehen würde, ehe er am folgenden Morgen wieder aufbrach. In zwei Wochen würde er wiederkehren, um sie zurück nach London zu bringen. »Ich danke Ihnen, Jackson«, rief sie hinter ihm her.

Sodann lenkte Ada ihre Aufmerksamkeit wieder Mrs. Bundle zu und verschränkte die Hände dabei vor sich. »Ich kann meinen Koffer selbst die Treppe hochtragen – es macht mir nichts aus. Wenn Sie mit nur zeigen würden, wo ich mein Zimmer finde?«

In dem Moment eilte ein recht schlanker junger Mann in die Halle. Seine braunen Augen waren von der gleichen Farbe wie die seiner Mutter und sie zeigten die gleiche Mattigkeit. Nein, es war nicht ganz das Gleiche, denn seine Mutter besaß weit mehr Jahre an Erfahrung, die ihren Blick schwerer machten.

»Jetz ist Timothy ja hier«, meinte Mrs. Bundle, deren Miene sich bei der Ankunft ihres Sohnes aufhellte. »Er wird Sie zum Primrose Zimmer bringen. Das Dinner ist um sieben.« Sie zeigte nach links. »Das Speisezimmer ist dort entlang. Sie werden es finden.«

»Sollte ich darauf gefasst sein, Lord Warfield noch vor dem Dinner zu sehen?«, fragte Ada.

Mrs. Bundle erbleichte. Ada hatte nicht erwartet, von ihrem Gastgeber mit vollem Enthusiasmus empfangen zu werden – sie war mit der unwirschen Art des Viscounts wohlvertraut. Diese Befremdung seines Personals allerdings …, das hatte sie nicht erwartet.

»Nein, das würde ich nicht annehmen«, entgegnete Mrs. Bundle mit einem entschuldigenden Schimmer in ihrem

Blick. »Ich bezweifle auch, dass er Ihnen beim Dinner Gesellschaft leisten wird. Ich werde ihn an Ihre Ankunft erinnern.«

Auf einmal erinnerte Ada sich, an die Worte der Haushälterin, die gesagt hatte, sie hätte einen Brief von Lord Lucien erhalten, der Adas Ankunft ankündigte. Lucien hatte sich scheinbar gewogen gesehen, der Haushälterin direkt zu schreiben. War der Viscount überhaupt über ihre Ankunft informiert? Das musste er scheinbar irgendwann gewesen sein, da Mrs. Bundle ihn daran erinnern wollte.

Nun denn, Ada hatte gewusst, dass dies eine herausfordernde Aufgabe werden würde. Warfield war zornig. Er war innerlich wie äußerlich verwundet und vollkommen uninteressiert an der Hilfe von irgendjemandem. Diese Dinge hatte sie von Lucien erfahren, der einer von Luciens engsten Freunden war, wenn der Viscount überhaupt noch welche hatte. Sie hatte sie auch von Warfields Halbschwester, Prudence Lancaster, gehört, die zufällig Adas engste Freundin war. Nein, Prudence St. James, da sie kürzlich Viscount Glastonbury geheiratet hatte.

Alles in allem war Warfield ein ungenießbarer Zeitgenosse ohne Wunsch, ein besseres Benehmen an den Tag zu legen. Als ehemalige Gouvernante hatte Ada beschlossen, ihn als unartiges Kind zu betrachten. Mit solchen hatte sie reichlich Erfahrung.

Sie schenkte Mrs. Bundle ein hoffentlich aufmunterndes Lächeln. »Ich weiß, dass Seine Lordschaft über ein schwieriges Naturell verfügt. Machen Sie sich um mich keine Sorgen. Ich bin bereit, die Aufgabe anzugehen, die darin besteht, seine Bücher auf Vordermann zu bringen und festzustellen, wie er Verbesserungen vornehmen kann. Nicht, dass ich in der Leitung eines Anwesens versiert wäre, aber ich verstehe etwas von Zahlen und werde meine Erkenntnisse Lord Lucien berichten, der Seiner Lordschaft helfen wird, die erforderlichen Veränderungen vorzunehmen.«

Mrs. Bundle starrte sie an, als ob Ada plötzlich ein zweiter Kopf gewachsen wäre. »Lord Lucien und Sie sind schrecklich zuversichtlich.« Ihre Stimme war voller Skepsis.

»Wir haben Hoffnung«, entgegnete Ada. Es war auch ihre Hoffnung, dass sie in der Lage sein würde, ihre Mission mit möglichst wenig Interaktion mit Seiner Lordschaft zu erfüllen. Sie hatte vor, ihm so gut wie möglich aus dem Weg zu gehen. Also passte es ihr ganz gut, wenn er ihr beim Dinner keine Gesellschaft leistete. In Wahrheit brauchte sie wirklich nur Zugang zu seinen Büchern. Er konnte bleiben, wo immer er sich versteckte.

»Gott behüte Sie, Miss Treadway. Timothy wird Ihnen jetzt das Primrose Zimmer zeigen.« Mrs. Bundle nickte ihrem Sohn zu, ehe sie die Halle verließ.

Ada schenkte dem Burschen – er wirkte jünger als ihre fünfundzwanzig Jahre – ein aufmunterndes Lächeln, denn er wirkte ein bisschen nervös. Vielleicht passierte das einfach, wenn man in einem Haushalt mit einem überaus unliebsamen Arbeitgeber arbeitete. »Das Primrose Zimmer hört sich recht hübsch an.«

Ohne ein Wort nahm er ihren Koffer und deutete mit einer Handbewegung quer durch die Eingangshalle. Sie kamen in eine große Treppenhalle, in der die Stufen sich von der Mitte zur hinteren Wand erhoben und sich nach beiden Seiten zu einer Galerie im ersten Stock gabelten. Ada ging ihm die Treppe voran. »Sind Sie und Ihre Mutter schon lange hier?«, fragte sie.

»Ja.« Das Wort war so leise, dass Ada sich anstrengen musste, es zu verstehen. Sie schaute zu ihm zurück und erkannte, dass er mit starren Zügen an ihr vorbei sah.

Sie wollte ihm so gern die Befangenheit nehmen. »Nun,

ich bin hier, um zu helfen, wenn ich kann. Ich freue mich auf meinen Aufenthalt hier.«

Er entgegnete nichts und oben auf dem Treppenabsatz angekommen, zeigte er bloß in die Richtung, in die sie zu gehen hatten. Dieses Mal war es nach links. Wenn er nicht einen Augenblick zuvor auf ihre Frage geantwortet hätte, würde sie sich nun fragen, ob er überhaupt sprechen konnte.

Sie schritten die Galerie entlang und sie wäre weitergegangen, wenn er nicht »Hier« gesagt hätte. Sie hielt an, drehte sich zu ihm um und erkannte, dass er vor einer Tür stand, die er für sie öffnete.

»Danke«, meinte sie mit einem Lächeln zu ihm, denn noch immer hoffte sie, dass er sich ein bisschen entspannte. Es war ihr nicht recht, dass er sich in ihrer Gegenwart nervös fühlte. Als sie das Zimmer betrat, fragte sie sich, warum es Primrose Zimmer genannt wurde, denn es war keine Primel darin zu sehen. »Wird das Zimmer wegen dem Gelb Primrose genannt?« Ein strahlendes, heiteres Gelb dominierte die Farbgestaltung im Raum. Adas Lieblingsprimeln waren von diesem Gelb.

Timothys einzige Antwort bestand aus einem Schulterzucken. Er stellte ihren Koffer ab. »Brauchen Sie noch etwas?«

Seine Stimme klang kläglich und es schien für ihn eine Anstrengung zu sein, so viel zu sagen.

»Nein danke. Sehr«, fügte sie mit großer Herzlichkeit und einem weiteren Lächeln hinzu.

Er nickte und dann entfernte er sich. Ada stelle fest, dass sie sich in seiner Anwesenheit angespannt hatte, da seine Nervosität sie beunruhigt hatte. Sie hoffte, ihn nicht irgendwie aus dem Konzept gebracht zu haben. Aber wie könnte sie das getan haben?

Ada schüttelte den Kopf. Manchmal machte sie sich viel zu viele Sorgen darüber, was andere dachten oder sie übernahm die Verantwortung dafür, dass sich alle um sie herum glücklich fühlten oder wenigstens positiv waren anstatt traurig oder aufgewühlt.

Verflixt, es war *nicht* ihre Verantwortung. Dennoch konnte sie scheinbar nicht anders. Vielleicht würde sie Mrs. Bundle wegen ihres Sohnes fragen. Aber andererseits schien auch Mrs. Bundle überlastet zu sein. Hatte Warfield ein Sargtuch über den gesamten Haushalt gebreitet? Angesichts allem, was sie über ihn wusste, schien das möglich, wenn nicht sogar wahrscheinlich.

»Rechne nicht damit, dass er gutherzige Charaktereigenschaften oder einen versteckten Wunsch hätte, glücklich zu sein«, hatte Prudence sie gewarnt, obwohl sie das nicht mit Sicherheit wissen konnte, da sie ihn nur einmal getroffen hatte. Es war ihr mehr darum gegangen, Ada zu warnen, ihn nicht zu behandeln, wie sie andere behandelte, und er keine durchschnittliche Person war, die gelegentlich einmal einen schlechten Tag hatte. Lucien hatte deutlich gemacht, dass der Viscount ein unfreundlicher Mensch war, und das ganz bestimmt an *jedem* Tag. Oder zumindest jedes Mal, wenn Lucien die Reise unternahm, um seinen Freund zu besuchen.

Ada erkannte, dass sie darauf hoffte, Warfield könnte in ihrer Nähe anders sein. Sie brachte das Beste in den Menschen zum Vorschein oder versuchte das zumindest. In ihrem Optimismus weigerte sie sich, zu glauben, dass sie das vielleicht nicht zustande bringen könnte.

Sie sah sich im Raum um und fühlte sich ein wenig fehl am Platz. Eigentlich hatte sie ein Zimmer auf der Dienstbotenetage erwartet, aber als Mrs. Bundle »Primrose Zimmer« sagte, hatte sie erkannt, dass das wohl nicht der Fall sein würde. Dennoch war sie auf einen Raum dieser Größe nicht gefasst gewesen, der mit einer schönen Sitzecke und einem breiten Himmelbett mit Vorhängen ausgestattet war. Dazu gehörte auch ein separates Ankleidezimmer, in dem eine

Zofe ihre Garderobe vorbereiten konnte. Als ob sie eine Zofe hätte. Ada kicherte.

Sie brauchte ebenso wenig eine Zofe wie sie einen Ehemann brauchte. Unabhängigkeit bekam ihr ganz wunderbar. Seit beinahe zehn Jahren war sie nun auf sich gestellt … seit ein Fieber ihre Mutter dahingerafft hatte und das nur wenige Monate, nachdem ihre Schwester gestorben war. Und fünf Jahre zuvor hatte sie ihren Vater verloren. Dass sie sich nach solchen Tragödien so eine positive Perspektive bewahrt hatte, überraschte alle, doch für Ada war es einfach Überleben. Was hätte es Gutes zu trauern?

Nicht, dass sie gar keine Zeit mit Trauern verbracht hätte … Sie schob diese Gedanken beiseite. Besser wäre es, sich auf ihre Liebe zur Unabhängigkeit zu konzentrieren, die sie stark und glücklich machte.

Das würde sie brauchen, um die nächsten zwei Wochen zu überstehen.

~

Nach einem einsamen Dinner, das von einem schweigsamen Timothy serviert wurde, fand Ada die Bibliothek. An der Rückseite des Hauses, etwa in der Mitte, schien sie ein zusätzlicher Anbau an die ursprüngliche Struktur des Hauses zu sein. Die gewölbeartige Decke des Raumes schien den ersten Stock um ein ganzes Stück zu überragen. Der Raum erweckte mit seinen hohen Fenstern, von denen einige mit buntem Glas versehen waren, fast den Anschein einer Kathedrale. Es waren Blumen, wie sie erkannte – eine Rose, eine Lilie und eine Dahlie und sogar eine Primel. Jetzt war sie neugierig über die Bedeutung der Blumen auf Stonehill.

Ihre Neugier war wahrscheinlich nur durch ihre positive Einstellung übertroffen – und vielleicht nicht einmal das –

und sie trieb Ada durch eine der Türen, die von der Bibliothek abzweigten. Auf der Stelle wusste sie, dass sie das Arbeitszimmer des Viscounts gefunden hatte.

Beim Eintreten hüllte sie der Geruch nach Leder, Papier und Brandy ein. Das spärliche Licht vom Kamin spendete mehr Schatten als Beleuchtung, aber Ada konnte die üppigen, blauen Vorhänge ausmachen, welche die großen Fenster verdeckten, die vermutlich auf den hinteren Garten und die Parklandschaft dahinter hinausgingen. Vermutlich war das der Fall, dachte sie, denn jetzt war es dunkel und über die Glasflächen hinaus vermochte sie nichts zu erkennen.

Die Überreste des Feuers ermunterten sie zu der Überlegung, ob Seine Lordschaft früher am Tag hier gewesen war. Ein gemütlicher, blau-gold-braun gemusterter Sessel stand neben dem Kamin und bot den perfekten Platz zum Lesen oder einfach zur Beschaulichkeit. Ada dachte gern nach und sie konnte sich vorstellen, wie sie diese Stelle für genau diesen Zweck genießen würde.

Allerdings war dies nicht ihr Platz und sie sollte gehen. Doch die gleiche Neugier, die sie hier hereingelockt hatte, drängte sie nun weiter zum Schreibtisch. Vielleicht könnte sie einen frühen Anfang mit den Büchern machen. Trotz der Tagesreise war sie nicht so furchtbar müde.

Sie nahm sich einen Span vom Kaminsims und holte sich etwas Feuer aus dem Kamin, um die Lampe anzuzünden. Sie fand sie noch warm und fragte sich, ob Warfield vielleicht gerade erst gegangen war.

»Was tun Sie hier drin?«

Die blaffende Stimme von der Tür ließ sie aufspringen und sie ließ den Span fallen, ehe sie die Lampe angezündet hatte. Einen Fluch murmelnd nahm sie einen ledergebunden Foliant und schlug ihn auf den qualmenden Span, ehe er etwas in Brand stecken konnte.

»Versuchen Sie, mein verfluchtes Haus in Brand zu

stecken?« Die große Gestalt trat in den Raum, aber es war zu dunkel, um seine Züge auszumachen. Sie konnte allerdings sehen, dass er recht groß war und breite Schultern hatte.

»Nein. Ich war im Begriff, eine Lampe anzuzünden.«

»Sie sind bei dem Versuch *gescheitert* und haben in der Zwischenzeit ein Feuer entfacht.«

Sie hob das Buch und nahm den Span darunter hervor, um ihn zum Kaminsims zurückzubringen. »Das habe ich nicht.«

Er kam an den Schreibtisch und sein Körper war von ihr abgewandt, sodass sie nur seine rechte Seite sehen konnte. Selbst so konnte sie sein Gesicht nicht ausmachen, sondern nur seinen kantigen Kiefer.

Er schob das Buch, das sie zum Ersticken des glimmenden Spans benutzt hatte, auf die andere Seite des Schreibtischs und brummte: »Sie sollten nicht hier drin sein. Sie haben sich in Ihrem Zimmer oder dem Speisezimmer aufzuhalten.«

»Das sind die einzigen Orte, die aufzusuchen mir gestattet ist?«, schnaubte Ada. »Ich werde zwei Wochen lang hier sein. Ich werde mehr als mein Zimmer und das Speisezimmer brauchen, um der Langweile zu entkommen.«

»Warum? Sie sind hier, um nach meinen Büchern zu sehen. Sie können diese mit in ihr Zimmer nehmen. Das Primrose Zimmer hat einen guten Schreibtisch und ich werde Sorge dafür tragen, dass am Abend Lampen angezündet werden, da Sie diese Aufgabe offensichtlich nicht meistern können.«

»Das war Ihr Fehler«, entgegnete sie giftig und vergaß dabei ganz, dass sie lieber humorvoll war. Ada holte tief Luft und zwang sich zu Großmut. »Sie haben mich erschreckt.«

»Sie sind eingedrungen, wo Sie nichts zu suchen haben.«

Obwohl er wirklich darauf herumritt, musste sie zugeben, dass er recht hatte. Sie war übertrieben neugierig und das wusste sie. »Ich entschuldige mich. Ich hatte nur nachsehen wollen, ob ich mit meiner Arbeit anfangen kann.« Das war, abgesehen von ihrer Neugier, der Hauptgrund, warum sie einen Blick auf diesen Schreibtisch hatte werfen wollen.

»Oder Sie wollten nachsehen, was Sie über mich herausfinden könnten, während ich nicht hier war, um Sie aufzuhalten.« Sein leises Knurren kroch wie ein Schatten über sie und ließ sie erschaudern.

Nicht aus Angst, sondern aufgrund ihrer Wahrnehmung. Und das stachelte ihren Stolz an. »Vielleicht sind Sie imstande, allen Angst einzujagen«, entgegnete sie und dachte dabei an Timothy. »Aber ich werde mich von Ihrem Zorn nicht einschüchtern lassen. Für solche theatralischen Auftritte habe ich keine Geduld. Ich bin hergekommen, um eine Arbeit zu erledigen und das würde ich gern tun.«

Sein Kiefer spannte sich an. »Mrs. Bundle hatte Ihnen ausrichten sollen, dass wir uns morgen treffen würden.«

»Selbst wenn sie das getan hätte, wäre ich dennoch hierhergekommen. Ich beschäftige mich gern und ich war noch nicht müde.«

»Dann lesen Sie ein Buch«, schnaubte er. »Die Bibliothek ist nebenan.«

»Ja, dort war ich gerade. Ein atemberaubender Raum. Wurde er dem Haus angefügt, nachdem es erbaut worden war?«

Einen Augenblick lang herrschte Stille und sie konnte seinen Hohn beinahe fühlen. So viel dazu, Konversation zu betreiben.

Sie gab es auf. »Wenn Sie mir eines der Hauptbücher aushändigen, kann ich es mit nach oben in mein Zimmer nehmen und anfangen. Allerdings hätte ich lieber einen anderen Arbeitsplatz. Vielleicht die Biblio–«

Er schlug mit der Hand auf die Schreibtischplatte. »Hinaus, ehe ich Sie noch gänzlich vom Anwesen werfe. Ich hätte mich von Lucien nie überreden lassen sollen, dass er Sie hierherschickt.«

»Er ist sehr überzeugend.«

Für einen winzigen Augenblick drehte er ihr den Kopf zu und sein – völlig verdüsterter Blick – traf den ihren. »Raus. Hier.«

Ada schöpfte langsam Luft und zählte in ihrem Kopf bis fünf. »Mylord, ich bin nicht jemand, den Sie herumkommandieren können. Sie sind nicht mein Arbeitgeber – Lucien ist derjenige, dem ich während meines Aufenthalts hier zu Diensten bin. Je schneller Sie akzeptieren, dass ich gekommen bin, um Ihnen zu helfen, umso besser werden Sie sich fühlen.« Sie ging zum Schreibtisch zurück und nahm das Buch in die Hand, das unbeabsichtigt beinahe Feuer gefangen hätte. »Ich werde mit diesem den Anfang machen. Guten Abend, Lord Warfield.«

Wieder drehte er ihr den Kopf zu und weil sie nun näher bei ihm war, konnte sie über die Form seines Kinns hinaus einen Teil seiner Züge ausmachen. Seine Nase war lang und adlerartig. Er hatte eine breite Stirn und ein Schopf blonder Haare fiel darüber. Aber es war die Narbe oder eher die Narben, die sie über die linke Seite seines Gesichts verlaufen sah, die ihre Aufmerksamkeit erregten.

Er riss ihr das Buch aus den Händen und trat in den Schatten, wobei er ihr den Rücken zukehrte. »Gehen Sie.«

Ada wirbelte herum und kehrte in die Bibliothek zurück, ehe sie ihren Weg zum Primrose Raum fand. Diese beiden Wochen würden sehr lang werden.

CHAPTER 2

Maximillian Hunt, der überaus unwillige Viscount Warfield, funkelte die Lampe auf seinem Schreibtisch böse an und hoffte inbrünstig, sie würde bald aufhören, ihn an seinen unwillkommenen Hausgast zu erinnern. Vielleicht würde sie tun, was er gesagt hatte, und heute abreisen. Gestern Abend war es für einen Aufbruch natürlich zu spät gewesen. Nicht einmal er war so biestig, zu verlangen, dass sie sich in die Dunkelheit hinauswagte.

Doch heute war das Wetter heiter und es gab auch reichlich Licht. Wenn sie klug wäre, würde sie abreisen, sobald sie gefrühstückt hätte.

In genau diesem Augenblick kam Mrs. Bundle mit dem Frühstückstablett, wie sie es jeden Morgen um diese Zeit zu tun pflegte. Sie brachte das Tablett zu seinem Schreibtisch und entfernte die Haube, um seinen üblichen Frühstücksteller zu servieren: Toast, Eier, Bücklinge und Rüben.

»Wo würdet Ihr Euch gern nach dem Frühstück mit Miss Treadway treffen?«, fragte sie flüchtig.

»Nirgends. Ich möchte, dass Sie sie verabschieden.«

»Ich bin sicher, dass Ihr in der Lage seid, das ohne meine

Hilfe zu schaffen«, entgegnete sie mit einem Anflug von Temperament, das sie ihm gegenüber seit einiger Zeit nicht mehr gezeigt hatte.

Er biss ein Stück von seinem Toast ab und warf ihr einen finsteren Blick zu.

Sie starrte direkt zu ihm zurück. »Trefft sie in der Bibliothek. Mit Euren Büchern. Sie ist hier, um zu helfen und Ihr habt es nötig.«

Er knurrte etwas, ehe er einen weiteren Bissen Toast zu sich nahm und ihn kaute, als sei es Fleisch und er das Ungeheuer, als das er von allen beschrieben wurde.

Weil er das war.

Mrs. Bundle stemmte die Hände in die Hüften und nahm ihn mit mütterlichem Missfallen ins Visier. Es war eines der wenigen Dinge, die ihm noch immer Unbehagen bereiten konnte – die Art und Weise wie er sich fühlte, wenn er wusste, sich besser benehmen zu müssen und dachte, dass er das vielleicht auch tun sollte.

»Wir können nicht wie bisher weitermachen.« Sie lenkte den Blick auf das Fenster, das auf den überwucherten Garten hinausging. »Stonehill erfordert eine viel größere Belegschaft, um das Haus in Ordnung zu halten, ganz abgesehen von der Anlage. Eure Pächter brauchen Unterstützung, oder sie werden fortziehen. Seid Ihr wirklich zufrieden damit, Stonehill bis zum Ruin verfallen zu lassen?«

Max zuckte die Schultern. »Was kümmert mich das? Ich habe nicht vor zu heiraten oder Kinder zu haben, und ich weiß von keinem Erben meines Titels. Ist es wirklich von Belang, was mit dem Anwesen geschieht?«

Die braunen Augen der Haushälterin funkelten vor Wut. »Nur für die Pächter. Eines Tages werdet Ihr mich dazu treiben, meinen Hut zu nehmen. Und Timothy wird mit mir kommen. Was wird dann aus Euch werden?«

Er spießte einen ganzen Bückling auf seine Gabel und

fixierte sie mit einem finsteren Blick. »Ich werde hier bleiben und auf meine ruinierten Gärten hinausschauen.« Er stopfte sich den Fisch in den Mund und kaute unwirsch darauf herum, wobei er mit den Zähnen mahlte.

Sie gab ein missfälliges Schnauben von sich. »Und wer wird Euch das Frühstück bringen?«

»Eine der Spülmägde.«

»Es gibt nur eine und die ist nur an den Nachmittagen hier. Ihr könntet Mrs. Debley vermutlich fragen, aber sie hat alle Hände voll zu tun, nicht dass sie das sagen würde oder es Euch kümmerte. Noch schlimmer ist allerdings, dass sie es tun würde, bis sie einmal im Grab liegt. Alles für ihren ›lieben Jungen‹.« Mrs. Bundle verdrehte die Augen.

Max litt für einen Augenblick unter Selbstvorwürfen. Schon seit der Zeit vor seiner Geburt war Mrs. Debley die Köchin auf Stonehill. Og, der in den Stallungen arbeitete, und sie waren die einzigen Dienstboten, die ihn als Jungen gekannt hatten. Sie hatten auch seinen Vater, seinen Bruder und natürlich auch seine geliebte Mutter gekannt. Wenn sie – oder Og – gingen, würde er vielleicht wirklich zusammenbrechen.

Wenn er nicht vielleicht schon gebrochen war.

Er riss seine Aufmerksamkeit wieder zur vorherrschenden Situation herum – seine verdrossene Haushälterin. »Wenn Sie gehen wollen, sollten Sie das tun.«

»Wer wird hier sein, um hinter Euch sauberzumachen und sicherzustellen, dass Ihr nicht verkümmert?«

Wieder zuckte Max mit den Schultern. »Vielleicht will ich das. Verkümmern, genau das ist es.«

Sie stöhnte und ihre Frustration schien spürbar. »Bitte geht in die Bibliothek, um Miss Treadway dort zu treffen, wenn Ihr fertig seid. Sie ist sehr charmant und scheint befähigt zu sein. Gebt ihr einfach, was sie braucht und bleibt ihr aus dem Weg. Vielleicht kann sie Licht in die Angelegenheit bringen.« Mrs. Bundle drehte sich um und als sie sich aus dem Arbeitszimmer zurückzog, sackten ihre Schultern zusammen.

Ein weiterer Stich des Selbsthasses durchfuhr ihn. Mrs. Bundle *sollte* gehen – dann wäre sie besser dran. Niemand konnte die Dinge in Ordnung bringen, nicht seine hart arbeitende Haushälterin und ganz bestimmt nicht eine naseweise junge Frau aus Luciens dämlichem Londoner Club.

Den Blick auf seinen Teller gesenkt, schob Max das Essen hin und her. Wie üblich hatte er seine Mahlzeit mit Genuss begonnen und dann recht schnell den Appetit verloren. Es war zu dumm, denn Mrs. Debley war eine ausnehmend gute Köchin. Und das selbst mit einem Mangel an Hilfe in der Küche.

Er legte sein Besteck hin und streckte die Hand nach dem Kaffee aus, von dem er zu viel auf einmal trank und sich die Zunge verbrannte. Er schluckte und stellte die Tasse mit einem gemurmelten Fluch ab.

Die Dinge waren gut so, wie sie waren. Mrs. Debley brauchte eindeutig keine Hilfe in der Küche und Mrs. Bundle hatte die Dinge gut unter Kontrolle. Sie provozierte ihn nur, weil sie sich *sorgte*. Wie er dieses Wort hasste. Wenn er es für den Rest seines Lebens nie wieder hören würde, wäre das zu bald. Alle waren nichts anderes *als* besorgt gewesen, seit er aus Spanien zurückgekehrt war.

Es gab nichts, worüber man sich Sorgen machen müsste. Das Anwesen war ein einziges Chaos und die Pächter würden nicht gehen, weil er ihnen die Pacht nicht erhöhte. Tatsächlich würde er den Pachtzins vielleicht sogar noch senken, um sie für seine schlechte Verwaltung zu entschädigen. Ja, das war eine großartige Idee. Dann könnte Mrs. Bundle zumindest aufhören, sich darüber zu sorgen.

Er schob das Tablett fort, lehnte sich auf seinem Stuhl zurück und schaute auf das Portrait, das über dem Kaminsims hing. Das liebenswerte Lächeln seiner Mutter linderte seine Qualen nicht, aber es beschwichtigte zumindest für einige Momente den Lärm.

Wie hatten seitdem beinahe zwanzig Jahre vergehen können? Noch immer konnte er ihre tröstliche Umarmung fühlen, den Duft ihrer Rosen-Päonie-Seife riechen und ihr reizendes Lachen hören. Doch sich diese Dinge in Erinnerung zu rufen, war nie sein Problem gewesen. Tatsächlich waren seine Erinnerungen das, was ihn in seine Leiden eingetaucht hielt.

Und das war genau das, was er verdient hatte.

Verflucht noch mal.

Abrupt stand er auf und riss dabei seine Kaffeetasse hoch, sodass der Inhalt beinahe über ihn geschwappt wäre. Genau das hatte ihm noch gefehlt. Ein Brennen auf der Hand, das zu dem Brennen seiner Zunge passte. Was bedeutete eine weitere Wunde schon?

Max trat in die Bibliothek und sein Blick fiel sofort auf einen blauen Rock, der weit über Augenhöhe auf der gegenüberliegenden Zimmerseite schwang. Sein unwillkommener Gast balancierte auf einer der alten, sehr wackligen Leitern, die benutzt wurden, um an die Bücher auf den obersten Regalen zu gelangen. Sie mussten dringend ersetzt oder repariert werden, doch er selbst hatte sie noch nie benutzt.

»Oh!«

Die Stufe, auf der sie gerade stand, gab nach. Max ließ seine Kaffeetasse fallen und spurtete durch die Bibliothek, wobei er in seiner Hast mit dem Oberschenkel gegen ein Möbelstück stieß. Der Schmerz durchfuhr ihn, doch er wurde nicht langsamer. An einer Hand hangelte sie an der Leiter und ihre Füße schwangen frei, als ob sie Halt suchten.

»Hilfe!«, kam es ihr flehend über die Lippen, als sie den Halt verlor und stürzte.

~

Starke Arme fingen Ada auf und sie keuchte. Ihr Retter grunzte und seine Arme hielten sie fest an seinen harten, breiten Oberkörper gedrückt.

Sie schaute zu seinem Gesicht auf und sah ihn zum ersten Mal im Tageslicht. Sein schön gemeißeltes Gesicht war voller furchtbarer Narben und von zu langem, aber sorgfältig gekämmtem Haar eingerahmt. Am Vorabend war es zerzaust gewesen und es war ihm auf eher verwegene Art in die Stirn gefallen.

»Danke«, brachte sie ein bisschen atemlos hervor.

Er verengte die haselnussbraunen Augen, aus denen er sie anschaute. In der Mitte waren sie grüner und wurden zu den Seiten hin zunehmend brauner. »Sie sind schon ein kleiner Tollpatsch, nicht wahr?«

»Nicht ich bin es, die zulässt, dass die Leiter in meiner Bibliothek reparaturbedürftig ist.«

In seinem Blick glomm Befriedigung auf. »Sie haben erkannt, dass Ihr Zusammenbruch kurz bevorstand und sind trotzdem hinaufgeklettert?«

»Das habe ich überhaupt nicht gesagt. Ich sagte, ich erkannte ihren *bevorstehenden Zusammenbruch*, als es zu spät war, wieder herunterzuklettern. Lieber Himmel, aber Sie sind unglaublich unwirsch. Ich dachte, ich sei auf Ihre Ungeschliffenheit vorbereitet, aber wie ich sehe, habe ich Ihren Mangel an Freundlichkeit noch unterschätzt. Es ist nicht nur ein Mangel, sondern das Nichtvorhandensein derselben.«

Mit einem Grunzen ließ er sie los, nachdem er sich versichert hatte, dass sie festen Boden unter den Füßen hatte, ehe er zurücktrat. »Dann passen wir gut zusammen, denn ich muss Ihnen sagen, dass sie unter einem ernsthaften Mangel an Charme leiden.«

Nach Luft schnappend starrte sie ihn tiefverletzt an. »Alle

finden mich charmant oder zumindest umgänglich und eine angenehme Gesellschaft. Ganz eindeutig bringen Sie das Schlimmste in mir zum Vorschein.«

»Das ist eine meiner besten Fähigkeiten.«

Prahlte er mit seiner Gabe, das schlimmste Naturell anderer provozieren zu können? Wer würde so etwas tun? »Ist das Ihre Absicht? Jeden so elend zu machen, wie Sie sich selbst fühlen?«

Seine Züge wurden verschlossen und sein Ausdruck wurde vollkommen undurchschaubar. »Das wäre unmöglich.«

»Dann geben Sie zu, dass Ihnen elend zumute ist.« Das war zumindest ein Anfang. Aber ein Anfang zu was? Glaubte sie wirklich, sie sei in den beiden Wochen, die sie hier wäre, in der Lage, das Leiden zu heilen, das ihn quälte? Was, wenn das Leiden unheilbar war? Nur weil er vollkommen anders gewesen war – gemäß Lucien, der ihn sehr gut kannte, als auch Prudence´ Mutter, die den Vater des Viscounts gut gekannt hatte –, ehe er in den Krieg gezogen war, bedeutete das nicht, dass er wieder so werden würde, wie er einst gewesen war. Vielleicht hatte er einen dauerhaften Schaden davongetragen.

Nein, Ada weigerte sich, so zu denken. Jeder konnte aus der Hölle zurückkehren. Ihr war das gelungen.

Sein Kiefer arbeitete, als würde er die Zähne zusammenbeißen. »Ich gebe gar nichts zu. Sie sind ein beleidigendes junges Ding.«

»Ich bin beleidigend?« Sie verschränkte die Arme vor der Brust und schaute ihn mit einem gutmütigen Lächeln an. »Sie versuchen nur, mich zur Abreise zu provozieren. Machen Sie sich keine Mühe. Ich bin hier, um meine Aufgabe zu erfüllen.« Sie sah ihn argwöhnisch an. »Wovor haben Sie solche Angst?«

»Ich habe keine Angst«, blaffte er. »Ich möchte einfach

nur in Ruhe gelassen werden. Sie dringen in meine Privatsphäre ein.«

»Um Himmels willen, nein! Ich bin mehr als glücklich, Sie in Ruhe zu lassen. Ich möchte nur Ihre Bücher und nicht Sie. Ich werde alle Fragen aufschreiben, die ich habe, und Sie können mir schriftlich antworten. Wir müssen einander nicht einmal wiedersehen.« Allerdings könnte sie dann nicht versuchen, den freundlicheren, umgänglicheren Gentleman hervorzulocken, der unter dem Ungeheuer versteckt war, das vor ihr stand. Vorausgesetzt der Gentleman könnte sich finden lassen.

Er schien über ihr Angebot nachzusinnen und presste die Lippen aufeinander, wobei sein Blick auf eine Stelle hinter ihr gerichtet war.

Sie glaubte ihm nicht, dass er keine Angst hatte. Irgendetwas hielt ihn in seiner Misere gefangen. Was hielt ihn davon ab, der Mann zu sein, der er einst gewesen war? Und wie sollte sie die Antwort darauf finden, ohne Zeit mit ihm zu verbringen? Verflixt!

Sie würde sehen, was sich von Mrs. Bundle in Erfahrung bringen ließe. Oder vielleicht den anderen Dienstboten. Natürlich nicht Timothy, da er kaum den Mund aufmachte. Es musste ein Zimmermädchen geben. Oder etwa nicht? Nicht, dass Ada schon eines zu Gesicht bekommen hätte. Ganz bestimmt gab es aber eine Köchin. Das Dinner und das Frühstück waren köstlich gewesen und Ada bezweifelte, dass Mrs. Bundle die Aufgabe der Vorbereitung beider Mahlzeiten übernommen hatte, während sie ihren anderen Pflichten nachkam. Insbesondere, da kein Dienstmädchen zu sehen war. Lieber Himmel, was wenn Mrs. Bundle alle Betten machte, und das Feuer schürte, sauber machte und sich um die Wäsche kümmerte und … Ada fühlte sich plötzlich erschöpft.

Nein, es musste noch andere Bedienstete geben.

Bestimmt gab es Pferdeknechte in den Stallungen. Es sei denn, Warfield hielt keine Pferde. Wie könnte das sein? Außer er ginge nie irgendwohin aus, und somit war dies tatsächlich möglich. Erwartete er von Mrs. Bundle, die Einkäufe für den Haushalt nicht zumindest mit einem Karren zu erledigen? Vielleicht lieferte jemand aus dem Dorf, was sie brauchten. Einschließlich des köstlichen Fasans, den sie am Vorabend verspeist hatte? Es musste einen Wildhüter geben. Ja, es musste Menschen geben, mit denen sie über Seine Lordschaft sprechen konnte und somit könnte sie ihre Nachforschungen in vollem Umfang ausführen.

Eine *Nachforschung*. Genau das war erforderlich. Es gab viel zu viele Fragen über den Viscount, den Haushalt und sein Anwesen. Die Durchsicht der Bücher würde nur noch mehr Fragen aufwerfen.

Sie erkannte, dass das Ungeheuer sie anstarrte und seine haselnussbraunen Augen direkt auf ihr Gesicht gerichtet waren. Sie fragte sich, was die Narben auf seiner Wange und der Schläfe hervorgerufen hatte.

»Sind Sie fertig?«, fragte er.

Ada blinzelte ihn an. »Womit?« Er konnte sie ja unmöglich nach ihren Nachforschungen fragen. Sie hatte doch gerade erst entschieden, was zu tun war. Und ganz bestimmt würde sie *ihm* nichts von ihrem Plan erzählen.

»Denken. Sie haben so laut gedacht, dass ich mir beinahe meine Ohren zugehalten hätte.«

Ein Lachen entschlüpfte ihr. Schlagfertigkeit war das Letzte, was sie erwartet hatte.

Überraschung flackerte in seinen Augen auf, als ob er über seine eigenen Worte erstaunt wäre. Aber nein, er reagierte auf ihr Lachen und jetzt starrte er sie wieder finster an. Nun denn, es war schön, solange es angedauert hatte.

Er drehte sich um, marschierte in sein Arbeitszimmer zurück und Ada fürchtete, sie hätte alles ruiniert. Aber wie könnte sie etwas ruiniert haben, das bereits ein Durcheinander war?

Vielleicht sollte sie ihm folgen, um ihn zu überzeugen, dass er sie brauchte. Oder ihn zumindest daran erinnern, dass er für volle zwei Wochen mit ihr feststeckte, da Luciens Kutscher bis dahin nicht zurückkehren würde, um sie abzuholen. Und wenn Warfield wirklich keine Pferde hatte, saß sie ganz bestimmt hier fest.

Sie saß hier mit einem Ungeheuer fest. Dies alles hatte den Anschein einer gotischen Novelle.

Gerade als sie im Begriff war, ihm in sein Arbeitszimmer zu folgen, erschien er wieder, die Arme mit Büchern beladen, die er quer durch die Bibliothek zu einem Tisch in der Nähe der Fenster trug. Er ließ den Stapel Bücher darauf fallen und drehte sich, um sie anzuschauen.

Ada lief eilig zu ihm und verdrängte ihren Schock darüber, dass er tatsächlich die verdammten Hauptbücher gebracht hatte. »Ich hoffe, es handelt sich um die Hauptbücher«, fasste sie ihren nächsten Gedanken in Worte.

»Der vergangenen fünf Jahre.«

Bis in die Zeit zurück, bevor sein Vater gestorben war, als die Dinge vermutlich in besserer Ordnung gewesen waren. Doch vielleicht waren sie das nicht. Es war möglich, dass das Ungeheuer ein ruiniertes Anwesen geerbt hatte. War Warfield deshalb so? War sein Vater ein armer Viscount gewesen, und hatte er seinen Sohn irgendwie dazu getrieben, dieses Monster zu werden? Ada schüttelte den Kopf. Wenn sie nicht achtgab, würde ihre überaktive Fantasie die gotische Novelle in ihrem Kopf bereits geschrieben haben, ehe sie die Wahrheit herausgefunden hätte.

Sie schaute aus dem Fenster und schnappte nach Luft. Was ein wunderschöner Garten hätte sein sollen, war lediglich ein überwucherter Fleck Land. Dort waren auch eine ganze Menge abgestorbener Dinge zu sehen. Es war ein entsetzlicher Anblick. »Was um alles in der Welt geht dort draußen vor?«

»Unwichtig«, brummte er. »Konzentrieren Sie sich auf Ihre Aufgabe.«

»Die Gärten *sind* meine Aufgabe. Sie sind Teil von Stonehill.«

»Sie sind nicht erforderlich, um ein profitables Anwesen zu führen. Sind Sie nicht deshalb hier?«

Aus diesem Grund hatte Lucien sie hergeschickt, aber das war nicht mehr ihre einzige Aufgabe. Sie hatte eine Untersuchung durchzuführen und einen Mann zu rehabilitieren. »Ja, deshalb bin ich hier«, antwortete sie gleichmütig. »Ihr Freund, Lord Lucien, möchte die Profitabilität von Stonehill sicherstellen und Sorge dafür tragen, dass Sie diesen Zustand aufrechterhalten können.«

Er zog die Lippen kraus, während er den Blick zu den Fenstern wandern ließ. »Es ist mir einerlei, ob es profitabel ist. Ich hätte kein Problem damit, das Anwesen vergammeln zu lassen.«

Sie schürzte die Lippen. »Der Garten ist auf gutem Wege dorthin, würde ich sagen. Waren Sie immer schon so selbstsüchtig? Man hat mir glaubhaft versichert, Sie seien früher weitaus liebenswürdiger gewesen.«

Er richtete einen eisigen Blick auf sie, ohne jedoch ein Wort zu sagen.

»Ich verstehe, dass der Krieg Sie verwundet und verändert hat, aber müssen denn alle um Sie herum in Mitleidenschaft gezogen werden? Was ist mit Ihren Dienstboten? Ihren Pächtern?«

»Verdammt noch mal, gute Frau!«, donnerte er und jagte Ada damit einen Schrecken ein. Doch sie zuckte nicht vor ihm zurück, obwohl sie sich durch seine Reaktion ein wenig schockiert fühlte. Er beugte sich zu ihr, und seine Miene wirkte bedrohlich.

Sie stellte sich vor, was für ein furchterregender Anblick er auf dem Schlachtfeld gewesen sein musste. Kein Wunder, dass er ein hoch dekorierter Kriegsheld war. Sie blieb standhaft und antwortete in einem milderen Tonfall: »Und wenn ich einen Verwalter finde, der das Anwesen für Sie führt? Dann bräuchten Sie sich um nichts mehr zu kümmern.«

»Ich hatte einen Verwalter«, konterte er.

Das wusste sie selbstverständlich, aber sie wusste nicht, warum er keinen mehr hatte. »Was ist mit ihm passiert?«

»Er ist gegangen.«

Wahrscheinlich sollte sie ihm besser nicht zu sehr auf den Zahn fühlen, doch ihre Untersuchung war im Gange. »Warum?«

Seine Antwort bestand aus eisigem Schweigen.

»Hatte er anderswo eine Stelle gefunden?« Sie wartete auf eine Antwort, die aber nicht kam. »Haben Sie ihm seine Bezüge nicht mehr bezahlt?« Sie hielt den Atem an und betete, dass er antworten würde. Immer noch nichts. Scheinbar reagierte er nur auf Sticheleien – oder zumindest konnte man sich sicher sein, dass er darauf reagierte. Wie sehr es ihr widerstrebte, ein verwundetes Tier anzustacheln. In ihrem heitersten Tonfall bot sie die folgende Antwort an: »Vielleicht fand er es einfach unmöglich, mit Ihnen zu arbeiten.«

Seine Nüstern blähten sich und er knurrte. Endlich sprach er. »Sie haben eine Woche Zeit, keine zwei Wochen. Darüber hinaus lasse ich mich auf nichts ein. Ich wäre Ihnen dankbar, wenn Sie Ihre Arbeit noch rascher erledigen könnten.« Er trat näher und türmte sich mit seiner Größe und Masse über ihr auf. »Wenn Sie mich noch einmal in Frage stellen oder in diesem Ton mit mir sprechen, werfe ich Sie raus, egal zu welcher Tageszeit. Oder bei welchem Wetter.«

Er wirbelte herum, stapfte zurück in sein Arbeitszimmer und knallte die Tür zu.

Na ja. Das war gar nicht *so* schlecht gelaufen. Aber wenn er glaubte, er könnte sie vor Ablauf der zwei Wochen loswerden, hatte er sich getäuscht. Wenn sie ihm ihre erste Nachricht schickte, würde sie ihn daran erinnern, dass Luciens Kutsche erst nach Ablauf dieser Zeit zurückkehren würde, um sie abzuholen.

In der Zwischenzeit sollte sie besser herausfinden, ob er überhaupt Pferde hielt.

Max hatte es geschafft, einen ganzen Tag zu überstehen, ohne unter der Anwesenheit seines ungebetenen Gastes zu leiden. Trotzdem war er sich ihrer Anwesenheit in der Bibliothek viel zu sehr bewusst gewesen. Warum hatte er nicht daran gedacht, sie so weit entfernt wie möglich von seinem Arbeitszimmer zu platzieren, anstatt direkt daneben?

Während er seine Toilette beendete, konzentrierte er sich darauf, ruhig zu atmen und an Belanglosigkeiten zu denken. Als er seinen Frack holen ging, hatte er seinen Geist völlig geklärt. Aus welchem Grund auch immer, versetzte der schlichte Akt, dieses Kleidungsstück anzuziehen, ihn zurück nach Spanien. Zurück zu jenem furchtbaren Tag ...

Möglicherweise war dies das beste Argument für die Einstellung eines Kammerdieners, doch er konnte sich nicht dazu durchringen, das zu tun. Er kam ganz gut allein zurecht, und jemanden so nah an sich heranlassen wollte er nicht. Außerdem hatte er nicht einmal verdient, ein verdammter Viscount zu sein und dieses Leben zu führen. Nach allem, sollte er eigentlich tot sein. Stattdessen waren sein Vater und sein Bruder gestorben, und er war noch hier.

Erfreut, dass es ihm gelungen war, die unerwünschten Erinnerungen zu umschiffen, machte er sich auf den Weg nach unten in sein Arbeitszimmer. War Miss Treadway bereits in der Bibliothek bei der Arbeit? Gestern Morgen war sie schon dort gewesen. Offenbar war sie eine Frühaufsteherin, denn sie war schon vor Max auf den Beinen, und er stand mit der Sonne auf – oder sogar noch vorher, je nachdem, wie oder ob er schlief. Dass sie vor ihm unten war, ärgerte ihn außerdem. Alles an ihr ärgerte ihn.

Sie war viel zu liebenswürdig. Und offensichtlich war sie ständig am Denken. Nein, sie dachte nicht nur, sie *schmiedete Pläne*. Sie schmiedete irgendeinen Plan oder sogar eine ganze Reihe von Plänen. Vielleicht war er paranoid. Das würde Mrs. Bundle jedenfalls sagen.

Als er in seinem Arbeitszimmer ankam, wiederholte er sein gestriges Ritual – er ging zur Tür, die zur Bibliothek führte, und stieß sie vorsichtig ein paar Zentimeter auf. Er spähte durch den kleinen Spalt zum Tisch in der Nähe der Fenster. Da war sie wieder, ihr dunkles Haar ordentlich auf dem Kopf aufgetürmt, und ihr freiliegender Hals wölbte sich, als sie sich über ihre Arbeit beugte.

Schon wieder war sie ihm zuvorgekommen. Ja, er hätte sie im Wohnzimmer oben an der Vorderseite des Hauses unterbringen sollen. Dann wäre sie auf einer ganz anderen Etage gewesen. Vielleicht würde er sie heute dorthin umquartieren. Wenn sie bei der Arbeit eine Pause einlegte, würde er ihre Sachen von Timothy nach oben tragen lassen. Es sei denn, sie machte gar keine Pausen. Sich in nervtötender Manier für ihre Arbeit einzusetzen wäre typisch für sie.

Nachdem er die Tür wieder zugemacht hatte, zog er sich zu seinem Schreibtisch zurück und erstarrte. Mitten drauf lag ein gefaltetes Stück Papier. Sein Name stand in schön geschwungenen Lettern darauf. Es stand außer Frage, wer den Brief dort platziert hatte.

Mit einem finsteren Blick nahm er das Schreiben in die

Hand und öffnete es. Sie hatte eine Reihe von Fragen notiert. Hatte er leerstehende Häuschen? Nicht bewirtschaftete Höfe? Kassiert er die vierteljährigen Pachtzinsen selbst und wenn nicht, wer übernahm diese Aufgabe für ihn? Es ging weiter und weiter und insgesamt waren es etwa ein Dutzend Fragen. Die letzte Frage bezog sich auf das Vorhandensein eines Viehbestands und wenn ja, wie viele und was für eine Sorte?

Er las den Schlusssatz zweimal, so erstaunt war er über ihre Unverfrorenheit.

Ich würde mich freuen, wenn Sie persönlich antworten,
aber wenn Sie lieber schriftlich antworten wollen, habe ich
Platz gelassen, damit Sie Ihre Antworten hier auf diesem
Papier niederschreiben können. Ich danke Ihnen für Ihre Zeit.

Hochachtungsvoll,
Miss Treadway

Machte sie Anstalten, seine Verwalterin werden zu wollen? Nein, sie hatte bereits eine Anstellung in Luciens infernalischem Club in London, dem er laut Luciens beharrlichen Überzeugungsversuchen nach beitreten sollte. Beim Gedanken, sich unter Menschen zu mischen, ob gesellschaftlich oder anderweitig, musste Max die Lippen schürzen. Deshalb blieb er dem House of Lords meistens fern, obwohl er anwesend sein sollte. Ein paarmal war er dort gewesen und jedes Mal hatte er sich so schnell wie möglich wieder zurückgezogen.

Es war die Art und Weise, wie die Leute ihn anstarrten – mit Mitgefühl und Stolz, als würden sie ihm für seinen Heldenmut danken. Wenn sie nur die Wahrheit wüssten, würden sie ihn stattdessen hassen. Er würde von den Lords ausgeschlossen werden, und wahrscheinlich würde ihm auch sein Titel aberkannt. Nicht, dass ihn das kümmern würde. Sein Bruder hätte den Titel erben sollen, doch das Schicksal hatte ihn ebenfalls geraubt. Alle, die Max ins Herz geschlossen hatte, fanden das gleiche Ende. Nun, fast alle. Und somit hatte er niemanden mehr gern.

Er richtete seine Gedanken wieder auf die Notwendigkeit, einen Verwalter zu finden. Er hatte den armen Acton vertrieben, indem er sich geweigert hatte, Geld für Verbesserungen auszugeben, und durch sein generell unmögliches Benehmen. Max hatte sich geweigert, sich mit dem Mann zu treffen und er hatte auch seine Berichte nicht gelesen. Frustriert hatte Acton eine andere Stellung angenommen, und genau das war es, was Max sich erhofft hatte. Tatsächlich war er sehr zufrieden gewesen, als das meiste Gesinde auf Stonehill von selbst gegangen war. Je weniger Leute ihn umgaben, umso besser.

Widerwillig musste er zugeben, dass Miss Treadway ein wenig beeindruckend war, zumindest in ihrem Arbeitseifer. In einem Tag hatte sie mehr Zeit in sein Anwesen investiert als er in einem Monat. Er fuhr zusammen und seine Schultern zuckten.

Abermals kehrte er zur Tür der Bibliothek zurück und öffnete sie leise, um durch den Spalt zu spähen.

»Mylord?«

Vor Schreck zog er die Tür lauter zu als ihm lieb war. Als er sich umdrehte, sah er, dass Mrs. Bundle sein Frühstückstablett auf dem Schreibtisch abstellte. »Lassen Sie es einfach dort stehen«, meinte er brummig.

Die Haushälterin zog für einen kurzen Moment die Augenbrauen hoch. »Werdet Ihr essen?«

»Selbstverständlich.« Doch er machte keine Anstalten, auf seinen Schreibtisch zuzugehen.

Mrs. Bundle schürzte die Lippen, ehe sie sich umdrehte und hinausging. Max stieß die Luft aus und öffnete die Tür vorsichtig, wobei er halb erwartete, Miss Treadway gleich dort als Reaktion auf die zugeschlagene Tür vorzufinden. Doch sie war nicht dort. Noch immer saß sie an ihrem Tisch und hatte ihre Aufmerksamkeit voll auf ihre Aufgabe gerichtet.

Max nahm ihr Schreiben und ballte die Faust darum, ehe er auf sie zuging. Sie war ungemein in ihre Arbeit versunken, denn sie schaute noch nicht einmal auf, als er sich näherte. Er bemerkte die kleinen Fältchen zwischen ihren Brauen, als sie in dem Buch las, das offen auf dem Tisch lag. Auf eine entzückende, liebreizende Art war sie sehr attraktiv. Was verrückt war, da er nichts entzückend oder liebreizend fand.

Genau in dem Moment, als sie aufsah, verfinsterte sich sein Blick, aber ihr Gesicht wurde von einem strahlenden Lächeln erhellt. Im Nu verwandelte sie sich von entzückend in faszinierend. Er hasste, dass sein Körper mit leichter Hitze reagierte.

»Sie stellen zu viele verdammte Fragen.«

Miss Treadway nickte, ohne sich von seiner Säuerlichkeit beeindrucken zu lassen. »Das tue ich. Es ist eine persönliche Charaktereigenschaft, die manche störend finden, das gebe ich zu. Aber ich kann nichts für meine Neugier.« Wieder lächelte sie. »In diesem Fall sind meine Fragen allerdings sehr notwendig. Werden Sie sie mir beantworten?« Sie klang hoffnungsvoll und voller Zweifel zugleich.

»Mein Verwalter hat die Pacht kassiert, bis er vergangenes Jahr gegangen ist.«

»Und wer hat sie seitdem kassiert?«

»Og.«

Sie legte den Kopf schief. »Ist das eine Person?«

»Ogden, der Stallmeister.«

Sie notierte seinen Namen auf einem Blatt Papier, neben dem Buch, auf das sie bereits eine ganze Menge in ihrer schönen, schwungvollen Handschrift notiert hatte. »Woher wusste er, was er zu kassieren hatte?«

»Er hatte eine Liste.«

»Ich verstehe. Und er hat die Zahlungen notiert? Ich kann keine Aufzeichnungen von Zahlungen finden, seit Mr. Acton letzten Frühling gegangen ist.«

»Og muss sie auf der Liste notiert haben.«

»Dann kann er also lesen?«, fragte sie vorsichtig.

»Ähm … wahrscheinlich?« Og war über sechzig und hatte die meiste Zeit seines Lebens in den Stallungen von Stonehill gearbeitet. Wann hätte er lesen lernen sollen und warum? Max hasste es, dass er sich so dämlich fühlte und das insbesondere vor Miss Treadway. Was verwirrend war, denn sie war diejenige, die ihm mit ihren endlosen Fragen das Gefühl vermittelte, dämlich zu sein.

Auf die er eine Antwort wissen sollte.

Aber das tat er nicht. Er hatte nicht das geringste Interesse, sein Anwesen zu führen. Machte es einen Unterschied, ob die Pacht einkassiert war? Er brauchte das Geld nicht.

»Ich werde mit Og reden«, versprach sie mit einem weiteren verstörenden Lächeln. »Wollen Sie mir noch weitere Fragen beantworten?«

»Es gibt einen leerstehenden Hof.«

»Oh, vielen Dank.« Sie schrieb die Information nieder. »Ich war nicht ganz sicher. Es gibt einen Hinweis, dass ein Pachtvertrag letzten Herbst ausgelaufen ist, aber keine Aufzeichnungen, ob die Pächter fortgegangen sind oder vielleicht ein neuer Vertrag abgeschlossen wurde.«

Der Bauer hatte um ein Treffen mit Max gebeten, der allerdings abgelehnt hatte – nicht, dass Max ihr das sagen würde. Dann hatte Og ihn informiert, dass der Hof nach der Ernte verlassen wurde.

»Gibt es irgendwelche in Frage kommenden Pächter?«, fragte sie erwartungsvoll und heftete dabei ihre blaugrauen

Augen mit dieser verdammten Neugier auf ihn, die sie erwähnt hatte. Sie war mehr als neugierig – sie war *aufdringlich.*

»Nicht, dass ich wüsste.« Himmel, er brauchte wirklich einen Verwalter, selbst wenn er nicht vorhatte, das Anwesen für zukünftige Generationen zu erhalten. Er musste nur jemanden einstellen, der das verstand. Vielleicht konnte er sie auf diese Weise dazu bringen, ihn in Ruhe zu lassen. »Wenn ich Ihnen verspreche, einen Verwalter einzustellen, werden Sie dann nach London zurückkehren?«

»Die Einstellung eines Verwalters ist eine ausgezeichnete Idee!«, rief sie begeistert aus. »Aber nein, ich kann nicht nach London zurückkehren, bis nicht die zwei Wochen um sind und Lucien seine Kutsche zurückschickt, um mich abzuholen. Ich fürchte, Sie werden meine Anwesenheit noch ein wenig erleiden müssen.« Dabei klang sie nicht das geringste bisschen entschuldigend.

Er nahm sie mit seinem ernstesten Blick ins Visier. »Ich könnte Sie in meiner Kutsche zurückschicken.«

»Dann halten Sie also Pferde? Und Sie haben eine Kutsche?« Wieder nahm sie ihren Stift zur Hand. »Wie viele Pferde? Und wie viele davon reiten Sie im Gegensatz, zu denen, die sie als Kutschpferde halten?«

Hörte sie denn niemals auf? »Was hat irgendetwas davon mit dem Anwesen zu tun?«

Sie schrieb »eine Kutsche« auf das Papier. »Tiere sind ein Kostenfaktor – ihr Unterhalt und die Notwendigkeit, sie dann und wann zu ersetzen.«

»Es gibt eine Kutsche und einen Karren und einige andere Fuhrwerke.« Er zuckte mit den Schultern. »Sie können Og fragen, wenn Sie mit ihm sprechen.« Mist! Jetzt ermunterte er sie auch noch, mit seinen Dienstboten zu sprechen? Og war die einzige Person, die noch unwirscher sein konnte als er, und so war es möglich, dass der Stallmeister ihr nicht einmal einen Augenblick erübrigen würde.

Max sollte sie lieber vorwarnen. Er tat es nicht.

»Was ist mit den Pferden, die Sie reiten?«, bohrte sie weiter.

Seine Gestalt wurde von Spannung erfasst und er biss die Zähne zusammen. »Ich reite nicht.«

Überrascht riss sie die Augen auf. »Ich verstehe. Aber, nein, ehrlich gesagt verstehe ich das nicht. Sie sind ein Viscount. Ich dachte, es wäre eine Anforderung, dass Adlige sich auf dem Land zu Pferd umherbewegen. Wie jagen Sie denn überhaupt?«

»Ich reite nicht und ich jage nicht.« Und er erklärte es nicht. »Wenn ich verspreche, einen Verwalter einzustellen, werden Sie dann in meiner Kutsche abreisen?«

»Nein, weil ich nicht sicher bin, ob ich ihnen vertraue, dass Sie tatsächlich einen einstellen. Ohnehin können sie innerhalb der mir zugestandenen zwei Wochen keinen Verwalter anheuern. Vermutlich könnte ich meinen–«

»*Nein.*«

»Besuch verlängern, *aber* – was ich sagen wollte, ehe Sie mich so rüde unterbrochen haben – Sie werden das offensichtlich nicht erlauben.« Sie bedachte ihn mit einem sengenden Blick. »Darüber hinaus habe ich gerade erst angefangen und ich habe Lucien eine gründliche Durchsicht versprochen. Ich halte meine Versprechen, Mylord.«

Dass er seines nicht hielt, sagte sie nicht, aber sie hatte gerade zugegeben, ihm zu misstrauen, und das war fast dasselbe.

»Ich habe angefangen, über die Verwaltung von Anwesen zu lesen.« Sie nickte mit dem Kopf zu dem offenen Buch auf dem Tisch. »Ich würde sehr gern mit Ihren Pächtern sprechen und ich kann mir vorstellen, dass dies mindestens zwei Wochen in Anspruch –«

»Das ist nicht Ihre Aufgabe hier. Ich weiß nicht, was Sie unter einer ›gründlichen Durchsicht‹ verstehen, doch ganz bestimmt nicht das Verhören meiner Pächter. Sie sind hier, um meine Bücher zu prüfen. Das haben Sie bereits weit überschritten. Ich sollte Sie umgehend nach London zurückbringen.«

»Sie sagten *sollten*, was mich zu dem Glauben verleitet, dass Sie es nicht tun werden.« Ihre Lippen formten sich zu einem kurzen, zufriedenen Lächeln. »Welchen Schaden richte ich denn im Einzelnen an, Lord Warfield?«

Sie nervte ihn ungemein.

»Ich denke, Sie müssen erkennen, wie wichtig dies ist«, fuhr sie fort. »Um dafür zu sorgen, dass Ihre Bücher auf dem neuesten Stand und akkurat sind, brauche ich Informationen. Ich bin allerdings sicher, dass Sie mir zustimmen werden, dass Akkuratesse nicht ausreicht. Ihr Anwesen muss profitabel werden und meiner Vermutung nach ist es das nicht.« Sie verzog ihre rosigen Lippen zu einer leichten Grimasse.

Moment. Sagte sie, Stonehill ließe zu wünschen übrig? Wut brodelte in ihm auf.

Allerdings kümmerte es ihn nicht, wenn sein Anwesen mangelhaft war. Er hatte keinen Grund, es profitabel zu machen. Es war genügend Kapital für ihn vorhanden, um sein Leben zu leben, wie lange auch immer er verflucht war, es zu ertragen.

Der Drang, sie in eine Kutsche zu setzen und von Og nach London fahren zu lassen, wurde überwältigend. Doch er wusste, dass Lucien dann nur zurückkommen würde, um ihm auf ein Neues zuzusetzen. Max fürchtete, es könnte bei Luciens nächstem Besuch zu einer Auseinandersetzung kommen. Wieder einmal. Dieses Mal würden sie sich vielleicht nicht zurückhalten.

Er stieß die Luft aus und fuhr sich mit den Fingern

durchs Haar. Sie starrte ihn an. Insbesondere seine vernarbte linke Gesichtshälfte. Er war von der Tatsache fasziniert gewesen, dass sie seine Entstellung scheinbar nicht bemerkt hatte, aber offensichtlich hatte sie das doch. Und sie wollte auch nicht, dass er wusste, wie es sie beschäftigte, was durch ihr rasches Blinzeln und die Neuausrichtung ihres Blicks auf die andere Seite deutlich wurde. Die attraktive Seite. Manchmal wünschte er sich, sie sei ebenfalls durch Narben entstellt.

»Wenn Sie bleiben, können Sie dann aufhören, mir auf die Nerven zu fallen?«, fragte er.

Sie runzelte die Stirn und die kleinen Fältchen zwischen ihren Augenbrauen kehrten zurück, die er bemerkt hatte, als sie gelesen hatte. »Ich gestehe, dass ich es verwirrend finde, warum Sie mich lästig finden. Im Allgemeinen finden die Menschen mich recht zugänglich und häufig suchen sie meine Gesellschaft. Ich strenge mich sehr an, die Stimmung derer aufzuhellen, die in meiner Umgebung sind. Wenn jemand einen schlechten Tag hat, tue ich mein Bestes, um es besser zu machen.« Sie richtete den Blick offen auf ihn. »Sie scheinen fortwährend schlechte Tage zu haben, und bislang verbessert sich das durch nichts, was ich tue. Ich habe versucht, Ihnen aus dem Weg zu bleiben. Deshalb habe ich Ihnen eine Nachricht hingelegt, anstatt Sie persönlich zu belästigen.«

Ja, das hatte sie getan. Gestern hatte er nicht einmal das Wort an sie gerichtet und einzig, weil er sie heimlich beobachtet hatte, hatte er sie überhaupt zu Gesicht bekommen. »Das weiß ich zu schätzen.«

Sie hatte auch damit recht, dass jeder Tag ein schlechter Tag war. Also war es vielleicht gar nicht so, dass sie nervtötend war. Wie er sehr gut wusste, war er selbst das Problem.

Allerdings war sie lästig und das, weil sie so charmant war und auf übertriebene Weise versuchte, ihn aufzuheitern.

Er wollte nichts von der Bitterkeit einbüßen, die ihn zu diesem unausstehlichen Ungeheuer machte, zu dem er geworden war und dem alle auswichen. Wenn er ihr gestattete, auch nur das kleinste Stück durch seine Schutzwälle zu brechen, könnte sein Kampf sehr gut verloren sein.

»Würden Sie jetzt gern auf meine restlichen Fragen antworten?«, fragte sie hoffnungsvoll.

»Schriftlich.« Für den Augenblick hatte er genug von ihr. »Erledigen Sie einfach Ihre Arbeit und lassen Sie mich in Frieden. Und belästigen Sie niemanden, ohne mich vorher zu fragen.«

»Wie soll ich das anstellen und Sie gleichzeitig in Frieden lassen? Soll ich vielleicht schriftlich ein Treffen mit den Leuten erbitten und auf ihre Zustimmung warten? Das scheint eher ineffizient.«

Tief aus seiner Kehle stieg ein Knurren auf.

»Das war keine Antwort. Oder wenn es das war, kann ich sie nicht übersetzen. Ich spreche die Sprache ‚Wütender Gentleman‘ leider nicht.« Sie beugte sich ein wenig zu ihm vor. »Gibt es einen Leitfaden, der mir helfen könnte?«

Jetzt machte sie auch noch Spaß. Sie versuchte, seine Stimmung zu verbessern. Er weigerte sich, Belustigung zu empfinden.

Finster blickte er sie an. »Schon wieder belästigen Sie mich.«

»Entschuldigung. Ich werde eine Liste der Leute schicken, mit denen ich sprechen möchte. Gibt es irgendjemanden, der mich in Ihrer Kutsche auf dem Anwesen herumfahren kann? Oder vielleicht haben Sie einen Karren, sodass ich die Dinge sehen kann, ohne durch ein Fenster starren zu müssen?«

Sie benahm sich, als wäre sie eine Expertin für Besitzungen. »Wonach um alles in der Welt würden Sie überhaupt Ausschau halten?«

Schulterzuckend winkte sie ab. »Nach allem. Ich bin eine scharfe Beobachterin. Und eine ausgezeichnete Zuhörerin.«

»Das finde ich schwer zu glauben, da Sie fast immer reden«, murmelte er.

»Würde es Sie noch mehr verärgern, wenn ich Ihnen sagen würde, dass auch Sie nervtötend sind?«, fragte sie liebenswürdig.

Beinahe hätte sie ihn zum Lachen gebracht. Beinahe. Er biss die Zähne zusammen.

Ihre Augen leuchteten auf. »War das ein schwaches Lächeln?«

»Nein, ich hatte einen Schmerz in meiner Magengrube. Er ist die Folge Ihrer Gesellschaft. Ich muss mich entschuldigen.«

»Ich werde bis heute Abend eine Liste für Sie erstellen.« Sie lenkte die Aufmerksamkeit wieder den Büchern auf ihrem Tisch zu. »Und ich freue mich darauf, Ihre Antworten zu lesen.«

Er fühlte sich entlassen, was ihn noch mehr ärgerte. Noch ehe er etwas sagen konnte, was diese irritierende Unterhaltung nur noch verlängert hätte, marschierte er in sein Arbeitszimmer. Er schleuderte ihr Schreiben mit der unendlichen Liste von Fragen auf den Schreibtisch.

Dann setzte er sich, nahm die Haube von seinem Frühstückstablett und fragte sich, wie er die nächsten zwölf Tage überstehen sollte.

*A*da trat aus dem strahlenden Sonnenschein in die kühle Dämmerung im Stall. Ein Pferd wieherte und sie schaute in die Richtung, aus der das Geräusch kam. Es war zu schattig, um das Tier zu erkennen, das sie begrüßt hatte.

»Was wollen Sie?«

Die laut geblaffte Frage erschreckte sie, doch Ada erholte sich rasch und lächelte den älteren Mann an, der auf sie zukam. Groß und grauhaarig kam er mit einem breitkrempigen Hut auf sie zu, den er tief in die Stirn gezogen trug.

»Sind Sie Og?«, fragte sie freundlich, ohne sich von seiner Unhöflichkeit aus dem Konzept bringen zu lassen.

»Wer will das wissen?«

»Ich bin Miss Treadway – Lord Warfields Gast. Ich bin Buchhalterin und ich bin gekommen, um, nun ja, seine Bücher zu ordnen.«

Der Mann stemmte die Hände in die Hüften, was ihn breiter wirken ließ. Tat er das, um seine Magerkeit zu kompensieren? Vielleicht hatte er so das Gefühl, er würde nach mehr aussehen. »Was um alles in der Welt wollen Sie dann hier?«

Sie hielt ein teilweise ausgefülltes Hauptbuch in der Hand. Es war dasjenige, das der frühere Verwalter benutzt hatte und das Informationen vom vergangenen Jahr enthalten sollte, was aber nicht der Fall war. »Ich habe erfahren, dass Sie die Pacht einkassiert haben und ich wollte Ihre Aufzeichnungen sehen.«

Er starrte sie an. »Was?«

»Bestimmt haben sie ein Buch, in dem Sie aufschreiben, wer wie viel und wann gezahlt hat und wann sie das Geld eingesammelt haben?«

»Ich habe es auf ein Stück Papier geschrieben. Woran ich mich erinnern konnte, jedenfalls.«

Ada widerstand dem Drang, ihm auseinanderzusetzen, warum dies ein schlechtes System war, denn sie benötigte noch weitere Informationen. »Vermutlich haben Sie diese Aufzeichnungen nicht mehr?«

Er zuckte mit den Schultern. »Wahrscheinlich habe ich sie seiner Lordschaft gegeben.« Er rieb sich mit der Hand über die Wange. »Oder sie liegen hier irgendwo herum. Warum ist das von Belang?«

Ada, deren Geduld an einem seidenen Faden hing, lächelte wohlwollend. »Wie ich schon sagte, ich bringe seine Geschäftsbücher auf Vordermann. Alle Belege und Aufzeichnungen sind wichtig. Falls Sie sie doch noch finden, bringen Sie sie bitte zu mir ins Haus. Das würde ich sehr zu schätzen wissen.« In der Zwischenzeit würde sie ihr nächstes Ziel in Angriff nehmen. »Ich bin auch hier, um eine Bestandsaufnahme der Stallungen durchzuführen.«

Er verzog den Mund zu einem reichlich mürrischen Flunsch. »Das ist meine Aufgabe.«

»Davon gehe ich aus«, antwortete sie liebenswürdig, um ihn davon abzuhalten, vor Wut wegzustiefeln. »Sie können mir helfen, und ich mache mich gleich wieder auf den Weg.«

»Dafür habe ich keine Zeit.«

»Ich verstehe.« Das tat sie nicht. »Ich werde mich schon selbst zurechtfinden.«

»Den Teufel werden Sie.« Er knurrte praktisch, und allmählich glaubte sie, es müsste hier wohl einen lokalen Dialekt für äußerst mürrische Männer geben.

Sie zog den Bleistift aus der Tasche, schlug das Buch auf und balancierte es auf der linken Hand gegen ihre Brust. »Ich würde gerne Ihr Inventar aufnehmen. Wie viele Pferde und welche Art?«

Er fluchte, und Ada strafte ihn mit einem erbosten Blick. »Es gibt keinen Grund, beleidigend zu werden. Sie können mir entweder bei diesem Unterfangen helfen oder mir gestatten, meine Aufgabe ungestört fortzusetzen. Ich versichere Ihnen, Seine Lordschaft hat volles Verständnis dafür, dass ich diese Informationen einholen muss.«

Ogs Gesichtsausdruck wurde noch finsterer, was sie nicht für möglich gehalten hätte, da er bereits sehr düster war. »Sie bekommen eine Viertelstunde Zeit, aber ich werde Ihnen folgen.«

Oder Sie könnten mir einfach sagen, was ich wissen will, und uns beiden den Ärger ersparen. Ada fragte sich, was wohl dazu geführt hatte, Og so unfreundlich werden zu lassen. Bei seiner Lordschaft kannte sie den Grund. Der Krieg war schuld. Das nahm sie zumindest an. Vielleicht sollte sie das nicht tun. Ihr war nur gesagt worden, er sei vor dem Krieg recht umgänglich gewesen. Daraus zog sie die logische Schlussfolgerung, dass der Krieg ihn verändert hatte. Und warum auch nicht?

»Waren Sie beim Militär, Og?«

Er grunzte. »Nein.«

Dass das unhöfliche Benehmen des Viscounts auf Og

abgefärbt haben könnte, hielt sie nicht für ausgeschlossen. Auf jeden Fall hatte es den ganzen Haushalt eingeschüchtert. Mrs. Bundle und Timothy waren zwar nicht mürrisch, aber sie waren überarbeitet und machten einen unglücklichen, wenn nicht sogar missmutigen Eindruck. Dass Ada einzig diese beiden Hausangestellten kennengelernt hatte, war beunruhigend – zum einen, weil sie mehr Personal hätte sehen müssen, und zum anderen, weil sie sich sehr sicher war, dass dies das Fehlen weiterer Dienstboten bestätigte.

»Ich fange hier drüben an«, meinte sie zu Og und hielt auf den schattigen Bereich zu, wo sie das Pferd gehört hatte.

Ada trat ihm oder ihr nun gegenüber – es war ein schönes braunes Tier mit warmen, intelligenten Augen. Pferde hatten sie schon immer fasziniert, aber reiten wollte sie nicht unbedingt auf ihnen. Sie zu füttern und zu streicheln war jedoch eine ihrer Lieblingsbeschäftigungen als Kind gewesen, wenn sie die seltene Gelegenheit dazu hatte, denn ihre Familie besaß keine Pferde. Später, während ihrer Anstellung als Gouvernante, hatte sie den Luxus genossen, den Pferden der Familie ab und zu einen Besuch abzustatten.

»Ist dieses Pferd zum Reiten oder zum Ziehen von Gerätschaften vorgesehen?« Ada hoffte auf eine Antwort von Og, doch vorsichtshalber machte sie sich auf ein weiteres Grunzen oder Knurren anstelle von Worten gefasst.

»Zum Reiten. Sie und das Nachbarpferd.«

Lächelnd streichelte Ada das Pferd, das leise wieherte. »Wie ist ihr Name?«

»Topaz.«

»Hallo, Topaz«, raunte sie ihr zu. »Bist du nicht ein hübsches Mädchen?»

Das provozierte Og zu einem Grunzen. »Sie können sie nicht reiten«, bemerkte er schroff.

»Das würde ich auch nicht wollen. Ich wüsste auch gar nicht, wie. Aber ich kann sie trotzdem besuchen und ihr vielleicht einen Apfel mitbringen. Würde dir das gefallen, Topaz?«

»Vergessen Sie diesen Unfug. Sie kommen nicht mehr in meinen Stall. Beeilen Sie sich jetzt mit Ihren Angelegenheiten.«

Ada warf ihm einen finsteren Blick über die Schulter zu und flüsterte Topaz dann zu, dass sie auf jeden Fall wiederkommen würde. Nachdem sie sich Notizen zu den Pferden in ihrem Notizbuch gemacht hatte, fragte sie: »Wer reitet Topaz? Soweit ich weiß, reitet seine Lordschaft nicht.«

»Ich.«

Sie konnte ihre Neugierde nicht im Zaum halten und gab ihr nach. »Warum reitet er nicht? Für einen Viscount finde ich das sehr ungewöhnlich. Ich hätte gedacht, er sei bei der Armee geritten.«

Ein weiteres Knurren war die Antwort. »Kümmern Sie sich um Ihre eigenen Angelegenheiten.«

Seufzend wusste Ada, dass es zu viel verlangt war, sich Antworten auf ihre Fragen zu erhoffen. Sie setzte ihren Gang durch den Stall fort und erfasste dabei die Tiere und die Ausrüstung in ihrem Buch. Das Gebäude war in gutem Zustand und für einen Stall sehr sauber.

»Sind nur Sie hier im Stall?«, fragte sie schließlich, in der Hoffnung, dass er wenigstens darauf antworten würde.

»Nachmittags kommt ein Junge als Hilfe, nachdem er seine Arbeit zu Hause erledigt hat.«

»Wo wohnt er?«

»Auf dem Anwesen.«

Sie hob kaum die Lippen zu einem müden Lächeln. »Wie … vage.« Wieder machte sie sich Notizen in ihrem Buch und dann verstaute sie den Stift wieder in ihrer Tasche.

Og verschränkte die Arme vor der Brust. »Ist noch etwas oder werden Sie jetzt machen, dass Sie hier herauskommen?«

»Eine letzte Sache noch, obwohl ich nicht sicher bin, warum ich überhaupt frage«, fügte sie in einem frustrierten Murmeln hinzu. »Ich muss einen Rundgang über das Anwesen absolvieren und hatte gehofft, Sie könnten mich im Karren herumfahren.«

»Dafür habe ich keine Zeit.«

»Natürlich nicht. Was wäre, wenn Seine Lordschaft darauf besteht?«

Das brachte ihr ein Schnauben ein, das fast wie ein spöttisches Gelächter klang. »Das würde er nicht tun.«

Nein, das würde er wahrscheinlich nicht. Dennoch würde sie ihn fragen. »Vielen Dank für Ihre Zeit und … Unterstützung, Og. Ich wünsche Ihnen einen schönen Tag!«

Als sie hinaus in den Sonnenschein trat, musste sie blinzeln und frustriert biss sie die Zähne zusammen. Aber nur für einen Augenblick. Es war nichts zu gewinnen, wenn sie sich ihrer Wut hingab oder sich von Og den Tag oder die Stimmung verderben ließ.

Sie betrat das Haus und beschloss, dass es an der Zeit war, die Küche ausfindig zu machen, damit sie sehen konnte, wie viele Leute dort arbeiteten. Dann würde sie ganz bestimmt in Erfahrung bringen, wie viele Dienstboten im Haushalt angestellt waren. Diese Informationen waren für ihre Nachforschungen unerlässlich.

Sie machte sich auf den Weg zum Frühstückszimmer und ging durch eine Dienstbotentür die Hintertreppe hinab. Anstatt Geräusche emsiger Geschäftigkeit zu hören, wie man es von einer Küche in einem Haus dieser Größenordnung erwarten würde, wurde Ada von Stille empfangen.

Sie kam an einigen Türen vorbei, ehe sie die Küche erreichte, die aus einem großen, offenen Raum mit einem langen Tisch in der Mitte bestand. Auf der anderen Seite stand eine gedrungene Frau mit einer Kappe, die ihr blondes

Haar fast vollständig bedeckte, und Mrs. Bundle, welche mit der Hüfte an den Tisch gelehnt dastand.

»Guten Morgen«, meinte Ada und sie schien die beiden erschreckt zu haben, denn Mrs. Bundle drehte sich ruckartig um und stand gerade. Die Köchin – Ada nahm an, dass es sich bei der anderen Frau um die Köchin handelte, da sie Karotten schnitt – ließ das Messer fallen.

»Lieber Himmel, Sie törichtes junges Ding. Ich hätte mir beinahe den Finger abgeschnitten«, meinte die Köchin.

»Das haben Sie aber nicht«, entgegnete Mrs. Bundle. Sie lächelte Ada entschuldigend an. »Sie haben uns überrascht, Miss Treadway. Brauchen Sie etwas?«

»Viele Dinge, um genau zu sein. Ich komme gerade aus dem Stall. Warum ist Og so unfreundlich?«

Die Köchin winkte ab. »Er ist schon immer so gewesen und er ist fast schon so lange hier wie ich und in der ganzen Zeit – das sind schon fast vierzig Jahre – habe ich ihn noch nie lächeln sehen.«

Vielleicht war er es, der den Viscount beeinflusst hatte, sich so unwirsch zu geben.

Vierzig Jahre! Die Köchin und Og würden wundervolle Informationen mitzuteilen haben. Nicht, dass Ada so etwas von Og erwartete. Sie hoffte nur, dass die Köchin zugänglicher wäre.

»Was für eine lange Vergangenheit Sie hier haben«. meinte Ada und ging auf den Tisch zu, um ihnen gegenüber stehen zu bleiben. »Ich kann mir vorstellen, dass Sie hier viele Dinge miterlebt haben.«

»Das habe ich«, entgegnete sie mit einem Zwinkern ihrer blauen Augen. Sie nahm das Messer wieder zur Hand und fing an, Karotten zu schneiden.

»Dies ist Mrs. Debley«, meinte Mrs. Bundle. »Wahrscheinlich haben Sie bereits erraten, dass sie die Köchin ist.«

»Und eine wundervolle noch dazu«, bemerkte Ada mit

einem Lächeln. »Ihr Brot ist überaus schmackhaft. Wie auch Ihre Kuchen. Und die Fleischpastete von gestern Abend war himmlisch. Alles, was ich seit meiner Ankunft in diesem Haus gegessen habe, war köstlich.«

Mrs. Debley hielt in ihrer Arbeit inne und ihr Gesicht rötete sich leicht, als sie lächelte. »Ich danke Ihnen. Es ist so erfreulich, für jemanden zu kochen, der es zu würdigen weiß.« Hastig fügte sie hinzu: »Nicht, dass seine Lordschaft das nicht tut. Sein Appetit ist nur einfach nicht mehr derselbe, seit der Ärmste aus dem Krieg zurückgekehrt ist.«

Das war ein Beweis, dass er sich verändert hatte, zumindest was das Essen anbelangte. »Ich verstehe, dass der Viscount vorher anders war – heiterer vielleicht?«

»Der Krieg hinterlässt bei jedem Spuren, stelle ich mir vor«, meinte Mrs. Debley traurig.

Ada widersprach nicht, aber sie konnte nicht anders, als an Lucien zu denken, der neben Warfield gekämpft hatte und es dennoch fertigbrachte, der gutherzigste, liebenswerteste und insgesamt angenehmste Mensch zu sein, dem sie je begegnet war. So gern sie auch etwas über Warfield erfahren wollte und warum er so wütend war, und ob das mit diesen hässlichen Narben in seinem Gesicht zu tun hatte – musste sie sich auf die vor ihr liegende Aufgabe konzentrieren, und dies war das Anwesen.

»Es ist so still hier unten, Mrs. Debley. Wo sind Ihre Gehilfen, Ihre Küchenmägde?«

Die Köchin tauschte einen Blick mit Mrs. Bundle und schüttelte leicht, aber energisch den Kopf. »Ich habe ein Mädchen, das nachmittags kommt und mir bei der Zubereitung der Speisen hilft. Ich brauche nicht viel, wenn ich nur für seine Lordschaft kochen muss.«

»Aber Sie kochen auch für die Dienerschaft. Das ist doch sicher eine Menge Arbeit.«

»Ganz und gar nicht. Wir essen dasselbe wie seine Lordschaft, also bereite ich nur eine Mahlzeit zu.«

Das war sicherlich merkwürdig. Aber in einem Haushalt dieser Größe auch effizient, dachte Ada.

»Wir sind sehr wenige«, führte Mrs. Bundle aus und wie so oft klang sie müde. »Aber vermutlich wissen Sie das. Sie wollen wahrscheinlich auch genau wissen, wie viele wir sind.«

»Das muss ich für meinen Bericht wissen.« Ada bedachte sie mit einem milden Lächeln. »Ich habe den Eindruck, dass Sie alle überlastet sind und Unterstützung gebrauchen könnten. Es scheint, als hätten in den letzten Jahren mehrere Angestellte ihren Dienst quittiert, und es sieht nicht so aus, als seien sie ersetzt worden.«

»Wir kommen ganz gut zurecht«, entgegnete Mrs. Debley und legte die Stirn in Falten. Erneut wandte sie sich ihrer Arbeit zu und bewegte ihre Hand dabei schnell und präzise, während sie eine Karotte in kleine Scheiben schnitt und dann zur nächsten überging. »Belästigen Sie seine Lordschaft nicht. Er tut das Beste, was er kann.«

Mrs. Bundle warf der Köchin einen Blick zu. »Wir könnten mehr Hilfe gebrauchen, insbesondere sie.«

»Pah. Mir geht's gut.« Mrs. Debley blickte von ihrer Arbeit auf dem Schneidbrett auf und schaute Ada mit einem direkten Blick an. »Stiften Sie keinen Ärger, wo er nicht nötig ist.«

»Das habe ich nicht vor«, versicherte Ada ihr sanft. »Ich forste nach der Wahrheit, damit ich sie Lord Lucien mitteilen kann. Als der engste Freund seiner Lordschaft will er Lord Warfield nur unterstützen.«

»Das kann er, indem er sich um seine eigenen Belange kümmert«, entgegnete Mrs. Debley schnippisch. Sie schnitt die letzte Karotte und entfernte sich dann vom Tisch, um ein Gefäß zu holen.

Mrs. Bundle begegnete Adas Blick und zeigt mit dem Kopf in Richtung Tür. Ada verließ den Tisch und trat in den Korridor. Die Haushälterin kam ihr dorthin nach und machte ihr ein Zeichen, bis zur Treppe zurückzugehen.

»Mrs. Debley ist Seiner Lordschaft unglaublich zugetan und nimmt ihn immer in Schutz«, sagte Mrs. Bundle leise.

»Das habe ich mir gedacht. Das scheint angemessen, da sie ihn schon sein ganzes Leben lang kennt.« Ada hatte an loyalen Menschen nichts auszusetzen, insbesondere, da ihre eigene Familie sich von ihr abgewandt hatte. Sie fragte sich, ob der Viscount sich der Unterstützung und Liebe bewusst war, die er genoss.

»Um Ihre Neugierde über die Bediensteten zu befriedigen: In der Küche gibt es nur Mrs. Debley und Molly Tallent, das Mädchen, das nachmittags kommt. Außerdem ist Og im Stall, und mein Sohn ist der einzige Diener.«

»Og hat erwähnt, dass es auch einen Jungen gibt, der dort aushilft.«

»Das ist Mollys Bruder, Archie. Sie wohnen ganz in der Nähe. Mrs. Tallent ist Witwe – ihr Mann ist letztes Jahr gestorben, aber sie kommt den Verpflichtungen aus dem Pachtvertrag nach.«

»Seine Lordschaft erlaubt ihr zu bleiben?« Oder wusste er überhaupt, dass Mr. Tallent gestorben war?

»Sie müssen ihn für ein fürchterliches Scheusal halten – und das kann er sicherlich auch sein –, aber unter seiner rauen Hülle verbirgt sich ein freundlicher und fürsorglicher Gentleman. Das war er zumindest einmal«, fügte sie leise hinzu. »Er würde niemanden fortschicken.«

Vielleicht nicht, aber er würde auch niemanden hereinbitten, wie seine Weigerung bewies, seiner Halbschwester eine Stellung zu verschaffen, als sie darum gebeten hatte. Zugegeben, Prudence hatte ihm nichts von ihrem verwandtschaftlichen Verhältnis gesagt, aber das hätte keine Rolle spielen dürfen. Sie war mehr als qualifiziert, viele Dinge zu tun, und ganz eindeutig brauchte er schon seit einiger Zeit Hilfe.

Doch auf solch ein Thema würde sich Ada nicht mit Mrs. Bundle einlassen. Wenn sie bei ihrem Arbeitgeber Gutes finden wollte, würde Ada jeden Versuch unterlassen, sie vom Gegenteil zu überzeugen. Selbst wenn er in Wahrheit nichts davon hatte.

»Ich freue mich über Ihr Vertrauen in Seine Lordschaft«, meinte Ada. »Er ist mir bei meinen Bemühungen nicht sehr behilflich. Ich würde gerne das Anwesen besichtigen, aber er weigert sich, mich herumzuführen. Er schlug vor, dass Og dies tun würde, aber Og hat mir gerade mitgeteilt, keine Zeit dafür zu haben. Ich kann ja nicht einfach herumlaufen und die Leute einfach so ansprechen.«

Mrs. Bundle runzelte die Stirn. »Sie können doch nicht jeden Tag über das Anwesen laufen. Das würde viel länger dauern als die vierzehn Tage, die Sie hier sein werden.«

»Nun, ich reite nicht und kann auch nicht kutschieren, also habe ich leider keine andere Möglichkeit.«

Mrs. Bundle nickte. »Archie Tallent könnte Sie fahren. Ich spreche mit ihm und sorge dafür, dass Og nicht in die Quere kommt. Wann würden Sie gern aufbrechen?«

Ada verspürte eine Woge von Aufregung und Dankbarkeit. »Morgen wäre ausgezeichnet. Danke, Mrs. Bundle.«

»Ich glaube, wir wollen dasselbe, Miss Treadway«, meinte die Haushälterin mit einem Lächeln. »Seine Lordschaft braucht einen Anstoß, um wieder dorthin zurückzufinden, wo er vorher gewesen ist.«

»Und Sie brauchen Hilfe«, stellte Ada scharfsinnig fest. »Ich beabsichtige, dafür zu sorgen, dass Sie sie bekommen.«

»Wenn irgendjemand das zustande bringen kann, dann vermutlich Sie.« Sie zwinkerte Ada zu. »Ich werde Sie informieren, wenn die Arrangements für morgen getroffen sind.«

»Ich danke ihnen von Herzen.« Ada sauste praktisch in die Bibliothek.

Kurz hinter der Türschwelle blieb sie abrupt stehen, als sie den Viscount mit einem Buch in der Hand neben ihrem Schreibtisch stehen sah. »Wie unerwartet, Sie hier anzutreffen«, meinte sie so laut, dass er von ihrer Ankunft nicht überrascht sein würde.

Er drehte sich zu ihr und ein finsterer Ausdruck grub sich zusammen mit den Narben in seine Züge. Sie erkannte, dass seine Entstellung ihn ständig wütend wirken ließ. Verstärkte dies seinen Ausdruck, sodass er gereizter oder wütender aussah, als er tatsächlich war?

Wahrscheinlich reagierten die Menschen bei seinem Anblick erschrocken. Sicherlich hatte das zu seiner generellen Ruppigkeit beigetragen. Sie stellte sich vor, dass es frustrierend oder gar ermüdend sein musste. Oder sogar deprimierend.

»Ich sehe, dass Sie diesen Schund gelesen haben, anstatt an meinen Hauptbüchern zu arbeiten«, bemerkte er ernst. »Wenn Sie während Ihres Aufenthalts hier nicht tun, wozu Sie hergekommen sind, werde ich Sie nach London zurückschicken.«

Ada machte den Mund auf, um ihm ein wohlverdientes Kontra zu geben, doch dann erkannte sie, dass er sie provozierte und immer noch hoffte, sie loszuwerden.

Sie würde nirgendwohin gehen.

~

*M*iss Treadway legte eines der Hauptbücher des Anwesens auf den Tisch. »Wie Sie sehen können, habe ich gerade an ihren Büchern gearbeitet.« Mit einem Kopfnicken deutete sie auf das Buch in seiner Hand. »Erwarten Sie von mir, jeden Augenblick zu arbeiten, in dem ich wach bin? Ich habe dieses Buch gestern Abend gelesen, um mich zu entspannen. Zufälligerweise finde ich Gefallen an Liebesgeschichten. Was tun *Sie*, um sich zu entspannen?« Sie schaute ihn erwartungsvoll an und verschränkte die Arme vor der Brust.

Sie trug ein schlichtes dunkelblaues Tageskleid, das sie bis zum Hals bedeckte. Aber die Art und Weise, wie sie die Arme hielt, lenkte seinen Blick zu ihren Brüsten, die größer waren, als er bei einer Frau von ihrer zierlichen Gestalt erwartet hätte.

Er lenkte seine Aufmerksamkeit zu ihrem Gesicht. »Es geht nicht um mich. Es geht darum, dass Sie Ihre Zeit verplempern.«

Sie verdrehte die Augen und öffnete die Arme, um sie seitlich fallen zu lassen, worauf sie die Hände zu Fäusten ballte. Gut, er hatte sie gereizt.

»Ich verplempere überhaupt nichts. Ich wache früh auf und arbeite noch nach dem Abendessen. Sie werden mich nicht zur Rechenschaft ziehen, mich vor dem zu Bett gehen zu entspannen und Sie werden auch nicht kritisieren, was ich lese. Romanzen sind kein Schund. Jeder sollte das Glück haben, Liebe zu erfahren und eine glückliche Beziehung zu finden. Warum würdigen Sie das herab?«

»Jeder sollte das Glück haben, eine Beziehung dieser Art zu *bewahren*.« Er fluchte innerlich und verabscheute sich, weil er dies laut ausgesprochen hatte. Dann ließ er das Buch auf den Tisch fallen. »Sorgen Sie einfach dafür, dass sie tun, wozu Sie hergekommen sind.«

Sie holte tief Luft und bewegte die Hände an ihren Seiten. »Wenn sie meine Berichte lesen – ich habe gestern Abend einen neuen in Ihr Arbeitszimmer gelegt – dann wüssten Sie, dass ich hart arbeite. Ich würde mich freuen, Ihnen von meinem Fortschritt zu berichten.«

Himmel, er war mitten ins Fettnäpfchen getreten. Er

wollte sie in dieser Sache nicht beanspruchen, aber die Wahrheit war, dass er wissen wollte, wo sie mit einem seiner Hauptbücher gewesen war. »Wo waren Sie?«

»In den Stallungen. Ich habe mit Og gesprochen. Neben ihm sehen Sie wie ein passabler Held eines Liebesromans aus.«

Max Mundwinkel zuckte, ehe er es verhindern konnte. Er schaffte es allerdings, nicht in ein volles Grinsen auszubrechen. Verdammt, es war das zweite Mal, dass sie ihn zu dieser Reaktion provoziert hatte.

Den Blick auf seinen Mund geheftet, trat sie einen Schritt auf ihn zu. »Warum haben Sie Ihr Lächeln unterdrückt? Nie gestatten Sie sich, zu lächeln. Warum?«

»Hat Ihnen schon einmal jemand gesagt, dass Sie aufdringlich sind?«

»Viele Male. Weil ich das bin.« Sie legte den Kopf ein wenig schief. »Warum wollen Sie nicht lächeln?«

»Aufdringlich, unverschämt und nutzloserweise hartnäckig.« Er schaute sie böse an und fand zu seiner schlechten Stimmung zurück. »Kümmern Sie sich um Ihre eigenen Angelegenheiten.«

»Es ist absolut vertrackt mit Ihnen. Noch nie habe ich jemanden kennengelernt, der sich so in sein eigenes Elend ergeben hatte. Sie müssen sich entspannen – und vielleicht einen Liebesroman lesen.« Ihr Ausdruck hellte sich auf und jetzt lächelte sie, während er, wegen des kleinen Purzelbaums, den sein Magen zur Antwort schlug, am liebsten geknurrt hätte. Hoffentlich vor Gereiztheit. »Sie sollten mir heute Abend Gesellschaft leisten. Lesen Sie etwas zum Vergnügen. Sie werden feststellen, dass Sie lächeln werden.«

»Auf keinen Fall.«

»Was könnte es schon schaden?« Sie schaute ihn arglos an, als wäre sie ob des Dämons in seinem Inneren vollkommen ahnungslos. Doch das war sie natürlich und das musste sie sein.

Der Schaden würde ihr entstehen. Er war nicht der Richtige, mit dem sie ihre Zeit verbringen sollte.

»Sie denken darüber nach«, stellte sie fälschlicherweise fest. »Auf mehr kann ich vermutlich nicht hoffen.«

Er wollte diese Gesprächsrichtung keinen Moment länger verfolgen, also richtete er den Blick auf das Hauptbuch, das sie vor sich auf den Tisch gelegt hatte. »Was haben Sie in den Stallungen gemacht?«

»Abgesehen davon, Og nervtötend zu finden? Ich habe eines der Pferde gestreichelt. Sie war entzückend. Außerdem habe ich eine Bestandsaufnahme der Tiere und Fahrzeuge und auch anderer Gegenstände gemacht. Ich bin aber bei den meisten nicht ganz sicher, was es ist. Wenn es um irgendwelche Dinge geht, die mit einem Stall zu tun haben, bin ich beschämend ungebildet.«

»Ich vermute, Sie haben immer in London gelebt.«

»Nein, ich bin aus Devon.«

Er hätte erkennen müssen, dass sie keinen Londoner Akzent hatte. »Dann haben Sie dort in einer Stadt gelebt.«

Sie nickte. »Plymouth. Mein Vater war Fischer. Ich kann mit einem Boot segeln, aber ich kann kein Pferd reiten.«

»Das ist für eine Buchhalterin auch keine sehr nützliche Fähigkeit«, antwortete er.

»Das ist es nicht. Aber obwohl ich ein Boot segeln *kann*, tue ich es nicht. Die See hat meinen Vater genommen und jetzt bin ich nicht in der Lage, mich in oder auf das Wasser zu wagen.«

Die Erwähnung ihres Verlustes erinnerte ihn, dass er sich von ihr fernhalten sollte, um sicherzustellen, dass seine dunkelste Natur im Verborgenen blieb. Er sollte nicht mit ihr plaudern.

»Dann sind Sie genau dort, wo Sie sein sollten«, meinte

er. »Meiden Sie nur den kleinen Teich in der südöstlichen Ecke des Anwesens.«

»Das werde ich tun«, antwortete sie. »Lassen Sie mich Ihnen jetzt noch sagen, was ich in Ihrem Stall *nicht getan* habe – ich habe keine Kopie von Ogs Aufzeichnungen über das Kassieren der Pachtzinsen gefunden. Er sagt, er hätte alles auf ein Stück Papier geschrieben, das Sie vielleicht hier haben könnten. Das haben Sie vermutlich nicht, oder?«, fragte sie hoffnungsvoll.

»Nein, und ehe Sie mich bitten, danach zu suchen, Og hat es mir nie gegeben.« Daran könnte er sich erinnern. Es war eher wahrscheinlich, dass Og es erwähnt und Max sich nicht einmal die Mühe gemacht hatte, es anzuschauen, ganz abgesehen davon, es herzubringen.

Enttäuscht schürzte sie die Lippen. Ehe sie noch eine weitere Antwort geben konnte, hatte er sich umgedreht und war aus der Bibliothek marschiert, wobei er sich mit der Absicht trug, Miss Treadway aus seinen Gedanken zu verbannen. Auf dem Weg hinaus stieß er auf Mrs. Bundle.

Sie zögerte und er konnte sehen, dass sie etwas sagen wollte, also hielt er inne. »Ich werde Archie bitten, Miss Treadway morgen auf dem Anwesen herumzufahren, da weder Ihr noch Og sich darum kümmern möchten.«

Er wusste, dass Mrs. Bundle ihn dazu bringen wollte, seine Meinung darüber zu ändern. »Ich verstehe nicht, warum das notwendig ist. Ihre Anwesenheit ist ein Ärgernis.«

»Sie ist auch schon zur Hälfte vorbei. Miss Treadway ist vor fünf Tagen angekommen.« Mrs. Bundles Gesichtsausdruck wurde weicher und er wappnete sich auf den bevorstehenden Angriff auf seine Gefühle – als ob er noch welche übrig hätte. »Sie versucht nur zu helfen. Was kann das schon schaden?«

Hatten Miss Treadway und sie das geplant? Ihre Worte waren zu ähnlich. »Sie hat Sie dazu angestiftet, nicht wahr?«

»Überhaupt nicht.« Mrs. Bundle schaute ihn finster an. »Viel zu schnell glaubt Ihr an das Schlimmste im Menschen. Nicht, dass es das Schlechteste wäre, wenn wir beiden zusammenarbeiteten, um Euch und dem Anwesen zu helfen. Es ist nur, dass *Ihr* das glaubt.«

Er entschied, seine eigenen Worte zu wiederholen. »Kümmern Sie sich um Ihre eigenen Angelegenheiten.«

Sie zuckte mit der Schulter und ihr Ausdruck wandelte sich zu Frustration, während ihre Augen funkelten. »Ich arbeite auf diesem Anwesen für *Euch*, also ist es meine Angelegenheit, soweit ich das einschätzen kann. Wenn sich außerdem niemand in Eure Angelegenheiten einmischen würde, würde nichts je erledigt werden, weil *Ihr* Euch nicht um *Eure* Angelegenheiten kümmert.«

Wie ein Schlag auf die Brust traf ihn die Schuld. Er stieß die Luft aus, als wollte er sich von dem Gefühl befreien, und fragte: »Was soll ich Ihrer Meinung nach tun?«

Sie nahm sich einen Augenblick für ihre Antwort Zeit und er erkannte, dass er sie überrascht hatte. »Für den Anfang sollten Sie Miss Treadway zuhören. Und Sie sollten derjenige sein, der sie auf dem Anwesen herumführt.«

»Ich bedauere, Sie zu enttäuschen, aber ich werde keines dieser Dinge tun.« Es tat ihm wirklich leid, sie zu enttäuschen, aber er konnte sich auch nicht dazu durchringen, sein Verhalten zu ändern. Vielleicht könnte er sie zumindest ein kleines bisschen zufriedenstellen. »Ich überlege allerdings, einen neuen Verwalter einzustellen.«

Überraschung – vielleicht gepaart mit einem Anflug von Erleichterung – zeigte sich in ihrem Blick. »Das wäre ein guter Anfang.« Sie klang, als könnte sie es nicht ganz glauben. »Ich möchte nur das Beste für Euch, Mylord. Deshalb bin ich noch nicht gegangen«, fügte sie leise hinzu.

»Ich möchte nicht, dass Sie je denken, Sie müssten bleiben.« Er hoffte eigentlich wirklich nicht, dass sie ging, wie er es bei seinem Verwalter getan hatte. Was, rückblickend gesehen, ziemlich töricht gewesen war. Er hatte nicht geglaubt, dass er den Mann brauchte, aber vielleicht tat er das.

Mrs. Bundle schüttelte den Kopf. »Jemand muss sich um Sie kümmern. Ich mache am besten weiter.« Mit diesen Worten setzte sie ihren Weg fort.

Max schaute ihr nach und dachte, es sollte sich eigentlich niemand um ihn kümmern müssen. Tatsächlich hätte er in Spanien sterben sollen. Ganz sicher hatte er sich alle Mühe gegeben, dieses Ziel zu erreichen. Es war ein Wunder, dass er nicht gestorben war.

Nein, es war ein Fluch.

CHAPTER 4

Mit dem Notizbuch in der Hand marschierte Ada am Vormittag auf die Stallungen zu und freute sich darauf, Archie kennenzulernen. Sie erkannte, dass der Karren von einem einzelnen Pferd gezogen wurde, und sie fragte sich, ob der Junge ihr vielleicht das Fahren beibringen könnte. Das wäre für eine unabhängige junge Frau wie sie selbst eine sehr nützliche Fähigkeit.

An der Rückseite des Karrens tauchte ein Kopf auf und sie wäre beinahe gestolpert. Selbst mit dem tief in die Stirn gezogenen Hut gab es keinen Zweifel an dem grüblerischen Gesichtsausdruck. Immer schon hatte sie Hüte attraktiv gefunden und in diesem Fall verlieh er Lord Warfield eine verwegene Aura. Verwegen war allerdings kein Wort, dass sie jemals benutzt hätte, um ihn zu beschreiben. Streitsüchtig. Antagonistisch. Ungefällig. Aber auch enigmatisch und verlockend. Dachte sie das nur, weil sie mit einer überaktiven Fantasie geschlagen war? Sie kam zu dem Schluss, dass der Grund für ihren Gedanken egal war.

»Guten Morgen«, rief sie, als sie auf den Karren zumarschierte. »Sind Sie gekommen, um mich zu verabschieden?«

»Nein.«

Natürlich nicht. Das wäre so anders als das, was sie von seinem Charakter kannte, dass sie sich wunderte, warum sie überhaupt gefragt hatte. »Sie fahren mich nach London, nicht wahr? Nun, ich werde nicht gehen.«

Er starrte sie einen Moment an. »Ich sagte, sie können zwei Wochen bleiben, vorausgesetzt, Sie sind mir nicht lästig.«

»Ich war mir vollkommen sicher, dass ich Ihnen weiterhin wie ein Stachel in der Seite sitze.«

»Meiner Seite, meinem Nacken, meinem Auge, meinem verdammten Arsch.« Er grunzte. »Entschuldigung. Ich hatte nicht grob sein wollen.«

Jetzt entschuldigte er sich auch noch. »Was stimmt nicht mit Ihnen?«, fragte sie.

»Nichts. Ich dachte, ich würde Sie auf dem Anwesen herumfahren, aber vielleicht ist das eine schlechte Idee, da Sie scheinbar –«

»Nein, nein«, unterbrach sie ihn, überhaupt nicht interessiert daran, zu hören, was er über sie dachte. Sie war sich sicher, dass sein Kommentar über lästig hinausgehen würde. »Ich freue mich, dass Sie mich heute fahren.« Tatsächlich konnte sie das Lächeln auf ihrem Gesicht kaum zügeln. »Wen gäbe es Besseren, um mir alles zu sagen, was ich wissen muss?« Außer dass er wahrscheinlich nicht alles wusste, was sie in Erfahrung bringen musste. Nicht wenn er sich so wenig mit seinem Anwesen beschäftigte, wie es den Anschein hatte.

Von dem, was sie sich aus den Notizen seines ehemaligen Verwalters zusammenreimen konnte, war der Vater des Viscounts etwa zu der Zeit gestorben, als Seine Lordschaft von Spanien aufgebrochen war, um aufgrund seiner Verletzungen wieder heimzukehren. Der neue Viscount, sein älterer Bruder, war dem Vater bald in den Tod gefolgt und nur Tage vor Warfields Heimkehr gestorben.

Der neue Viscount hatte Monate damit zugebracht, sich von seinen Verletzungen zu erholen und verständlicherweise wenig Interesse an seinem Anwesen gezeigt. Das hatte sich allerdings auch nicht geändert, nachdem er sich erholt hatte. Soweit Ada das erkennen konnte, hatte der derzeitige Viscount seine neue Position nie vollkommen ausgefüllt.

Sie musste davon ausgehen, dass er das nicht wollte. Wie sie sich danach sehnte, ihn zu fragen.

Wie erwartet, gab er keine Antwort auf ihre rhetorische Frage. Mit einem schwachen Brummen bot er ihr seine Hand, um ihr auf den Karren zu helfen.

Ihr Blick fiel auf seine Hand, die in schwarzes Leder gehüllt war. Sie war groß und die Finger lang. Er wirkte, als könnte er Dinge mit Leichtigkeit zerbrechen.

Doch als sie ihre Hand in seine legte und er ihr mit sanfter Kraft hinaufhalf, wusste sie, dass er ihr keinen Schaden zufügen würde. Nicht, dass sie sich davor fürchten würde. Er war brummig und biestig, aber sie hatte keine Angst vor ihm.

Als sie auf ihrem Platz saß, umrundete er den Karren und kletterte neben ihr hinauf. Ohne ein Wort fuhr er aus dem Stallhof dann hinaus vor das Haus.

»Ich habe erfahren, dass Stonehill einst eine Burg war«, ergriff sie in der Hoffnung das Wort, eine unverfängliche Unterhaltung zu beginnen.

»Ja.«

Sie würde sich mit einer einsilbigen Antwort anstatt seines charakteristischen Brummens zufriedengeben. »Wissen Sie, welcher Ihrer Vorfahren es erbaut hat?«

»Keiner von ihnen. Der erste Lord Warfield erhielt den Besitz von Charles dem Zweiten nach seiner Ernennung.

Meine Vorfahren waren für ihre Treue zur Krone in den Adelsstand erhoben und mit diesem Anwesen belohnt worden. Damals war die Burg eine Ruine. Der erste Lord Warfield hat die Überreste niedergerissen und ein neues Haus errichtet, das mein Urgroßvater fast vollständig abgetragen und neu errichtet hat. Das ist das Haus, das heute hier steht. Einige Steine der Burg sind als Eckpfeiler verwendet worden.«

Sie biss sich auf die Zunge, ehe sie sich zu der Bemerkung hinreißen ließ, dass dies das meiste war, was er je zu ihr gesagt hatte. Und das ohne Gereiztheit. »Wie faszinierend. Steht das Haus dort, wo die Burg gestanden hat?«

»Nein. Die Burg war südlich des derzeitigen Hauses errichtet worden. Sie war nicht sehr groß – nur ein kleiner Hauptturm mit Wällen drumherum. Ein paar Steine sind immer noch dort. Wenn Sie genau hinschauen und Ihre Fantasie ein bisschen anstrengen, können Sie einen Teil der Mauer erkennen.«

Sie war von Vorfreude wie elektrisiert. »Das würde ich liebend gern sehen. Ich habe jede Menge Vorstellungskraft.«

»Das hat absolut nichts mit Ihrer Aufgabe hier zu tun.« Da war seine Schroffheit. Sie musste ja irgendwann zum Vorschein kommen.

»Nein, aber Sie erwarten doch wirklich nicht von mir, den ganzen Tag zu arbeiten?« Genau das hatte sie bislang getan, und sogar am gestrigen Sonntag. »Das tue ich in meiner normalen Position nicht.«

Sie verließen die Straße und er bog auf einen Feldweg ein. Es war ein warmer Tag und es ging eine leichte Brise. In der Luft lag der Duft von Wildblumen.

»Wohin fahren wir zuerst?«, fragte sie.

»Nun, direkt dort vorn ist ein Hof.«

Sie vermutete, dass er noch nicht einmal die Namen derer wusste, die dort lebten. »Was wird hier angebaut?« Sie winkte ab, denn sie ahnte schon, dass er das auch nicht wusste. »Unwichtig, ich werde die Leute mit meinen Fragen löchern, anstatt Sie zu belästigen. Was wissen Sie noch über Stonehill Castle?«

»Nichts, ich habe Ihnen das gesamte Ausmaß meines Wissens mitgeteilt.«

»Sind Sie nicht daran interessiert, mehr zu erfahren?«

»Nicht besonders.« Er warf ihr einen Seitenblick zu. »Sie scheinen von der Vergangenheit recht fasziniert zu sein.«

»Ich liebe Geschichte. Es hat etwas Tröstliches, zu wissen, dass Ihre Familie ihre Wurzeln an einem bestimmten Platz hat und dass dieses Land ein Teil Ihrer Ahnengeschichte – sogar Ihres Bluts ist.«

»Das ist es nicht, obwohl es aufgrund der Erbrechte so scheinen mag. Stonehill Castle hat meiner Familie nicht gehört. Ich habe nicht die geringste Verbindung dazu. Ehrlich gesagt, habe ich auch zu dem derzeitigen Anwesen keine Verbindung.«

Ada hielt die Luft an. Nie hätte sie sich vorgestellt, dass er ihr solche Gefühle anvertraute! Sie wollte ihn nach dem Grund dafür fragen, doch sie fürchtete, dass er nicht antworten würde, selbst wenn er sich heute Vormittag redseliger gab als bei all ihren anderen Begegnungen. Also würde sie ihn etwas fragen, worauf er auf die Art und Weise antworten könnte, die er bevorzugte – mit einem Wort. »Liegt es daran, dass Sie nicht damit gerechnet hatten, es zu erben?«

Es wurde einen Augenblick still – abgesehen von dem Vogelgesang, der rechter Hand erklang – und sie fühlte, wie sich die Atmosphäre änderte. Hatte er scharf Luft geholt?

»Ja.«

»Ja, Sie hatten nicht erwartet, zu erben?«, fragte sie klärend.

»Mein Bruder hätte der Viscount werden sollen. Ich bin

ein Soldat und kein Grundbesitzer.« Er knurrte. »Das war ich zumindest.«

»Mein Beileid zu dem Verlust Ihres Bruders«, sagte sie leise. »Und Ihres Vaters. Mein Vater starb, als ich zehn Jahre alt gewesen bin.«

»Das kann nicht leicht gewesen sein.«

»Nein. Dann ist mein älterer Bruder zur See gegangen und hat meine Mutter, mich und meine drei jüngeren Schwestern allein gelassen.« Sie schaute ihn an. Er saß rechts von ihr, sodass seine vernarbte linke Gesichtshälfte ihrem Blick unverhüllt ausgesetzt war. Sie bemerkte, dass er den Hut ein bisschen schräg trug, als ob er diese Seite damit abschirmen könnte, damit seine Entstellung vor neugierigen Blicken geschützt wäre. Was würde er wohl antworten, wenn sie ihm sagte, dass sie sie berühren wollte, um die Uneben-heiten auf seiner Haut zu ertasten? Es sah aus, als hätte er eine Verbrennung erlitten, aber welcher Art?

»Sie scheinen unbeschadet daraus hervorgegangen zu sein«, bemerkte er schroff.

»So scheint es.« Aber der Weg war nicht leicht gewesen. Sie war töricht gewesen und hatte den Preis dafür bezahlt. Dennoch hatte sie überlebt, und das war mehr, als sie von ihrer Mutter und einer ihrer Schwestern sagen konnte. Diese schreckliche, alte Schuld drohte sie zu packen, doch sie rang das Gefühl nieder. Dabei würde nichts Gutes herauskommen.

Den Kopf zur Sonne hebend schob sie die finsteren Gedanken beiseite und schloss die Augen, als sie tief Luft holte. »Ich liebe den Sommer. Sie nicht auch?«

»Nein, ich bevorzuge Kälte und Regen.«

»Dagegen habe ich auch nichts. Am meisten mag ich den Schnee, denke ich.«

Er schnaubte. »Ich fange langsam an zu glauben, dass Sie alles mögen. Gibt es nichts, was Sie ärgert?«

»Brummige Viscounts mit Geringschätzung für Liebesgeschichten.« Sie lachte leise.

Er schüttelte den Kopf und bog von dem Feldweg auf eine kleine Zufahrt ab. »Wenn ich Sie ärgere, kann es nicht für lang sein.«

»Das Leben ist zu flüchtig, um schlechte Laune zu haben. Abgesehen davon ist es nicht angenehm, sich wütend zu fühlen. Viel lieber bin ich glücklich.«

Er brachte den Karren vor einem kleinen Häuschen aus Stein und mehreren Außengebäuden zum Stehen. Ihre Blicke begegneten sich und bei der Intensität seines Gesichtsausdrucks hielt sie die Luft an. »Sie können sich einfach entscheiden, sich glücklich zu fühlen, wann immer Sie wollen?«

»Es ist nicht immer leicht, aber ich versuche es.«

Er sprang hinunter und kam herum, um ihr behilflich zu sein. Bis sie sich wieder auf die andere Seite des Karrens begeben hatten, war inzwischen eine Frau aus dem Häuschen getreten. Sie war von mittlerer Statur mit einer sauberen Haube auf ihrem grauen Haar und wischte sich die Hände an der Schürze ab.

»Guten Morgen«, rief sie aus, als sie beide näher kamen.

Als der Viscount nichts sagte, wandte Ada sich rasch an die Frau. »Guten Morgen. Ich bin Miss Treadway, ähm, eine Sekretärin für Lord Warfield. Und dies ist Seine Lordschaft.« Sie drehte ihren Oberkörper, um zu sehen, wo er geblieben war.

Er stand ein paar Schritte entfernt und wirkte eindeutig unbehaglich.

»Liebe Güte«, entfuhr es der Frau leise, aber nicht so leise, dass Ada sie nicht hätte hören können. Sie sank in einen Knicks. »Was für eine Ehre, Euch auf unserem bescheidenen Hof zu empfangen, Mylord.«

Warfield sagte nichts, aber zumindest ließ er sich zu

einem Nicken herab. Konnte er nicht Guten Morgen sagen? Er musste ja nicht lächeln, obwohl das wirklich schön gewesen wäre.

Ada drehte sich wieder zu der Frau um und lächelte für ihn. »Er ist hocherfreut, hier zu sein. Sind Sie Mrs. Spratt?« Das vermutete sie anhand der Namen, an die sie sich von den Hauptbüchern erinnern konnte.

»Ja, in der Tat«, entgegnete sie herzlich. »Würden Sie gern hereinkommen? Ich habe gerade etwas Brot aus dem Ofen geholt.«

In genau diesem Moment stieg Ada der Duft von frischem Brot in die Nase. Ihr Magen grummelte zur Antwort. »Das wäre wundervoll.« Sie schaute zu dem Viscount zurück und deutete mit dem Kopf in Richtung des Häuschens.

Warfield wirkte angespannt und sein Kiefer war steif, während die Muskeln in seinem Hals arbeiteten. Trotzdem schritt er auf das Häuschen zu und als Mrs. Spratt an der Tür zur Seite trat, ging er hinein.

Ada folgte ihrer Gastgeberin in einen kleinen, aber properen Hauptraum. Der Küchenbereich war in einer der Ecken untergebracht und das Brot lag auf dem Tisch, auf dem sie eindeutig das Essen vorbereitete.

»Mr. Spratt wird gleich hier sein. Er beendet gerade seine morgendlichen Aufgaben. Es ist so viel zu tun und wir beide sind allein.«

Ada schlug ihr Buch auf, nahm einen Stift aus der Tasche und machte sich daran, die Namen des Paares zu notieren, aber auch die Informationen, die sie bereits gesammelt hatte. Dann stellte sie eine Reihe von Fragen über den Hof, während Mrs. Spratt das Brot schnitt. Die Frau antwortete, während sie die Scheiben mit Butter bestrich und jedem von ihnen eine gab – Warfield zuerst.

Ada hielt den Atem an, aber er nahm es mit einem

leichten Nicken von der Frau. Allerdings biss er nicht sofort hinein. Ada hatte nicht so eine Geduld. Sie konnte kaum abwarten, einen Bissen zu probieren. Es duftete köstlich und das sagte sie Mrs. Spratt auch.

»Es geht nichts über frisches Brot«, meinte Mrs. Spratt mit einem Grinsen. »Ah, und hier ist Mr. Spratt.«

Die Tür hatte sich geöffnet und der Ehemann trat ein. Er war ein großgewachsener, muskulöser Mann, der das mittlere Alter überschritten hatte. Ada würde vermuten, dass er Ende fünfzig sein musste. Mr. Spratt nahm den Hut ab und knetete ihn zwischen den Händen.

»John, du wirst nie erraten, wer hier ist«, meinte Mrs. Spratt, die Ada gerade ihre Scheibe Brot reichte. Ada schlug ihr Buch zu und nahm es zusammen mit dem Stift in eine Hand, während sie das Brot mit der anderen nahm.

»Ich kann sehen, dass es seine Lordschaft ist. Welche Ehre, Euch in meinem Haus zu haben, Mylord.«

»Das Vergnügen ist ganz seinerseits«, antwortete Ada, ehe sie innehielt, um zu sehen, ob Warfield etwas entgegnen würde.

»Ja, es ist mir ein Vergnügen«, meinte Warfield und überraschte Ada, als sie einen Bissen von dem Brot nahm und sich dabei versehentlich auf die Wange biss. »Das ist Mrs. Treadway. Wenn Sie irgendwelche Probleme haben, die meine Aufmerksamkeit erfordern, wenden Sie sich damit bitte an sie.«

Mr. Spratt schaute Ada ungläubig an. »Ist sie der neue Verwalter?«

»Nein, sie ist die Sekretärin«, antwortete Mrs. Spratt. »Gerade hat sie sich Notizen in diesem Buch gemacht.«

Ada beeilte sich, ihr Brot aufzuessen, und zwar weil es das beste Brot war, das sie je gegessen hatte, aber auch, damit sie sich wieder dem Aufschreiben zuwenden konnte. Mr. Spratt schaute sie noch immer skeptisch an.

»Erzähle Seiner Lordschaft von dem Dach über dem Kuhstall«, drängte Mrs. Spratt ihren Ehemann.

Mr. Spratt schaute zum Viscount. »Bah. Das kann ich reparieren. Ich möchte ihn damit nicht belästigen.«

Ada schluckte ihren vorletzten Bissen Brot herunter. »Bitte, wenn es Ihnen nichts ausmacht, würden wir gern davon erfahren.« Sie steckte sich den letzten Brocken in den Mund und schlug ihr Notizbuch wieder auf.

»Mr. Spratt braucht auch neue Geräte«, meinte Mrs. Spratt und schaute zu Ada, die sich eine Notiz in ihrem Buch machte.

»Was für Geräte sind das?« Ada wollte genau aufschreiben, was er brauchte.

»Ich komme klar«, entgegnete Mr. Spratt und warf seiner Frau einen leicht verärgerten Blick zu. »Wir müssen Seine Lordschaft nicht damit belästigen.«

»Das ist keine Last«, widersprach Ada fröhlich. »In Wahrheit ist es seine Verantwortung und er wäre erfreut, zu helfen, wo immer er kann.«

Alle drei starrten sie an und überzeugten sie damit, dass keiner der Anwesenden wirklich glaubte, der Viscount wäre von irgendetwas erfreut. Es schien, als wüssten seine Pächter über seine Art Bescheid. War das auf den Klatsch zurückzuführen oder hatte er seinen Mangel an … Freude vor ihnen unter Beweis gestellt?

»Erzählen sie uns einfach, welche Geräte ersetzt werden müssen«, meinte Lord Warfield und klang entweder müde oder ungehalten. Oder vielleicht beides.

»Ja, Sir«, antwortete Mr. Spratt. Dann zählte er eine Reihe von Werkzeugen auf, die Ada rasch notierte. Er schaute zu dem Viscount und schien plötzlich nervös. »Ich kann Euch die Dinge zeigen, damit Ihr entscheiden könnt, ob sie wirklich ersetzt werden sollten.«

»Ich glaube Ihnen, Mr. Spratt.« Warfields Stimme klang tief und fest.

Der Bauer nickte. »Das weiß ich sehr zu schätzen, Sir.«

»Wir sollten uns auf den Weg machen«, meinte Warfield.

»Danke für Ihre Gastfreundschaft und insbesondere das Brot.« Ada schlug das Buch zu.

»Es ist uns eine Ehre, Sie hier zu haben.« Mrs. Spratt trat an die Tür und öffnete sie für die beiden.

Warfield machte Ada ein Zeichen, ihm vorauszugehen. Dann folgte er ihr zu dem Karren, wo er ihr auf den Sitz half.

Mr. Spratt kam in den Hof hinaus und dankte ihnen für den Besuch. »Ich brauche nichts davon sofort«, meinte er.

Mit einem Nicken kletterte Warfield auf seinen Platz und fuhr vom Hof.

»Haben Sie sie nie zuvor besucht?«, fragte Ada.

»Einmal. Ehe mein Verwalter gegangen ist, habe ich mit ihm die Runde auf dem Anwesen gemacht.« Er warf ihr einen neugierigen Blick zu. »Wie haben Sie ihre Namen gewusst?«

»Reines Glück – ich hatte die Namen in den Büchern gelesen, aber ich hatte keine Ahnung, dass *sie* die Spratts waren. Ich war davon sehr amüsiert. Sagen Sie mir die Namen der nächsten Pächter auch nicht. Vielleicht werde ich ihn auch richtig erraten.«

»Den könnte ich Ihnen ohnehin nicht sagen. Sie wissen das ich an der Leitung dieses Anwesens vollkommen unbeteiligt bin. Ich kenne niemandes Namen, weiß nicht, was sie anbauen, wieviel Pacht sie zahlen oder wann ihrer Pachtverträge ablaufen.« Er sprach diese Dinge wie eine Tatsache ohne einen Anflug von Reue aus.

»Das klingt nicht, als ob es Sie kümmert.«

Als er nicht antwortete, bewahrte sie für einige Minuten Schweigen und genoss den Anblick der idyllischen Landschaft, während sie sich fragte, wie dieser Mann existierte.

Was tat er den ganzen Tag? Was motivierte ihn am Morgen, überhaupt aus dem Bett zu steigen?

»Haben Sie Ihr Brot gegessen?«, fragte sie absurderweise und rief sich in Erinnerung, dass sie ihn nicht hatte essen sehen.

»Nein, ich habe es auf den Tisch gelegt. Sie waren sehr beschäftigt, ihres herunterzuschlingen.«

»Ich bin so enttäuscht«, sagte sie kopfschüttelnd. »Sie hätten mir Ihre Scheibe geben können. Es war wirklich gutes Brot.«

Er gab ein Geräusch von sich, das wie ein Schnauben klang. Aber es könnte auch ein Grunzen gewesen sein, weil es von ihm kam. Sie hoffte inständig, dass es ein Schnauben war – von der Art, die einem Lachen ähnlich ist.

Wieder verfielen sie in Schweigen und sie dachte zurück, wobei sie zu ergründen versuchte, wann er diese wunder-volle Scheibe Brot liegengelassen hatte. »Sie haben nicht viel geredet«, meinte sie schließlich.

»Das schienen Sie gut in der Hand gehabt zu haben. Abgesehen davon sind Sie diejenige, welche diese Besuche absolvieren will und nicht ich.«

Sie stieß die Luft aus. »Das stimmt. Dennoch könnten Sie ein wenig zugänglicher sein. Vielleicht könnten Sie das bei unserem nächsten Halt versuchen.«

»Was möchten Sie, dass ich sage?«

Ada senkte die Stimme zu einem tiefen Krächzen. »Guten Morgen, ich bin Lord Warfield und das ist meine Sekretärin, Miss Treadway.«

»Sie sind *nicht* meine Sekretärin.«

Sie grunzte zur Antwort und ahmte damit nach, was er getan hatte. »Dies ist mein lästiger Hausgast, Miss Treadway. Sie wird ihr lästiges kleines Buch öffnen und mehrere lästige Fragen stellen. Dann wird sie die Antworten in ihr Buch kritzeln und Ihnen sogar noch mehr lästige Fragen stellen. Sie wird auch Ihr ganzes Brot aufessen.«

Ada beobachtete ihn, als sie seinen leisen, brummigen Tonfall nachahmte. Ein winziges Lächeln zog sich über seine Lippen. Beinahe wäre sie mit einem Freudenschrei von ihrem Sitz gesprungen.

Sein finsterer Ausdruck kehrte zurück. »Sagen Sie kein Wort oder ich werde das nie wieder tun.«

Sie schlug sich die Hand vor den Mund und mit großer Anstrengung schluckte sie ihr Kichern herunter. Unter seinem brüsken Äußeren war ein glücklicherer Gentleman verborgen – das wusste sie einfach. Wenn sie ihn erspähen konnte, indem sie albern war, könnte sie vielleicht einen Weg finden, ihn zu befreien.

Er lenkte den Karren auf den Weg zum nächsten Hof. Dieser war größer als der Hof der Spratts und bestand aus einem zweistöckigen Gebäude mit einer großen Scheune nicht weit entfernt. »Sie halten Schafe«, meinte Warfield.

»Das ist nützlich zu wissen.« Ada versuchte sich zu erinnern, wer Schafe hatte und wie die Namen lauteten.

Als sie sich dem Haus näherten, rannten zwei kleine Kinder hinaus und kamen ihnen entgegen.

»Was um alles in der Welt?« Warfield brachte sein Pferd zu einem abrupten Halt. »Sie werden sich umbringen, wenn sie sich so benehmen.«

Die beiden, die nicht älter als fünf Jahre sein konnten, rannten auf Warfields Seite direkt auf den Karren zu. Ada hielt die Luft an und alles schien in Zeitlupe zu geschehen. Nicht imstande hinzuschauen, kniff sie die Augen zu.

Der Karren blieb stehen. Weder ein Schrei noch das schreckliche Geräusch von Rädern, die über einen kleinen Körper rollten, war zu hören. Sicher hätte Ada das gespürt. Vorsichtig öffnete sie die Augen wieder und sah die Kinder neben dem Karren stehen und ihre Blicke auf den Viscount gerichtet. Gott sei Dank.

Tief Luft schöpfend, um ihr frenetisch rasendes Herz zu beruhigen, wartete Ada nicht auf Warfields Hilfe, um von dem Karren herunterzuklettern. Sie bewegte sich rasch, um die Kinder zu begrüßen. Das ältere war ein Mädchen und das andere ein Junge. Beide waren dunkelhaarig mit großen, braunen Augen.

»Guten Morgen«, begrüßte Ada sie ein wenig zittriger, als ihr lieb war. Sie erkannte, dass es inzwischen sicherlich schon Nachmittag war, nicht dass die Kinder Notiz davon genommen hätten. »Ich bin Miss Treadway und das ist Lord Warfield.« Die Augen der Kinder wurden sogar noch größer, als sie den Viscount anschauten, der noch immer auf dem Karren saß und seinen undurchdringlichen Blick auf Ada – nicht die Kinder – gerichtete hatte. Sie hoffte, er hatte ihre panikartige Reaktion wegen der Kinder nicht bemerkt.

Ada hockte sich vor die Kinder, um ihre Aufmerksamkeit von Warfield abzulenken. »Wie heißt ihr?«

Das Mädchen zeigte auf ihre Brust. »Ich bin Daisy und das ist Jem.«

Ada lächelte die beiden an und bemerkte, dass Jem noch immer zu Warfield schaute. Sein Blick zeigte eine Mischung aus Neugier und Besorgnis. »Ich bin erfreut, euch kennenzulernen.«

»Er sieht wütend aus«, meinte Daisy, wobei sie auf den Viscount zeigte.

»Weil ich das bin«, antwortete Warfield und kletterte von seinem Sitz. Beide Kinder wichen zurück. »Ihr solltet nicht auf den Karren zu rennen. Ihr hättet das Pferd erschrecken und einen Unfall verursachen können, wobei ihr uns oder euch selbst hättet verletzen können. Wisst ihr das nicht?«

Obwohl er furchterregend klang, war Ada froh, dass er es gesagt hatte. Sie *hätten* Verletzungen verursachen können.

Ada schloss die Augen, um eine ferne Erinnerung auszusperren.

»Papa hat uns gesagt, wir sollen die Pferde nicht erschrecken«, gab Daisy ein bisschen kleinlaut zur Antwort. »Wir wollten nicht ungezogen sein.«

Ada atmete aus und ihr Puls war endlich zur Normalität zurückgekehrt. »Ihr wart nicht ungezogen. Aber ihr müsst in sicherem Abstand bleiben. Wir sind gekommen, um uns mit euren Eltern zu unterhalten. Sind sie hier?«

»Mama ist mit dem Baby drinnen. Sie sind krank. Papa ist bei den Schafen.«

»Es tut mir leid zu erfahren, dass sie krank sind.« Ada fragte sich, wie krank sie waren. Es war kein Wunder, dass die Kinder herumrannten. Dazu noch waren es *Kinder*. Es lag in ihrer Natur, herumzurennen.

»Vielleicht sollten wir ein anderes Mal wiederkommen«, murmelte Warfield.

Ada drehte sich zu ihm um und sprach mit leiser Stimme. »Ich möchte nach der Mutter sehen und mich vergewissern, ob sie irgendwelche Hilfe braucht. Ich würde gern wissen, wie krank die beiden sind.«

Und wer würde ihnen helfen, wenn sie in Not wären? Es war nicht so, als hätte Ada jemanden vom Haus schicken können. Dort gab es niemanden, den sie erübrigen konnten. Vielleicht könnten sie jemanden aus dem Dorf einstellen. Wenn nicht, wäre sie versucht, selbst zu kommen. Der Gedanke, dass diese Kinder sich auf diese Weise in Gefahr brachten, war unerträglich.

»Bombardieren Sie die Frau nicht mit Fragen«, sagte er mit ernster Stimme zu ihr.

»Sie können doch nicht wirklich glauben, dass ich so etwas tun würde?«, entgegnete sie mit einem Anflug von Ungläubigkeit. »Andererseits freut es mich, dass Sie daran dachten, mich zu ermahnen.« Das bewies, dass er nicht völlig unfähig war, ein angemessenes Verhalten an den Tag zu legen. »Ich werde mich so kurz fassen wie möglich.«

Ada schaute zu Daisy. »Wirst du mich zu deiner Mutter bringen?«

Daisy lief auf das Haus zu und ihr Bruder folgte ihr, als wäre er mit einem Seil an sie gebunden. Im Inneren führte Daisy Ada zu einem Raum an der Rückseite – der Küche, in der die Mutter mit einem schlafenden Baby auf dem Arm stand, das ungefähr ein Jahr alt sein musste. Das Haar der Frau war strähnig und sie wirkte erschöpft. Bei Adas Anblick weiteten sich ihre Augen.

»Diese Lady ist mit einem Lord gekommen«, meinte Daisy.

Ada hätte nicht gedacht, dass die Blässe der Frau noch schlimmer werden konnte, aber so war es. Jeder Rest von Farbe in ihrem Gesicht verschwand vollständig. »Ja, ich bin mit dem Viscount hier«, antwortete Ada fröhlich. »Wir besuchen die Pächter.« Sie erkannte, dass sie ihr Notizbuch nicht mitgebracht hatte, doch andererseits würde sie die Frau auch nicht ausfragen. Sobald sie wieder beim Karren wäre, würde sie sich Notizen machen.

Die Frau wirkte erleichtert. »Oh. Wie Sie sehen können, sind wir derzeit nicht in der Lage, Besucher zu empfangen. Das Baby hat Fieber.«

»Wie du auch, Mama«, stellte Daisy hilfreich fest.

Ihre Mutter warf ihr einen erschöpften Blick zu. »Würdest du deinen Bruder bitte mit hinaus nehmen?«

Daisy drehte sich um und lief mit ihrem Bruder auf den Fersen aus der Küche.

»Sind Sie schon lange krank?«, fragte Ada sanft.

»Fast eine Woche.«

Ada nahm das ungespülte Geschirr und das allgemeine Durcheinander in der Küche wahr. »Es sieht so aus, als könnten Sie etwas Hilfe gebrauchen, während Sie und das Baby sich erholen. Brauchen Sie Medikamente?«

Die Frau zuckte mit den Schultern. »Ich habe keinen Arzt aufgesucht.«

»Dann werde ich dafür sorgen, dass einer zu Ihnen kommt. Heute.« Ada ging die Namen der Bauern durch, die Schafe hielten. »Sind Sie Mrs. Niven?«

»Nein, die Nivens leben auf der anderen Seite des Anwesens. Ich bin Mrs. Kempton.«

»Ach ja, vielen Dank, mich berichtigt zu haben. Sie haben drei Kinder? Ich frage, weil ich jemanden einstellen möchte, um Ihnen zu helfen, bis es Ihnen wieder gut geht. Ich muss nur wissen, was für eine Person ich engagieren soll. Oder ob sie vielleicht mehr als einen Helfer brauchen.«

Mrs. Kemptons dunkle Augen verengten sich ein wenig, und sie rückte das Baby in ihren Armen zurecht. »Ich kann mir keine Hilfe leisten.«

Ada lächelte sie beruhigend an. »Darum brauchen Sie sich keine Sorgen machen. Seine Lordschaft wird dafür aufkommen.« Auf die Überraschung, die über Mrs. Kemptons verzagten Züge huschte, folgte Skepsis. »Sind Sie sich da sicher?«

»Ja.« Ada würde selbst dafür aufkommen, wenn sie müsste. Oder sie würde Lucien dazu bringen. Er wäre entsetzt, wenn er erführe, dass Warfield sich nicht um seine Pächter kümmerte. »Zweifeln Sie nicht. Ich verspreche es.«

»Verzeihen Sie mir, dass ich das sage, aber seit Seine Lordschaft seinen Titel geerbt hat, ist er abwesend gewesen. Der alte Viscount – sein Vater – war aufmerksam gewesen. Er war ein guter Grundbesitzer. Ich habe nicht viel Vertrauen, dass dieser für Medikamente aufkommt oder uns gar hilft.«

Ada wollte gegen Warfield wettern. Diese Menschen waren von ihm abhängig und er vernachlässigte sie. Wie konnte es sein, dass er nichts davon bemerkte? Nun, sie würde dafür sorgen, dass er das jetzt tat – und dass er begriff, dass diese Dinge sich ändern mussten.

»Sie können mir vertrauen«, versicherte Ada fest. »Ich werde für den Arzt bezahlen, ehe er heute überhaupt hierherkommt. Wird das Ihr Misstrauen zerstreuen?«

Mrs. Kempton nickte. »Ich danke Ihnen. Wirklich.« Sie küsste das Baby auf den Kopf und Ada verspürte einen Stich, als sie an ihren Verlust dachte, der ihren Atem ins Stocken geraten ließ.

Ada ging nach draußen in den strahlenden Tag und holte tief Luft. Dieser Besuch drohte, ihr jedes bisschen Zuversicht zu rauben, das sie besaß. Ihr Blick fiel auf den Viscount, der ein wenig abseits des Karrens stand. Er hatte seine Aufmerksamkeit auf den Boden gerichtet.

Mit ernstem Gesicht ging Ada auf ihn zu, da sie ihn für die Behandlung – oder die generelle Ignoranz – seiner Pächter rügen wollte. Aber je näher sie kam, desto stärker wurde ihr bewusst, dass etwas nicht in Ordnung war. Er war vollkommen auf den Boden fixiert und schien ihr Näherkommen nicht einmal zu bemerken.

Sie folgte seinem Blick und erkannte ein leuchtend rotes Band, das im Schmutz lag. War das nicht in Daisys Haar gewesen? »Wo ist das Mädchen?«, fragte sie, nachdem ihr der Magen in die Kniekehlen gerutscht war.

Er antwortete nicht und Ada schaute auf und sah sich im Hof um. Dort war sie – nicht weit entfernt hockte sie da mit ihrem Bruder und schien etwas zu erforschen. Ada atmete erleichtert auf. Sie war nicht sicher, was sie geglaubt hatte, was passiert war, aber irgendetwas an Warfields Benehmen war merkwürdig.

»Geht es Ihnen gut?«, fragte sie.

Es dauerte einen Augenblick, ehe er endlich den Kopf zu

ihr umdrehte. Seine Augen waren glasig und seine Haut blass. Seine vollen Lippen wirkten dünn. »Gehen wir.«

Er drehte sich um und schritt zu dem Karren, wobei er sich rasch bewegte, sodass Ada hinter ihm her sausen musste. Sie blieb abrupt stehen. »Warten Sie.« Dann drehte sie sich um und kehrte zu dem Band zurück, das sie aufhob und zu Daisy brachte.

»Danke«, sagte das Mädchen verwundert, denn sie war sich eindeutig nicht bewusst gewesen, dass sie das Band verloren hatte. »Mama wäre verärgert, wenn ich es verloren hätte.«

Im Geiste machte Ada sich eine Notiz, mehr Bänder für das kleine Mädchen mitzubringen. »Hier.« Ada band es wieder in das Haar des Mädchens. »Alles erledigt.«

Daisy lächelte breit und dann wirbelte sie herum und ihr Rock blähte sich dabei. Ihr Bruder tat das Gleiche, aber natürlich hatte er keinen Rock, der seine Bewegungen so elegant gemacht hätte. Oder vielleicht lag es daran, dass ihm sofort schwindlig wurde und er hinfiel. Schmunzelnd half Ada ihm wieder auf. »Alles in Ordnung?«

Er nickte, ohne jedoch einen Ton zu sagen. Dann lächelte er sie an. »Hübsch.«

»Er ist erst zwei«, fügte Daisy an, als ob das alles erklärte.

»Danke, Jem. Du passt jetzt gut auf deine Schwester auf, nicht wahr?« Ada zerzauste ihm das Haar, und dann gab sie Daisy einen Klaps, ehe sie zum Karren eilte. Glücklicherweise war Warfield nicht ohne sie aufgebrochen.

»Ich sagte, wir müssen aufbrechen.« Das klang nicht nach seiner typischen, gereizten Art. Sein Tonfall enthielt eine leere kummervolle Note. Das gefiel Ada nicht. Sie würde ihn auch nicht wegen seiner mangelnden Aufmerksamkeit gegenüber seiner Pächter ins Gebet nehmen. Das würde sie auf später verschieben müssen.

Ada stieg aus eigener Kraft auf den Karren, da er bereits oben saß. Gerade erst hatte sie sich gesetzt, ehe er losfuhr.

Mit Seitenblicken in seine Richtung versuchte sie, seinen Ausdruck zu deuten. Das war unmöglich, da er keinen hatte. Er sah aus, als sei er aus Stein gemeißelt. Wie eine Statue. Aber wer würde eine Statue mit solch einem fehlerhaften Gesicht meißeln?

Dieser Gedanke machte sie wütend. Warum sollte eine Statue nicht mit einer Narbe erschaffen werden? Er war schließlich ein Kriegsheld, nicht wahr?

»Ist etwas passiert?«, fragte sie endlich und seine Aufmerksamkeit schnellte zu ihr herum, bis sie spürte, wie ihre Schultern sich anspannten.

»Nein.«

Sie erkannte, dass sie zurück zu den Ställen fuhren. »Sind wir mit unseren Besuchen fertig?«

»Ja.«

»Warum?« Vergeblich versuchte sie, ihre Enttäuschung zu unterdrücken.

»Weil ich sie zuerst einmal überhaupt nicht hatte machen wollen. Seit Ihrer Ankunft sind Sie nichts als ein Störenfried. Ich möchte von Ihnen – nein, ich *brauche* von Ihnen – dass Sie mich verdammt noch mal in Frieden lassen. Hören Sie auf, zu versuchen mich zum Lächeln zu bringen. Hören Sie auf, mich mit List dazu zu bringen, mich für das Anwesen zu interessieren und hören Sie verdammt noch mal auf, so verdammt *nett* zu sein.« Abrupt brachte er den Karren zum Stehen und drehte sich zu ihr um. »Ich bin kein guter Mann, Miss Treadway. Ich habe Dinge getan, die Sie vor Entsetzen schreien lassen würden. Ich möchte Ihre Freundlichkeit oder Hilfe nicht. Machen Sie sich einfach Ihre verdammten Notizen und lassen Sie mich in Frieden.«

Während seiner Rede hatte sich eine leise schreckliche Wut in seiner Stimme geschlichen. Seine Augen blitzen vor

Zorn aber auch noch etwas anderem – Qual. Er verbarg es rasch und ließ seine Züge zu einer undurchdringlichen Maske des Missfallens erstarren.

Dann fuhr er in einem etwas rascheren Tempo weiter. Ada hatte zu kämpfen, um still zu sitzen und sie verschränkte die Hände vor sich, damit sie ihn nicht versehentlich berührte. Das würde er nicht wollen, selbst wenn er es wahrscheinlich brauchte.

Mrs. Bundle hatte ihr gesagt, dass er unter seiner Fassade ein anderer Mann war. Ada war sich sicher, dass sie gerade einen Blick auf ihn erhascht hatte.

Und auf keinen Fall würde sie diesen Mann im Stich lassen.

CHAPTER 5

Er hatte sich schrecklich benommen.

Was keinen Unterschied zu den anderen Tagen machte, aber irgendwie doch. An diesem Nachmittag hatte Max seiner Wut und seinem Selbsthass freien Lauf gelassen und Miss Treadway bei diesem Prozess eingeschüchtert.

Wegen eines roten Haarbands.

Jede Einzelheit von diesem lang zurückliegenden Tag hatte sich für alle Ewigkeit in seine Erinnerung eingebrannt. Es war an einem warmen Sommernachmittag mit einer leichten Brise gewesen. Der Duft von Staub und Gras hatte in der Luft gelegen. Dunkles Haar. Ein rotes Haarband.

Nein. Ein weißes Haarband, das mit Blut befleckt war.

Max drückte die Augen zusammen und ballte die Hände zu Fäusten. Er würde diesen furchtbaren Tag damals in Spanien nicht wieder in seiner Erinnerung heraufbeschwören. Aber er konnte ihm nicht entkommen.

Langsam atmete er aus und lenkte die Anspannung von seinen Schultern in seine Arme, ehe er die Hände bewegte. Er mochte vielleicht nicht davonlaufen können, aber er konnte sich verstecken. Oder es zumindest versuchen. Was sonst blieb ihm zu tun? Dann schlug er die Augen auf, um sich im Spiegel zu betrachten. Sein Gesicht wirkte müde und Falten hatten sich um die Augen und den Mund in die Haut gegraben. Selbst seine runzligen und rosigen Narben hatten Falten.

Du solltest dich bei ihr entschuldigen.

Zumindest das schuldete er ihr. Er drehte sich zu seinem Frack um, und nachdem er ihn angezogen hatte, zog er das Kleidungsstück über seiner Weste glatt. Er fürchtete, dass seine Kleidung aus der Mode war, und da er Gewicht verloren hatte, ohne Anstalten zu machen, es wieder zuzunehmen, war ihm alles zu groß – doch das kümmerte ihn nicht. Wen musste er schon beeindrucken?

Er ging nach unten und machte sich auf den Weg in das Speisezimmer, in der Hoffnung, dass er noch nicht zu spät war. Bei seinem Eintreten erkannte er, dass Timothy gerade die Suppe servierte. Klappernd schlug dem Diener der Löffel gegen die Terrine, als sein Blick auf Max fiel.

Verdammt, er hatte den armen Jungen nicht erschrecken wollen. Aber Timothy war auch wirklich leicht zu erschrecken.

»Würdest du einen Platz für mich eindecken, Timothy?«, fragte Max, während er auf das Kopfende des Tisches zuging. Er bemerkte, dass Miss Treadway etwa in der Mitte saß.

»Sofort, Mylord.« Timothy beeilte sich, Max' Platz zu decken.

»Was für eine Überraschung«, bemerkte Miss Treadway gleichmütig. »Ich bin erfreut, dass Sie mir Gesellschaft leisten wollen.«

Er könnte ihren Kommentar für Spott halten, aber Freude schien eine ihrer natürlichen Stimmungen zu sein. »Waren Sie immer schon so fröhlich?«

»Ja. Und bevor Sie das fragen, war es auch für meine Familie gelegentlich lästig, insbesondere für meinen Vater, wenn er mit der Anzahl der Fische, die er an diesem Tag gefangen hatte, nicht zufrieden war. Es war ihm lieber, wenn alle seine Enttäuschung teilten. Aber am Ende habe ich ihn immer für mich gewonnen.«

»Wie haben Sie das geschafft?«

Ihre blaugrauen Augen schimmerten im Kerzenlicht. In ihren Tiefen war Schalk zu erkennen, der sich mit Fröhlichkeit paarte. Was hätte er nicht dafür gegeben, eines dieser beiden Dinge zu fühlen. »Indem ich mich albern benommen habe oder ich erzählte ihm eine Geschichte oder sang ihm ein Lied vor.«

Timothy war mit dem Eindecken fertig und Max nahm Platz. Dann servierte der Diener die Suppe. Max hatte beinahe vergessen, wie das war.

»Sie haben sich Lieder ausgedacht?«, fragte er einerseits aus Befremden aber auch aus Neugier zurück. Er stellte sich vor, dass sie ein vorwitziges Kind gewesen sein musste.

»Ja, normalerweise über Meerjungfrauen oder Fische, gleichwohl ich annehme, dass die Meerjungfrauen Fische *sind*.« Sie lachte leise und er fand es überhaupt nicht irritierend.

Timothy schenkte den Wein ein und Max trank einen Schluck, wobei er Miss Treadway über den Rand seines Glases hinweg beobachtete, als sie ihre Suppe aß. »Warum sitzen Sie dort?«, fragte er und stellte sein Glas ab.

»Ich sitze jeden Abend auf einem anderen Stuhl. Auf diese Weise kann ich den Raum aus unterschiedlichen Perspektiven betrachten.«

Er starrte sie an und glaubte, dass sie einfach nicht so bezaubernd sein konnte. Oder vielleicht war er auch überrascht, weil er von ihr bezaubert war. Seine Schutzwälle waren allerdings geschwächt. Heute war ein harter Tag gewesen.

»Ich möchte mich für meine Worte von vorhin entschuldigen.« Er konzentrierte sich auf seine Suppe, damit er sie nicht anschauen musste.

»Danke«, entgegnete sie leise. »Ich hatte ganz bestimmt nicht damit gerechnet, Sie heute Abend hier zu sehen. Würde es Ihnen etwas ausmachen, wenn ich näher rücken würde?« Sie stand bereits und Timothy beeilte sich, ihr behilflich zu sein. Dann transportierte der Diener ihr Tischset auf den Platz neben Max. Zu seiner Linken. Verdammt.

»Ich, ähm, vielleicht würde es Ihnen nichts ausmachen, dort zu sitzen.« Er nickte mit dem Kopf zu dem Stuhl rechts von ihm.

Sie beugte sich ein wenig vor und flüsterte: »Ich habe vorhin auf dem Karren links von Ihnen gesessen. Ihre Narben stören mich nicht. Tatsächlich würden Sie ohne sie beinahe zu perfekt aussehen.«

Er schaute zu ihr auf und wollte ihr widersprechen, doch die Worte erstarben ihm auf der Zunge. Bei dieser Nähe konnte er ihren Duft nach Äpfeln und Würze wahrnehmen und es war ein köstlich verlockender Duft. Und in ihren Augen funkelte ein Überschuss an Charme und Intelligenz. Sie waren von herrlichen, langen, dunklen Wimpern umkränzt und von eleganten, verführerischen Augenbrauen gekrönt. Sie war diejenige die perfekt aussah.

Ehe er die Sprache wiedergefunden hatte, machte sie Timothy ein Zeichen, ihr Tischset rechter Hand von Max zu legen.

Nachdem sie anschließend wieder Platz genommen hatte, murmelte Max: »Vielen Dank.« Er zog eine Grimasse. »Himmel, ich hätte die ganze Zeit stehen sollen. Meine Manieren lassen zu wünschen übrig, fürchte ich.«

»Sie brauchen sich nicht anzustrengen, um mich zu beeindrucken.«

Beinahe hätte er darüber gelacht und rief sich in Erinnerung, was er gedacht hatte, ehe er die Treppe heruntergekommen war.

Sie aßen ihre Suppe zu Ende und Timothy servierte den nächsten Gang. Max fürchtete, es nicht bis zum dritten Gang zu schaffen. »Es ist eine Weile her, seit ich solch ein Dinner genossen habe.«

»Essen Sie nicht die gleiche Mahlzeit in Ihrem Arbeitszimmer?«

»Nicht in Form von Gängen wie diesem. Ich, ähm, esse nicht sehr viel.«

»Das ist eine Schande, weil Mrs. Debley so eine gute Köchin ist.«

Er verbrachte ein paar Minuten mit dem Genuss der Mahlzeit und kam zu dem Schluss, dass es tatsächlich jammerschade war.

Mrs. Treadway spießte ein Stück Karotte auf ihre Gabel und schon wieder glomm der Schalk in ihren Augen auf. »Ich habe die Absicht, eine Möglichkeit zu finden, wie ich die Köchin dazu bringen kann, mir Geschichten aus der Zeit zu erzählen, als Sie ein Junge waren.«

»Sie wird Ihnen erzählen, dass ich wie jeder andere Junge Kekse aus der Küche stibitzt habe. Nur mein Bruder nicht. Er hat den Käse stibitzt.«

»Oh, ich hätte ihren Bruder gemocht«, meinte sie schmunzelnd. »Es gibt nichts Besseres als Käse.«

Max zog die Augenbraue hoch. »Außer Keksen.«

Sie grinste. »Sollen wir uns darüber duellieren?«

»Nein.« Ihr ungezwungener Scherz über Gewalt erinnerte ihn daran, dass er gefährlich nahe daran war zu vergessen, dass er nicht hier sitzen sollte, um ihre Gesellschaft zu genießen.

»Sind Sie auf diese Weise zu Ihrer Narbe gekommen?«, fragte sie und klang jetzt einigermaßen ernüchtert. Ihre

Stimme klang leise und sogar ein bisschen zaudernd, was er überraschend fand.

»Es ist wegen dem Krieg. Meiner Ansicht nach sind die Schlachten eine Abfolge von Duellen. Allerdings gibt es dabei keine Regeln und niemand benimmt sich wie ein Gentleman.« Und damit war sein Appetit dahin. Verdammt. Das Rindfleisch war köstlich wie auch das Kartoffelsoufflé.

»Es sieht aus, als seien Sie verbrannt worden.« Sie beobachtete ihn, als ob sie von ihm erwartete, dass er den Kopf drehte, damit sie seine Narben inspizieren konnte.

»So war es.« Wieder kehrte dieser eine Tag in seine Gedanken zurück. Die Sommerbrise. Das blutige Band. Später der scharfe, lähmende Schmerz von seiner versengten Haut. Und so vieles mehr.

Max nahm sein Weinglas und trank es aus. Sehr zu Max' Freude füllte Timothy es schnell wieder auf.

»Danke«, murmelte Max. Dann drehte er den Kopf ein wenig, damit er Miss Treadway in die Augen sehen konnte. »Ich möchte über die Verletzung lieber nicht in allen Einzelheiten sprechen. Ich hoffe, Sie können meine Wünsche respektieren insbesondere im Hinblick auf Ihre Wissbegier.«

Sie starrte ihn einen Moment an und dann hellte sich ihr Gesicht auf, als sie breit lächelte. »Danke schön dafür. Für das Necken, meine ich. Ich habe es verdient. Ich habe Ihnen gesagt, dass ich schrecklich neugierig bin. Ich weiß einfach gern alles. Insbesondere, wenn ich die Sache interessant finde.«

»Sie halten mich für interessant?«

»Eindeutig faszinierend.« Sie aß ein paar Erbsen, die sie erfolgreich auf ihre Gabel aufgespießt hatte, und dachte beim Kauen nach. Nachdem sie sie heruntergeschluckt hatte, fügte sie hinzu: »Sie sind furchtbar unzugänglich und doch verbirgt sich unter ihrem schroffen Äußeren ein Quell der Überraschungen. Ich habe gehört, dass Sie einmal eine sehr liebenswürdige Person waren. Lucien besteht darauf, dass Sie einer seiner besten Freunde sind, und wenn das wahr ist, können Sie nicht der Mann sein, den Sie der Welt zeigen.«

Er befand sich in echter Gefahr, seine Abwehr von ihr durchbrechen zu lassen. »Vielleicht ist Lucien einfach ein schlechter Menschenkenner.«

Sie wirkte beleidigt. »Er hat mir geholfen, als ich in Not war, also nehme ich das als Beleidigung, Sir.«

Es war an der Zeit, ihre Unterhaltung an dieser Stelle umzuleiten. »Auf welche Weise hat er Ihnen geholfen?«

»Ich hatte eine Anstellung gebraucht.« Zum ersten Mal schien ihr unbehaglich zumute zu sein, oder zumindest war ihr sonniges Naturell beeinträchtigt. Nein, nicht das erste Mal. An diesem Nachmittag hatte sie vor seiner Nervenkrise aufgewühlt gewirkt. Es war passiert, als die Kinder auf den Karren zu gerannt waren. Er hatte etwas bei ihr gespürt, das er vorher nicht bemerkt hatte: Furcht.

»Er hat Sie als Buchhalterin für seinen Club eingestellt? Sie müssen ausgezeichnete Referenzen gehabt haben.«

Ihre Blicke begegneten sich. »Nur eine, aber die hat den Ausschlag gegeben. Ich denke nicht, dass er seine Entscheidung bereut. Ich bin sehr gut in dem, was ich tue.«

»Das kann ich sehen. Sie sind ungemein organisiert und detailliert. Wenn Sie nicht bereits angestellt wären, könnte ich mir überlegen, Sie als meine Verwalterin einzustellen.« Allerdings konnte er sie nicht hier haben. Man betrachte sich nur den Schaden, den sie in einer Woche angerichtet hatte. »Wenn Sie nicht so aufdringlich wären, natürlich.«

Sie lachte, aber gleichzeitig schluckte sie auch, also hustete sie. Dann streckte sie die Hand nach dem Weinglas aus und trank. Wieder hustete sie.

»Ich hatte Ihnen kein Unbehagen bereiten wollen«, meinte er.

Sie winkte ab, als sie einen weiteren Schluck trank. »Mir

geht es gut. Sie sind heute Abend sehr charmant. Ich bin froh über Ihre Entscheidung, mit mir zu Abend zu essen.« Sie nahm ihn mit einer heiteren Intensität ins Visier, bei der er sich besser fühlte als seit sehr langer Zeit.

Dann lenkte er die Aufmerksamkeit auf seinen Teller und zwang sich, zu essen, obwohl er sich längst nicht mehr hungrig fühlte.

Sie ließ das Schweigen zwischen ihnen nicht allzu lange andauern. »Ich habe nach dem Doktor geschickt, um heute Nachmittag nach Mrs. Kempton zu schauen. Das wollte sie nicht wegen der Kosten, aber ich bin für den Besuch und die Medizin für sie und das Baby aufgekommen, die er dagelassen hat.«

Max legte sein Besteck hin. Er würde nichts mehr essen. Scham und Selbsthass zerrissen ihn innerlich. »Ich sollte dafür aufkommen.«

»Ja, das sollten Sie, aber ich weiß, dass Sie sich nur ungern von Ihrem Geld trennen.« Ihr Tonfall war frostig.

»Weil ich kein Geld für das Anwesen ausgebe?«

»Das und … andere Dinge. Ich war geneigt zu glauben, dass Sie nicht daran interessiert sind, anderen Menschen zu helfen.«

Er schaute sie mit schmalem Blick an. »Beziehen Sie sich auf etwas Bestimmtes?«

»Ja, aber das müssen wir nicht besprechen. Ich bin froh zu hören, dass Sie für den Arzt aufkommen wollen.« Sie blinzelte.« Werden Sie für den Arzt bezahlen oder haben Sie nur die Tatsache anerkannt, dass Sie das tun sollten?«

Er hatte ausgezeichnete Arbeit geleistet, dafür zu sorgen, dass alle das Schlimmste von ihm dachten. Er sollte sich befriedigt fühlen, doch stattdessen war ihm mulmig zumute. »Ich werde Sie entschädigen.«

»Danke. Sie sollten auch wissen, dass Mrs. Kempton zeitweise Hilfe benötigt, während sie sich erholt. Sie kann sich nicht um ein krankes Baby und zwei kleine Kinder kümmern. Ihr Ehemann ist natürlich mit der Farm beschäftigt. Ich möchte jemanden aus dem Dorf einstellen.«

»Dafür werde ich ebenfalls aufkommen«, antwortete er. »Aber ... können Sie sich um die Einstellung kümmern?«

»Gewiss.«

Jeden einzelnen Tag hatte sie ihm gezeigt, wie sie Stonehill besser als er führen könnte. Er könnte dafür die Tatsache verantwortlich machen, dass sein Vater ihn darin nicht unterwiesen hatte – warum sollte er das auch tun wollen, wenn sein Bruder der nächste Viscount hatte werden sollen? Allerdings hatte Max die letzten beiden Jahre damit verbracht, alles Erdenkliche zu tun, um zu verhindern, es zu erlernen. Er hatte verhindert, irgendetwas zu tun. Um irgendetwas zu *fühlen.* Außer Wut und Verzweiflung. Er war sehr versiert darin, diese Gefühle zu empfinden.

Die Menschen auf Stonehill – seine Dienstboten und die Pächter – waren von ihm als Viscount abhängig. Er hatte ihnen gegenüber eine Verantwortung, gleichwohl es eine war, die er nicht wollte. Verdammt, er hätte dies nie erben dürfen. Warum gab es nicht einen verdammten Cousin, dem er alles übergeben könnte? Ein anderer sollte Viscount sein. Jemand, der es wert war.

»Ich werde morgen früh ins Dorf gehen«, meinte sie und legte ihr Besteck hin. »Wie weit ist es zu Fuß?«

Timothy räumte die Teller ab und war im Begriff, den nächsten Gang zu servieren, den Max nicht wollte.

»Drei Meilen.« Max bezweifelte nicht, dass sie ihn mühelos bewältigen könnte, aber ihre Zeit war wertvoll. »Ich werde ... Archie bitten, Sie zu fahren.« Er erkannte, dass er nicht einmal einen verdammten Stallknecht oder Kutscher hatte, um sie zu fahren. Er sollte Og anweisen, das zu tun, aber er fand inzwischen, dass er sie der Widerborstigkeit seines Stallmeisters nicht aussetzen wollte.

Er brauchte mehr als einen Verwalter. Er brauchte Personal in den Stallungen, im Haus und dem überwucherten Garten. Er brauchte einen verdammten Butler. Von alldem *wollte* er nichts.

Sie durchbrach seine Gedanken. »Vielen Dank. Ich weiß Ihre Hilfe in dieser Sache zu schätzen. Ich gestehe, ich bin überrascht, dass ich Sie nicht von der Notwendigkeit dieser Maßnahme überzeugen musste.«

»Das bin ich auch.« Er stieß die Luft aus. »Es scheint, als müsste ich eine aktivere Rolle übernehmen, angefangen damit, einen Verwalter einzustellen.« Dann könnte Max ihm alles übergeben. Er würde dafür Sorge tragen, dass derjenige, den er einstellte, verstehen würde, dass Max nicht einbezogen werden wollte.

»Werden Sie das schaffen?«, fragte sie zaghaft.

»Das will ich lieber nicht.« Er lehnte sich auf seinem Stuhl zurück. »Ich nehme nicht an, dass ich von Ihnen erwarten kann, auch das zu übernehmen. Nein, natürlich nicht. Vielleicht kann Lucien mir helfen.«

»Er wird erfreut sein, das zu tun.« Sie konnte ihr Lächeln nicht zurückhalten und er beneidete sie um diese natürliche, unkontrollierbare Emotion. Er hatte beinahe vergessen, wie sich das anfühlte.

Sobald er diese Emotionen einließe, würde ein sengender Schmerz die Empfindung vernichten. Er war nicht mehr in der Lage Freude zu empfinden, und sie zu beobachten war eine betrübliche Erinnerung.

Max erhob sich. »Bitte entschuldigen Sie mich.«

»Ich bin froh, dass Sie zum Dinner gekommen sind. »Ich freue mich darauf, Ihnen zu helfen, wieder zu ihrer Arbeit mit dem Anwesen zurückzufinden. Sie werden glücklich über Ihre Beteiligung sein, das verspreche ich. Es wird wundervoll – für alle.«

Er würde nicht glücklich sein und es würde auch nicht

wundervoll sein – nicht für ihn. Aber es war notwendig und Max hatte stets die schwierigen, scheinbar unmöglichen Dinge getan.

Jemand musste sie tun.

~

Am nächsten Morgen war Ada erfreut, Archie Tallent kennenzulernen. Er wartete bereits mit dem Karren auf sie, als sie in den Stallhof eintrat. Obwohl erst vierzehn, war er ungewöhnlich groß. Sein Gesicht war noch immer jugendhaft, die Wangen prall und sein Lächeln ungezwungen. Sein dunkles Haar lockte sich unter seinem Hut auf seiner Stirn.

»Guten Morgen Archie«, begrüßte sie ihn. »Ich freue mich so, dich kennenzulernen. Wenn es dir nichts ausmacht, würde ich gern zuerst bei deinem Haus haltmachen, damit ich deine Mutter kennenlernen kann. Ich gebe mir alle Mühe, das Anwesen während meines Aufenthalts kennenzulernen und für die nächste Woche wirst du, glaube ich, mein Fahrer sein.«

Er nickte. »Ich stehe Ihnen zur Verfügung, Mrs. Treadway. Das zu tun hat mir zumindest meine Mutter gesagt«, fügte er mit einem Lächeln hinzu.

Ada lachte. »Ich denke, ich werde deine Mutter mögen.«

Archie bot ihr seine Hilfe beim Aufsteigen auf den Karren an. Einen Augenblick später fuhren sie los und Ada erhaschte einen Blick auf Og, der in der Tür zu den Stallungen stand und seinen missfälligen Ausdruck auf sie gerichtet hatte.

Ada versuchte, sich vorzustellen, wie dieser freundliche junge Mann neben ihr täglich mit Og zusammenarbeitete. »Ich hoffe, Og hat dir keine Schwierigkeiten gemacht, weil du mich fährst.«

»Er macht mir nichts anderes.« Archie klang davon allerdings nicht ein bisschen beunruhigt. »Ich weiß, er meint es gut. Er hat nur ein schwieriges Temperament. Meine Mutter sagt mir immer, andere freundlich zu behandeln, weil wir nie wüssten, was sie durchgemacht haben.«

Ada würde seine Mutter eindeutig mögen. »Weißt du zufällig, was Og passiert ist?« Nicht, dass sie dies wirklich wissen musste. Manchmal war ihre Neugier wirklich ein Fluch.

»Meine Mutter sagt, seine Frau und seine Tochter seien vor langer Zeit an Fieber gestorben.«

»Nun, das würde jeden niederschmettern, und es ist wahrscheinlich schwierig, sich davon zu erholen.«

»Darf ich Ihnen ein Geheimnis anvertrauen?«, fragte Archie im Flüsterton, als ob jemand in der Nähe wäre, der sie belauschen könnte.

»Gewiss.«

»Ich frage mich manchmal, ob er und seine Lordschaft einen Pakt geschlossen haben, einander zu helfen, verbiestert zu bleiben.«

Ada schlug die Hand vor den Mund, ehe sie lachte. Sie wusste nicht, ob Archie einen Scherz machte. » Meinst du das ernst?«

Archie zuckte mit den Schultern. »Sie beide haben fort-während schlechte Laune. Wenn ich das täte, würde meine Mutter mich ohne Abendessen ins Bett schicken.«

»Vielleicht ist es genau das, was die beiden brauchen.« Obwohl Ada Warfield gestern beim Essen beobachtet hatte – oder eigentlich beim Nichtessen – hatte Ada den Verdacht, dass ein versäumtes Abendessen keine große Wirkung auf ihn hätte.

Kurze Zeit später kamen sie bei Archies Heim an, einem schmucken Häuschen mit ordentlichen Beeten voller blühender Blumen an der Vorderseite. Ein Hund rannte auf sie zu, als Archie die Bremse feststellte. Er sprang herunter, um das Tier, einen schwarz-weißen Collie, zu begrüßen. Archie zauste dem Hund das Fell und dieser stieß ein paar glückliche Belllaute aus.

Mit ihrem Notizbuch in der linken Hand stieg Ada von dem Karren. »Wie heißt er?« Archie schaute aus seiner gebückten Haltung auf. »Happy. Weil er uns alle glücklich macht. Und schauen Sie sich außerdem sein Gesicht an. Er ist immer glücklich. Nicht wahr, Junge?« Die Liebe zwischen dem Jungen und dem Tier war so stark, dass Ada fühlte, wie ihre Brust eng wurde.

»Er sieht wie ein sehr glücklicher Junge aus.«

Plötzlich warf Archie ihr einen beunruhigten Blick zu. Er erhob sich. »Ich hätte Ihnen vom Karren herunterhelfen müssen. Ich bitte um Verzeihung.«

»Das ist schon in Ordnung.« Ada winkte ab. »Ich würde einen Jungen mit seinem Hund nicht stören wollen.« Sie trat zu Happy und streichelte ihm den Kopf.

»Archie, was tust du hier zu Hause?« Eine Frau lenkte Adas Aufmerksamkeit zum Haus. Mrs. Tallent stand auf der Schwelle und mit der Hand schirmte sie die Augen ab, als sie in den Garten zu ihrem Sohn schaute.

Erfreut, ihre Bekanntschaft zu machen, schritt Ada auf sie zu. »Guten Morgen, Mrs. Tallent. Ich bin Miss Ada Treadway. Ich habe Archie gebeten, mich zuerst hierher zu bringen. Ich hoffe, das ist in Ordnung, und dass Sie Zeit haben, sich mit mir zu besprechen. Ich möchte Ihnen gern einige Fragen zu Ihrer Farm stellen und herausfinden, ob es etwas gibt, was Sie vielleicht brauchen.«

Mrs. Tallent betrachtete Ada von oben bis unten, und ihr Blick wanderte dabei von dem Strohhut bis zu den festen Schuhen. Ada erwiderte die Musterung und nahm dabei das dunkle, lockige Haar und die scharfen, grünen Augen der Frau wahr. Wie ihr Sohn, war sie groß und überragte Ada um einige Zentimeter. Die Frau schien Anfang dreißig zu sein. »Treten Sie ein.« Sie schaute über Adas Kopf hinweg in den Hof. »Archie, füttere die Ziegen bitte, während du hier bist.«

»Ja, Mama.«

Ada drehte den Kopf und sah ihn mit Happy davongehen. »Ich habe kaum Zeit mit Ihrem Sohn verbracht, aber er scheint ein lieber Junge zu sein. Sie müssen sehr stolz auf ihn sein.«

»Das bin ich. Er hat ein gutes Herz. Kann ich Ihnen etwas anbieten?«

Ada schüttelte den Kopf. »Wollen wir uns setzen?«

»Für ein paar Minuten und dann muss ich weitermachen. Es ist eine geschäftige Tageszeit für mich, insbesondere, weil Archie nicht hier ist, um mir zu helfen.«

Ada zog eine Grimasse. »Oh, ich habe Ihnen Ihre Hilfe gestohlen.« Ada wollte nicht, dass sie Frau die nächste Woche übertrieben hart arbeiten musste, um Adas Bedürfnis, auf dem Anwesen umherzufahren, zu erfüllen.

Mrs. Tallent setzte sich in einen Sessel beim Kamin und lud Ada mit einer Geste ein, sich auf das zerschlissene Sofa zu setzen. »Ich habe Og gesagt, dass er ihn diese Woche nicht haben kann. Er wird für halbe Tage auf Stonehill bezahlt und das wird er leisten.«

»Ich könnte seine Lordschaft bitten, ihn in dieser Woche für volle Tage zu bezahlen, wenn Ihnen das helfen würde.« Ada hatte nicht erkannt, dass ihre Expeditionen nur für halbe Tage galt, aber das war ihr nur recht, da es ihr die Zeit gab, sich Notizen und Pläne zu machen.

»Nicht so sehr, wie Archie hier zu haben. Ich wünschte, seine Lordschaft würde richtige Pferdeknechte einstellen. Es wäre mir lieber, wenn Archie den ganzen Tag hier wäre. Er muss mehr Zeit auf seine Studien verwenden und auch lernen, den Hof zu bewirtschaften, da er ihm einmal gehören wird.«

»Ich arbeite daran«, entgegnete Ada voller Entschlossenheit. »An den Pferdeknechten meine ich. Erst gestern Abend hat Seine Lordschaft eingewilligt, einen Verwalter einzustellen, also hoffe ich, dass es mit den Knechten, Mägden und vielleicht auch einem Butler nicht mehr allzu lange dauern wird.«

Miss Tallent starrte sie mit offenem Mund an. »Sie sind wie lange hier, vielleicht eine Woche?«

»Ja.« Anhand Mrs. Tallents Reaktion und Mrs. Kemptons gestriger Einstellung gegenüber Warfield nahm Ada an, dass seine Pächter keine allzu gute Meinung von ihm haben konnten, und sie nutzte den Moment, um ihre Nachforschungen voranzutreiben. »Was wissen Sie über seine Lordschaft?«

»Was wollen Sie wissen?« Mrs. Tallent klang etwas auf der Hut.

»Ich gebe zu, dass ich wegen ihm neugierig bin. Ich bin bei einem seiner engsten Freunde angestellt – und so bin ich zu dieser Aufgabe gekommen, die darin besteht, seine Bücher auf Vordermann zu bringen.« Ada wurde von einer vagen Sorge erfasst, dass sie nicht so viel mitteilen sollte, aber diese Menschen hatten ein Recht, über die Dinge Bescheid zu wissen, die ihre Lebensgrundlage betrafen. Und hoffentlich würden Adas Bemühungen etwas bewirken, damit sich die Dinge zum Besseren wandten.

»Ich hatte nicht gewusst, dass er noch Freunde hat«, meinte Mrs. Tallent trocken. »Seit ich vor fünfzehn Jahren geheiratet habe, lebe ich auf diesem Anwesen. Damals war seine Lordschaft fort auf einer Schule. Als er fertig war, hat er sich ein paar Jahre die Hörner abgestoßen, ehe sein Vater ihm ein Offizierspatent für die Armee gekauft hatte. Dann war er während der darauffolgenden Jahre meistens abwesend.«

Die Hörner abgestoßen? Ada hatte Schwierigkeiten sich

Warfield vorzustellen, wie er irgendetwas genoss. Aber natürlich tat er das und gestern hatte sie einen kurzen Blick darauf erhascht. Vielleicht bestand der erste Schritt zu seiner Rehabilitierung in dem Glauben daran, dass es überhaupt möglich war.

»War er ein Wüstling?«, fragte Ada, die immer noch versuchte, sich den Viscount als sorglosen jungen Mann vorzustellen. Ohne innerliche und äußerliche Narben. Mit seinem Gesicht *war* er wahrscheinlich ein Draufgänger gewesen.

»Davon weiß ich nichts, sondern nur, dass sein Vater ihn nach Hause berufen hat, um ihn vor die Wahl zu stellen, entweder zur Armee zu gehen oder Vikar zu werden.«

Wenn die Vorstellung von ihm als Draufgänger schon eine Herausforderung war, hatte Ada sogar noch weniger Erfolg darin, sich ihn als Vikar vorzustellen. »Wissen Sie, was er gern getan hat? Abgesehen davon, sich die Hörner abzustoßen?«

»Er war ein ausgezeichneter Reiter. Er ist überall auf dem Anwesen herumgeritten und das offensichtlich schon, seitdem er ein junger Bursche gewesen war. Aber als er verwundet heimgekehrt ist, hat er die meisten Pferde von Stonehill verkauft, einschließlich desjenigen, das mit ihm nach Spanien gegangen war.«

Das klang sehr traurig. »Wissen Sie, aus welchem Grund?«

Mrs. Tallent zog die Schultern hoch. »Das weiß niemand. Es wird spekuliert, dass er zu Pferd verwundet wurde und vielleicht deshalb nicht mehr reiten will.«

»Es klingt allerdings nicht so, als sei sein Pferd verwundet worden.« Außerdem hatte er Verbrennungen erlitten. Wie sollte das beim Reiten passiert sein? Ehe Ada ihrer Neugier noch gänzlich nachgab und Mrs. Tallents kostbare Zeit vergeudete, zügelte sie sich. »Vermutlich hat ihn der Verkauf der Pferde zu dem Glauben veranlasst, dass er nicht so viele Pferdeknechte brauchte, um in den Stallungen zu arbeiten.«

»Ich glaube, das war der Fall. Er hat sich mit seiner widerspenstigen Art auch darin hervorgetan, die Leute zu vergraulen. Der Verwalter hatte genug gelitten, was ein Jammer war, da er ein ausgezeichneter Mann war.«

»Er würde vermutlich nicht wieder zurückkommen?«, fragte Ada.

»Das bezweifle ich stark. Er ist zu einem Earl in Staffordshire gegangen. Es sei denn, er ist dort unglücklich. Aber er war hier unglücklich, also vermute ich, dass nichts ihn wieder zurücklocken könnte.«

Das war eine Schande. Dennoch könnte es das Beste für alle, insbesondere Warfield sein, mit jemandem neu anzufangen, der von seiner Unleidlichkeit nichts wusste.

Ada hatte allerdings den Verdacht, dass sein Ruf wohlbekannt war.

Entschlossen, die Dinge zu verbessern, stieß sie die Luft aus. Nur weil eine Sache schwierig war, bedeutete das nicht, dass sie nicht getan werden sollte. Schwierige Dinge waren oft solche, die zu tun sich am meisten lohnte.

Ada kehrte zu der Angelegenheit mit dem Stall zurück. »Ist Archie auf diese Weise dazu gekommen, im Stall zu arbeiten? Als die Pferdeknechte gegangen sind?«

»Nein, viel später. Und Molly arbeitet nun schon seit sechs Monaten in der Küche. Mrs. Debley braucht unbedingt Hilfe. Molly ist erledigt, wenn sie nach Hause kommt. Wenigstens wird sie gut bezahlt. Sonst würde ich sie die Arbeit nicht machen lassen.«

Die erforderlichen Mittel waren nicht das Problem und doch wollte der Viscount keine weitere Hilfe mehr einstellen. Wut wallte in Ada auf, als sie sich an ihre beste Freundin Prudence erinnerte, die kürzlich Geld von ihm gebraucht hatte – für eine Mitgift, damit sie ihren mittellosen Ehemann heiraten konnte – und er hatte sich widersetzt. Plötzlich wollte sie sich umdrehen und nach Stonehill zurückkehren, um eine Erklärung von ihm zu verlangen, warum er Prudence so schlecht behandelt hatte. Sicher wäre es keine gute, und sie würde ihn verdammt noch mal dafür anschuldigen. Wie konnte er einfach nicht erkennen, wie er diejenigen um ihn herum beeinträchtigte?

»Sie müssen Molly auch hier zuhause brauchen«, meinte Ada.

»Es wäre mir lieber, sie wäre hier. Der Hof macht viel Arbeit. Aber Seine Lordschaft hat uns zumindest erlaubt, hier zu bleiben, nachdem mein Ehemann vergangenes Jahr verschieden ist.«

Genau das verwirrte Ada so sehr. Warum war er bei manchen Dingen so nachsichtig und bei anderen so schrecklich rücksichtslos? »Es fällt mir schwer, Seine Lordschaft zu verstehen.«

»Das ergeht uns allen so«, meinte Mrs. Tallent erschöpft. »Sie müssen wissen, dass Pächter gegangen sind, als ihre Pachtverträge erloschen sind. Andere planen, das Gleiche zu tun.«

Die schreckliche Wahrheit war, dass Ada nicht dachte, es würde ihn interessieren. Doch das sollte es. »Ich würde annehmen, er würde den Besitz für den nächsten Viscount bewahren wollen und dass es seine Pflicht ist.«

Mrs. Tallent schnippte etwas von ihrem Rock. »Ich glaube nicht, dass er irgendwelche Pläne hat, einen Erben zu bekommen. Er verlässt das Haus kaum und ganz bestimmt unternimmt er nichts Gesellschaftliches.«

»Vielleicht erholt er sich noch immer von seinen Wunden?«

»Wenn seine Wunden ein gebrochenes Herz mit einschließen, dann ja.«

Adas Neugier zwang sie in ihrem Sessel vorwärts, denn sie war begierig, mehr zu erfahren. »Warum sagen Sie das?«

»Er war ganz anders, ehe er nach Spanien gegangen ist. Er war charmant und hat sogar geflirtet. Er scheint sich von seinen Wunden erholt zu haben – bei seiner Heimkehr hat er anfangs deutlich gehumpelt, aber das tut er nicht mehr –, allerdings ist er ein vollkommen veränderter Mann, eine leere Hülle.« Am Mitleid in ihrer Stimme gab es keinen Zweifel.

»Sie glauben, ihm wurde das Herz gebrochen?«

»Ich halte für möglich, dass das, was immer in Spanien passiert ist, über den Kampf hinausgeht, der seinen Körper in Mitleidenschaft gezogen hat.«

Das schien angesichts seines Betragens sehr wahrscheinlich. Ada wusste bereits, dass sich unter der wütenden Fassade der wahre Mann versteckte. Oder war dieser Mann für immer verschwunden?

Das konnte er nicht sein. Menschen konnten sich von schrecklichen Dingen erholen. Ada war dies gelungen. Mehr als einmal.

Sie konnte ihm zeigen, wie er zu sich selbst zurückfand und wieder Freude erleben könnte. Allerdings war er nicht der Grund ihrer Anwesenheit hier. Lucien hatte sie gebeten, Warfields Bücher in Ordnung zu bringen und nicht den Mann wieder zurückzubringen, an den sich alle erinnerten.

Würde Lucien nicht trotzdem von ihr wollen, das zu tun? Er vermisste seinen Freund und er war von dieser verbiesterten Version frustriert, die Freundschaft und Familie ablehnte. Er könnte eine Halbschwester haben, doch er bevorzugte die Isolation.

»Ich nehme zu viel von Ihrer Zeit in Anspruch, Mrs. Tallent.« Ada schlug das Buch auf und machte sich ein paar Notizen. »Würde es Ihnen etwas ausmachen, mir über die

Farm zu berichten und ob sie irgendwelche Verbesserungen brauchen, ehe ich mich wieder auf den Weg mache?«

»Gewiss.«

Im Laufe der nächsten Viertelstunde gab Mrs. Tallent Ada einen gründlichen Bericht über ihren Hof und zeigte ihr sogar die Hauptbücher des Hofes. Ada war von der Frau durchweg beeindruckt und entschied, dass sie eine ausgezeichnete Verwalterin abgeben würde, wenn sie nicht bereits eine Bäuerin wäre.

»Haben Sie Gefallen am Leben als Bäuerin?«, fragte Ada.

Mrs. Tallent zuckte mit den Schultern. »Etwas anderes haben wir nicht. Ich mache mir Sorgen, dass die Dinge sich ändern und es für Archie schwerer wird. Ich hätte ihn gern auf eine Schule geschickt.«

»Vielleicht kann er das immer noch tun«, meinte Ada, deren Verstand arbeitete. »Molly auch, wenn Sie das für Ihre Tochter wollen.«

»Ich weiß nicht, wie irgendetwas davon möglich sein sollte«, antwortete Mrs. Tallent in Gedanken versunken.

Ada legte die Bücher des Hofes auf den Tisch zwischen sich und Mrs. Tallent. »Ich habe erwähnt, dass Seine Lordschaft einen Verwalter einstellen will, und ich werde Sie vorschlagen.«

Mrs. Tallent schaute sie entgeistert an. »Das können Sie nicht.«

»Warum nicht?«

»Ich würde den Posten nicht haben wollen. Er ist unausstehlich als Arbeitgeber.« Ihre Schultern zuckten. »Ich würde meine Kinder sehr gern von seinem Haushalt *fernhalten*.«

»Ich verstehe, warum Sie sich so fühlen, aber was wäre, wenn er anders wäre? Wenn er mehr wieder der Mann wäre, der er einmal gewesen ist?«

Mrs. Tallent lachte höhnisch auf. »Dann würde ich

darüber nachdenken. Er ist allerdings nicht anders und der Mann, der er einst war, ist längst verschwunden.«

Ja, das war er, doch Ada hoffte nun mit großer Überzeugung, dass sie ihn zurückbringen konnte. »Mir bleibt noch eine weitere Woche«, meinte sie mit einer Zuversicht, die sie selbst nicht ganz fühlte. »Hoffentlich kann ich Sie überzeugen, Ihre Meinung zu ändern.«

»Die Tatsache, dass er überhaupt in Erwägung zieht, Veränderungen vorzunehmen, ist schon ein Riesenschritt vorwärts. Es scheint, als seien Sie genau das, was er braucht.« Mrs. Tallent stand auf. »Trotzdem werde ich so lange nicht die Luft anhalten. Ich habe einen Hof zu bewirtschaften.«

»Das haben Sie in der Tat.« Ada drückte ihr Notizbuch an sich, als sie sich erhob. »Vielen Dank noch einmal für Ihre Zeit und die Ihres Sohnes. Ich werde mein Bestes tun, um positive Veränderungen auf Stonehill zu bewirken.«

»Das wäre wundervoll«, entgegnete Mrs. Tallent. »Aber versprechen Sie mir, nicht enttäuscht zu sein, wenn sie scheitern. Es wird nicht Ihr Fehler sein.«

»Ich verspreche es.« Es war ein leichtes Versprechen, denn Ada würde nicht scheitern.

CHAPTER 6

Das Haarband beschäftigte ihn noch immer.

Seit langer Zeit hatte Max nicht mehr an dieses spezifische Detail gedacht, was wahrscheinlich daran lag, dass er versuchte, alles von jenem Tag und jener Nacht aus seiner Erinnerung zu blockieren. Doch gestern hatte ihn das scharlachrote Haarband des Mädchens zurückgeführt und während es ihm gut gelungen war, sich nicht länger daran zu erinnern, was passiert war, konnte er der Welle aus Wut und Verzweiflung nicht Herr werden. Es war nicht die Erinnerung an sich, sondern die Erinnerung an die Emotionen. Die Neuigkeiten von der siegreichen Schlacht bei Waterloo trugen zu seinem Unbehagen bei, obwohl Napoleon besiegt worden war.

Gott, er fühlte sich so schwach.

Er trank ein weiteres Glas Whisky aus und war im Begriff, sich das nächste einzuschenken, als er ein leises Klopfen an der Tür vernahm. Niemand störte ihn um diese nächtliche Stunde hier. Längst schon hatte Mrs. Bundle sein halb verzehrtes Dinner abgeräumt.

Und es war nicht die Tür der Bibliothek, also glaubte er

nicht, dass es Mrs. Treadway war. Den ganzen Tag lang war er ihr erfolgreich aus dem Weg gegangen, was er als Sieg betrachtete. Entweder ärgerte sie ihn, oder sie brachte ihn irgendwie dazu, Dingen zuzustimmen, die zu erwägen er sich geweigert hatte. Sie hatte sogar irgendwie in die Wege geleitet, dass er sie auf seinen verdammten Ländereien herumfuhr. Doch sich ihrem magnetischen Charme zu beugen war für ihn passé.

Wieder klopfte es und Max stieß sich hoch. Er schlenderte zur Tür und öffnete sie gerade so weit, dass er erkennen konnte, wer um alles in der Welt ihn in seiner Einsamkeit störte. Es *war* sie.

In dem adretten hellgelben Kleid, das sie trug, wirkte sie frisch und liebreizend. Das schloss auch die dunklen Haarsträhnen ein, die ihren Hals umspielten. Es war widerspenstiges Haar, das sich weigerte, ordentlich festgesteckt zu bleiben.

»Guten Abend, Mylord«, meinte sie mit ihrem üblichen lebhaften Tonfall und dem heiteren Lächeln. »Ich habe Sie beim Dinner vermisst.«

»Ich kann mir nicht vorstellen, warum Sie erwartet haben, mich dort zu sehen. Gestern Abend war eine Ausnahme.«

»Ich hoffte, das war es nicht. Darf ich ein paar Minuten hereinkommen?«

»Ich war im Begriff, mich zurückzuziehen«, konterte er.

»Ich werde nicht lange brauchen.« Sie schob sich ins Zimmer und er hatte keine andere Wahl als zurückzutreten, wenn er kein völliger Grobian sein wollte. So ein Rüpel war er nicht. Noch nicht.

Ihr Blick fiel auf sein leeres Glas neben dem Tisch, an dem er beim Kamin gesessen hatte. »Was trinken Sie?«

»Whisky.«

»Irischen oder Scotch?«

»Scotch. Mein Vater hat ihn sehr gemocht.« Er hatte einen Freund, der ihn nach Süden geschmuggelt hatte. »Er steht seit beinahe zwanzig Jahren im Schrank, denke ich.«

»Ist er gut?«, fragte sie.

»Ich mag ihn.«

Sie stemmte eine Hand in die Hüfte. »Werden Sie mir welchen anbieten, oder muss ich darum bitten?«

Gereizt stieß Max die Luft aus. »Ich habe Ihnen gesagt, ich wollte mich zurückziehen.«

»Das haben Sie, aber unsere Unterhaltung wird erheblich angenehmer, wenn wir einen Schlaftrunk dazu genießen.«

»Sagen Sie mir bitte nicht, dass Sie schlechte Nachrichten haben«, meinte er ungeduldig. »Oder sich besondere Mühe geben, um mich zu ärgern?«

»Keine schlechten Nachrichten und ich denke nicht, dass ich mir Mühe geben muss, um Sie zu verärgern. Sie stellen es so dar, als sei meine bloße Existenz schon ausreichend.«

»Freches junges Ding«, murmelte er, als er sich daran-machte, ihr ein Glas Whisky einzuschenken. Nachdem er es ihr übergeben hatte, füllte er sein eigenes Glas auf und stellte die Flasche wieder auf den Schrank mit dem Portwein und Brandy zurück.

Sie ließ sich auf einem kleinen Sessel beim Kamin nieder, aber glücklicherweise nicht zu nahe bei seinem. »Haben Sie den Brief an Lucien abgeschickt, den ich heute Morgen auf Ihren Schreibtisch gelegt hatte?«

»Ja. Wann haben Sie das getan?« Er schaute sie eindring-lich an. »Er war nicht dort, als ich gestern Abend gegangen bin.«

»Ich stehe früh auf und insbesondere heute, da ich mit Archie über die Ländereien gefahren bin. Werden Sie mich fragen, worum es in diesem Brief ging?«

»Nein.« Er nippte an seinem Whisky.

»Ich habe ihn informiert, dass Sie einen Verwalter

einstellen und ihn um seine Unterstützung gebeten. Ich hoffe, er wird Ihnen einige Namen nennen. Das war, bevor ich selbst einen in Frage kommenden Kandidaten entdeckt habe.« Sie trank einen Schluck und musste sofort husten. Eine ausgeprägte Grimasse zeichnete ihr Gesicht und sie legte die Finger an die Lippen. »Grundgütiger, das ist sehr stark.«

Max starrte auf ihren Mund und die Hand, die ihn bedeckte. Sie hatte lange, schmale Finger, wie er erkannte. Finger, die ein Pianoforte spielen sollten. Oder … Sein Verstand wurde plötzlich von anzüglichen Dingen überkommen, die ihre entzückenden Finger tun könnten.

Ruckartig lenkte er seine Aufmerksamkeit zum Kamin. »Würden Sie Port oder Brandy bevorzugen?«

»Nein, dieser Whisky ist gut. Nach ein paar weiteren Schlückchen werde ich mich daran gewöhnt haben.«

»Sie haben Erfahrung im Trinken von Whisky?« Er wagte es, sie erneut anzuschauen, und Gott sei Dank lag ihre Hand im Schoß, während die andere weiterhin ihr Glas umfing.

»Von meiner Arbeit im Phönix Club, ja. Wenn Lord Wexford in der Nähe ist, kommt es immer zu einer Debatte darüber, welcher der bessere Tropfen ist – der Irische oder der Schottische. Weil er Ire ist.«

»Was ist Ihre Meinung?« Er hasste es sowohl als er es auch liebte, dass er sie so interessant fand.

»In Wahrheit gebe ich dem Irischen den Vorzug, aber das sage ich niemals laut. Es ist besser, sich nicht festzulegen.« Sie zwinkerte ihm zu, ehe sie einen weiteren winzigen Schluck nahm. Dieses Mal zuckte sie kaum zusammen.

»Sie trinken tatsächlich mit den Gentlemen?«

»Gewiss. Angesichts meiner Position im Club würde ich das wahrscheinlich sowieso tun, aber an den Dienstagen dürfen die Frauen, die Gentlemen-Seite des Clubs betreten. Wahrscheinlich ist dies der geschäftigste Abend der Woche.

Wenn wir nicht während der Saison an den Freitagen Bälle veranstalten.«

Max starrte sie an. »Lucien gestattet Frauen im Club?«

»Haben Sie das nicht gewusst?« Sie lachte leise. »Es gibt eine Seite für die Ladys und eine für die Gentlemen. Die Männer werden nicht auf der anderen Seite geduldet – außer auf unserer Hälfte des Ballsaals während der Bälle. Doch an den Dienstagen erhalten wir Zugang zu ihrer Seite. Es ist wunderbar bereichernd.«

Ihre volltönende Stimme hatte etwas Verführerisches, das etwas in seinem Inneren erweckte. Etwas, das er lieber begraben lassen würde. Es gefiel ihm nicht, Zeit mit ihr zu verbringen.

Weil es ihm gefiel.

Sie schaute ihn mit einem gezielten Blick an. »Ich denke, Lucien hofft, dass Sie seine Einladung für eine Mitgliedschaft annehmen.«

»Ich bin selten in London.«

»Es wäre ein guter Grund, zu kommen.« Sie schien noch mehr sagen zu wollen, doch das tat sie nicht.

Brummend meinte er: »Ich mag gesellschaftliche Versammlungen nicht.«

»Sie könnten einen stillen Winkel im Club finden. Die Bibliothek ist ein schöner Ort, um Stille und Einsamkeit zu genießen. Und der Whisky ist unvergleichlich.« Sie hob ihr Glas zu einem stillen Toast.

Er erwiderte ihren Blick und verengte die Augen. »Wollen Sie meinen Whisky schlecht machen?«

»Überhaupt nicht. Aber wenn Sie Whisky mögen, könnten Sie unterschiedliche Sorten probieren.«

»Sie werden mich nicht dazu überreden, diesem Club beizutreten. Sie haben mich bereits zu genügend Dingen überzeugt.«

»Alles notwendige und wichtige Dinge, das versichere ich

Ihnen«, meinte sie heiter. »Ich war in der Lage heute jemanden im Dorf zu verpflichten, Mrs. Kempton für die nächsten beiden Wochen zu helfen. Die junge Frau war dankbar für die Arbeit. Tatsächlich wäre sie eine wundervolle Ergänzung für Ihren Haushalt, vielleicht als Zimmermädchen. Mrs. Bundle könnte gewiss Hilfe gebrauchen.«

Er schaute sie finster an, denn er wusste, dass sie recht hatte, und er hasste es, dass sie es so verdammt leicht durchzuführen aussehen ließ. »Ich erkenne, was Sie zu tun versuchen.«

»Gut. Ich versuche gewiss nicht, geheimnisvoll zu tun. Sie können Mrs. Tallents Kinder nicht weiter in Anspruch nehmen. Sie braucht sie auf dem Hof. Mrs. Debley braucht zusätzliches Küchenpersonal. Og braucht Hilfe in den Stallungen und Mrs. Bundle braucht Zimmermädchen. Sie könnten auch einen Butler und einen Kammerdiener gebrauchen.«

»Ich brauche nichts davon. Butler sind für Leute, die Gäste empfangen.«

»Bin ich kein Gast?«

»Sie sind eine Verirrung.«

Sie verdrehte die Augen und war nicht im Mindesten beleidigt, was er auch nicht von ihr erwartet hatte. »Ich bin trotzdem ein Gast. Ein Butler wird Ihren Haushalt leiten, damit Sie das nicht tun müssen. Wenn Sie sich wirklich in sich selbst zurückziehen wollen, um eine isolierte Existenz zu fristen, müssen Sie auf andere vertrauen, um Stonehill zu erhalten.«

»Das tue ich bereits.«

Genervt stieß sie die Luft aus. »Sie verlangen von einer Handvoll Menschen, die Arbeit vieler weiterer Menschen zu tun. Das wissen Sie sicher. Ich kann daraus nur schließen, dass diese Menschen Ihnen nicht am Herzen liegen – oder Ihr Anwesen.«

»Ich interessiere mich bestimmt nicht für das Anwesen. Was mich anbelangt, kann es verrotten.«

»Was ist mit Ihren Erben?«

»Ich habe keine verdammten Erben und plane auch nicht, welche zu bekommen«, entgegnete er mit zusammengebissenen Zähnen, als seine Wut zu eskalieren drohte.

Das schien sie nicht zu überraschen. »Dann denken Sie an die Leute um Sie herum – die Angestellten und die Dienstboten. Sie werden sie verlieren, wenn Sie die Dinge nicht ändern, und wo werden Sie dann bleiben?«

»Genau dort, wo ich sein will.«

Ihr Mund rundete sich kurz, ehe sie in schloss. Da war die Überraschung. »Das kann nicht wahr sein.«

»Das ist es und ich kann es nicht ändern.«

»Sie meinen, Sie wollen nicht. Sie sind nicht immer so gewesen, soweit ich das sagen kann. Warum können Sie nicht wieder der Mann werden, der sie einmal gewesen sind?«

Er sprang aus dem Sessel auf und packte sie an den Armen, wobei er sich über sie beugte. »Der Mann ist fort. So wie Sie das ebenfalls sein werden. Stehen Sie aus dem Sessel auf und verlassen Sie mein Haus.« Er starrte sie mit gebleckten Zähnen an.

Sie presste die Schultern in den Sessel und hob das Kinn. »Nein.«

Wut brodelte in ihm. Er beugte sich näher und sein Gesicht war nur wenige Zentimeter von ihrem entfernt. »Ich werde Sie hochheben und hinauswerfen.«

Ihr Blick wurde frostig. »Genauso wie Sie es mit meiner Freundin Prudence getan haben, als sie auf der Suche nach einer Arbeit zu Ihnen kam?«

Was um alles in der Welt redete sie da? »Wer ist Prudence?«

»Prudence Lancaster. Tatsächlich ist sie jetzt die Viscountess Glastonbury.«

Die Erkenntnis flammte in seiner Erinnerung auf. Er kannte diesen Namen. Lucien war gekommen und hatte um eine Mitgift für sie gebeten. Doch darüber sprach Mrs. Treadway nicht. »Sie ist nicht auf der Suche Arbeit oder etwas anderem gekommen.«

»Das ist sie wohl. Es ist bereits einige Zeit her und Gott sei Dank war Lucien gerade hier, um sie aus ihrer Misere zu retten und ihr zu helfen, eine Arbeit als bezahlte Gesellschafterin zu finden. Wie ein wundervoller Mann wie er so freundlich bleibt oder in jemanden wie Sie glaubt, übersteigt mein Begriffsvermögen, aber genau so ist Lucien.«

Jedes einzelne ihrer Worte traf ihn wie die Klinge eines Messers und schnitt mit quälender Präzision in ihn. Seine Wut blieb, doch sie hatte ihr die Schärfe genommen. »Ich weiß auch nicht, warum er das tut. Ich habe ihm gesagt, das nicht zu machen.« Er ließ von ihrem Sessel ab und von sich selbst angewidert, sie so zu bedrohen, trat er zurück.

Sie strich sich mit der Hand über die Stirn und entspannte die Schultern, was ihm zeigte, dass sie weit mehr Anspannung – und vielleicht Furcht – empfunden hatte, als er erkannt hatte. Dann trank sie den bislang größten Schluck ihres Whiskys. »Das ist keine Art zu leben, Warfield. Gefällt es Ihnen wirklich, sich brummig zu fühlen und allein zu sein?«

»Ja.« Das Wort knarzte wie eine alte unbenutzte Türangel in seiner Kehle.

»Ich glaube Ihnen nicht. Ich denke, Sie haben einfach nur vergessen, wie es sich anders anfühlt.«

»Ich habe gute Gründe«, murmelte er, ehe er noch einen weiteren Schluck trank.

»Weil Ihnen einige schlimme Dinge zugestoßen sind.

Schlimme Dinge passieren jedem, und wir finden eine Möglichkeit, sie hinter uns zu lassen.«

Knurrend verzog er die Lippen. »Sie haben ja keine Vorstellung.«

»Ich habe eine Reihe schlimmer Dinge überstanden.«

»Was zum Beispiel?«

»Mein Vater ist gestorben, meine Mutter ist gestorben … meine Schwester ist auch gestorben.« Sie schluckte, ihr Blick schweifte zur Wand hinter ihm ab. »Und andere Dinge.«

Die Neugier auf diese anderen Dinge brannte in seinem Kopf, doch er bohrte nicht weiter. »Meine Eltern und mein Bruder sind auch gestorben. Ich habe keine Familie mehr.«

Mit schmalen Augen sah sie ihn an. »Mit Ausnahme Ihrer Halbschwester. Erinnern Sie sich an Prudence?«

»Gewiss erinnere ich mich. Nur an ihren Namen habe ich mich nicht erinnert. Ihre Existenz bringt noch mehr schlimme Dinge zum Vorschein – dass mein Vater meiner Mutter absolut untreu und ein verlogener Schurke war. Es ist ein besonderer Schmerz, wenn man erfährt, dass dein einstiger Held ein Betrüger war.« Er trank seinen Whisky aus und füllte das Glas umgehend wieder auf.

Sie schwieg einen Augenblick, während sie an ihrem Getränk nippte. Schließlich ergriff sie das Wort: »Es tut mir leid. Das ist jedoch nicht Prudence´ Schuld. Sie hat sich die Umstände ihrer Geburt nicht aussuchen können. Warum wollten Sie ihr keine Mitgift zugestehen? Ich bin mir ziemlich sicher, dass Sie es sich leisten können.«

Er warf den Kopf in den Nacken und richtete den Blick zur Decke. Im flackernden Kerzenlicht wogten hier und da Schatten. »Ich zog es vor, so zu tun, als gäbe es sie nicht. Das war ziemlich kindisch von mir.«

»Ich bin froh, dass Sie das einsehen, aber sie ist eine reale Person. Und eine reizende dazu. Sie würden sie mögen.«

»Ich mag niemanden.«

»Vielleicht sollten Sie das. Gestern Abend dachte ich für einen kurzen Moment, Sie könnten mich mögen.«

Er senkte den Blick zu ihrem und stellte fest, dass sie ihn aufmerksam beobachtete. Ja, genau das hatte er ebenfalls gedacht. Er sollte ihr versichern, dass dem nicht so war, und er sie nie mögen würde und er nur abwartete, bis sie fort war. Sie waren bereits auf halbem Weg dorthin.

Doch die Worte wollten nicht heraus. Seit seiner Rückkehr aus Spanien war er ein ausgemachter Schuft gewesen. Beabsichtigte er tatsächlich, den Rest seines Lebens in dieser Misere zu verbringen?

Das Problem war, dass er nicht wusste, wie er ihr entkommen sollte. Doch ihre Anwesenheit brachte mit sich, dass er zumindest einen Teil der Zeit an etwas anderes dachte, das musste er zugeben.

Er ignorierte, ihre Worte und wandte sich wieder dem Thema seiner Halbschwester zu. »Es klingt, als würden Sie Prudence gut kennen.«

»Sie ist meine beste Freundin.«

Er schnaubte. Wie groß war die verdammte Wahrscheinlichkeit, dass diese schmächtige Frau, welche innerhalb einer Woche sein Leben auf den Kopf gestellt hatte, die beste Freundin seiner Halbschwester war, von der er nie etwas hatte wissen wollen?

Angesichts seines Glücks, war die Wahrscheinlichkeit eher groß.

»Sie *sind* eine Verirrung«, murmelte er vor sich hin, ehe er an seinem Whisky nippte. Plötzlich spürt er die Menge an Alkohol, die er zu sich genommen hatte, und ihm wurde schwindlig im Kopf. Das war nicht gut. In diesem Zustand waren seine Gefühle unberechenbar und er befand sich in echter Gefahr.

Er stand auf, und der Boden schwankte unter seinen Füßen.

»Kann ich mit dem Einstellen von Personal fortfahren?«

»Nein.« Er schüttelte den Kopf und bereute die Bewegung sofort, denn der Raum drehte sich noch lange, nachdem er wieder zum Stillstand gekommen war.

»Aber Sie brauchen Personal«, wand sie entschlossen ein. »Gestatten Sie mir wenigstens, Teresa einzustellen, sobald sie nach ihrer Aufgabe, Mrs. Kempton zu helfen, frei ist.«

»Dann werden Sie nicht mehr hier sein.« Noch mit seinem Glas Whisky in der Hand, hielt er auf die Tür zu, obwohl er gar nicht beabsichtigte, noch mehr zu trinken. Er hatte genug intus, um sich dem Vergessen hinzugeben, wo rote Bänder und nörgelnde Buchhalterinnen ihn nicht belästigen würden.

»Das kann ich gleich tun«, rief sie ihm nach.

Er antwortete nicht. Je rascher er sich in der Dunkelheit verlor, umso besser würde alles werden.

~

Ada erwachte und riss die Augen vor Schreck auf, als wäre sie von einem Geräusch aufgeweckt worden. Doch es war nichts zu hören gewesen. Sie rollte sich auf die Seite und starrte in die Dunkelheit, wobei sie sich fragte, wie lange sie wohl geschlafen hatte. Scheinbar endlos hatte sie sich hin und her gewälzt, ehe sie schließlich ihrer Erschöpfung erlegen war.

Doch jetzt war ihr Verstand hellwach, so wie er es auch gewesen war, als der Schlaf ausgeblieben war. Wieder kreisten ihre Gedanken um Warfield, denn sie war über den Ausgang ihres Abends beunruhigt. Vielleicht war sie auch von sich selbst enttäuscht, weil sie mit ihm über Prudence und Lucien gesprochen hatte. Sie hätte die beiden nicht miteinander vergleichen sollen.

Was tat sie da überhaupt? Sie sollte Ordnung in seine

Hauptbücher bringen und den Stand seiner Geschäfte in Erfahrung bringen. Lucien hatte ihr einen einfachen Auftrag erteilt, und aufgrund ihrer teuflischen Neugier hatte sie daraus eine Untersuchung gemacht.

Doch nun war sie hier und es ließ sich nicht mehr rückgängig machen, was sie erfahren hatte. Warfield war von irgendetwas gefangen, und sie würde jede Wette eingehen, dass er frei sein wollte, selbst wenn ihm das noch nicht bewusst war.

Schuldgefühle waren etwas Furchtbares und Ada wusste das besser als die meisten. Sie hatten zwei lange Jahre ihres Lebens ruiniert, in denen sie sich in die finstersten Winkel zurückgezogen hatte, ehe sie sich aus der Verzweiflung befreien konnte.

Dann hatte sie zwei weitere lange Jahre damit zugebracht, sich neu zu erfinden und zu versuchen, die Vergangenheit hinter sich zu lassen. Das war ihr recht gut gelungen, bis sie den nächsten Fehler gemacht hatte. Sie hoffte nur, sie würde jetzt nicht alles verpatzen, indem sie ihre Nase in Dinge steckte, die sie nichts angingen.

Doch scheinbar konnte sie nicht anders.

Aufgeregt schlug Ada die Bettdecke zurück und glitt aus dem Bett. Die Luft war kühl, also griff sie nach ihrem Morgenmantel und zog ihn über das Nachthemd, ehe sie die Füße in ihre Hausschuhe steckte. Sie ging zum Kamin hinüber und schürte die Glut, wobei sie weiteres Brennmaterial hinzugab, bis die Flammen hochschlugen.

Jetzt war ihr warm. Und sie war noch immer unruhig.

Vielleicht würde ein Spaziergang ja helfen. Brauchte sie eine Kerze? Sie ging zur Tür und öffnete sie, um in die Galerie zu spähen, die sich über die gesamte Länge des ersten Stocks zog. Einige der Wandleuchten waren auf dem Gang angezündet und erhellten ihn, womit eine Kerze glücklicherweise nicht erforderlich war.

Sie schlüpfte aus ihrer Kammer und schloss die Tür, ehe sie die Galerie entlangging. Es herrschte nicht genügend Helligkeit, um die Gemälde auf ihrem Weg zu betrachten, jedoch bildeten diejenigen neben den Wandleuchten eine Ausnahme.

Beim ersten dieser Bilder blieb sie stehen und fragte sich, ob es sich um einen von Warfields Verwandten handelte. Der Mann schaute mit blauen Augen aus einem rundlichen Gesicht zu ihr zurück, das von Heiterkeit geprägt war. Es gab absolut keine

Ähnlichkeit.

Sie zog weiter und schlenderte auf der Galerie hin und her, bis sie beim nächsten Wandleuchter stehen blieb, neben dem ein Gemälde hing, das wahrscheinlich aus der Mitte des siebzehnten Jahrhunderts stammte und eine hochmütige junge Frau zeigte, die auf sie herabblickte. Das Portrait musste älter als das derzeitige Haus sein, es sei denn, es wurde Jahrzehnte nach der Epoche gemalt, die es darstellte. Die Lippen der Frau wiesen eine Fülle auf, sodass sie sie an Warfield erinnerten. Für einen Mann besaß er einen unbeschreiblich sinnlichen Mund. Sie sehnte sich danach zu sehen, wie er aussah, wenn er lächelte, ein langsames, sinnliches und durch und durch verführerisches Lächeln, das jeden dahinschmelzen ließe, dem es galt. Sie stellte sich vor, wie er dies in jüngeren Jahren getan hatte, nachdem er von der Schule abgegangen war und sich die Hörner abgestoßen hatte. Sie hoffte, sie würde eine Chance bekommen, ihn nach dieser Periode seines Lebens zu fragen.

Als sie sich dem anderen Ende der Galerie näherte, weckte ein entferntes Geräusch ihre Aufmerksamkeit. Sie setzte ihren Weg fort, bis sie sich in einem Wohnzimmer wiederfand. Das Geräusch erklang erneut, etwas lauter dieses Mal – und es war ein grässliches Klagen, das ihr beinahe das Herz aus der Brust riss.

Sie eilte voran und zauderte, als das Stöhnen verstummte. Sie stand vor der Tür und ihr Puls raste. Dann fing es wieder an und ruckartig reagierte sie.

Es war ein schreckliches, markerschütterndes Geräusch. Sie konnte es nicht ignorieren.

Dann schrie er.

Kopflos über das, was sie vorfinden würde, stürmte Ada in das Gemach, und sie konnte nur daran denken, dass sie demjenigen, wer auch immer dieses Geräusch verursachte, helfen musste.

Als ob sie es nicht bereits wüsste.

Das Zimmer war beinahe dunkel und nur die Glut im Kamin spendete Licht. Das Klagen hatte aufgehört, doch die Gestalt im Bett warf sich hin und her. Dann herrschte plötzlich Stille.

Sie schlich sich auf die andere Seite des Bettes und machte seine Umrisse aus. Er lag auf dem Rücken und hatte den Arm über die Augen gedeckt, während seine Brust sich schwer hob und senkte. War er wach?

»Warfield«, flüsterte sie. Die Bettdecke wurde beiseite geschoben und er war fast nackt, denn er trug nichts weiter als seine Unterwäsche, die seine Leisten bedeckte. Eine hässliche Narbe, viel schlimmer als die im Gesicht, verunzierte seinen Oberschenkel. Sie ließ ihren Blick nach oben wandern und erkannte einige weitere Narben auf seiner Brust – die Form einer kleinen, runden Scheibe auf seiner rechten Schulter, einen langen, schmalen Bogen über seiner Brust und eine weitere Verbrennung an seiner linken Seite zwischen seiner Schulter und dem Schlüsselbein.

Wieder schrie er auf und erschreckte sie damit noch einmal. »Warfield«, rief sie lauter und streckte die Hand nach ihm aus. In dem Augenblick, in dem sie seinen Arm berührte, erkannte sie, dass sie die Situation falsch eingeschätzt hatte.

Jäh setzte er sich auf und packte sie, wobei er sie so drehte, dass sie auf dem Bett festgenagelt war. Dann legten sich seine Hände um ihre Kehle und der Blick aus seinen offenen Augen war leer, als er auf sie herabsah.

»Nein!«, schrie sie heraus.

Seine Hände fielen von ihr ab. »O Gott.« Er brach neben ihr zusammen und zog sie an sich. »Es tut mir leid, Liebste. Verzeih mir. Ich wollte dir nicht wehtun. Ich dachte, du wärst jemand anders.« Er streichelte ihr über das Haar, das sich aus ihrem Zopf gelöst hatte und ihr ins Gesicht fiel. »Es ist unwichtig«, flüsterte er. »Du bist hier.« Er streichelte ihr den Rücken, als seine Lippen die ihren fanden.

Ada erstarrte vor Schreck, doch nur für einen Moment. Ihr Körper entschied, nichts gegen seine Berührung oder seinen Kuss einzuwenden zu haben, und sie umklammerte seine Schultern.

Mit seiner Zunge drang er tief in ihren Mund ein und weckte ein sündiges Verlangen, das sie längst begraben gehofft hatte. Doch leider wurde es durch seine Liebkosungen zum Leben erweckt.

Sie klammerte sich an ihn und fasste seinen Nacken, während er sich über sie schob und sie in die Matratze drückte. Er war heiß und hart, und sein Gewicht auf ihr war köstlich. Die Lust pulsierte in ihrem Geschlecht und raubte ihr vor Verzweiflung den Verstand.

Er ließ die Hand zu ihrer Brust gleiten, streichelte sie durch ihre Kleidung hindurch und verwandelte ihre Brustwarze in eine feste Spitze. Sie wölbte den Rücken und küsste ihn mit hungriger Hingabe.

Er murmelte etwas Unverständliches, vielleicht war es in einer Fremdsprache, während er über ihre Kieferpartie leckte. Das war nicht richtig. Sie glaubte nicht, dass er wusste, wer sie war. Vielleicht wusste er nicht einmal, wo er war oder in welcher Zeit.

Doch dann rollte er sich auf die Seite und wurde still und ruhig. Ada starrte auf den Betthimmel über ihr und war völlig bewegungsunfähig. Ihr Herz raste und ihre Haut kribbelte. Sie spürte ihn neben sich und konnte seinen Arm an ihrem fühlen.

Er zuckte zusammen, ehe er ein Geräusch von sich gab, das halb Keuchen und halb Grunzen war. Dann war er fort und wich von ihr weg. »Was …?«

Sie drehte den Kopf und erkannte den entsetzten Ausdruck, mit dem er sie anstarrte. »Ich dachte, Sie hatten einen Albtraum.«

»Den hatte ich auch, glaube ich.« Er klang außer Atem. Dann sah er an sich herunter und fluchte. Ihr Blick folgte seinem, aber sie wusste, was sie sehen würde – seine Erektion, denn sie hatte sie zwischen ihren Beinen gespürt, als er sie auf die herrlichste Weise an sich gedrückt hatte.

Ada setzte sich auf, als er vom Bett sprang und sich einen Morgenmantel schnappte. Er schlang ihn um sich und band ihn zu, ehe er sich ihr zuwandte.

»Warum sind Sie hier?«

»Ich hätte nicht kommen sollen, aber ich habe Sie gehört und war in Sorge. Ich wollte helfen. Kann ich irgendetwas tun?«

»Nein«, krächzte er, bevor er sich mit der Hand durch sein bereits zerzaustes blondes Haar fuhr.

Sie wählte ihre nächsten Worte mit Bedacht. Die Neugier würde sie einmal das Leben kosten, aber sie weigerte sich, klein beizugeben. Sie wollte ihm wirklich nur helfen. »Soll ich mich ein wenig zu Ihnen setzen? Einfach hier sitzen? Zusammen?«

Einen langen Moment antwortete er nicht, doch dann legte er den Kopf ein wenig schräg und schaute sie an. »Ich denke schon.« Langsam kehrte er zum Bett zurück und setzte sich neben sie, aber nicht nahe genug, um sie zu berühren.

»Früher hatte ich auch Albträume«, ergriff sie das Wort, schloss kurz die Augen und schöpfte tief Luft, um ihr rasendes Herz zu beruhigen.

»Von Ihren verstorbenen Eltern?«

»Nein, es ging um meine Schwester Clara. Sie war acht Jahre jünger als ich.«

»Sie ist die Schwester, die gestorben ist?«

Ada schlug die Hände zusammen, während ihr der Schweiß im Nacken kribbelte. »Ja. Es war meine Schuld«, flüsterte sie. »Unsere Mutter war schon krank, und als älteste Tochter – ich war fünfzehn – musste ich mich um alle kümmern. Ich habe sie mitgenommen, um die Medizin für meine Mutter zu holen. Da war ein Kätzchen, nicht dass ich es gesehen hätte. Clara hat gequiekt, als sie es entdeckt hat.« Adas Glieder begannen zu zittern, und ihr wurde sehr kalt. Sie hatte diese Geschichte schon lange nicht mehr erzählt. »Ich sagte ihr, sie solle bei mir bleiben, denn wir müssten nach Hause. Aber sie rannte dem Kätzchen hinterher auf die Straße. Da kam eine Kutsche.« Die nächsten Worte schnürten ihr die Kehle zu, und sie konnte nicht mehr sprechen.

Sie fühlte seine Wärme. Sein Schenkel drückte gegen ihren, als er seine Hand auf ihre legte. »Die Kinder auf dem Bauernhof«, sagte er leise. »Sie waren ganz aufgeregt, als sie auf den Wagen zu gerannt sind. Ich dachte mir, dass es etwas zu bedeuten hatte. Ich hätte etwas sagen sollen.«

Ada schluckte, doch dann hüstelte sie, um die Kehle frei zu bekommen. »Warum sollten Sie das tun? Sie sind nicht so aufdringlich wie ich.« Sie stieß ein hohles Lachen aus.

»Sie sind nicht immer aufdringlich. Sie sind hilfsbereit. Jedenfalls hätte ich die Notlage eines anderen Menschen zumindest zur Kenntnis nehmen müssen. Sie tun das bei mir.« Er zauderte und strich mit dem Daumen über ihre Hand. »Warum?«

Sie zuckte mit den Schultern. »Anscheinend kann ich nicht anders. Ich nehme an, es ist meine Neugier, aber ich … ich sorge mich einfach.«

»Warum sollten Sie sich um mich sorgen?«

»Ich sorge mich um jeden.« Insbesondere um die, die Schmerzen litten, und das tat er ganz sicher.

»Ich bedaure die Tragödie mit Ihrer Schwester«, sagte er. »Geben Sie sich die Schuld dafür?«

»Das tue ich. Wie auch meine Mutter. Sie starb ein paar Monate später. Ich glaube nicht, dass sie mir je verziehen hat. Sie hat zumindest nichts zu mir gesagt.«

Er spannte die Hand fester um ihre. »Sie sollten daran nicht zu tragen haben.«

»Ich habe gelernt, das nicht zu tun – die meiste Zeit.« Sie lockerte ihre Schultern. »Das war nicht leicht. Sie haben mich gefragt, warum ich glücklich bin. Weil ich mich dafür entscheide, es zu sein. Es ist besser als die Alternative. Mein Bruder hat mich nach dem Tod unserer Mutter vor die Tür gesetzt. Er war der festen Ansicht, meine Schwester Agatha, die nur ein Jahr jünger war als ich, könnte all meine Aufgaben erledigen – sogar besser –, was so viel hieß, dass sie den Tod unserer anderen jüngeren Schwester verhindern würde.«

»Das ist ja furchtbar«, flüsterte er. »Haben Ihre Schwestern Sie nicht verteidigt?«

»Nein.« Auch das hatte sie geschmerzt. »Sie haben zu unserem Bruder gehalten. Meine jüngste Schwester war am Boden zerstört. Sie hat mir mehr Vorwürfe gemacht als alle anderen, und das war schon sehr viel.«

»Es tut mir so leid.«

»Ich war lange Zeit allein, traurig und habe mir Vorwürfe gemacht.« Sie hatte kaum gelebt, um Essen gebettelt und schließlich das Einzige verkauft, was sie zum Überleben hatte. Aber nur einmal. »Ich ließ mich bis auf die unterste Stufe der Verzweiflung sinken und dann sagte ich *bis hierhin und nicht weiter*.«

»Was haben Sie unternommen?« Er klang wie gebannt, als würde sein nächster Atemzug von ihrer Antwort abhängen.

Sie drehte den Kopf, um ihn anzuschauen und konnte gerade noch die Anspannung auf seinem Gesicht erkennen. »In dem Moment, in dem ich das Undenkbare tat und meinen Körper verkaufte, um einfach nur zu existieren, wusste ich, dass ich leben wollte. Ich verließ Plymouth und ging nach Cornwall, wo ich einen neuen Anfang machte. Ich arbeitete mich zu der Position einer Gouvernante empor. Nach einigen Jahren entschied ich, dass ich das nicht länger sein wollte, und kam nach London. Jeden Tag entscheide ich mich, glücklich zu sein, zu *leben*.«

Hatte sie zu viel gesagt? Nur einmal hatte sie dies einer anderen Person anvertraut – ihrer lieben Freundin Evie, die sie nach London gebracht und mit Lucien bekannt gemacht hatte. »Ich versuche wirklich nicht, Sie von irgendetwas zu überzeugen. Ich beantworte nur Ihre Frage.«

»Sie sind unglaublich mutig.« Bewunderung lag in seiner Stimme und sie fühlte sich unbehaglich deswegen.

»Ich weiß nicht, ob das stimmt. Ich hatte Angst vor dem, was ich geworden war, wohin ich ging und wo ich wohl enden würde.«

»Dies hinter sich zu lassen und das Licht vor der Dunkelheit zu wählen ist mutig. Lassen Sie sich von niemandem etwas anderes sagen.«

Sie drehte die Hand so, dass sie die seine umfassen konnte und gestattete sich ein Lächeln. »Danke.«

»Ich danke *Ihnen*, dass Sie mir Ihre Geschichte anvertraut haben.«

»Das tue ich normalerweise nicht.« Sie lachte unbehaglich. »Ich weiß, Sie glauben, ich rede zu viel, aber das gehört nicht zu den Dingen, die ich den Leuten erzähle.« Und dennoch hatte sie sie ihm recht mühelos erzählt. Darüber hinaus fühlte sie sich auch noch gut, das getan zu haben. Tatsächlich verspürte sie eine Leichtigkeit, als ob irgendwie ein Teil ihrer Bürde von ihr genommen war. »Schuld ist eine schreckliche Sache. Sie wird Sie auffressen, bis nichts mehr von Ihnen übrig ist.«

Er ließ von ihrer Hand ab und sofort wusste sie, dass sie einen Schritt zu weit gegangen war. Der Schutzwall war wieder aufgerichtet.

Er erhob sich. »Was haben Sie überhaupt auf dieser Seite des Hauses gemacht?«

»Ich konnte nicht schlafen«, entgegnete sie, während sie sich ebenfalls erhob. Sie glättete die Falten ihres Morgenmantels. »Ich bin auf der Galerie auf und ab gegangen, als ich Sie habe schreien hören.« Sie würde nicht beschreiben, was sie tatsächlich gehört hatte. Er musste nicht wissen, wie er klang – wie ein grauenhaft verwundetes Tier.

»Ich habe Ihnen hoffentlich keine Angst gemacht.« Ihre Blicke kreuzten sich kurz.

»Nein.« Vielleicht für einen Augenblick, aber das würde sie ihm auch nicht sagen. Er brauchte wirklich kein Quäntchen mehr Schuldgefühl.

Sie sehnte sich danach, ihn zu berühren und ihm zu sagen, dass sie für ihn da war, und dass er ihr seine Geschichte anvertrauen konnte, wenn er wollte. Doch seine Abwehr war wieder intakt und sie wollte ihn nicht zur Wut treiben. Sie wusste, wie leicht sie ihn verärgerte.

Es sei denn, wenn er sie küsste, könnte er dann irgendwie immun dagegen sein? Nein, so naiv war sie nicht. Dennoch konnte sie ihre Anziehung zu ihm nicht leugnen, und zwar fast seit dem Moment, seit sie hier angekommen war.

»Sie sollten zu Ihrem Zimmer zurückkehren.« Er blickte sie nicht an.

»Ja. Gute Nacht.« Als sie sich umdrehte, ging sie plötzlich auf wackligen Beinen.

»Gute Nacht.«

Sie verließ sein Schlafgemach und schloss die Tür hinter sich, ehe ihre Schultern erschlafften und sie sich die Hand vor den Mund schlug. Das durfte nicht noch einmal passieren. Das würde sie nicht erlauben.

Sie brauchte wirklich keinen zweiten Jonathan – ein weiterer Fehler –, um sie daran zu erinnern, ihr Glück nur aus eigener Kraft finden zu können.

CHAPTER 7

Irgendwie war es Max gelungen, erneut Schlaf zu finden, nachdem Miss Treadway gegangen war. »Miss Treadway.« Das war eine schrecklich förmliche Art, an jemanden zu denken, den er so feurig und leidenschaftlich geküsst hatte.

Das dachte er zumindest. Er hatte jemanden geküsst – es war zu real gewesen, um ein Traum zu sein. Allerdings fühlten sich seine Träume, oder besser Albträume, immer beunruhigend real an.

Doch sie war dort gewesen, in seinem Bett, also musste er annehmen, er hatte sie geküsst. Sein Körper war zweifelsohne so erregt gewesen, als wäre dies geschehen.

Er hatte nicht vor, sie um Bestätigung zu bitten. Er tat besser so, als sei es nicht geschehen oder als könne er sich zumindest nicht daran erinnern.

Zugegebenermaßen fühlte er sich ein wenig feige dabei. Oder irgendwie unruhig.

Als er mit dem Binden seines Krawattenschals fertig war, betrachtete er sich im Spiegel. Leider gefiel ihm noch immer nicht, was er dort erblickte, und er bezweifelte, er würde dies je tun. Er drehte sich, um seinen Frack zu nehmen, doch er zauderte, während er mit den Fingern über den Ärmel strich. Dann biss er die Zähne zusammen und zog ihn zusammen mit den Schuldgefühlen und der Traurigkeit an, welche diesen täglichen Akt begleiteten.

Einen Frack anziehen. Auf einem Pferd reiten. Eine Mahlzeit zu sich nehmen. Einfache Dinge, die er verrichten sollte, aber nicht konnte, ohne zu leiden.

Adas Worte vom Vorabend wollten ihm nicht aus dem Kopf: »*Schuld ist eine schreckliche Sache. Sie wird Sie auffressen, bis nichts mehr von Ihnen übrig ist.*«

Er fragte sich, ob er sich diesem Ende näherte.

Dann dachte er an alles andere, was sie ihm offenbart hatte. Sie war eine Frau von bewundernswerter Tapferkeit und Kraft. Wenn er sich vorstellte, wie sie mit fünfzehn, von Schuldgefühlen und Trauer überwältigt, von der einzigen Familie verstoßen wurde, die ihr noch geblieben war, wollte er sie in die Arme nehmen und festhalten, bis auch der letzte Rest dieser entsetzlichen Emotionen weggespült war. Doch sie würden nicht weggespült werden können, fürchtete er. Er erwartete nicht, dass *seine* Schuldgefühle oder sein Kummer je verschwinden würden.

Aber vielleicht könnte sich seine Lage verbessern. *Sie* hatte es geschafft. Sie hatte sich aus eigner Kraft aus der Dunkelheit befreit und einen Weg nach vorn gebahnt. Nicht nur zu einer friedlichen Existenz, sondern zu wahrem Glück. Er erkannte die wahre Freude in ihr. Dass sie sie nach allem erleben konnte, was sie durchgemacht hatte, brachte ihn zu der Frage, was um alles in der Welt mit ihm los war.

Wahrscheinlich war sie einfach nur stärker als er. Wenn er Glück hatte, konnte er etwas von ihr lernen.

Zu dumm nur, dass er kein Glück hatte.

Max ging die Treppe hinunter in den Frühstücksraum,

den er seit Jahren nicht mehr aufgesucht hatte. Seit seiner Rückkehr aus Spanien war er nicht mehr dort gewesen.

Leider war das Zimmer verwaist, doch die Speisen standen abgedeckt auf der Anrichte. Miss Treadway war vielleicht noch nicht heruntergekommen.

Er füllte seinen Teller mit mehr Essen, als er je verzehren konnte, und nahm dann an dem kleinen runden Tisch Platz, an dem er jahrelang mit seinen Eltern und seinem Bruder Alexander gefrühstückt hatte. Alex und er hatten immer darum gewetteifert, wer mehr Bücklinge verdrücken konnte.

»Guten Morgen!« Miss Treadways fröhliche Begrüßung schreckte ihn auf, was sie wahrzunehmen schien. »Verzeihung, ich wollte Sie nicht überfallen.« Sie rauschte zur Anrichte und nahm sich von dem Essen, ehe sie sich zu ihm an den Tisch setzte.

»Guten Morgen«, gab er unwirsch zurück und war nicht ganz sicher, wie er sich nach der letzten Nacht ihr gegenüber verhalten sollte.

Eine Weile aßen sie schweigend, doch er kannte sie inzwischen gut genug, um zu erkennen, dass sie eine Bemerkung machen wollte. Er beschloss, ihr ausnahmsweise entgegenzukommen. »Ich hoffe, Sie haben gut geschlafen.«

»Das habe ich, danke. Ich muss mich für letzte Nacht entschuldigen. Ich hätte nicht in Ihr Schlafzimmer kommen dürfen, und ich hätte nicht so viel erzählen sollen. Das ist eine schlechte Angewohnheit, fürchte ich.« Ihre Wangen erröteten, und sie nahm einen Bissen von den Eiern zu sich.

»Was ist eine schlechte Angewohnheit?«, fragte er, wobei er sich wunderte, ob sie das Eindringen in sein Zimmer oder ihr übergroßes Mitteilungsbedürfnis meinte.

»Den Menschen zu arglos zu vertrauen.« Sie zog eine Schulter hoch. »Ich suche nach einer Verbindung zu den Menschen, auch wenn es manchmal keine gibt. Oder nicht geben sollte«, murmelte sie.

Er wollte fragen, was sie damit meinte, doch er hielt an sich. Gerade hatte sie gesagt, sie versuchte, den Menschen nicht zu arglos Vertrauen entgegenzubringen. Vielleicht meinte sie damit ihn, zumal sie sich entschuldigte.

Sie winkte mit der Gabel. »Ich bin hoffnungslos dazu verdammt, zu versuchen, mit jedem Freundschaft zu schließen.«

»Das klingt nicht übel«, entgegnete er und überlegte, ob er einen Versuch unternehmen sollte. Nun, vielleicht nicht genauso, aber ähnlich. Hatte sie nicht davon gesprochen zu leben, anstatt zu existieren? Das gefiel ihm, obwohl er nicht recht wusste, wie er das bewerkstelligen sollte.

Seiner Vermutung nach könnte er damit beginnen, seine Mieter zur Kenntnis zu nehmen und sich um seine Dienstboten und Pächter zu kümmern. »Sie können Personal für den Haushalt einstellen – Dienstmädchen für die Küche und Mrs. Bundle.«

Sie starrte ihn an, und ihre Gabel schwebte dabei unbeweglich über ihrem Teller. »Kann ich das?«

»Keinen Kammerdiener. Ich werde einen Butler in Erwägung ziehen, aber er muss der Richtige sein. Und ich werde mit Og über die Knechte sprechen.«

»Gott sei Dank. Ich würde diesen Aspekt wirklich lieber nicht übernehmen. Ich meine damit das Gespräch mit Og. Hätten Sie gern, dass ich mich um die Einstellung der Knechte kümmere, sobald Sie das erledigt haben?«

»Ja, bitte. Ich bezweifele, dass Og das selbst machen würde, selbst wenn ich ihn darum bäte.«

»Ich bin so aufgeregt.« Ihr Enthusiasmus entlockte ihm beinahe ein Lächeln. Sie erhob sich und ging hinüber, um sich eine Tasse Tee einzuschenken, wobei sie ihn über die Schulter hinweg ansah. »Hätten Sie gern eine Tasse?«

»Ich bevorzuge Kaffee am Morgen.«

Mit einem Nicken schaute sie sich nach dem Kaffee um,

von dem sie ihm etwas einschenkte und dann mit beidem an den Tisch zurückkam.

»Auf die Neuanfänge«, meinte sie und hob ihm ihre Tasse entgegen.

»Ähm, ja.« Ungelenk hob er seine Kaffeetasse an, und sie stieß mit ihrer Tasse an seine.

Nachdem sie geschluckt hatte, prophezeite sie ihm: »Sie werden es nicht bedauern.«

Das glaubte er auch nicht. Tatsächlich fühlte er sich bereits ein wenig erleichtert. Nach ein paar weiteren Bissen und noch etwas mehr Kaffee, legte er seine Serviette auf den Tisch.

»Sie sind fertig?«, fragte sie.

»Ich dachte, ich würde gehen und gleich mit Og sprechen.«

»Warum essen Sie nie zu Ende?«, platzte sie heraus.

Er spannte sich an. Der Max, der er gewesen war, hätte ihr entgegnet, sie solle sich um ihre eigenen Angelegenheiten kümmern, und dann wäre er aus dem Zimmer gestampft. Er holte stattdessen tief Luft. »Ich verliere meinen Appetit.«

Sie blickte ihn beinahe überrascht an, dass er ihr geantwortet hat. »Warum?«

Der Drang, sie finster anzuschauen und einfach davonzugehen, war überwältigend. Gleichwohl er das nicht tun wollte, war er nicht sicher, ob er ihr eine aufrichtige Antwort geben wollte. Er schwankte zwischen einer höflichen Weigerung, darauf zu antworten und – dabei wurde ihm mulmig – ihr die Wahrheit zu sagen.

»Meine Mahlzeit wurde einmal unterbrochen und seitdem bin ich nicht mehr imstande, eine zu Ende zu bringen.« Er weihte sie nicht in die Einzelheiten ein, doch sie kamen ihm in den Sinn. Der Sommerabend, an dem der Junge angerannt kam, um ihm zu sagen, er hätte Soldaten von dort kommen sehen, wo Lucia ihre Kleider wusch, und das Entsetzen, das in ihm ausbrach, als er losrannte, um herauszufinden, was passiert war. Das blutige Haarband …

»Frustriert Sie das? Ihre Mahlzeiten nicht beenden zu können, meine ich.« Sie beugte sich auf eine Weise leicht zu ihm, die wie aufrichtiges Interesse anmutete.

»Ich habe nicht zu eingehend darüber nachgedacht, aber vermutlich ist dem so, insbesondere, da Mrs. Debley so eine wundervolle Köchin ist.«

»Hmm. Das werde ich mir durch den Kopf gehen lassen.«

Max erkannte, dass sie ihn als etwas betrachtete, das in Ordnung gebracht werden müsste. Obwohl sie sich darin nicht irrte, gefiel es ihm nicht, das Objekt ihrer Untersuchung zu sein. Allerdings war er für sie vermutlich seit ihrer Ankunft genau das. Sie war sehr offensichtlich und rundweg eine sehr neugierige und resolute Person.

»Sie müssen sich keine Sorgen machen.« Er stand auf. »Ich bin nicht Ihre Aufgabe, Miss Treadway, so gern Sie das auch hätten.« Sie *hatte* ihn veranlasst, einige Veränderungen vorzunehmen, aber das wäre auch alles.

Sie schürzte die Lippen, ehe er sich abwandte und hinausging. Max schaute nicht zurück.

Er ging auf direktem Wege zu den Stallungen, wo er Og mit Topaz fand. »Guten Morgen Og.«

Og, der das Pferd striegelte, schaute auf. »Guten Morgen? Ihr seht wie Eure Lordschaft aus, aber das könnt Ihr nicht sein.«

»Habe ich noch nie Guten Morgen zu dir gesagt?«

»Seit langer Zeit nicht mehr«, brummte Og. »Ich hoffe, das junge Ding verzaubert Euch nicht.«

»Sie gibt sich die allergrößte Mühe.« Max hätte beinahe gelächelt und das hätte Og bestimmt gegen ihn eingenommen. »Ich bin gekommen, um mit dir über die Einstellung von Knechten zu reden.«

»Bah, ich brauche keine. Macht Euch keine Sorgen.«

»Wir können nicht weiter auf Archie vertrauen. Seine Mutter braucht ihn auf dem Hof.«

Og runzelte die Stirn und dann spie er in die Ecke des Stalls. »Er ist ein guter Helfer.«

»Ich werde mindestens einen Knecht einstellen. Du bist nicht mehr so zäh, wie du einmal warst, Og. Du solltest es leichter angehen lassen.«

»Gebt mir bitte noch nicht das Gnadenbrot«, meinte Og brummig.

»Das werde ich nie tun.« Zu ihm und Mrs. Debley fühlte Max eine besondere Verbindung. Sie kannten ihn sein gesamtes Leben. Er dachte an Mrs. Treadway und daran, dass sie so jemanden nicht hatte. Zumindest hatte es diesen Anschein, wenn ihre Familie sie verstoßen hatte und sie jetzt in weiter Ferne zu dem Ort lebte, an dem sie geboren und aufgewachsen war.

»Was war der Auslöser?«, fragte Og. »Ist es das junge Ding?«

»Sie hat – korrekterweise - hervorgehoben, dass mehrere Menschen auf diesem Anwesen überarbeitet sind.«

»Das bin ich nicht.« Er klang bei dieser Anspielung beleidigt.

»Vielleicht, aber wie ich sagte, können wir Archie nicht behalten, also werden wir jemanden einstellen.« Max bemerkte die übliche Anspannung in Ogs Kieferpartie und die generelle Aura von Gereiztheit, die er mit sich herumtrug. Sah er selbst auch so aus? »Wirst du nie müde, die ganze Zeit verärgert und grantig zu sein?«, fragte er leise, als er seine Aufmerksamkeit Topaz zuwandte.

Wieder grunzte Og. »Ich betrachte mich nicht so. Ich glaube nicht, dass die Tiere sagen würden, ich sei grantig, nicht wahr, mein Mädchen?« Er streichelte Topaz den Hals und sein Ausdruck wurde tatsächlich weicher.

Vielleicht würden Tiere Max helfen. Zum ersten Mal seit

Jahren, dachte er an sein geliebtes Pferd Arrow, das er nach seiner Heimkehr aus Spanien verkauft hatte. Er hätte ihn nicht einmal nach England zurückgebracht, aber Max war nicht in der Verfassung gewesen, um irgendetwas zu regeln, und irgendjemand hatte dafür gesorgt, dass Arrow mit ihm zurückgeschickt wurde.

Ein Stich der Zerknirschung traf Max beim Gedanken an den Verlust seines Pferdes. Armer Arrow. Er hatte nichts falsch gemacht. Tatsächlich war er ein nobler und unermüdlicher Freund und Partner gewesen. Ohne ihn hätte Max keine Vergeltung gefunden. Und das war der Grund, warum er ihn hatte gehen lassen. Nur der Gedanke daran, ein Pferd zu reiten, geschweige denn Arrow, führte Max zu jenem Tag und jener Nacht zurück. Konnte er wirklich niemals wieder ein Pferd reiten? In dem Moment erkannte er, dass er sich davor fürchtete, es zu versuchen.

Mit einer leichten Drehung berührte Max zaghaft Topaz' Stirn. »Du bist ein gutes Mädchen, nicht wahr?« Sie stupste seine Hand an und er streichelte sie eingehender. Irgendetwas in ihm entspannte sich. Vielleicht hatte Og in der Fürsorge für die Tiere das Geheimnis gefunden.

»Denkt Ihr daran, zu reiten?«, fragte Og, als ob er Max' Gedanken lesen könnte.

»Vielleicht.« Aber noch nicht jetzt. Vielleicht niemals. Aber er dachte darüber nach und das war eine Veränderung.

Er schien in kleinen Schritten voranzukommen. Er betete nur, dabei nicht zu fallen.

~

Das Hand flog geschwind über das Papier, als sie die Notizen ihres Tages niederschrieb. Am Vormittag hatte sie in Begleitung von Archie das Anwesen besichtigt und den Nachmittag hatte sie mit der Durchsicht sehr alter

Hauptbücher verbracht, um zu sehen, wie die Ländereien vor mehr als fünfzig Jahren geführt worden waren. Einiges hatte sich verändert, und doch war vieles gleich geblieben. Warfields Großvater hatte sich intensiv mit der Verwaltung befasst.

Einer der Pächter, mit dem sie heute Bekanntschaft gemacht hatte, sprach immer wieder davon, wie wundervoll dieser Mann gewesen sei. Das war der Auslöser gewesen, der Ada dazu veranlasst hatte, diese Bücher auszugraben. Dieser Pächter, Mr. Hardy, war in den Sechzigern und mit dem derzeitigen Stand der Dinge nicht zufrieden. Er brauchte neue Geräte, sein Haus war dringend reparaturbedürftig, und seine Bitten um Unterstützung waren unbeantwortet geblieben. Sein Pachtvertrag würde nächstes Jahr auslaufen, doch in seinem Alter wollte er nicht mehr umsiedeln. Ada hatte ihm versichert, Sorge dafür zu tragen, dass seinen Bedürfnissen nachgekommen würde – und zwar nicht erst zu einem ungewissen Zeitpunkt in der Zukunft. Sie würde sich umgehend darum kümmern.

Mr. Hardy war auch in Hinsicht auf eine Reihe anderer Dinge aufschlussreich gewesen. Schockierenderweise hatte er erzählt, dass Warfield ein Wüstling gewesen war. Mr. Hardy hatte angedeutet, dass beinahe jede Frau auf dem Anwesen in ihn und seinen älteren Bruder vernarrt gewesen war, als sie als junge Männer hier umhergeritten waren. Es war »verdammt ärgerlich«, weil sie ablenkend waren.

Ada hatte sich ein Lachen kaum verkneifen können. Sie versuchte, sich einen gut aussehenden, grinsenden Warfield vorzustellen, der mit seinem, wahrscheinlich ebenso gut aussehenden, Bruder über das Anwesen galoppierte, während sich jede Frau in die beiden verliebte. Sie konnte es sich sehr gut vorstellen. Er hatte sich schon irgendwie in ihre Gefühle geschlängelt – sie mochte ihn mehr, als sie es je für möglich gehalten hatte. Aber es war mehr als das. Sie fühlte sich zu ihm hingezogen wie eine Biene zum Honig. Sie wollte alles über ihn wissen. Und sie wollte ihn berühren. Überall.

Arbeite, Ada!

Sie konnte schon Prudence hören, die ihr vorhielt, dass sie viel romantischer war, als es ihrem eigenen Wohl zuträglich war. Das stimmte. Oft fragte Ada sich, ob die Umstände der Trennung von ihrer Familie sie dazu trieben, sich ständig nach Verbindung und Liebe zu verzehren.

Sie schüttelte den Kopf. Das tat jetzt nichts zur Sache.

Ihre Gedanken wanderten zu Mr. Hardy zurück. Er hatte Ada erzählt, dass Max' Pferd – es hatte Arrow geheißen – in London bei Tattersall's verkauft worden war. Sobald sie diese Notizen beendet hatte, wollte sie einen Brief an Lucien schreiben und ihn fragen, ob er das Tier ausfindig machen könnte.

Sie war so in ihre Aufgabe und ihre Gedanken vertieft, dass sie den Viscount nicht hörte, bis er sich räusperte. Sie hielt die Feder still und als sie sodann aufblickte, sah sie ihn nicht weit von ihrem Tisch entfernt stehen. Er trug wie üblich seinen aus der Mode gekommenen Frack, seine Weste und dazu einen einfach geknoteten Krawattenschal. Hätte sie nicht gewusst, dass er keinen Kammerdiener hatte, würde sie das wahrscheinlich vermuten. Vielleicht konnte sie ihn zumindest zur Anschaffung neuer Garderobe überreden. Es musste doch einen Schneider im Ort geben. Sie hätte fragen sollen, als sie Teresa für Mrs. Kempton eingestellt hatte. Nun, dann würde sie ihr am nächsten Tag einen weiteren Besuch abstatten, um hoffentlich Mägde und Knechte einzustellen. Mrs. Bundle war begeistert von der Aussicht, Hilfe zu bekommen, auch wenn sie es nicht so recht glauben wollte. Sie hatte Ada auch geraten, Mrs. Debley nichts zu sagen, bis sie das Küchenmädchen eingestellt hatte. Dann konnte die

Köchin nicht ablehnen. Zumindest nahm Mrs. Bundle das an.

Ada fand die Loyalität der Köchin dem Viscount gegenüber liebenswert, wenn auch ein wenig frustrierend. Sie merkte, dass sie wieder einmal in ihre Gedanken versunken war, während Warfield sie anstarrte. »Guten Abend, Mylord. Welch eine Überraschung, Sie zu dieser Stunde hier zu sehen. Kann ich Ihnen behilflich sein?«

Sein Blick glitt zu dem offenen Buch vor ihr. »Sie arbeiten noch?«

»Ich bin gerade fertig. Geben Sie mir einen Augenblick.« Sie schrieb noch zwei Zeilen, dann setzte sie ihre Feder ab. Den Brief an Lucien würde sie später verfassen. »Fertig«, sagte sie und drehte sich auf ihrem Stuhl zu ihm um. Sie sah, dass er ein Buch in der Hand hielt. »Ist das noch ein Wirtschaftsbuch für mich?«

»Äh, nein. Es ist ein Buch. Für mich zum Lesen. Ich dachte, ich könnte Ihnen heute Abend Gesellschaft leisten, während Sie Ihre entspannende Zeit genießen. So haben Sie es doch genannt?«

»Oh!« Schockiert und erstaunt schoss Ada von ihrem Stuhl auf. Er war gekommen, um zusammen mit ihr zu lesen? War gestern Abend etwas passiert, das seine Meinung über sie geändert hatte? Der Kuss vielleicht? Ihr Blick wanderte zu seinem sehr verführerischen Mund, was ein schwerwiegender Fehler war, denn nun konnte sie seine Lippen praktisch auf ihren spüren und die daraus hervorgehende Wollust, welche andere, intimere Körperbereiche, anregte. »Ja, es ist die Zeit zum Entspannen.« Sie war nicht sicher, ob ihr das nach gestern Abend jetzt noch in seiner Nähe gelang. Erinnerte er sich überhaupt an den Kuss? Sie war sehr sicher, dass er geschlafen hatte. Es war möglich, wenn nicht wahrscheinlich, dass er, selbst wenn er sich erinnerte, das Ganze für einen Traum gehalten hatte.

»Wird es Ihnen etwas ausmachen, wenn ich meine Liebesgeschichte lese?«, fragte sie und dachte sich, dass sie ihn besser nicht necken sollte. Wahrscheinlich nicht, doch nun war es zu spät.

Er wölbte eine goldblonde Augenbraue, und sie erkannte den Wüstling, der er einst gewesen war. »Nein. Ich werde über Schafzucht lesen.«

»Fantastisch.« Sie fühlte sich von seiner Themenwahl ermutigt. Vielleicht hatte er wirklich die Absicht, eine aktivere Rolle auf Stonehill einzunehmen. »Sollen wir zusammen sitzen?« Sie ging bereits auf das Sofa im Mittelpunkt der Bibliothek zu, ehe sie erkannte, dass es eine sehr forsche Einladung für eine Sekretärin war, die eigentlich keine richtige war. Aber war es das wirklich, wenn diese Sekretärin, die keine war, am Vorabend in seinem Bett war?

Sie musste wirklich aufhören, darüber nachzudenken.

Ihr Blick wanderte zu einem Sessel und sie fragte sich, ob sie sich besser dorthin setzen sollte. Sie hatte allerdings den Vorschlag gemacht, zusammen zu sitzen, und wenn sie sich jetzt in einen Stuhl setzte, sähe das albern aus. Oder töricht.

Ada ließ sich auf das Sofa fallen und hielt die Luft an. Er setzte sich an das andere Ende. Sie saßen nicht wirklich *zusammen*, aber sie befanden sich auf dem gleichen Möbelstück. Ihr ging auf, dass er auf der anderen Seite des Zimmers sitzen konnte und es wäre einerlei. Sie war sich seiner Anwesenheit intensiv bewusst und ihres wachsenden Interesses für ihn.

Nein, diesen Weg würde sie nicht noch einmal einschlagen. Sie würde die Fehler nicht wiederholen, die sie mit Jonathan begangen hatte.

»Ich hatte einen produktiven Tag«, meinte sie und tat einfach so, als ob er das wissen wollte. »Archie ist ein ausgezeichneter Führer.«

»Ich bin froh, das zu hören.«

»Morgen werde ich wieder ins Dorf fahren und zwei Küchenmägde und außer Teresa, die derzeit Mrs. Kempton hilft und hoffentlich anschließend hierherkommt, ein weiteres Zimmermädchen einstellen. Dazu noch einen weiteren Diener und zwei Knechte. Mrs. Bundle war begeisterte, dass Sie entschieden haben, Ihren Haushalt zu vergrößern.«

»Das hat sie erwähnt, als sie mein Dinner gebracht hat. Ich kann sehen, dass es sie glücklich macht. Das hätte ich schon früher tun sollen.«

Ada wollte nicht, dass er grübelte. Er war dabei, wirklich Fortschritte zu machen, dessen war sie sicher. »Es kommt nur darauf an, dass Sie es jetzt tun.«

Er brummte zur Antwort.

Sie wollte ihn fragen, warum er ihr beim Dinner wieder keine Gesellschaft geleistet hatte. Sie hatte auf sein Kommen gehofft, insbesondere, da er mit ihr zusammen gefrühstückt hatte. Doch sie wollte ihn nicht drängen.

Er schlug sein Buch auf und sie fasste dies als Hinweis auf, dass er zum Lesen bereit war und nicht zum Reden. Ada fand ihre Stelle im Buch und fing an zu lesen. Unglücklicherweise war sie nicht sehr erfolgreich darin, irgendetwas von dem Gelesenen zu behalten.

Sie warf ihm einen Seitenblick zu und erkannte, dass er tatsächlich las, also versuchte sie es auch wieder. Er war so ablenkend! Nicht nur, weil sie sich jetzt zu ihm hingezogen fühlte. Er war interessant. Sie wollte ihn tausend Dinge fragen. Und anders als bei ihrer Ankunft, antwortete er ihr jetzt gelegentlich.

War er vage neugierig auf sie? Gar nicht zu reden von zu ihr hingezogen? Sie hatte keine Anhaltspunkte, insbesondere, da ihr Kuss für ihn wahrscheinlich etwas Unbekanntes war. Sollte sie ihm das erzählen, und abwarten, wie er reagierte? Nein, sie würde keine schlafenden Hunde wecken.

Sie drehte sich so, dass sie ihm leicht zugewandt war, und warf ihm wiederholte Blicke zu. Seine Aufmerksamkeit blieb unbeirrbar auf das Buch gerichtet und in regelmäßigen Intervallen wendete er eine Seite. Ada legte den Kopf in den Nacken und blickte zu der kuppelförmigen Decke auf. Obwohl es dunkel war, konnte sie die Blumen in dem gefärbten Glas erkennen.

Sie konnte einfach nicht an sich halten. »Ich hatte Sie wegen der Blumen an der Decke fragen wollen. Und die Räume mit den Blumennamen. Jemand muss Blumen geliebt haben.«

Er sah von seinem Buch auf und heftete seinen Blick auf sie. Sie fühlte sich von gespannter Erwartung überkommen, was lächerlich war. Er schaute sie nur an!

»Meine Urgroßmutter hat Blumen geliebt«, meinte er und stillte damit glücklicherweise ihre unendliche Neugier. »Und Bücher. Sie hat diese Bibliothek bauen lassen und sie hat alle Schlafzimmer mit Blumennamen bedacht.«

»Wie heißt Ihres?«

»Außer meinem. Mein Urgroßvater widersetzte sich ihr, der Suite des Viscounts einen Namen zu geben.«

»Was ist mit dem Zimmer, das Sie in jüngeren Jahren bewohnt hatten? Hatte es einen Blumennamen?«

»Zu ihrer Zeit war es das Lilienzimmer. Aber mein Vater erlaubte niemandem, es so zu nennen. Oder das Zimmer meines Bruders, welches das Pfingstrosenzimmer war. Tatsächlich sind die einzigen Räume, die noch Blumennamen tragen, das Ihre – das Schlüsselblumenzimmer – und dasjenige, das meiner Urgroßmutter gehörte. Es liegt neben meinem Zimmer und wird das Rosenzimmer genannt. Es waren ihre Lieblingsblumen.«

»Gibt es einen Rosengarten? Ich fürchte, ich kann es nicht sagen.« Weil die Gärten in solch miserablem Zustand waren.

»Den gibt es.« Er zog eine Grimasse. »Nicht dass Sie ihn sehen könnten.

Vermutlich sollte ich einen Gärtner einstellen, um das in Ordnung zu bringen.«

»Ich wäre sehr gern bereit, mich morgen umzuhören, wenn ich im Dorf bin.« Sie überlegte, ihn einzuladen sie zu begleiten, doch sie war fast sicher, dass er ablehnen würde. Abgesehen davon hatte sie schon mit einer Zurückweisung kokettiert, als sie ihn einlud, sich zu ihr zu setzen.

»Das sollten Sie tun.« Er lenkte seine Aufmerksamkeit wieder dem Buch zu und es tat ihr leid, dass die Unterhaltung so rasch vorbei war. Doch dann überraschte er sie erneut, indem er sie anschaute und ein Ausdruck von Belustigung seine attraktiven Züge zeichnete. »Was haben Sie mit mir angestellt?«

»Nichts mit Absicht.« Das stimmte nicht ganz. Sie versuchte, ihn seiner besseren Natur wieder näher zu bringen – ebenso für die Menschen in seinem Umfeld als auch für ihn selbst.

»Das kann ich fast glauben«, meinte er leise und mit einer schockierenden Portion Humor.

»Wahrscheinlich sollte ich das nicht sagen, aber bei meinen Treffen mit den Pächtern der Ländereien, habe ich eine Reihe Dinge über Sie gehört, welche die Glaubwürdigkeit strapazieren.«

Seine Augenbrauen zogen sich wieder zusammen, und verdammt, aber ihr stockte schon wieder der Atem. »Was, beispielsweise?«

»Dass Sie ein Wüstling waren. Es fällt mir schwer, das in Ihnen zu erkennen.«

Müde stieß er die Luft aus. »Das ist schon *sehr* lange her.«

»Sie leugnen es nicht?«

»Um ehrlich zu sein, kann mich kaum noch daran erinnern.«

Das bezweifelte sie, doch scheinbar wollte er nicht darüber reden, was sehr enttäuschend war. Als er den Blick wieder zu seinem Buch wandern ließ, unterbrach sie ihn nicht noch einmal. Sie bemühte sich, die Konzentration auf ihr Buch zu richten und es gelang ihr sogar, einige Seiten zu lesen, ehe er das Wort ergriff.

»Wie kommen Sie insgesamt mit Ihrer Arbeit voran? Werden Sie in den vorgesehenen vierzehn Tagen damit fertig sein?«

»Ja, das sollte ich schaffen. Mir bleiben noch fünf Tage.« Sie musste noch einige Pächter besuchen und für das Verfassen ihres Berichts und die Aktualisierung der Bücher auf den neuesten Stand hatte sie zwei Tage eingeplant. Lieber Himmel, das war nicht viel Zeit. Vielleicht sollte sie ihren Roman beiseite legen und sich wieder an die Arbeit machen. Sie empfand es jedoch als äußerst angenehm, mit ihm dort zu sitzen, selbst wenn ein guter Meter Abstand zwischen ihnen war.

»Gut.«

Seine schlichte, emotionslose Antwort verriet ihr die Wahrheit – er wollte sich versichern, dass sie wie geplant abreisen würde. Er wollte ihr zu verstehen geben, an einer Verlängerung ihres Aufenthalts hier nicht interessiert zu sein, wenngleich sie Fortschritte gemacht hatte. Es war nicht so, dass eine Fortsetzung ihres Aufenthalts möglich wäre. Sie musste in den Phoenix Club zurückkehren, zu ihrer eigentlichen Arbeit. »Ich werde nicht länger bleiben, als ich willkommen bin«, versicherte sie ihm. »Außerdem bin ich gerne bereit, Ihnen über den Stand meiner Fortschritte Bericht zu erstatten. Sie können gerne alle Bücher und meine Notizen einsehen.« Bei ihren Aufzeichnungen hatte sie darauf geachtet, keine Einzelheiten über ihn zu dokumentieren. Diese Informationen waren ausschließlich in ihrem Gedächtnis.

»Ich werde darüber nachdenken, danke. Ich denke, ich

muss mich jetzt zurückziehen. Schafe sind nämlich ganz schön schlaffördernd.« Er stand auf und nickte ihr zu, ehe er die Bibliothek verließ.

Ada ließ sich wieder in die Ecke des Sofas zurücksinken. Ihr war die Anspannung ihres Körpers in seiner Gegenwart gar nicht aufgefallen. Bei anderen Gelegenheiten hatte sie sich nicht so gefühlt.

Es liegt daran, dass du ihn begehrst.

Verflixt noch mal, sie wollte ihn nicht begehren. Sie war eine erwachsene Frau, die aus ihren Fehlern gelernt hatte.

Das hoffte sie zumindest.

CHAPTER 8

Nachdem Max am nächsten Morgen in seinem Arbeitszimmer gefrühstückt hatte, machte er sich auf den Weg in die Bibliothek, da er wusste, dass Miss Treadway mit Archie unterwegs war. Gestern Abend hatte er auch nicht mit ihr gegessen.

Weil er ihr aus dem Weg gehen wollte.

Dennoch konnte er ihre Einladung nicht ignorieren, ihre Arbeit zu begutachten. Nun saß er also an ihrem Tisch und blätterte durch ihre Aufzeichnungen.

An *ihrem* Tisch. In *ihren* Büchern. Wie rasch er sich doch an ihre Anwesenheit gewöhnt hatte.

Die folgende Stunde verbrachte er mit der Durchsicht ihrer Notizen, oder zumindest einem Teil davon, denn sie hatte bemerkenswert viel notiert. Es war eine hervorragende Übersicht über Stonehill und seine Pächter. Er würde diese Abhandlung im Ganzen lesen müssen. Und versuchen, sich nicht besiegt zu fühlen.

Verdammt, sie könnte wirklich seine Verwalterin sein. Sie war mehr als qualifiziert. Zumindest war sie qualifizierter als er, was wahrscheinlich nicht viel besagte.

Als seine Verwalterin würde sie hier wohnen. Er war sich nicht sicher, ob er das tolerieren konnte. Nicht, weil er sie nervtötend fand – das tat er weiterhin, sondern weil sie ihn auf eine Weise in Versuchung führen würde, die ihm nicht behagte.

Seit Jahren war er nicht mehr mit einer Frau zusammen gewesen. Nicht seit Spanien. Er schluckte gegen das Engegefühl in seiner Kehle an. Nachdem er sie neulich geküsst hatte, war es nur natürlich, dass er sie begehrte. Zumal er sie geküsst hatte, weil er sie für Lucia gehalten hatte.

Bis ihm klargeworden war, dass es kein Traum war und er wach wurde. Dass es Miss Treadway war, die in seinem Bett lag. Irgendwie hatte er die Kraft aufgebracht, sich zurückzuziehen. Und seitdem wurde er davon verfolgt.

Die vergangene Nacht hatte sich als eine Qual erwiesen, die er vergessen geglaubt hatte – sich nach einer Frau zu sehnen, die er nicht haben konnte. Sie hatte am anderen Ende des Sofas gesessen, nicht sonderlich weit entfernt, doch ebenso gut hätte sie sich in Indien befinden können.

Er hatte die ganze Zeit über an sie gedacht – an ihre Lippen auf seinen, an ihren Leib, wie er sich unter seinem Körper wand, an die Berührung ihrer Hand in seinem Nacken, während ihre Zunge sich mit der seinen vereinte. Verflucht, er wurde hart, als er jetzt an sie dachte.

Hatte sie an ihren Kuss gedacht? Oder glaubte sie, er sei in seinem Albtraum versunken gewesen und wüsste nicht, was er getan hatte? Sie hatte es nicht erwähnt, aber das hatte er auch nicht. Viel zu sehr hatte er sich geschämt, weil er sie ausgenutzt hatte.

Und so hatte er so getan, als würde er das Buch über Schafe lesen, anstatt sich mit ihr zu befassen. Sie hatte es versucht, doch er hatte sich distanziert gegeben. Ja, er war in seiner Jugend ein Wüstling gewesen, doch das zuzugeben würde bedeuten, dass er einen Teil von sich öffnen müsste, der längst begraben war. Der unbekümmerte Junge war fort. Er war in Spanien gefallen, und würde nie wiederkehren.

Oh, aber was für eine Zeit hatte er in all diesen Jahren in London verlebt, als er mit Lucien und Dougal MacNair umhergezogen war. Gelegentlich war auch sein Bruder Alec mit von der Partie gewesen. Max lächelte, als er an die schöne Zeit zurückdachte, die sie miteinander verbracht hatten. Bis sein Vater ihnen einen Riegel vorgeschoben hatte.

Max gab sich einem Moment der Besinnung hin – er vermisste seinen Bruder. Bei seiner Rückkehr aus Spanien von Alecs Tod zu erfahren, war ein schwerer Schlag gewesen. Er hatte einfach nicht gewusst, wie er damit fertigwerden sollte. Also tat er es nicht.

Du bist nicht wirklich allein.

Nein, das war er vermutlich nicht . Offenbar besaß er eine Halbschwester. Jetzt erinnerte er sich an die junge Frau, die vor einigen Monaten auf der Suche nach einer Anstellung hergekommen war – es musste kurz vor Weihnachten gewesen sein. Sie hatte ihre Identität nicht preisgegeben, jedenfalls nicht ihre echte. Wenn sie das getan hätte, würde er ihr dann eine Anstellung gegeben haben?

Die Antwort darauf gefiel ihm nicht.

Glücklicherweise war Lucien an jenem Tag hier gewesen und Miss Treadway sagte, er hätte ihr geholfen – Prudence. Das hatte Lucien kürzlich noch einmal getan, als er hergekommen war, um eine Mitgift für sie zu erbitten. Zweimal hatte Lucien Max' Halbschwester gerettet, während er nichts getan hatte. Denn er war zu sehr in seiner Verzweiflung versunken.

Er war wirklich das schreckliche Monster, für das ihn alle hielten. Doch das wusste er bereits. Hatte er sich nicht darum bemüht, so grauenhaft zu sein? Es war die beste Möglichkeit, sich alle vom Leibe zu halten.

Jetzt schien er bereit zu sein, nicht … allein zu sein.

Miss Treadway hatte recht, was seine Halbschwester anbelangte, was sie, wie sich herausstellte, in vielen Dingen hatte. Ihre Abstammung war nicht ihre Schuld. Max war wütend auf seinen Vater, den er bewundert hatte und mit dessen Vermächtnis er sich vielleicht nicht messen konnte. Insbesondere nach dem, was Max in Spanien getan hatte.

Max holte tief Luft, um sein plötzlich donnerndes Herz zu beruhigen.

Du hattest an deine Halbschwester gedacht.

Ja, genau sie. Prudence. Vielleicht sollte er ihr die Mitgift geben. Er setzte sich auf seinem Stuhl zurück. Verflixt. Man schaue sich nur all die Veränderungen an, die Miss Treadway in nicht einmal zehn Tagen in diesem Haushalt bewirkt hatte. Sie war ein regelrechter Sturm, der Verwüstung in seinem Fahrwasser hinterließ.

War sie das jedoch wirklich?

In Wahrheit fühlte er sich heute besser als seit Jahren. Wahrscheinlich hatte er das ihr zu verdanken. Er sollte ihr danken, doch dass er es tatsächlich tun würde, bezweifelte er. Er wollte sie erneut küssen, damit sie wusste, dass er es war und kein Fiebertraum. Aber das würde er auch nicht tun.

In einigen Tagen würde sie abreisen und er würde sie gehen lassen. Er hoffte nur dass das Licht nicht mit ihr gehen würde.

~

»Ich bin immer noch nicht überzeugt, dass das eine gute Idee ist.«

Ada schaute zu Mrs. Tallent hinüber, als sie von den Stallungen auf das Haus zugingen. »Ich verstehe, dass Sie nervös sind, aber ich glaube wirklich, dass es eine einfache und ausgezeichnete Lösung für die Bedürfnisse des Anwesens ist.«

Mrs. Tallent schaute Ada argwöhnisch an. »Seine Lordschaft befürwortet dies?«

»Ähm, ja.« Ada hatte noch nicht die Zeit gefunden, mit ihm über Mrs. Tallent im Besonderen zu sprechen, doch ihr wurde die Zeit knapp. »Ich glaube, er ist so weit, einen Verwalter einzustellen.«

»Aber ist er bereit, *mich* einzustellen?«

»Er braucht so schnell wie möglich jemanden und Sie sind mehr als fähig.«

»Ich bin aber auch eine Frau«, meinte sie trocken. »Ich kenne keinen einzigen Mann, der eine Frau als Verwalterin einstellen würde.«

Ada konnte diese Sichtweise verstehen. Sie war schockiert gewesen, als Evie sie nach London hatte bringen wollen, damit sie als Buchhalterin in einem Privatclub arbeiten konnte. Doch Evie war zuversichtlich gewesen, dass der Besitzer – Lucien – sie einstellen würde. Was Ada nicht erkannt hatte, war, dass Lucien in Evie eine Geschäftspartnerin sah. Er war der Eigentümer und sie leitete die Geschäfte und mit Adas Hilfe überwachte sie das Tagesgeschäft. Es war eine einzigartige und überraschende Beziehung. Würde Warfield sich einem ähnlichen Arrangement mit einer Frau offen zeigen?

Das hoffte sie, oder dieses Treffen könnte einen sehr schlechten Ausgang nehmen.

Sie betraten das Haus und Ada brachte Mrs. Tallent zu Warfields Arbeitszimmer, das sie jedoch leer vorfand. Verwirrt ging sie zur Bibliothek wo er aber auch nicht war. Vielleicht hätte sie dies vorher organisieren sollen. Aber warum sollte sie sich die Mühe machen, wenn er doch stets hier war?

Als sie aus dem Fenster schaute, musste sie nach Luft schnappen. Dort war er und steckte bis zu den Ellbogen in dem überwucherten Unkraut.

»Hier entlang«, meinte Ada und brachte Mrs. Tallent in den Salon neben der Bibliothek, dessen Türen ins Freie führten. »Er ist offensichtlich im Garten.«

Als sie in das Sonnenlicht hinaustraten, schnappte Mrs. Tallent nach Luft. »Meine Güte. Der Garten hat ... Zuwendung nötig.«

»Seit mindestens einem Jahr war kein Gärtner mehr hier.«

»Ich würde sagen länger«, stellte Mrs. Tallent mit einem Schnalzen ihrer Zunge fest.

Sie gingen an einigen überwucherten Beeten vorbei bis dahin, wo Warfield arbeitete – im Rosengarten. Ada lächelte fast. Hatte ihre Unterhaltung über Blumen neulich Abend ihn zu dieser Handlung veranlasst? Was auch immer der Grund war, Ada war schockiert. Und aufgeregt. Dies war ganz sicher ein Zeichen für eine positive Veränderung.

Als sie den Rosengarten erreichten, richtete er sich gerade auf und rückte seinen Hut zurecht. Braune Handschuhe umhüllten seine Hände und er arbeitete ohne Krawattenschal. Adas Blick wurde magisch von der entblößten Haut an seinem Hals angezogen. Sie wurde einige Nächte zurück katapultiert, als er auf ihr gelegen und sie besinnungslos geküsst hatte, während sie sich verzweifelt an ihn klammerte. Ihr wurde heiß und das lag nicht an der frühen Nachmittagssonne.

»Mylord, ich habe Mrs. Tallent mitgebracht. Ich bin sicher, dass Sie sie schon einmal kennengelernt haben. Ihr Sohn Archie arbeitet in den Stallungen und ihre Tochter, Molly, hilft in der Küche.«

Er schaute Ada leicht verwundert an. »Ich kenne Mrs. Tallent und auch ihre Kinder.«

Natürlich tat er das. »Nun gut. Ich werde gleich zur Sache kommen. Ich habe Ihnen gegenüber erwähnt, dass ich den perfekten Kandidaten für die Position des Verwalters gefunden habe.«

Warfield schoss Mrs. Tallent einen Blick zu, doch er sprach zu Ada. »Sie?«

Ach du liebe Zeit. Das war nicht die Reaktion, die sie sich erhofft hatte. Sie warf Mrs. Tallent einen Seitenblick zu. Wie erwartet, wirkte die Frau verstört. Sie schürzte die Lippen und ihre Augen wurden groß. Vielleicht war dies eine schlechte Idee gewesen – nicht Mrs. Tallent als Verwalterin, sondern die Art und Weise, wie Ada an die Sache herangegangen war.

Sie versteifte das Rückgrat, denn sie würde die Sache nicht so schlecht ausgehen lassen.

»Mrs. Tallent führt penibel Bücher über ihren Hof und ich muss sagen, dass der ihre der effizienteste und ertragreichste des Anwesens ist. Sie würde eine ausgezeichnete Verwalterin abgeben. Außerdem könnten Sie dann ihren Hof verpachten, was ihren Kindern ermöglichen würde, die Schule zu besuchen, was Mrs. Tallent sich sehr wünscht.«

Warfield schien Mrs. Tallent abzuschätzen. »Ich verstehe.«

Ada hielt die Luft an. Er sagte nicht nein. Und über seine anfängliche erste Reaktion hinaus schien er auch nicht verärgert zu sein.

»Sie wären lieber keine Bäuerin?«, fragte er Mrs. Tallent.

»Mein Ehemann war der Bauer. Ich tue nur, was ich tun muss, um für meine Kinder zu sorgen. Ich bin auch nicht sicher, ob Archie Bauer sein möchte. Er ist sehr gut mit den Pferden – das wird Og Euch bestätigen. Aber er ist auch verdammt gut in Mathematik. Ehrlich gesagt würde eines Tages einmal ein ausgezeichneter Verwalter aus ihm werden.«

Ada hörte den mütterlichen Stolz in Mrs. Tallents Stimme und sie fühlte den Neid in sich aufsteigen. Wahrscheinlich würde sie nie Mutter werden, denn dafür müsste sie heiraten und das konnte sie einfach nicht kommen sehen.

Du musst nicht heiraten, um Mutter zu werden und das weißt du genau.

Es war, als hätte sich eine eisige Hand auf Adas Schulter gelegt. Sie fuhr zusammen und hoffte, den Schauder zu verbannen.

»Ich werde darüber nachdenken«, entgegnete Warfield und wandte sich wieder seiner Aufgabe zu und zog enorme Unkräuter aus der Gartenerde.

»Ich denke auch noch darüber nach, Mylord«, meinte Mrs. Tallent und Ada spannte sich an. »Ich würde mich gern versichern, dass es eine langfristige Anstellung ist. Meine Kinder brauchen Stabilität und wenn ich den Hof aufgebe, muss ich wissen, dass ich für sie sorgen kann.«

»Freilich müssen Sie das.« Ada schaute den Viscount an. »Seine Lordschaft weiß das und würde sicherstellen, dass Sie mit Ihrer neuen Stellung für die folgenden Jahre zufrieden sind.« Sie warf ihm einen erwartungsvollen Blick zu.

Er brummte, als er ein großes Unkraut aus dem Beet zog. »Nichts im Leben ist garantiert. Harte Arbeit und unser Bestes geben ist alles, was wir tun können.«

»Wir können auch gütig und freundlich in unserer Arbeit sein«, entgegnete Mrs. Tallent gleichmütig. Die Erwartung war – zumindest für Ada – klar. Sie wollte sicher sein, dass der Viscount nicht wieder zu dem alten Ungeheuer wurde.

»Der Viscount ist entschlossen, Stonehill zu verändern.« Ada schaute von einem zum anderen und bemerkte, dass beide auf der Hut waren. »Er stellt Dienstboten ein und gewährt seinen Pächtern Hilfe. Tatsächlich besteht eine Ihrer ersten Aufgaben als Verwalterin darin, die Reparatur mehrerer Höfe in die Wege zu leiten. Seine Lordschaft unterstützt dieses Unterfangen und wird Sie – mit Freuden – mit allem versorgen, was sie brauchen.«

Vielleicht hatte sie übertrieben. Angesichts der Blicke, die Mrs. Tallent und Warfield ihr zuwarfen, wussten sie das auch.

»Bestrebungen sind eine wundervolle Sache«, meinte Mrs. Tallent gleichmütig.

»Ich werde darüber nachdenken.« Warfields Tonfall war brummig, doch sein Gesichtsausdruck unter der Hutkrempe zeugte von Aufrichtigkeit. Er *würde* darüber nachdenken. Ada fühlte Erleichterung aufkommen, die von einem Klecks Freude gekrönt war. Er machte so gute Fortschritte!

Mrs. Tallent knickste. »Es war mir ein Vergnügen, Euch heute zu sehen, Mylord.»

Sie drehte sich um, und Ada ging mir ihr zum Haus. »Sie können dort entlang gehen, um zu den Stallungen zu gelangen.« Ada zeigte nach rechts, denn sie wusste, dass Archie dort auf sie wartete.

»Das werde ich, danke.« Mrs. Tallent hielt inne. »Seine Lordschaft scheint anders zu sein. Sie müssen eine Zauberin sein.«

Ada lachte. »Wohl kaum. Ich bin nur beharrlich optimistisch. Das hat mich so weit gebracht.«

»Sie sind eine reizende Person, Miss Treadway. Ich hoffe, ich sehe Sie wieder.«

»Das hoffe ich auch.« Ada dachte, sie würden sich vielleicht noch einmal begegnen, bevor sie abreiste. Doch lieber Himmel, das war schon in ein paar Tagen. Heute war Freitag, und am Montag würde ihre Kutsche aus London ankommen. Gleich am Dienstag würde sie die Rückreise antreten.

Ada sah Mrs. Tallent einen Moment nach, bevor sie sich wieder dem Garten zuwandte. Sie musste herausfinden, was Warfield zur Gartenarbeit veranlasst hatte.

Noch immer war er damit beschäftigt, das Unkraut erbarmungslos aus der Erde im Rosengarten zu ziehen. Als sie sich ihm näherte, blickte er nicht auf.

»Das ist sehr gut gelaufen«, bemerkte sie.

»Das hätten Sie mir sagen sollen.« Er sah sie immer noch nicht an, und sein Kiefer spannte sich bei seiner Arbeit an.

»Ich habe Ihnen doch gesagt, ich hätte jemanden im Sinn.«

Er hielt inne, entfernte ein weiteres Unkraut vom Beet und schleuderte ihr einen finsteren Blick zu. »Aber nicht, dass es sich um Mrs. Tallent handelt oder dass Sie geplant haben, mich heute mit ihr zu überfallen.«

Ada zuckte zusammen. Sie hatte gehofft, er hätte solche Wutausbrüche hinter sich gelassen. In diesem Fall jedoch hatte er ein Anrecht darauf, zumindest ... verärgert zu sein. »Das hätte ich tun sollen, entschuldigen Sie bitte. Mir läuft einfach die Zeit davon, um alles zu erledigen.«

»Dann sollten Sie vielleicht dafür sorgen, dass Sie länger bleiben«, brummte er und zupfte an einem weiteren Unkraut.

Was für ein Wandel war das? Sollte sie bleiben? Das war keine strittige Frage, denn sie konnte nicht. »Ich muss nach London zurück. Dies war ein vorübergehender Auftrag. Ich habe Verpflichtungen, die ich nicht außer Acht lassen kann.«

Er zuckte mit den Schultern, und als er das nächste Unkraut warf, landete es vor ihren Füßen und der Schmutz verteilte sich auf ihrem Rocksaum. »Das wollte ich nicht«, sagte er.

Sie verstand seine Reaktion und sagte leise: »Ich wollte nicht andeuten, dass Sie Ihre Verantwortung vernachlässigen.«

»Aber das habe ich doch, oder nicht?« Schwer atmend blieb er stehen und stemmte die Hände in die Hüften. »Ich fürchte, diese Rosen sind verwildert.«

»Vielleicht müssen sie gestutzt werden«, schlug Ada vor, die keine Expertin war. »So schnell als möglich werde ich einen Gärtner einstellen. Oder Mrs. Tallent übernimmt das. Falls Sie sich entscheiden, sie einzustellen.«

Zur Antwort grunzte er nur.

Ada ging zur Ecke des Beetes und streckte die Hand nach einem Stiel aus, um eine Rose zu sich heranzuziehen, damit sie daran riechen konnte. Ein Dorn bohrte sich in ihren Finger. Mit einem Aufkeuchen zog sie ihre Hand zurück.

»Was ist passiert?« Warfield sprang blitzschnell zu ihr, als das Blut aus ihrem Finger perlte.

Ada wischte das Blut mit dem Daumen weg, um die Wunde besser betrachten zu können. Es war nur ein kleiner Einstich. »Ich bin auf einen Dorn gestoßen.«

»Das ist eine sehr treffende Metapher für Ihren Besuch, nicht wahr?«, sagte Warfield und klang dabei verärgert. »Sie haben diese Rose unvorsichtig angefasst, und sehen Sie nur, was Sie angerichtet haben.«

Ada starrte ihn an und wusste nicht, warum er so wütend war.

»Seit Sie hier sind, haben Sie nichts anderes getan, als mein Leben durcheinander zu bringen. Ich habe das nicht veranlasst. Ich habe es nicht gewollt.«

Der Schmerz in Adas Finger verebbte, als sie seinen Zorn über sich ergehen ließ. Es war, als hätten sich all die Fortschritte, die sie gemeinsam gemacht hatten, in dem Moment in Luft aufgelöst, als sie sich in den Finger gestochen hatte. Sie verstand es nicht. »Mir fehlt nichts«, sagte sie leise. »Es war ein Versehen – ich war nicht unvorsichtig.« Sie fühlte sich in die Defensive gedrängt. Nach Claras Tod hatte ihre Mutter sie als unvorsichtig bezeichnet, und ihre Geschwister hatten das monatelang wiederholt, bis Ada schließlich gegangen war.

»Ich wollte nicht …« Sein Kiefer krampfte sich zusammen, und er wandte den Blick ab, wobei er seine herabhängenden Hände kurz zu Fäusten ballte. Er schüttelte die

Schultern locker. »Ich bitte um Verzeihung.« Ohne ein weiteres Wort schritt er zum Haus und ließ sie einfach stehen. Ada sah ihm hinterher und fragte sich, warum die Dinge diese Wendung genommen hatten.

Er ist innerlich und äußerlich verwundet.

Prudence' Worte kamen Ada wieder in den Sinn. Sie hatte es selbst gesehen. Was auch immer in Spanien mit ihm geschehen war, hatte unauslöschliche Spuren hinterlassen. Ada hatte keine Ahnung, ob er sich tatsächlich wieder erholen würde. Vielleicht würde es für ihn nur gute und schlechte Tage geben. Für den Rest seines Lebens. Ihr brach das Herz für ihn, doch was blieb ihr noch zu tun? Bald würde sie abreisen.

Wahrscheinlich würde sie ihn danach nie wiedersehen. Es war an der Zeit, sich zu distanzieren. Das war vielleicht auch ihm klar. Sein Verhalten vor einigen Minuten würde ihr den Abschied sicher erleichtern. Und es würde ihr leichter fallen, eine weitere Situation wie mit Jonathan zu verhüten.

Sie *hatte* aus ihren Fehlern gelernt!

In ihren Ansichten bestärkt, kehrte Ada ins Haus zurück, um Mrs. Bundle ausfindig zu machen. Sie fand die Haushälterin, die den vorderen Salon in der Nähe der Eingangshalle saubermachte.

»Es tut mir leid, wenn ich störe, Mrs. Bundle, aber ich wollte Ihnen die guten Neuigkeiten mitteilen, dass die beiden Hausmädchen am Montag anfangen werden. Teresa Chapman, die derzeit Mrs. Kempton hilft, und Mary Wendell.«

Mrs. Bundle wischte sich die Hände an der Schürze, als sie sich vom Saubemachen hinter einem Sessel erhob. »Ich kenne die beiden und sie sind eine ausgezeichnete Ergänzung. Ich kann Ihnen nicht sagen, wie ich mich freue, Hilfe zu haben.«

»Die beiden sind auch erfreut«, bemerkte Ada mit einem

Lächeln. »Ich denke, die beiden werden ihre Umsiedlung hierher als großes Abenteuer betrachten.«

»Und Sie werden noch hier sein, um sie willkommen zu heißen«, meinte Mrs. Bundle. »Ich bin so froh, dass Sie in der Lage sein werden, die Früchte Ihrer Arbeit zu sehen, oder zumindest einen kleinen Blick darauf zu erhaschen. Ich bin erstaunt, was Sie alles zuwege gebracht haben.«

Ada nickte nur zur Antwort.

»Ich muss gestehen, dass ich mir Sorgen mache, was geschieht, wenn Sie wieder gehen. Was, wenn seine Lordschaft wieder zu seiner alten Persönlichkeit zurückfindet?«

Das passierte wahrscheinlich bereits. Ada hoffte nicht. Ein Gedanke kam ihr – war er heute in dieser Stimmung, weil sie bald abreiste? Würde er sie vermissen? Ein freudiger Schreck durchfuhr sie, doch sie kämpfte ihn nieder. Was für eine verstiegene Idee. Sie war ihm lästig.

Aber nur für weitere drei Tage. Dann wäre sie auf dem Heimweg und er könnte sich für immer von ihr befreit fühlen.

CHAPTER 9

Sein Gesicht brannte. Und seine Schulter. Der Schmerz hielt ihn nicht auf oder bremste ihn. Er schnitt mit seinem Schwert und stieß zu, wobei er inmitten der Schreie so viel Schaden anrichtete wie möglich, bis sie aufhörten.

Der Schweiß troff ihm von den Augenbrauen und seinen Rücken hinab. Er schaute sich um, doch es war niemand übrig, den er hätte töten können. Die Hitze und Brutalität ebbten ab. Jetzt stand er auf der Spitze eines Hügels und die Brise war eine Reizung anstatt Balsam für seine verbrannte Haut. Wieder war die Qual inkonsequenterweise an der Außenseite zu spüren. Innerlich drohte eine sengende Agonie ihn zu zerreißen, als er auf den frischen Erdhügel mit dem schmalen Holzkreuz blickte, das ihren endgültigen Ruheplatz markierte.

Dies war keine Erinnerung. Weil er nie gesehen hatte, wo sie begraben worden war. Nachdem er ihren geschändeten und zerstörten Körper gefunden hatte, hatte er sie nie wieder gesehen.

»Schhh, Sie sind in Sicherheit.«

Die leisen Worte durchbrachen seine Tortur. Er strich sich mit der Hand über die Brauen und stieß auf einen Arm.

Max riss die Augen auf.

Miss Treadway stand über das Bett gebeugt vor ihm. Eine Hand hielt sie an seinen Kopf und die andere auf seine bloße, sich schwer hebende Brust. Er blinzelte und ihr Bild wurde klarer und er erkannte ihre blaugrauen Augen, die ihn mit solcher Sorge anblickten. Und vielleicht noch etwas anderem.

Ihre Lippen waren geteilt und luden ihn zu einem Kuss ein. Er hätte sie beinahe zu sich herabgezogen.

Stattdessen stieß er sich in eine sitzende Position und er war froh, nicht nackt zu sein, obwohl seine Unterwäsche nicht ausreichte, um seine wachsende Erektion zu verbergen. »Postieren Sie sich jeden Abend vor meiner Tür?«

»Ähm, so ist es eigentlich nicht.« Sie hatte die Hände von ihm zurückgezogen, als er sich aufgesetzt hatte, und er bedauerte die Unterbrechung ihrer Berührung. »Ich habe mir angewöhnt, nächtliche Spaziergänge zu unternehmen.«

»Und Sie haben mich gerade zufällig gehört, als ich einen Albtraum hatte.«

»Heute Nacht habe ich das. Haben Sie sie jede Nacht?«

»Nein.«

Sie schenkte ihm ein schwaches Lächeln, das allerdings nicht ihr übliches Strahlen besaß. »Nun, es tut mir leid, dass sie sie überhaupt haben. Wenn Sie je darüber reden wollen …«

»Es ist vom Krieg.« Er hatte die Worte ausgesprochen, ehe er sie zensieren konnte. »Etwas Schlimmes hat sich ereignet. Ich kann Ihnen nicht sagen, was es war.« Ihre Blicke trafen sich und in dem Moment wusste er, dass er sich glücklich und mühelos in ihren Tiefen versenken konnte – in die Fürsorge und das Verständnis, das er darin erkannte.

Sie nickte und ihr Blick wanderte zum Bett. »Haben Sie jemanden verloren?«, wisperte sie.

»Das habe ich.« Lucias Gesicht nahm vor seinem inneren Auge Gestalt an. Er hatte sich so angestrengt, sie auf Abstand zu halten und seine Verteidigung nicht aufzugeben. Sie zu sehen und sich an sie zu erinnern, lud den Schmerz und die Trauer ein. Aber aus irgendeinem Grund fühlte er sich im Augenblick sicher und irgendwie beschützt. Lucias dunkle Locken wehten über ihre sonnengebräunten Wangen, als sie zu ihm auflachte. Max liebkoste ihre Wange, ehe er sie küsste. Ruckartig fand er in die Gegenwart zurück und antwortete: »Ich hatte sie heiraten wollen, doch dann ...« Seine Stimme war ein leises Krächzen. Er war überrascht, diese Worte hervorgebracht zu haben. Das hatte er noch nie jemandem erzählt.

Miss Treadway nahm seine Hand in ihre. Sie sagte nichts, sondern streichelte nur seine Haut und atmete mit ihm.

»Sie werden mich nicht darüber ausfragen?«, fragte er verblüfft.

Als sie den Kopf hochriss und die Verletzung in ihrem Blick aufflackerte, fühlte er sich sofort schuldig.

Sie stieß die Luft aus. »Es ist eine berechtigte Frage. Ich bedränge Sie in allem anderen. Aber nein, ich möchte Sie nur wissen lassen, dass ich für Sie hier bin.«

»Für die nächsten paar Tage.«

»Ja.«

Dann wäre sie fort. Der Drang, sie in die Arme zu nehmen, sie zu küssen und zu liebkosen und ihr zu zeigen, wie sehr er ihre Güte zu schätzen wusste, war beinahe überwältigend. Beinahe hätte er sie wegen des Kusses gefragt, doch dann brachte er den Mut nicht auf.

»Überlegen Sie wirklich, Mrs. Tallent als Verwalterin einzusetzen?«, fragte sie. »Ist es in Ordnung, dass sie eine Frau ist?«

Er war für den brüsken Themenwechsel dankbar. Hatte sie erkannt, wie nahe er dran gewesen war, einen unangemessenen Annäherungsversuch zu wagen?

»Meine anfängliche Überraschung war darauf zurückzuführen, dass ich bereits jemanden im Sinn hatte – und auch eine Frau.«

Sie hielt ihre Hand still und blinzelte ihn an. »Hatten Sie das?«

»Jemanden sehr Befähigtes, der sich bereits in allerkürzester Zeit einen besseren Überblick über Stonehill verschafft hat als ich in Jahren.«

Sie umschloss seine Hand fester. »Sie meinen mich.«

Er nickte zur Antwort.

»Aber ich gehe Ihnen auf die Nerven.«

Er zuckte mit den Schultern. »Weniger als anfangs.«

»Ich bin geschmeichelt.« Sie schien um weitere Worte zu ringen. »Ich würde es in Erwägung ziehen, wenn ich nicht bereits eine Arbeit hätte, die ich liebe.«

»Ich verstehe.« Selbst wenn es enttäuschend war. Sie mochte ihm vielleicht auf die Nerven gehen, aber er mochte sie. Darüber hinaus sehnte er sich nach ihr – oder genauer gesagt, nach der Art und Weise, wie er sich durch sie fühlte: weniger furchtsam, stark und befähigt. Doch er würde ohne sie auskommen müssen. »Ich werde Mrs. Tallent einstellen.«

Miss Treadways Gesicht leuchtete auf. »Wirklich? Ich freue mich so! Das wird sie auch tun. Ich weiß, dass es für alle sehr gut werden wird.«

»Ich bin sicher, dass Sie das bereits wissen, aber es gibt ein Haus für den Verwalter auf dem Anwesen. Es ist ein wenig größer als das, in dem sie jetzt lebt.«

»Ich wusste, dass es ein Haus gibt, aber ich war nicht sicher, ob Sie wollten, dass Mrs. Tallent dort lebt.« Sie blickte ihn ein bisschen verlegen an.

»Sie haben wegen etwas gezögert?«, fragte er ungläubig.

»Ich habe es gründlich verpatzt, indem ich Ihnen nicht im Voraus von Mrs. Tallent erzählt habe. Ich wollte die Dinge nicht vorantreiben, indem ich mich erkundigte, ob sie in das Haus des Verwalters einziehen kann.«

»Sie kann nicht auf dem Hof bleiben, wenn ich ihn verpachten soll.« Er runzelte die Stirn. »Ich werde jemanden für diesen Sommer finden müssen, der den Hof bewirtschaftet, wenn sie Verwalterin wird.«

»Ja, es sei denn, sie kümmert sich für eine Weile um beides.«

Max schüttelte mit dem Kopf. »Ich werde nicht von ihr erwarten, das zu tun. Jetzt, da ich Pferdeknechte einstelle, könnte Archie vielleicht mehr Verantwortungen für den Hof übernehmen. Und ja, ich weiß, es ist ihr Wunsch, dass er die Schule besucht. Ich habe bereits entschieden, ihm eine Empfehlung zu schreiben.«

»Haben Sie das?« Sie nahm die Hand von seiner, schlang die Arme um seinen Nacken, und umarmte ihn stürmisch. »Danke.«

Er spürte ihren Atem an seinem Hals. Sie trug einen Morgenrock und wahrscheinlich ein dünnes Nachthemd darunter. Er konnte ihre Wärme und auch ihre üppigen Körperformen fühlen. Ihre Brüste drückten sich gegen seinen Oberkörper und abermals wuchs sein Schaft.

Sie duftete nach Äpfeln und Gewürzen. Er schloss die Augen und schöpfte tief Luft, wobei er sich fragte, ob sie vorhin ein Bad genommen hatte. Er wollte seine Nase an ihre Haut drücken, ihr über den Nacken lecken und sich vollkommen in ihr versenken.

Was passierte bloß mit ihm?

Nie hätte er sich vorgestellt, dass er noch einmal so für jemanden empfinden würde. Dass er in einem Moment von Lucia träumen und Miss Treadway – Ada, ihr Name war Ada

– im nächsten so leidenschaftlich begehren würde. Es war aufreibend. Er war ein Monster.

Sanft löste er sich von ihr und schob sich an das Kopfbrett des Bettes zurück. Mit rosa Wangen zog sie sich zurück. »Verzeihung«, murmelte sie. »Ich habe mich hinreißen lassen.«

»Es ist schon gut«, meinte er steif – so steif wie sein Schaft. Gott, das würde sie wahrscheinlich gefühlt haben und nicht wissen, was sie denken sollte. Sie zupfte an einem Faden ihres Morgenrocks. »Ich sollte gehen.«

»Sie können bleiben.« Das hatte er nicht sagen, sondern nur denken wollen. »Für ein paar Minuten.«

»Würde dies Ihnen helfen, wieder einzuschlafen?« Sie stellte eine weitere Frage, dachte er. Sie wollte wissen, ob es ihm auf den Schlaf ankam. Das musste es sein. In einigen Tagen würde sie abreisen und er war nicht sicher, ob er in der Verfassung war, eine sexuelle Beziehung mit irgendjemandem anzufangen.

»Das könnte sein. Es ist aber auch unangemessen. Sie sollten vergessen, dass ich gefragt habe.«

Sie schüttelte den Kopf und dann winkte sie ihn hinüber, damit sie sich neben ihn legen konnte. Er bemerkte, dass sie sich nicht zu ihm unter die Decke legte, was wahrscheinlich das Beste war.

Er rutschte auf der Matratze tiefer und zog das Kissen näher, damit er sich darauflegen konnte, ohne sie zu bedrängen. Wie liebend gern wollte er sie an sich drücken und in dem Trost ihrer Wärme und ihres Dufts einschlafen.

Sie rollte sich auf die Seite, um ihn anzuschauen. »Gute Nacht«, flüsterte sie.

Er drehte sich, um sie ebenfalls anzuschauen, und die Zentimeter, die zwischen ihnen lagen, hätten ebenso gut eine Schlucht sein können. »Gute Nacht.«

Er schloss die Augen und versuchte zu schlafen.

~

*A*da schaute auf die kurze Nachricht, die sie in ihrem Zimmer vorgefunden hatte, als sie hereinkam, um sich bettfertig zu machen.

Wenn sie wieder bleiben wollen – zum Schlafen – sind Sie sehr willkommen.

In der Nacht zuvor hatte sie im Bett seiner Lordschaft bis kurz vor dem Morgengrauen geschlafen. Dann war sie aufgewacht und hatte sich aus seinem Zimmer gestohlen, ehe jemand etwas von ihrer Anwesenheit dort mitbekommen hatte. Und wer sollte es auch bemerken? Niemand, doch das würde sich ändern, wenn der Haushalt nächste Woche größer würde.

Bis dahin wäre sie allerdings bereits fort.

Was könnte es also schaden, wieder bei ihm zu schlafen? Letztendlich schliefen sie ja nur. Er hatte klargestellt, dass er sie nicht begehrte. Außer dass seine Erektion unmissverständlich war.

Das konnte bei einem kräftigen Windhauch passieren!

Allerdings war da kein kräftiger Windhauch. Er lag allein mit dir in seinem Bett. Natürlich begehrt er dich.

Nein, das tut er nicht! Wir liegen in einem Bett und sein Körper hat einfach reagiert. Das bedeutet nicht, dass er mich *begehrt.*

Du bist vorsätzlich begriffsstutzig.

Ist das nicht das Beste?

Ada faltete die Nachricht wieder zusammen und legte sie auf den Schreibtisch. »Ach du lieber Himmel, wer hadert mit sich selbst?«

Ehe sie sich noch eines besseren besinnen konnte, schritt sie aus dem Zimmer und ging auf direktem Wege zu seinem. Anders als in den vergangenen paar Nächten wanderte sie nicht herum und konnte sich damit nicht auf die Ausrede berufen »sich müde zu laufen«, um ihre Wanderungen zu rechtfertigen. In Wahrheit wollte sie für ihn da sein, wenn er einen weiteren Albtraum hätte.

Dass er ihr überhaupt ein kleines bisschen darüber erzählt hatte, was ihn quälte, gab ihr das Gefühl ungemein speziell zu sein. Er hatte eine Frau geliebt. So sehr, um sie zu heiraten. Sie verstand, dass das »etwas«, das passiert war, ihr Tod gewesen sein musste. Sie konnte auch nur vermuten, dass ihr Tod tragisch gewesen sein musste, aber in der Frage, ob das nur auf seine Trauer oder eine zusätzliche Tragödie zurückzuführen war, wie seine Verwundungen, tappte sie im Dunklen. Was immer sich zugetragen hatte, war ihm sehr nahegegangen und er fing gerade erst an, sich aus der Dunkelheit zu befreien.

Sie *hoffte*, dass er sich davon befreite.

Als sie die Tür erreichte, war sie nicht sicher, was sie tun sollte. Bei ihren vorigen Besuchen hatte sie nicht angeklopft, da er in Nöten gewesen war. Außerdem hatte er geschlafen.

Heute Nacht sollte sie anklopfen. Es war viel früher als in den anderen Nächten, und er würde noch wach sein. Sie hob ihre Hand und klopfte fest. Nervös zog sie ihren langen Zopf über die Schulter, sodass er ihr über die linke Brust fiel. Dann nestelte sie an der Spitze herum.

Einen Augenblick später öffnete sich die Tür. An den Rahmen gestützt stand er vor ihr und ließ seinen Blick über sie gleiten, als wolle er sie abschätzen.

Die Hitze stieg ihr in die Wangen auf und durchflutete auch andere Körperteile. Vielleicht war dies eine törichte Idee gewesen. Sie war keine Meisterin darin, einer Versuchung zu widerstehen. Sie ließ die Hände sinken.

»Sie sind gekommen«, meinte er und öffnete die Tür weiter.

»Wider besseres Wissen, wahrscheinlich. Es ist gut, dass

Sie einen so spärlichen Personalstand haben. Wenn ich Gefahr liefe, entdeckt zu werden, wäre ich nicht gekommen.« Sie trat in sein Schlafgemach.

Sobald sie eingetreten war, schloss er die Tür. »Wenn die Gefahr bestünde, dass man Sie entdeckt, hätte ich nicht gefragt.«

Seine Stimme raschelte wie Seide über ihren entblößten Nacken. »Ich war ein bisschen nervös, Sie zu bitten, heute Abend erneut herzukommen, aber meine Motive waren eher egoistisch.« Er drehte sich um und stellte sich vor sie. »Vergangene Nacht hatte ich den besten Schlaf, an den ich mich erinnern kann.«

Ein Gefühl der Freude durchströmte sie, und sie musste an sich halten, um ihn nicht wieder zu umarmen, wie in der Nacht zuvor. »Ich bin so froh, das zu hören.«

Sie blickten sich an, und der Moment mündete in einem peinlichen Schweigen. Schließlich drehte er sich um und hob die Hand, um in Richtung Bett zu weisen. »Sollen wir?«

Wieder nervös geworden, nickte Ada. Vergangene Nacht hatte sie ihren Morgenmantel anbehalten und auf der Bettdecke geschlafen. Sollte sie heute Nacht mit ihm darunter schlummern?

»Nun, wie wollen Sie es machen?«, fragte sie, zu schüchtern, um seinen Blick zu erwidern.

»Ganz wie Sie wollen. Wenn Sie mit mir in meinem Bett schlafen wollen und nicht auf dem Bett, habe ich kein Problem damit. Mir liegt viel daran, dass Sie sich wohlfühlen. Sie erweisen mir damit einen großen Dienst.«

Sie hob den Blick zu ihm. »Das will ich tun.« Sie schüttelte ihre Vorbehalte ab, öffnete den Gürtel um ihren Morgenmantel und streifte ihn von den Schultern. Dann hängte sie ihn über einen Stuhl und machte sich auf den Weg zum Bett. Sie zog die Bettdecke zurück und schlüpfte darunter. Dann zog sie sie bis zum Kinn hoch und bettete den Kopf auf dem Kissen. »Ist das in Ordnung?«

»Es ist in Ordnung.«

War seine Stimme heiser geworden?

Ada zwang sich zu gähnen, in der Hoffnung, dadurch mehr Müdigkeit zu empfinden. Im Augenblick war sie voller Vorfreude, und das ging einfach nicht. »Ich habe vor meiner Abreise am Dienstag noch viel zu erledigen.« Vielleicht würden sie durch eine Unterhaltung abgelenkt werden.

Er streifte seinen Hausmantel ab, und sie bemerkte, dass er, anders als an den anderen Abenden, an denen sie in sein Schlafgemach gekommen war, ein Nachtgewand trug. Enttäuschung breitete sich in ihr aus, wofür sie sich im Stillen rasch rügte.

»Ich hatte gehofft, Sie morgen zu den Überresten der Burgruine zu führen. Wenn Sie die Zeit erübrigen können«, meinte er und ließ sich in dem Bett nieder. Mit jeder Bewegung seines Körpers wurde sie sich ihrer Nähe mehr bewusst. In einem Bett.

Es war ja nicht so, als hätten sie dies nicht schon einmal getan! Erst gestern Abend, um genau zu sein. Aber heute Nacht war es irgendwie anders. Sie beabsichtigten, zusammen in einem Bett zu schlafen.

Schlafen!

Was er sagte, drang schließlich in ihr überfordertes Gehirn ein. Sie drehte ihren Kopf auf dem Kissen und schaute ihn an. »Ich würde die Überreste der Burgruine gern sehen.« Wenn nötig, würde sie morgen die ganze Nacht aufbleiben, um ihre Arbeit zu Ende zu bringen.

Er lag auf der ihr zugewandten Seite und stützte den Kopf mit einer Hand ab. »Ausgezeichnet. Ich werde Mrs. Debley bitten, ein Picknick vorzubereiten.«

»Das klingt köstlich.« Dekadent, um genau zu sein. Picknicks in der Nähe von Burgruinen waren etwas für Leute

von einem höheren Stand als Adas. Oh, sie hatte ihre Schütz-
linge schon auf Picknicks begleitet, doch das war etwas
gänzlich anderes. »Als ich Gouvernante war, habe ich Picknicks für die Kinder organisiert. Aber ehrlich gesagt, waren
sie für mich. Ich habe den Tapetenwechsel genossen. Wie
dem auch sei, habe ich immer wieder vergessen, dass die
Kinder außer Rand und Band gerieten und es war viel mehr
Arbeit als drinnen zu essen.«

»Wie lange waren Sie Gouvernante?«

»Vier Jahre.«

»Hat es Ihnen Spaß gemacht?«

»Meistens.«

Er wölbte die Augenbrauen auf diese verführerische
Weise, die ihr Herz höherschlagen ließ. »Ihre knappen
Antworten überraschen mich. Ich hatte erwartet, Sie würden
mir alles über den Haushalt, die Kinder und wahrscheinlich
noch zehn andere Dinge erzählen.«

Ada lachte. Das hätte sie durchaus getan, doch über
diesen Lebensabschnitt sprach sie nicht gern. »Letztendlich
glaube ich nicht, dass es die richtige Arbeit für mich war.«

»Das glaube ich nicht. Sie sollten Bataillone befehligen
und nicht ein paar Kinder beaufsichtigen.«

Seine hohe Meinung erfüllte sie mit Stolz. Vor zehn
Jahren hätte sie sich nie vorstellen können, wo sie heute war.
Im Bett eines Viscounts.

Doch so war es nicht!

Das hättest du aber gerne so.

Sie ignorierte die Debatte, die in ihrem Kopf tobte.
»Während ich mich mit neunzehn als Gouvernante
abmühte, haben Sie im selben Alter London unsicher
gemacht.«

»Unsicher gemacht? Das sind überaus blumige Worte.«

»Was haben Sie denn damals unternommen? Haben Sie
Bälle besucht oder andere, anzüglichere Dinge getan?« Sie

sah ihn an und wackelte dabei vielsagend mit den Augenbrauen.

Er formte die Lippen zu einem halben Lächeln, und beinahe wäre Ada ob seiner Schönheit in Staunen geraten, und zwar trotz der Narbe, die sein Gesicht zierte. Womöglich war es nur gut, dass er nie richtig lächelte. Keine Frau im Umkreis von fünfzig Meilen würde dem etwas entgegenzusetzen haben.

»Meistens habe ich mich zusammen mit Lucien und Dougal MacNair amüsiert.«

»Ich kenne Dougal«, entgegnete Ada und dachte an den charmanten zweiten Sohn des Earl of Stirlings, der den Phönix Club frequentierte. Noch immer war er ein enger Freund Luciens.

»Dougal kennt sehr viele Leute – wie Lucien. Die beiden sind vom gleichen Schlag. Das waren wir vermutlich alle einmal, da wir zweitgeborene Söhne waren. Wir hielten es für unsere Pflicht, fröhlich zu sein und uns, ähm, Ausschweifungen hinzugeben. Das Siren's Call war unser Stammlokal.«

»Das klingt nach einem Bordell.«

»Wir hofften damals, es wäre so, und es hatte auch den Anschein, denn es gab dort viele schöne Frauen, zum Anschauen. Aber mehr durften wir auch nicht – nur schauen. Es war eine Spielhölle, die von Frauen betrieben wurde. Sie lockten die Männer mit ihrem verführerischen Aussehen und Gebaren an. Im Gegenzug boten sie ausgezeichnete Speisen und Getränke und auch einige der besten Spiele Londons.«

»Das ist wirklich brillant. Ich bin überrascht, noch nie davon gehört zu haben.«

»Sie zählen nicht zu ihrem Publikum«, entgegnete Max mit einem Grinsen.

Erstaunt über seine Erzählungen drehte sie ihren Körper zu ihm hin und wollte alles wissen, was er preiszugeben bereit war. »Nein, ich denke nicht. War das die Lieblingsstätte von Ihnen und Ihren Freunden?«

»Bälle waren ganz sicher nicht nach unserem Geschmack, oder« – er schauderte – »Almack´s«.

»Ich kann verstehen, warum sie das nicht waren. Ausschweifungen nachzugehen wäre dort verpönt. Und? Haben Sie das getan?«, fragte sie enthusiastisch und wollte jedes Detail wissen.

Jetzt lachte er tatsächlich. Es war nur kurz, aber so reizend, dass sie vor Freude weinen wollte. »Ich war noch nie bei Almack´s und will auch gar nicht dorthin. Sie wollen mich dort bestimmt nicht haben, da bin ich mir sehr sicher.« Seine Stimme hatte an Volumen verloren, und sie meinte wahrzunehmen, wie die Dunkelheit wieder zurückgekrochen kam.

»Der Phönix Club ist ein herrliches Gegenstück zum Almack´s. Wir haben wöchentliche Bälle, und man muss zwar Mitglied sein oder von einem Mitglied protegiert werden, aber bei unserem Punsch bekommt niemand Falten im Gesicht. Außerdem ist die Mitgliedschaft nicht spießig oder selbstherrlich. In der Tat haben wir viele Mitglieder, die nicht ins White's, Brooks's oder andere Privatclubs eingeladen würden – und dabei handelt es sich nicht nur um die Frauen. Aber die Einbeziehung meines Geschlechts ist es, was uns wirklich von den anderen abhebt.«

»Sie klingen stolz auf den Club.«

Sie warf sich in die Brust. »Das bin ich auch. Lucien und Evie haben wundervolle Arbeit geleistet. Ich fühle mich privilegiert, einen Teil davon darzustellen.«

»Versuchen Sie, mich zu einem Beitritt zu überreden?«

»Das war nicht meine Absicht, aber das sollten Sie eigentlich tun.«

Er hob den Kopf von der Hand und drehte sich auf den

Rücken, wobei er den Blick nach oben auf die Bettbehänge gerichtet hatte. »Bälle interessieren mich nicht.«

»Whisky schon. Und vielleicht das Spielen? Es klingt, als hätten Sie es in Ihrer Jugend genossen.«

»Damals habe ich viele Dinge genossen, die ich heute nicht mehr genießen würde. Ich bin ein vollkommen anderer Mensch.«

Sie befürchtete, zu weit gegangen zu sein, und dass er sich zurückzog. »Wir alle verändern uns mit der Zeit«, meinte sie zaghaft. »Wahrscheinlich ist das auch gut so. Auch ich bin ein ganz anderer Mensch. Hoffentlich habe ich aus meinen Fehlern gelernt.«

Ruckartig drehte er den Kopf zu ihr. »Sie glauben doch nicht etwa, die Tragödie mit Ihrer Schwester sei Ihr Fehler gewesen?«

»Ich werde immer ein gewisses Schuldgefühl deswegen in mir tragen. Aber ich habe definitiv daraus gelernt.« Und aus dem, was anschließend geschehen war. »Aber es gibt ... andere Fehler.« Jetzt wollte sie einen Rückzieher machen. Sie hielt die Luft an und hoffte, er würde nicht nachhaken.

Er stieß die Luft aus und bettete seinen Kopf wieder auf dem Kissen, um den Blick an die Decke zu richten. »Schuld und Bedauern lassen sich im Leben wohl nicht vermeiden.«

»Ja. Es kommt darauf an, auf welche Weise wir damit umgehen.« Sie starrte auf seine eine Gesichtshälfte – es war die rechte Seite – und wünschte, es wäre seine linke, damit sie näher kommen und seine Narbe berühren könnte. Dann würde sie die Hand auf die andere Seite seines Gesichts legen und ihn zu sich drehen, um ihre Lippen auf die seinen zu drücken.

Der Kuss von neulich Abend brannte in ihrem Gedächtnis, und die Erinnerung daran rief ein heftiges Verlangen in ihrem Körper hervor. Doch sie stand allein mit ihrem

Verlangen. Er wusste nicht einmal, dass sie sich geküsst hatten.

»Gute Nacht, Mylord.« Sie drehte ihm den Rücken zu.

»Mein Name ist Maximillian. Aber Sie können mich Max nennen. Wenn Sie wollen.«

Sie verkrampfte sich innerlich und kämpfte darum, zu Atmen zu kommen. »Gern. Ich bin Ada. Gute Nacht, Max.«

»Gute Nacht, Ada.« Er rührte sich, doch sie konnte nicht sehen inwiefern. Sie wusste nur, dass er nicht näher gerückt war. »Danke, dass Sie heute Nacht hier sind.«

Sie biss sich auf die Innenseite ihrer Wange, um nicht noch mehr zu sagen, Dinge, die besser ungesagt bleiben sollten. Es blieben nur noch zwei Tage, sie sollten keine Freunde werden. Und auf keinen Fall durften sie ein Liebespaar werden.

CHAPTER 10

Der Karren war mit ihrem Picknick beladen, als Max mit Ada vom Stallhof fuhr. Die letzte Nacht war der längste ununterbrochene Schlaf gewesen, den er seit dem Tag seiner Abreise nach Spanien genossen hatte. Wie konnte er Ada jetzt gehen lassen?

Weil du es musst.

Es gab keinen Grund für sie, zu bleiben. Sollte er sie etwa als seine Schlafgefährtin bezahlen? Sie würde ihre Stellung als Buchhalterin des Phönix Clubs nicht aufgeben und er würde sie auch nicht darum bitten. Wahrscheinlich hätte er heute noch nicht einmal mit ihr hinausfahren sollen, denn sie war eine Versuchung und er war nicht sicher, ob er widerstehen konnte. Sie war so liebreizend und ihr Lächeln ließ ihr herzförmiges Gesicht aufleuchten, und ihre blaugrauen Augen glitzerten dabei, obwohl der Himmel bedeckt war und die Sonne sich nirgends blicken ließ.

Er schaute zu ihr herüber. Sie saß rechter Hand und es war ihm nicht recht, dass sie seine Narben so gut sehen konnte. Er hatte seinen Hut bereits schräg aufgesetzt, um mehr Schatten zu erzeugen. »Wir werden auf dem Weg zu der Ruine am Teich entlangfahren. Wird Sie das beunruhigen?«

»Überhaupt nicht«, entgegnete sie aufgeräumt. »Ich habe kein Problem damit, das Wasser *anzuschauen*. Ich habe nur keinen Wunsch, darin oder darauf zu sein.« Ihre Schultern bebten unter einem sanften Schauder.

»Es tut mir leid, dass dies für Sie ruiniert ist. Ich segle gern. Und ich rudere.«

»Tatsächlich. Vielleicht würde ich es versuchen, wenn Sie versprechen, mich mitzunehmen.« Flirtete sie mit ihm? Das wollte er nicht von ihr. Er war sich nicht sicher, ob er sich erinnerte, wie das ging. Außerdem war er nicht sicher, ob er das konnte. Das Flirten erforderte eine Unbeschwertheit des Herzens und eine bestimmte Laune. Er besaß nichts davon mehr.

Als er nicht antwortete, fragte sie: »Ist das so, wie die Pferde für Sie sind? Ruiniert meine ich. Ich habe erfahren, dass Sie ein leidenschaftlicher Reiter waren.«

In dieser Weise hatte er noch nicht daran gedacht, aber vermutlich war dem so. »Das war ich. Seit meiner Heimkehr ziehe ich allerdings vor, es nicht zu tun. Vielleicht wird sich das eines Tages ändern. Glauben Sie, dass für Sie eine Möglichkeit im Hinblick auf das Wasser besteht?«

»Vermutlich sollte ich optimistisch bleiben. Das bin ich in den meisten anderen Dingen«, fügte sie mit einem leichten Lachen hinzu. »Ich hatte auf diese Weise noch nicht daran gedacht. Jetzt muss ich wirklich erwägen, wieder in ein Boot zu steigen. Ich fürchte, meine Natur besteht darauf.«

Gott, sie war furchtlos. Sein Verlangen nach ihr verzehnfachte sich. Wie er sich wünschte, wie sie sein zu können.

Als er in Richtung des südlichen Endes seiner Ländereien fuhr, erzählte sie ihm von den Pächtern, die sie kennengelernt hatte, während sie an mehreren Höfen vorbeikamen.

Dann fing er an, den Berg hinaufzufahren, und der Weg wurde immer kurviger, je höher sie kamen.

»Dies ist ein ausgezeichneter Standort für eine Burg«, meinte sie, als sie sich der Spitze näherten. »Von hier kann man meilenweit sehen.«

»An klaren Tagen, ja. Heute ist es nicht so schlecht.« Zumindest waren die Wolken nicht so dicht. Sie waren allerdings ein bisschen dunkel. Er würde das Wetter im Auge behalten.

»Glauben Sie, es könnte regnen?«, fragte sie.

»Das bezweifle ich, aber man muss selbst im Sommer immer vorbereitet sein. Es gibt einen kleinen Zierbau neben der Burgruine, und er bietet genügend Schutz, wenn wir vor einem Schauer Zuflucht nehmen müssen.« Er brachte den Karren zum Stehen und stellte die Bremse fest.

»Sie haben den Zierbau nicht erwähnt. Ich finde diese Bauten merkwürdig.«

»Inwiefern merkwürdig?« Er kletterte hinunter und kam auf ihre Seite, um ihr hinunter zu helfen.

Sie legte ihre Hand in seine, und obwohl er sie schon früher berührt und sogar geküsst hatte, wirkte der Kontakt heute elektrisierend. Ihr Blick haftete auf seinem und er wusste, dass sie es auch spürte.

Verflixt.

Es war leichter, diese Anziehungskraft zu ignorieren und abzuschütteln, wenn man sie für einseitig hielt.

»Vielleicht ist seltsam nicht das richtige Wort«, meinte sie und führte ihn wieder auf das zurück, worüber sie gesprochen hatten. »Sie scheinen dekadent. Wofür sind sie überhaupt gut?«

»Zum Genießen. Sie eignen sich zum Beispiel hervorragend als Picknick-Kulisse.«

Sie grinste. »Ich dachte, darin leben Einsiedler.«

Er konnte sich ein Lächeln nicht verkneifen. Sie untergrub seine Abwehrkräfte mehr und mehr und trieb ihn zu der Frage, warum er überhaupt noch welche hatte. »Manchmal. Aber nicht hier. Soweit mir bekannt ist.« Er sah sie mit gespielter Besorgnis an. »Sie glauben doch nicht, es gäbe einen Einsiedler hier?«

»Das müssen wir in Erfahrung bringen.« Sie wandte sich vom Wagen ab und blickte sich um. »Ach, ist es das dort drüben?« Sie deutete auf die andere Seite der weitläufigen Anhöhe, auf einen Bau, der sich inmitten von Sträuchern in der Nähe eines kleinen Baumbestandes befand.

»Ja. Sollen wir gleich dorthin gehen, oder möchten Sie lieber zwischen den Steinen der Burgruine picknicken?«

»Das ist eine sehr schwierige Entscheidung. Kann ich mich wohlfühlen, wenn ich befürchten muss, dass ein Einsiedler in der Nähe lauert?«

»Einsiedler können ganz harmlos sein.« Dies war das absurdeste Gespräch, das er seit Jahren, vielleicht sogar seit jeher, geführt hatte, und er wollte nicht, dass es endete.

»Sie haben viel Erfahrung mit ihnen?« Ihre Augen weiteten sich. »Ach! Das ist es, was Sie mir nicht über Ihre ungestüme Jugendzeit erzählen wollten. *Sie* waren ein Einsiedler. Das passt gut zu Ihrem derzeitigen Verhalten.«

Er schaute sie an. »Wie machen Sie das nur?«

Der schmale Spalt zwischen ihren Augenbrauen furchte sich auf eine Weise, die er so liebenswert fand. »Was?«

»Mühelos charmant und geistreich zu sein. Haben Sie nie einen schlechten Tag?«

»Ich habe schon viele schlechte Tage gehabt. Und ich hasse sie. Deshalb tue ich mein Bestes, sie nicht zu haben. Und wenn doch, dann versuche ich, sie in gute Tage zu verwandeln. Manche mögen sagen, ein drohender Regenschauer sei schlecht, aber ich werde ihn als ausgezeichnete Möglichkeit betrachten, den lächerlichen Zierbau eingehend zu studieren, hoffentlich mit Hilfe des ansässigen

Einsiedlers.«

Er befürchtete, die Tage würden wieder schlecht werden, sobald sie ging. Er sollte sie zum Bleiben bewegen.

Er blickte zu den sich verdunkelnden Wolken hinauf und holte den Picknickkorb und die Decke aus dem Wagen. »Sollen wir das Picknick überhaupt veranstalten?«

»Wahrscheinlich haben wir genug Zeit, wenn wir schnell sind.«

»Jede andere mir bekannte Frau hätte sich eine Rückkehr ins Haus erbeten, ausgenommen ... « Fast hätte er Lucias Namen gesagt. Er konnte nicht glauben, sie fast so beiläufig erwähnt zu haben.

»Wen ausgenommen?«, fragte sie leise und bereute es scheinbar sofort, so wie ihr Gesicht sich verzog. »Das brauchen Sie mir nicht zu sagen.« Sie drehte sich um und eilte auf die wahllose Ansammlung von Steinen zu, die noch von der alten Burg übrig war.

Er folgte ihr und ließ die Decke und den Korb neben einem größeren Stein stehen, ehe er sich ihr von der Seite näherte.

»Sie haben recht«, sagte sie. »Die Burg war nicht sehr groß.«

»Diese Steine markieren nur den Bergfried. Die Mauern gingen bis an den Rand der Anhöhe hinaus. Ich kann Ihnen auch einige davon zeigen. Dort drüben ist die größte Ansammmlung – ausreichend für den Bau einer Mauer.«

Sie schaute in diese Richtung, und er streckte die Hand aus und fasste sie um ihren Ellbogen, sodass sie ihren Kopf überrascht zu ihm drehte. »Ihr Name war Lucia. Die Frau, die ich hatte heiraten wollen. Sie hätte sich über ein Picknick im Regen gefreut.«

»Sie klingt wie jemand, den ich gerne kennengelernt hätte«, entgegnete Ada leise.

Er ließ sie los, und sie schritt weiter auf die Mauer zu.

Nach einem Moment blickte sie über ihre Schulter zurück. »Kommen Sie nicht mit?«

In diesem Moment fragte er sich, ob er ihr überallhin folgen würde, solange sie ihn vom Abgrund wegführte.

Max holte sie ein, und sie verbrachten einige Zeit mit dem Inspizieren der Mauer. Sie stellte sich vor, wie hoch sie wohl gewesen sein mochte und ob sich das Tor in der Nähe befunden hatte.

Er schüttelte den Kopf. »Ich denke, es war wahrscheinlich dort drüben, wo jetzt der Weg ist – auf dem wir hochgekommen sind. Das ist die am leichtesten zu erklimmende Seite.«

»Das ist sinnvoll. Wissen Sie, was eine lohnende Torheit wäre? Der Wiederaufbau dieser Burg.«

Das brachte ihn zum Lachen, und die freudige Reaktion in ihrem Blick ließ ihn am liebsten gar nicht mehr aufhören. »Ich denke, Sie wissen, wie viel das kosten würde.«

»Nicht wirklich, aber ich habe Ihre Bücher gesehen, und Sie können es sich wahrscheinlich leisten. Ich habe mich geirrt, als ich annahm, das Anwesen sei nicht rentabel. Doch andererseits hatten Sie nicht genügend Personal und haben die Pächter nicht so unterstützt, wie Sie es hätten tun sollen.« Sie schnitt eine Grimasse. »All das hätte ich nicht sagen sollen, nicht heute.«

»Aber Sie haben in allem recht. Ich bin froh, dass Sie hergekommen sind und mich auf mein ... Versehen hingewiesen haben.« Was für ein jämmerlich unzureichendes Wort, um seine mangelhafte Leitung des Anwesens und seine vorsätzliche Ignoranz zu beschreiben. »Es war notwendig. Es tut mir nur leid, so lange gebraucht zu haben, um auf jemanden zu hören.«

»Ich bin nur schockiert, dass Sie mir überhaupt zugehört haben!« Sie lachte und hüpfte im Kreis herum. Ihr Fuß blieb an einem losen Stück Erde hängen, und sie rutschte aus.

Max sprang, um sie aufzufangen, bevor sie den Hügel hinunterstürzte. Er umklammerte ihre Taille und zog sie zu sich heran. Sie prallte mit so viel Wucht an seine Brust, dass er rückwärts zu Boden ging.

Er grunzte, doch er hielt sie fest. »Geht es Ihnen gut?«

»Mir geht es gut. Die Frage ist, wie es Ihnen geht?«

»Ich habe weit Schlimmeres durchgestanden.«

Ihr Blick, der noch vor einer Sekunde dunkel vor Schreck war, wurde weicher. Dann heftete sie ihn auf die linke Seite seines Gesichts. »Ich weiß.« Ihr Flüstern war wie eine Einleitung zu einer Liebkosung, kurz bevor sie mit den Fingerspitzen über die Unebenheiten seiner Narbe strich. »Das muss schrecklich wehgetan haben.«

»Der gesamte Tag war der schmerzhafteste meines Lebens gewesen.« Er schaute in ihr faszinierendes Gesicht auf.

Und er bekam einen Regentropfen ins Auge. »Hier kommt der Regen.« Er rollte sich mit ihr auf die Seite und dann sprang er auf die Füße, wobei er ihr beim Aufstehen half. »Sie laufen zu dem Zierbau. Ich werde den Korb und die Decke holen.«

»Was ist mit dem Pferd?«

»Ihr wird nichts geschehen.« Nun begann es, ernsthaft zu regnen. Es war kein Wolkenbruch, aber sanfte Tropfen, und Max rannte, um das Picknick zu holen. Als er bei ihr im Zierbau ankam, war er bereits feucht.

»Zumindest regnet es nicht heftig«, meinte sie.

»Nein, und ich bezweifle, dass es lange so bleiben wird. Wir sollten essen und uns dann auf den Weg machen, ehe der Regen schlimmer wird.« Er breitete die Decke über die Steine und sie stellte den Korb darauf.

Während sie die Teller mit den Speisen anrichtete, zog er seinen Hut ab und schüttelte das Wasser davon auf einer Seite des Zierbaus ab. Sein Gesicht kribbelte an der Stelle, an der sie ihn berührt hatte. Wie war es möglich, dass er sie nicht entsetzt hatte?

Weil sie eine einzigartige Frau war.

Er setzte sich mit ihr auf die Decke und aß von seinem Teller. Es gab Schinken, Käse, Brot und Äpfel. Sie schenkte Ale in einen Becher, den sie ihm reichte, und streifte ihn dabei mit den Fingern. Er konnte sich fast vorstellen, dies sei vor vier Jahren gewesen, als er Lucia kennengelernt hatte.

Nein, er wollte die beiden nicht vergleichen. Und so sehr auch beide Frauen etwas in ihm weckten, so waren sie doch vollkommen unterschiedlich.

Ein ferner Donner erschütterte den Himmel und Ada erschrak. Sie schaute zum Himmel draußen. »Ich habe den Donner immer für den Klang eines Tanzes von Riesen gehalten. Das habe ich meinen Schützlingen erzählt, wenn Sturm herrschte und sie sich fürchteten.«

Natürlich hatte sie das. »Und sie haben Ihnen geglaubt?«

»Sicher. Ich habe ihnen auch gesagt, der Regen sei die Folge der Anstrengungen der Riesen.«

Max hätte fast das Ale ausgespuckt, das er gerade trank. »Das ist ein unglaublich energetischer Tanz.«

»Das hatte Rebecca, glaube ich, auch gesagt. Sie war die Älteste.« Adas Augen funkelten vor Heiterkeit, als sie ein Stück Schinken zum Mund führte. Dann fiel ihr Blick auf seinen Teller. »Sie haben fast alles aufgegessen.«

Das hatte er. Er verlagerte sein Gewicht unbehaglich, aber er wusste nicht, ob es daran lag, dass er mehr als normal gegessen hatte, oder weil sie es bemerkt hatte. »Es war keine üppige Portion.«

»Ich denke, es ist wundervoll.« Sie aß auf und fing an, alles wieder in den Korb zu packen. Er half ihr und als beide gleichzeitig nach der Weinflasche griffen, stießen ihre Hände zusammen.

Die Elektrizität war noch immer vorhanden und vielleicht noch durch die Stromladung in der Luft verstärkt. Was auch immer der Grund war, zog sich keiner zurück.

»Ich weiß, ich habe Sie neulich Abend geküsst«, meinte er, und seine Stimme klang leise und heiser.

Ihre Augen wurden rund. »Ich dachte, Sie würden schlafen.«

»Wenn ich dabei geschlafen hätte, wären meine Probleme wohl noch größer, als ich angenommen hatte.«

Sie zog eine Augenbraue hoch. »Bitte seien Sie nicht auch noch geistreich.«

Er hielt ihre Hand und löste sie von der Flasche. »Ich bezweifle, dass irgendjemand mich dessen beschuldigen kann.«

»Wirklich, Sie müssen aufhören.« Sie holte zittrig Luft und er konnte das Beben spüren, das sie durchfuhr. »Ich fühle mich schon viel zu sehr in Versuchung geführt und nun, ich möchte nichts herausfordern.«

Sie war in Versuchung geführt …

Sein schlichter männlicher Verstand brachte es irgendwie fertig, die zweite Hälfte dessen, was sie gesagt hatte, auszublenden. Aber er war unfähig, eine vernünftige Antwort zu formulieren und er hatte in ihrer Gegenwart bereits genügend gegrunzt.

»Es ist am besten für uns beide, wenn wir uns als Freunde trennen«, fügte sie hinzu und nahm langsam ihre Hand von seiner. »Ich kann erkennen, dass ihr Herz gebrochen war. Das meine auch.« Sie wandte den Blick ab und er stellte fest, dass der Regen aufgehört hatte. »Ich mag Sie. Weit mehr, als ich erwartet hatte. In Wahrheit hatte ich geplant, mich für Prudence zu rächen, nicht dass ich irgendeine Idee hätte, wie ich das bewerkstelligen sollte.« Ein schwaches Lächeln umspielte ihre Lippen. »Jedenfalls war ich darauf vorbereitet, Sie nicht zu mögen. Ich hatte meine Arbeit tun wollen und dann wollte ich meiner Wege gehen.« Sie fing seinen Blick ein. »Doch dies ist so viel mehr. Ich fühle mich, als hätte ich Ihnen geholfen, zumindest mit dem Anwesen und ich hoffe, es macht Ihnen nichts aus.«

»Überhaupt nicht. Ich bin überraschenderweise froh über Ihr Kommen. Und Sie *haben* mir mit mehr als nur dem Anwesen geholfen.« Sie hatte ihn aus seiner Misere erweckt.

»Ich bin so froh. Sie *werden* einen Weg hindurch finden.« Sie schenkte ihm ein aufmunterndes Lächeln, doch das beschwichtigte das Brennen nicht, das ihre Zurückweisung ihrer gegenseitigen Anziehung mit sich brachte.

Er *würde* seinen Weg finden. Doch das müsste er eben allein machen.

Deshalb hatte er seine Schutzwälle und deshalb musste er sie an Ort und Stelle halten. Er hatte so große Qualen erlitten. Es war unmöglich, damit fertigzuwerden. Wenn er sich nicht kümmerte und nicht fühlte, könnte er ohne Qualen durch jeden einzelnen Tag stolpern.

Aber das bedeutete auch, dass er ohne Freude oder einer Vielzahl anderer Emotionen voranschritt. Er fing an, sich zu fragen, ob das wirklich die Mühe lohnte.

»Wir sollten umkehren«, schlug er vor. Der Zauber des Nachmittags war verflogen. »Ich weiß, dass Sie noch eine Menge Arbeit zu tun haben, und Ihnen bleibt nur noch Morgen, um sie fertigzustellen.«

»Ich hoffe, Sie werden mit mir zusammen dinieren«, meinte sie zaghaft.

»Es wäre vielleicht das Beste, wenn wir das unterlassen.« Er stand auf und half ihr auf die Füße. Dann packte er den Korb fertig, während sie die Decke aufhob und faltete. »Sie haben recht. Das ist eine Versuchung, die wir vermeiden sollten. Abgesehen davon muss ich lernen, wie ich ohne Sie hier klarkomme.«

Er hätte ihr seinen Arm anbieten sollen, aber er wollte nicht, dass sie ihn noch einmal berührte. Er traute seinen ursprünglichsten Impulsen nicht. Es war eine Qual, sie nicht zu küssen.

Ohne einen Blick hinter sich zu werfen, trug er den Korb zum Karren und stellte ihn darauf. Er wartete dort, während sie auf ihn zukam. Sie legte die Decke auf den Korb und kletterte auf den Karren. Wieder hätte er ihr behilflich sein sollen, und wieder war er es nicht – Stoffel, der er war.

Sie mochte ihm geholfen haben, ins Licht zurückzufinden. Er war sich nur nicht sicher, ob er bleiben konnte.

~

da richtete den Blick nach oben auf den Bettbehang. Würde Max sie wirklich abreisen lassen, ohne sich zu verabschieden? Ohne sie überhaupt zu sehen? Seit ihrer Heimkehr gestern nach ihrem Picknick hatte sie ihn nicht mehr gesehen.

Dabei hatte er doch gestanden, von ihrem Kuss gewusst zu haben, und dass er sie womöglich wieder küssen würde. Bis sie ihm Einhalt geboten hatte. Ihrer Befürchtung nach, würde sie das für den Rest ihrer Tage bereuen.

Mehr als du einen Liebesakt mit ihm bereuen würdest? Denn du weißt, dass das sehr wohl der nächste Schritt hätte sein können.

Das werde ich wohl nie erfahren, nicht wahr?

Diese Auseinandersetzungen mit sich selbst erwiesen sich als überaus ermüdend. Sie freute sich auf ihre morgige Rückreise nach London und betete um Gleichmut.

Allerdings ahnte sie, dass ihre Gedanken noch eine Weile um den Unhold von Stonehill kreisen würden. Über den Titel musste sie fast kichern. Jetzt klang er eindeutig wie eine Art romantischer Held aus dem Mittelalter.

Rasch war ihr Heiterkeitsausbruch wieder verebbt. Hier gab es keine Romanze. Sie fragte sich, ob wirklich eine Freundschaft bestand, denn er hatte sich nicht die Mühe gemacht, gestern Abend oder am heutigen Abend zum Essen herunterzukommen. Nicht einmal in der Bibliothek hatte er sich blicken lassen.

Vielleicht hatte sie ihn gestern verletzt. Hatte er sich zurückgewiesen gefühlt? Es täte ihr wirklich leid, wenn sie ihm Schmerz bereitet hätte. Ihr ging es um sich selbst und darum, die Fehler der Vergangenheit nicht zu wiederholen. Es hatte überhaupt nichts mit ihm zu tun, abgesehen davon, dass er ihr zu verlockend vorkam. Gestern hätte sie ihn gierig in die Arme geschlossen, wenn sie ohne die Konsequenzen leben könnte.

Selbst mit den Folgen hatte sie es in Erwägung gezogen.

Aber abgesehen von dem Fehler, den sie wiederholen würde, war sie viel zu romantisch veranlagt. Sie verliebte sich leicht – oder zumindest wurde sie leicht von der Vorstellung überkommen, verliebt zu sein. Man sollte meinen, sie sei vor jeder Art von romantischer Neigung sicher, was den Viscount anbelangte, aber er hatte sich als ein Mann von großem geistigem Tiefgang erwiesen. Er hatte eingesehen, dass er nicht umhinkam, sich zu ändern und genau das versuchte er. Das erforderte eine große Portion Mut, insbesondere nach allem, was er durchlitten hatte.

Sie wünschte sich so sehr, die Einzelheiten zu kennen, und sei es nur, weil sie glaubte, es würde ihm helfen, sich seine Last von der Seele zu reden. Zumindest ein bisschen hatte er das getan und sie war dankbar, dass sie ihm eine Stütze hatte sein können.

Auf die Seite gedreht schloss sie die Augen. Sie musste schlafen. Der Morgen würde viel zu schnell anbrechen.

Bei einem Geräusch riss sie vor Schreck die Augen auf. War das ein Klopfen? Abermals rollte sie herum, schlüpfte aus dem Bett und stapfte auf nackten Füßen zur Tür.

Ohne auf ein zweites Klopfen zu warten – falls es überhaupt ein erstes gegeben hatte –, öffnete sie die Tür. Hinter der Schwelle stand, vom Türrahmen eingerahmt, das Hauptobjekt ihrer Gedanken.

Max' Mundwinkel hoben sich fast zu einem Lächeln. »Ich kann nicht schlafen.«

»Ich auch nicht.« Ohne Worte öffnete sie die Tür einladend ein Stück weiter.

Er trat ein, und sie schloss die Tür hinter ihm. »Ich hätte wohl nicht kommen sollen.«

»Ich bin froh, dass Sie es getan haben. Jetzt kann ich Sie beschimpfen, weil Sie mich seit gestern ignorieren.«

»Ich habe Sie nicht ignoriert«, gab er ein wenig müde zurück. »Während Ihres Aufenthalts hat es viele Tage gegeben, an denen ich Sie nicht gesehen habe.«

Sie verschränkte die Arme vor der Brust und warf ihm einen gereizten Blick zu. »Ich habe mich falsch ausgedrückt. Sie sind mir *aus dem Weg gegangen*. Genau das haben Sie an jenen Tagen getan, an denen wir uns nicht begegnet sind. Machen Sie sich nicht die Mühe, es abzustreiten.«

»Sie sind wirklich böse auf mich.« Er klang überrascht. »Ich hätte nicht gedacht, dass Sie wütend werden können.«

Schwer seufzend stieß sie die Luft aus und verschränkte die Arme. »Ich bin nicht wütend. Ich war enttäuscht. Ich dachte, ich würde Sie nicht mehr sehen.«

»Und das hat Sie verstimmt?«

War er absichtlich so begriffsstutzig?

Er hob die Hände. »Ich dachte, Sie wollten Abstand. Gestern haben Sie gesagt, Sie wären in Versuchung geraten, und ich ...«

»Oh, sei still.« Sie umfasste den vorderen Teil seines Morgenrocks und trat auf ihn zu. Dann stellte sie sich auf die Zehenspitzen und küsste ihn.

Er erwiderte den Kuss, aber zaudernd. Sie zog sich zurück und blickte ihm in die Augen.

Er runzelte die Stirn. »Ich bin verwirrt.«

»Ich wollte dich auf Abstand halten, weil ich fortgehe.« *Und weil ich dich nicht in mein Bett lassen sollte.* »Inzwischen ist mir klar geworden, dass ich dich gerade deshalb nicht auf Abstand halten will, weil ich abreise.«

»Ah. Ich glaube, ich verstehe. Soll ich also bleiben?«

»Weißt du, wie man eine Schwangerschaft verhüten kann?«

»Nun, ja. Zumindest wie man es versucht.«

»Wenn du das tust, dann ja, bleib hier.«

Er wollte sich deutlich ausdrücken. »Nicht nur zum Schlafen?«

Sie schüttelte den Kopf.

Er schlang das Ende ihres Zopfes, der ihr über den Rücken hing, um seine Hand. »Bist du sicher?«

Sie nickte und er zog an der Schleife in ihrem Haar, ehe er den Zopf löste. Dann senkte er den Kopf und küsste sie, wobei er dieses Mal allerdings nicht zauderte. Da waren Hitze und Verlangen, und er leckte sie mit seiner Zunge, während sie sich an seine Schultern klammerte.

Ihr Körper jubilierte vor Verlangen. Genau danach hatte sie sich gesehnt, ohne sich dessen bewusst zu sein oder es zumindest zuzugeben. Sie fühlte sich mit etwas in ihm verbunden, das ihr das Gefühl gab, wertgeschätzt und geachtet zu werden.

Oder bildete sie sich das alles nur ein, weil sie sich so fühlen wollte?

Hör auf zu denken.

Sie schlang die Arme um seinen Hals, und er hob sie hoch. Sie wollte ihre Beine um seine Taille winden, doch dazu musste sie erst ihr Nachthemd anheben. Sie verschränkte ihre Füße hinter seinem Rücken und hielt ihn fest, wobei ihr Geschlecht gegen seins gepresst war, obwohl sein Morgenrock sie voneinander trennte.

Er brummte und es war ein vollkommen anderer Klang

als das gereizte Grunzen und Knurren. Dies klang leise und hungrig und es weckte in ihr den Wunsch, ihn wieder und wieder zu provozieren.

Mit einer Hand streichelte er ihr über den Rücken und zog sie liebevoll an sich. Funken der Begierde stieben in ihr auf. Sie grub die Finger in seinen Nacken und vertiefte ihren Kuss zu einer fieberhaften Erforschung. Sie wollte alles von ihm wissen. *Jetzt.*

Er trug sie zum Bett, oder zumindest vermutete sie, dass sie in diese Richtung gingen. Ehrlich gesagt, konnte sie dem keine Aufmerksamkeit schenken. Er hätte mit ihr durchs Haus laufen können, ohne dass sie etwas davon bemerkt hätte. Sie konnte nichts anderes tun, als sich an ihm festzuhalten, während ihr Körper vor Verlangen bebte.

Dann setzte er sie auf dem Bett ab und riss den Mund von ihr los, damit er ihr das Nachthemd über den Kopf ziehen konnte. Sein Blick fiel auf ihren Oberkörper und er schmiegte eine Hand um ihre Brust. »Ich glaube nicht, dass ich langsam machen kann.«

Sie wölbte sich zu ihm auf und gierte nach seiner Berührung. »Dann tu es nicht. du kannst später langsam machen.« Sie hob ihre Hände an seine Brust und öffnete dann den Gürtel seines Morgenrocks, ehe sie ihm das Kleidungsstück von den Schultern schob.

Darunter war er vollkommen nackt und der von der Glut gespendete Lichtschein warf Schatten über seine straffe Haut. Er war zu dünn, aber dennoch muskulös und natürlich von diesen Narben bedeckt, die sie neulich Abend gesehen hatte.

Ada wollte jede einzelne küssen und liebkosen, als ob sie ihn wieder heilmachen könnte. Konnte irgendetwas ihn wieder heilmachen?

Sie hob den Blick zu ihm und stellte fest, dass er sie beobachtete.

»Ich bin kein attraktiver Mann mehr.«

»Du bist wunderschön«, flüsterte sie und berührte zart die Brandnarbe auf seiner linken Schulter. »Wenn ich an den Schmerz denke, den du erlitten hast, möchte ich jemandem wehtun. Ich möchte sicherstellen, dass du das nie wieder erleben musst. Es tut mir so leid, dass ich dich gestern verletzt habe.«

Er legte ihr eine Hand um den Nacken. »Das hast du nicht, ich bin für deine Ehrlichkeit dankbar – immer. Weshalb ich nicht möchte, dass du mich anlügst. Niemals. Du kannst mich nicht für schön halten.«

»Du bist in Wirklichkeit atemberaubend.« Sie küsste die dünne Narbe auf seiner Brust und bewegte die Lippen sanft über seine Haut.

Seine Finger verflochten sich mit ihrem Haar und mit seiner anderen Hand liebkoste er zärtlich ihre Brust. Dann zog er ihren Kopf zurück und küsste sie wieder mit einer wilden Intensität, die ihren gesamten Körper in Flammen versetzte. Sie dachte nicht, dass sie jemals zuvor so erregt gewesen war. Sich so verzehrend, um ehrlich zu sein.

Er kniff sie in ihre Brustwarze und zog daran, sodass die Sensation wie eine Explosion über sie hereinbrach und unmittelbar bis zu ihrem Geschlecht strahlte. Sie stöhnte in seinen Mund, denn sie wollte mehr. Dann zog sie ihn näher an sich heran, und er beugte sich über sie und stieß sie auf die Matratze zurück.

Er löste den Mund von ihrem und beschrieb einen sengenden Pfad über ihren Hals und in das Tal zwischen ihren Brüsten, während seine Lippen und seine Zunge ihre Haut in Flammen setzten. Sie packte seinen Kopf und führte ihn zu ihrer Brust, denn sie musste seinen Mund an sich fühlen. Er gehorchte und hielt sie fest, als er die Lippen um ihre Brustwarze schloss. Er saugte, und dann streifte er mit den Zähnen über die Spitze, was ihr einen Aufschrei entlockte, als ein verzweifelter Hunger zwischen ihren Beinen pulsierte.

»Max«, hauchte sie und ihre Finger gruben sich in seine Kopfhaut, als er sich an ihrer Brust labte. Ihre Empfindungen überwältigten sie und sie schlang die Beine um ihn.

Er drehte sie auf dem Bett um und rutschte über sie. Seine Hand strich ihren inneren Oberschenkel hinauf und sie spreizte die Schenkel für ihn, wobei sie den Atem anhielt, bis er sie dort berührte, wo sie es sich am meisten von ihm ersehnte.

Sanft streichelte er mit den Fingern über ihr Geschlecht und teilte dabei ihre Schamlippen, um auf ihre Klitoris zu drücken. Wieder stöhnte sie und mit seinem Mund bearbeitete er weiterhin ihre Brust. Es war zu viel und doch nicht genug.

Auf der Suche nach mehr hob Ada die Hüften. Dann glitt er mit dem Finger in sie und sie warf den Kopf zurück, als ihre Lust sich aufbaute. Sie wollte ihn – alles von ihm – in ihr. »Jetzt Max, bitte.«

Er hob den Kopf, um ihrem Blick zu begegnen und er hielt ihn, als er mit seinem Schaft in sie glitt. Sie hatte nicht einmal Zeit, ihn zu berühren, ihn zu erforschen, aber das würde sie später haben. Heute Nacht brauchte sie keinen Schlaf.

Sie war so nahe und bewegte sich sogar noch mehr auf ihren Orgasmus zu, als er mit voller Kraft in sie eindrang. Wieder schlang sie die Beine um ihn und zog seinen Kopf zu sich herab, um ihn zu küssen. Er fing an, sich zu bewegen und mit seiner Hand, die noch immer zwischen ihnen war, streichelte er ihre Klitoris. Nur das hatte sie gebraucht, um zu explodieren. Sie kam heftig und ihre Muskeln spannten sich an, als ihre Ekstase über sie hereinbrach.

Es wollte gar nicht wieder aufhören, denn als er weiter in sie fuhr, stieg sie ihrem Höhepunkt noch weiter entgegen und immer neue Wellen der Wonne brachen über ihren Körper herein. Endlich ließ ihr Orgasmus nach, doch die Lust blieb. Sie wollte mehr von ihm und war nicht sicher, ob sie je genug bekommen würde.

Sie klammerte sich an seinen Rücken und strich mit der Hand über die Rundung seiner Kehrseite, wobei sie sich an der köstlichen Festigkeit seiner Muskeln ergötzte. Nun bremste er seine Bewegungen ein wenig und stieß dafür umso fester und härter in sie, um sie mit erbarmungsloser Absicht für sich zu beanspruchen. Er würde alles nehmen und sie würde es bereitwillig geben.

Noch immer war sein Mund auf ihr und keuchend hauchte er ihr seinen Atem ein. Ihre schlüpfrigen Körper schlugen zusammen, als sie sich bewegten. Sie grub die Fersen in sein Fleisch und er stöhnte, ehe er ihre Unterlippe mit seinen Zähnen zu fassen bekam.

Er küsste sie vom Kiefer bis zum Ohr und wisperte. »Komm noch einmal. Bitte.«

Sie war bereits auf dem Weg dahin und ihr Körper erklomm abermals die Anhöhe, von der sie sich in einen glückseligen Abgrund fallen lassen würde. Seine Hüften schlugen gegen ihre, als er wieder an Tempo zulegte. Wieder und wieder drang er in sie, bis sie sich ein zweites Mal gehenließ. Sie schrie auf, als er noch zwei weitere Male in sie stieß. Dann zog er sich mit einem qualvollen Stöhnen aus ihr zurück.

Ada drehte sich mit ihm und ihre Hand tastete nach seinem Schaft, den sie streichelte, während er sich erlöste. Er ließ sich auf den Rücken fallen, als er fertig war, und sie kuschelte sich an ihn.

»Das hast du schon einmal getan.« Noch immer atmete er schnell und sie konnte nicht sagen, ob ihn das beunruhigte.

»Das habe ich dir gesagt.«

»Ich meinte den letzten Teil. Nachdem ich dich verlassen

hatte und du … mir geholfen hast.«

»Ähm, ja. Ich hatte einen Liebhaber und wir machten es so.« Bis sie nachlässig geworden waren. »Beunruhigt dich das?« Sie hielt die Luft an, als sie auf seine Antwort wartete.

Er drehte sie zu ihr und zog sie an sich. »Überhaupt nicht. Du bist absolut wundervoll, so wie du bist. War das der Mann, der dir das Herz gebrochen hat?«

Ada wusste nun, wie es war, sich auf der anderen Seite zudringlicher Neugier zu befinden. »Ja, aber es war nicht sein Fehler.« Nicht ganz, jedenfalls.

»Ich würde ihn verprügeln, wenn ich könnte.« Er schaute sie eindringlich an und sie wusste, dass er meinte, was er sagte. »Hast du gemeint, was du über später gesagt hast?«

»Dass wir dann langsamer vorgehen könnten?« Dankbar, dass er sie nicht weiter über ihre Vergangenheit ausfragte, küsste sie ihn und dann verharrte sie mit den Lippen auf seinen. »Ja.«

Er strich das Haar aus ihrem Gesicht zurück und küsste sie innig, wobei er sie mit dem Rücken auf die Matratze presste. Als er endlich den Kopf hob, war sie außer Atem.

Ada liebkoste seine Wange und streichelte mit dem Daumen über seine Narbe. »Ich bin froh, dass du gekommen bist, um mich zu sehen. Ich bedaure meine Worte von gestern.«

»Das war wahrscheinlich zum Besten oder du hättest deine Arbeit nicht fertigbekommen. Jetzt bist du unbelastet.«

Sie verengte die Augen auf spielerische Weise. »Ich kann mich für die restliche Nacht auf dich konzentrieren.«

»Du solltest auch schlafen.«

Sie zog seinen Kopf wieder zu sich heran und murmelte: »Wir können schlafen, wenn wir tot sind.«

Unter keinen Umständen würde sie auch nur einen Augenblick ihrer letzten gemeinsamen Nacht verschwenden.

da war gerade erst einen halben Tag fort, und es war, als wäre überhaupt kein Licht mehr. Obwohl sie oft in aller Stille nebenan bei der Arbeit gesessen hatte, wirkte das Haus wie ausgestorben. Das gefiel ihm nicht, was überhaupt keinen Sinn ergab. So war es vor ihrem unerwünschten Besuch gewesen und er hatte die Stille genossen. Er hatte es gehasst, dass sie nach Stonehill gekommen war.

Bis er das nicht mehr tat.

Stirnrunzelnd blickte er auf seinen Schreibtisch und den ordentlichen Stapel Hauptbücher, den sie darauf gelegt hatte. Er hatte sich an ihre Energie und Beharrlichkeit gewöhnt – an genau die Dinge, die er anfangs so ärgerlich gefunden hatte. Jetzt war er verärgert, dass sie gegangen war. Offensichtlich war er nie zufrieden.

Ausgenommen gestern Abend, als er sehr zufrieden gewesen war. Oder befriedigt, jedenfalls.

Er hatte nie erwartet, dass sie ihn in ihr Bett einladen würde. Er hatte geplant, Auf Wiedersehen zu sagen und ihr zu versichern, eines Tages auf einen Besuch von ihr zu hoffen. Stattdessen hatten sie die Nacht damit zugebracht, ihre Körper zu erforschen, bis er sich vor dem Morgengrauen wieder in sein Zimmer gestohlen hatte. Dann hatte er wie ein Toter geschlafen und ihre Abreise gänzlich verpasst.

Wahrscheinlich hielt sie ihn nun für ein Ungeheuer. War er das nicht? Sie mochte ihn veranlasst haben, sich irgendwie verändert zu haben, aber er war noch immer das gleiche Monster, als das er aus Spanien heimgekehrt war.

Mrs. Bundle stieß seine Tür auf, die nur angelehnt war. »Mrs. Tallent ist hier. Wollt Ihr sie hier oder woanders empfangen?«

Er hatte vollkommen vergessen, dass er sich heute mit seiner neuen Verwalterin treffen sollte. Ada hatte ihm dazu eine Notiz auf dem Schreibtisch hinterlassen, die er vorhin gefunden hatte. »Hier ist es gut.«

»Ihr klingt verärgert«, meinte Mrs. Bundle und verengte die Augen dabei. »Verscheucht Mrs. Tallent nicht.«

Er warf seiner Haushälterin einen finsteren Blick zu. »Piesacken Sie mich nicht.«

»Und ich hatte gehofft, Eure sanftere Natur würde Bestand haben«, murmelte sie im Hinausgehen.

Max setzte sich gerader hinter seinem Schreibtisch auf. Was um alles in der Welt sollte er mit dieser Frau besprechen?

Einige Augenblicke später trat Mrs. Tallent ein. Sie hatte ihren Hut abgelegt, sodass er ihr dunkles Haar, das zu einer ordentlichen Hochsteckfrisur frisiert war, sehen konnte. Mit ihren grünen Augen blickte sie ihn abschätzig an, während sie die Hände vor sich verschlungen hielt. Mrs. Tallent wirkte nervös.

»Guten Tag, Mylord.«

»Nehmen Sie bitte Platz.«

Sie ließ sich auf einem Stuhl in der Nähe seines Schreibtischs nieder – es war der Kleine, auf dem Ada bei den wenigen Gelegenheiten gesessen hatte, an denen sie in sein Arbeitszimmer gekommen war.

Sie beide schauten einander erwartungsvoll an und Max fragte sich, ob sie wusste, worüber sie sprechen sollten. »Dies sind die Hauptbücher, die Miss Treadway geordnet und auf den neuesten Stand gebracht hat.« Er zeigte auf den Stapel auf der Ecke seines Schreibtischs.

Mrs. Tallent setzte sich auf ihrem Stuhl vor. »Ausgezeichnet. Soll ich sie einfach an mich nehmen?«

»Das nehme ich an.«

Wieder breitete sich Stille zwischen ihnen aus und dieses Mal war sie diejenige, die sie brach. »Muss ich einen Pächter für meinen Hof finden?«

»Ist das nicht genau die Aufgabe eines Verwalters?«

»Das nehme ich an.«

Er legte die Hände auf seinem Schreibtisch zusammen. »Vielleicht sollten Sie den Verwalter von Sir George aufsuchen und ihn um Rat bitten.« Sir George war Max´ nördlicher Nachbar.

Sie schürzte die Lippen. »Das werde ich tun. Und was ist mit der Wohnsituation meiner Familie?«

»Was ist damit?« Hatte sie ihn um dieses Treffen gebeten, um ihn mit Fragen zu bombardieren, auf die er keine Antwort wusste?

»Wie ich verstanden habe, siedeln meine Kinder und ich in das Haus des Verwalters um, sobald sich ein neuer Pächter für meinen Hof gefunden hat.«

»Oh, ja natürlich.«

»Darf ich es anschauen?«, fragte sie freundlich. »Ich würde mir gern ein Bild über seinen Zustand machen und ob es möbliert ist.«

»Sprechen Sie mit Mrs. Bundle darüber.« Er war nicht sicher, ob Mrs. Bundle ihr helfen konnte, aber in Abwesenheit eines Stewards und eines Butlers war sie die höchstrangige Angestellte seines Personals, also schien es am wahrscheinlichsten, dass sie helfen könnte.

»Es scheint, als hätte ich Euch gestört, Mylord«, meinte sie angespannt und erhob sich. »Ich dachte, Ihr wolltet Euch heute mit mir treffen.«

»Nein, ich hatte Sie nicht gebeten, sich mit mir zu treffen. Miss Treadway hat eine Nachricht hinterlassen.« Es war eine enttäuschend kurze unpersönliche Notiz, in der sie ihm mitteilte, dass er heute Nachmittag ein Treffen mit seiner neuen Verwalterin hätte.

»Ich verstehe. Sie hat mir ebenfalls eine Nachricht geschickt. Es scheint, als hätte sie vergessen, uns mitzuteilen, warum wir uns treffen sollten.«

»Sie hätte bleiben sollen, um uns mit diesem Übergang zu helfen«, meinte er finster, und er war wütend, dass sie gegangen war und ihn mit etwas zurückgelassen hatte, das ihm jetzt wie ein Durcheinander vorkam. Wie er das vorher nicht erkannt hatte, war ihm ein Rätsel.

»Ich werde rasch lernen, Mylord«, versprach Mrs. Tallent voller Zuversicht. Max brummte nur zur Antwort. »Wünscht Ihr, regelmäßig von mir informiert zu werden?«

»Das sollten Sie vermutlich.« Max wusste noch soviel aus seiner Jugendzeit, dass sein Vater sich mindestens einmal in der Woche mit seinem Verwalter getroffen hatte, wenn nicht öfter. Tatsächlich war der Verwalter oft beim Dinner anwesend gewesen. Er versuchte sich vorzustellen, mit Mrs. Tallent und vielleicht ihren Kindern zu dinieren und verwarf diesen Einfall sofort.

»Seid Ihr vollkommen sicher, dass dieses Arrangement akzeptabel sein wird?«, fragte sie.

Nein. »Es wird schon werden. Sie brauchen Zeit zum Lernen und sich anzupassen. Ich werde mich in Geduld üben.«

»Wie großzügig von Ihnen.« Sie sah ihn mit einem, wie

ihm schien, aufgesetzten Lächeln an. »Ihr braucht ebenfalls Zeit zum Lernen und um sich zu akklimatisieren. Ich werde ebenfalls Geduld haben. Ich werde Sir Georges Anwesen besuchen und für einen neuen Pächter sorgen. In der Zwischenzeit werde ich mich mit diesen Büchern vertraut machen.« Sie nahm den Stapel und ging hinaus, ehe er noch ein Wort sagen konnte.

Oder ihr zu helfen. Er hätte diese verdammten Bücher tragen sollen. Er hätte auch freundlicher sein können. Zumindest war er nicht vollkommen rüde gewesen, wie vor Adas Besuch.

Einen Augenblick später kam Mrs. Bundle in das Arbeitszimmer. »Was habt Ihr getan?«, verlangte sie zu erfahren.

»Nichts.«

Die Haushälterin stemmte die Hände in die Hüften. »Mrs. Tallent meinte, sie hoffte, dass dieses Arrangement funktionieren würde, doch sie schien oder klang nicht sehr optimistisch. Ich werde noch einmal fragen, was Ihr getan habt?«

»Ich habe *gar nichts* getan. Ada – Miss Treadway – hat dieses Treffen offensichtlich angesetzt und keinen von uns beiden informiert, was wir besprechen sollen. Wenn Sie Ihre Verärgerung auf jemanden richten wollen, dann sollte das Miss Treadway sein.«

Mrs. Bundle entspannte sich sichtlich und ließ die Hände sinken. »Ich verstehe. Ihr seid wütend auf Miss Treadway und habt zugelassen, dass Mrs. Tallent die volle Wucht Eurer Stimmung zu spüren bekam. Schämt Euch, Mylord. Und ich dachte, Ihr hättet so gute Fortschritte gemacht.«

Heute wollte er sich nicht von seiner Haushälterin rügen lassen. Er war in einer zu miserablen Stimmung. »Ihre Beschimpfungen sorgen dafür, dass ich *keine* Fortschritte mache. Mrs. Tallent wird es schon schaffen. Sie müssen ihr mit dem Haus des Verwalters helfen. Geben Sie ihr den Schlüssel.«

»Das habe ich gerade getan und gleich morgen früh werde ich es selbst in Augenschein nehmen. Es wird noch einige Zeit bis zu ihrem Umzug dauern, nehme ich an.«

»Danke.« Max rieb sich mit der Hand über die Stirn.

Mrs. Bundle zauderte. »Seid Ihr wütend, weil Miss Treadway abgereist ist? Ich kann verstehen, wenn dem so ist.«

Max antwortete nichts. Wenn er seine Emotionen zugegeben hätte, müsste er sich mit ihnen auseinandersetzen. Nicht wahr?

»Es ist beinahe das Ende der Londoner Saison, nicht wahr?«, fragte Mrs. Bundle. »Vielleicht solltet Ihr Euch dorthin begeben. Seit Eurem letzten Besuch liegt schon einige Zeit zurück.« Sie schlüpfte aus dem Arbeitszimmer, nachdem sie diese Idee in seinen Kopf gepflanzt hatte.

Normalerweise fand er die Einmischungen seiner Haushälterin ärgerlich, doch in diesem Fall hasste er ihre Idee nicht. Es war nicht die Frage, ob er nach London gehen sollte, sondern der Grund, warum er das tun sollte – um Ada zu folgen.

Was er absolut nicht tun sollte. Was sollte er machen, wenn er sie gefunden hätte?

Er hatte keine Ahnung.

Ada zu folgen, erschien ihm allerdings für eine Reise nach London ein relativ schwacher Grund. Er hatte keine Unterkunft dort und wenn bekannt würde, dass er in der Stadt war, würde er in Westminster erwartet. Außerdem würden die Leute an ihn herantreten und ihm für seine militärischen Leistungen danken. Er zuckte zusammen.

Ihm ging auf, dass es einen weiteren Grund gab, warum er nach London fahren sollte. Seine Halbschwester. Er sollte Prudence nicht nur ihre Mitgift geben, sondern sie zumindest kennenlernen. Wie Ada betont hatte, war er nicht wirklich allein. Wenn Prudence außerdem eine enge Freundin von Ada war, bestand die Wahrscheinlichkeit, dass Max sie interessant fand.

Na schön. Er würde nach London reisen. Aber er würde sich nicht verpflichten, es zu genießen.

~

*A*da hatte kaum ihre Reisetasche in ihrem Schlafzimmer im zweiten Stock abgestellt, als es an die Tür ihrer Privatwohnung im zweiten Stock auf der Damen-Seite des Phönix Clubs klopfte. Sie lief in den Hauptraum und hastete eilig zur Tür, denn sie war sich sicher, wer der Besucher sein würde.

»Evie«, rief sie freudig aus.

Evangeline Renshaw war eine der attraktivsten Menschen, die Ada je kennengelernt hatte. Sie war eine klassische Schönheit mit vollendeten Wangenknochen, einem bezaubernden Lächeln – wenn sie sich entschied es zu verschenken – und den bemerkenswertesten blauen Augen, die sich an den Augenwinkeln aufwärts bogen. Sie war auch mit einer atemberaubenden kastanienroten Haarpracht gesegnet, die sie immer aussehen ließ, als würde sie im Sonnenlicht oder unter einem glitzernden Kronleuchter stehen. Evie ... strahlte schlichtweg.

Sie war auch ungemein klug mit einem kühlen Kopf für Geschäftliches, was Ada in allem inspirierte, was sie tat. Als sie Evie, die etwas älter als Ada war, vor zwei Jahren in Cornwall kennengelernt hatte, war Ada verzaubert gewesen. Sie hatte nichts mehr gewollt, als wie sie zu sein. Bis sie erkannt hatte, dass dies albern war, und lernen musste, Ada zu sein. Sie hoffte, das zu tun.

Sie umarmten sich und als Evie zurücktrat, meinte sie:

»Du siehst aus, als ob du noch im Ganzen zurückgekehrt wärst. War Warfield so furchtbar wie erwartet?«

»Noch schlimmer, würde ich sagen.« Ada erinnerte sich an die ersten paar Tage und an seine Bemühungen, sie wieder loszuwerden. »Aber ich habe es geschafft ihn zu bezwingen. Noch vor meiner Abreise hat er eine Verwalterin eingestellt.«

Evie schaute sie staunend an. »Verblüffend. Ich hätte allerdings keinen Zweifel daran haben sollen. Du bist bemerkenswert begabt darin, das Beste in den Menschen hervorzubringen.«

War dem so? Ada war nicht sicher, ob sie Max von seiner besten Seite gesehen hatte. Ganz bestimmt aber hatte sie seine bessere gesehen. Sie hoffte nur, dass er sich weiterhin verbesserte. Sie glaubte fest, dass er von dem, was immer in Spanien passiert war, in gewisser Weise krank geworden war und er sich nun endlich auf dem Weg der Besserung befand. »Er hat eine schwierige Zeit durchgemacht.« Sie konnte nicht leugnen, dass sie ihn verteidigen und beschützen wollte.

»Dann bist du gut mit ihm ausgekommen?«, fragte Evie.

»Am Ende.« Während ihrer Rückfahrt nach London hatte Ada überlegt, ob sie Evie oder Prudence erzählen sollte, was sich zugetragen hatte. Sie fürchtete, sich einen Vorwurf einzuhandeln, wenn sie es Evie erzählte. Evie hatte Ada gerettet, als sie an ihrem Tiefpunkt angelangt war, nachdem sie ihre Anstellung als Gouvernante aufgegeben hatte und von Angst gequält wurde, dass ihr Leben als respektable Frau vorüber war.

Da letztendlich keine Chance bestand, dass Ada und Max ihre leidenschaftliche Nacht wiederholen würden, hatte Ada beschlossen, so zu tun, als sei sie ein schöner Traum gewesen. Genauso würde sie sie in lieber Erinnerung behalten.

»Ich weiß, dass Lucien darauf brennt, mit dir zu sprechen, wenn du nicht zu müde bist«, meinte Evie.

»Überhaupt nicht. Ist er in seinem Büro?«

Evie schmunzelte. »Ich habe ihm gesagt, dass du selbst nach einer langen Reise in der Kutsche energiegeladen wärst. Er sollte dich inzwischen wirklich besser kennen, aber Männer werden uns immer herabwürdigen, selbst diejenigen, die uns am besten kennen sollten.«

Ada war nicht sicher, ob sie dem zustimmte, aber das sagte sie nicht. Evie war die Frau mit der unabhängigsten Einstellung, die Ada je gekannt hatte. Oft empfand sie Männer und insbesondere ihre Ansichten und Einmischung als Ärgernis. Wenn es je eine Frau gäbe, die nie heiraten würde, dann war das Evie. Ihre Identität als Witwe war eine reine Erfindung und ein Geheimnis, das nur Ada, Lucien und vielleicht einige wenige andere kannten.

»Willst du ein Stück mit mir gehen?«, fragte Ada.

»Ich hatte vor, hinüberzugehen, weil Dienstag ist.« Auf der Seite der Gentlemen würde reger Betrieb herrschen, da die Ladys sich an diesem einen Abend der Woche zu ihnen gesellen durften.

Sie gingen in den ersten Stock hinunter und nahmen die Abkürzung durch die Galerie, die auf den Ballsaal hinausging. Luciens Büro lag im hinteren Bereich des ersten Stockwerks. Seine Tür war offen und Ada trat ein.

Evie folgte ihr. »Ada ist zurück«, meinte sie wahrscheinlich unnötigerweise.

Lucien sprang hinter seinem Schreibtisch auf und seine Züge waren erwartungsvoll. »Willkommen daheim, Ada. Ich kann kaum erwarten, alles über Ihr Abenteuer zu hören.«

»Ich werde euch allein lassen.« Evie schloss die Tür hinter sich, als sie ging.

Großgewachsen, mit dunklen Augen und noch dunklerem Haar, war Lucien fast so attraktiv wie Evie und genauso ehrgeizig. Sie waren einmal ein Liebespaar gewesen, hatte Evie Ada gestanden, aber jetzt waren sie nur noch die besten Freunde.

»Ihre Briefe waren nicht annähernd anschaulich genug.« Lucien zeigte auf ein Paar Sessel neben dem Feuer. Er wartete auf Ada, dass sie sich setzte, ehe er den anderen Sessel in Anspruch nahm und sich in seinem Enthusiasmus weit vorlehnte. »Erzählen Sie mir alles.«

Das würde sie nicht einmal annähernd tun, aber das musste er nicht erfahren. »Ich glaube, ich habe die wichtigen Teile in meinen Briefen behandelt – dass er uneinsichtig war und ich Fortschritte machte.«

Mit der flachen Hand schlug er auf die Armlehne. »Ich kann nicht glauben, dass Sie ihn dazu gebracht haben, zuzustimmen einen Verwalter einzustellen.«

»Er hat sie tatsächlich schon eingestellt, ehe ich abgereist bin.« Beinahe hätte sie gelacht, als Lucien sie in ungläubigem Schock anstarrte. »Ich habe Mrs. Tallent, eine Bäuerin auf dem Anwesen, empfohlen und er hat eingewilligt.«

Luciens Ausdruck wurde nüchterner. »Ist Mrs. Tallent qualifiziert?«

Evies Worte kamen Ada wieder in den Sinn und sie widerstand dem Drang, die Augen zu verdrehen. »*Ich* glaube das, ja. Sie ist eine ausgezeichnete Buchhalterin – die beste auf dem Anwesen – und sie hat den Hof seit dem Tod ihres Mannes im vergangenen Jahr nicht nur allein bewirtschaftet, sondern auch seinen Profit und die Produktivität erhöht.« Frauen konnten und sollten wahrscheinlich die Welt regieren, dachte Ada.

»Es klingt ganz bestimmt so, als sei sie eine gute Bäuerin«, meinte er gleichmütig. »Max weiß allerdings nicht das Geringste über die Führung des Anwesens. Er braucht jemanden mit Erfahrung. Ich habe eine Liste mit Kandidaten zusammengetragen.« Er stand auf und ging zu seinem Schreibtisch.

Ada verschränkte die Hände im Schoß und versteifte das Rückgrat. »Es ist zu spät. Mrs. Tallent hat ihre Arbeit bereits aufgenommen.« Das hoffte Ada zumindest, da Max und sie sich heute Nachmittag hatten treffen sollen. Sie fragte sich, wie das wohl ausgegangen war, und wünschte, sie hätte mehr Zeit gehabt, um den beiden zu helfen. Vielleicht hätte sie noch eine Woche bleiben sollen.

Um mehr Zeit in seinen Armen zu verbringen?

Sie schenkte dem übereifrigen Teil ihres Verstandes keine Aufmerksamkeit.

»Könnten wir zumindest jemanden hinschicken, um sie anzuleiten?«, fragte Lucien, dessen Brauen sich gefurcht und dessen Kiefer sich angespannt hatte.

»Sie haben mir diese Mission anvertraut. Ich weiß nicht, ob seine Lordschaft eine weitere Person dulden würde, die sich einmischt. Es hat mich einige Zeit gekostet, ihn für mich zu gewinnen.« Und noch immer würde sie den Krieg nicht als gewonnen betrachten, sondern nur die Schlacht, die zu schlagen sie ausgesandt worden war. Ob Max auf dem Weg weitermachen würde und zugänglicher wäre, stand in den Sternen. Er musste sich durch so viele Dinge arbeiten – das Einschlafen und die Albträume, das Essen, und dann ritt er nicht. Ada fühlte sich schlagartig schuldig, weil sie ihn insbesondere in Hinsicht auf das Schlafen im Stich gelassen hatte.

»Sie haben ihn wirklich für sich gewonnen?«, fragte Lucien.

»Das denke ich.« Sie war nicht bereit, mehr zu sagen. »Ich werde ihm schreiben und ihn fragen, wie die Dinge mit Mrs. Tallent, der neuen Verwalterin, vorankommen. Wenn er durchblicken lässt, dass er Hilfe braucht, können wir jemanden schicken, der ihm hilft.« Oder Ada könnte herausfinden, was getan werden musste, und selbst zurückkehren … zeitweise, selbstverständlich.

Lucien kam zu seinem Sessel zurück und sein Ausdruck

war noch immer von seinem Unglauben gezeichnet. »Ich kann mir kaum vorstellen, dass er Ihnen antwortet, geschweige denn darauf hinweist, dass er Hilfe benötigt. Was haben Sie während Ihres Aufenthalts mit ihm gemacht?«

»Ich war bloß genauso heiter wie immer. Ich denke, ich habe ihn bezwungen. Aber glauben Sie nicht, dass es leicht war, denn das war es nicht. Er war überaus widerspenstig.«

»Das ist der Max – ähm Warfield –, den ich kenne.« Lucien schüttelte den Kopf. »Manchmal vergesse ich, dass er Viscount ist. Ich habe ihn immer als Max gekannt und wir hatten nie erwartet, dass er einmal erben würde. Sein Bruder war sehr rüstig.«

»Sie haben nicht gesagt, wie er gestorben ist. Ich weiß, dass sein Vater krank war.«

»Es war eine schreckliche Tragödie. Alec stürzte vom Pferd. Er hat sich den Kopf angestoßen und ist offenbar sofort gestorben, was vermutlich ein Trost ist.«

Ada dachte an Max' Weigerung, zu reiten. Hatte er darum fast alle Pferde von Stonehill verkauft? Oder waren die Geschehnisse in Spanien der Grund dafür? Wahrscheinlich war es beides. Ihr zerriss es das Herz, und zwar insbesondere deshalb, weil ihm das Reiten in seiner Jugend Freude gemacht hatte.

Da sie Lucien wegen Max' Pferd geschrieben hatte, entschied sie, dass es sich lohnte, darüber zu sprechen. Sie beide sorgten sich um ihn. »Ich frage mich, ob das der Grund ist, warum er nicht mehr reitet.«

»Das hatte ich noch nicht überlegt.« Lucien blickte zur Seite und runzelte die Stirn. »Ich habe versucht, ein guter Freund zu sein, aber leider habe ich eine miserable Leistung zustande gebracht.« Wieder trafen sich ihre Blicke. »Ich habe sein Pferd gefunden. Ich kenne den Gentleman, der es gekauft hat und ich glaube, er wird es an mich verkaufen. Glauben Sie, Max will es zurück haben?«

»Ich habe keine Ahnung. Aber ich glaube, er sollte wieder reiten.« So wie sie wieder in ein Boot steigen sollte. Nur der Gedanke daran, ließ sie vor Angst und Unbehagen zusammenfahren.

»Ich kann immer noch kaum glauben, dass er überhaupt nicht reitet. Er ist einer der besten Reiter, die ich je gekannt habe. Ich denke, ich werde ihn in einigen Wochen besuchen. Vielleicht werde ich Arrow dann als Friedensangebot mitbringen.«

»Muss Frieden geschlossen werden?«

Lucien lehnte sich in seinem Sessel zurück und sackte ein bisschen zusammen. »Ich bin nicht sicher, aber ich glaube nicht, dass Max meine Einmischung gefallen hat. Er war über Ihren Besuch auf Stonehill ganz bestimmt nicht begeistert.«

»Und trotzdem haben Sie mich geschickt?«, fragte Ada trocken.

»Ich wusste, dass es ihm guttun würde. Oder es wäre ein kolossaler Fehlschlag gewesen. Sie waren meine letzte Hoffnung.« Er lächelte und Erleichterung spiegelte sich in seinen Zügen. »Ich bin so froh, dass Sie erfolgreich waren. Ich hoffe, er weiß das zu würdigen. Und Sie.«

»Ich denke, er war auf dem besten Wege dahin.«

Lucien stand auf. »Ich werde das Pferd kaufen.«

»Ich hoffe, er nimmt das Geschenk an.« So sehr Ada auch gedacht hatte, sie hätte Max kennengelernt, musste sie eingestehen, dass noch weit mehr von ihm ein Geheimnis für sie war. Sie hatte wirklich keine Ahnung, wie er beim Empfang seines Pferdes reagieren würde. Sie erhob sich.

»Kommen Sie für eine Weile in den Club oder sind Sie müde von Ihrer Reise?«

»Ich denke, ich muss zumindest kurz im Mitgliederrefugium vorbeischauen und dann in die Bibliothek«, meinte sie und legte die Hand auf seinen Arm, den er ihr darbot.

Sie verließen sein Arbeitszimmer und machten sich auf den Weg zur Vorderseite. »Zuerst ein Getränk und Sie wissen, dass es die besten in der Bibliothek gibt.«

»Natürlich tue ich das.« Sie warf ihm einen amüsierten Blick zu. »Wer sorgt denn dafür, dass wir diese Getränke haben?«

Lucien lachte herzlich. »Ohne Sie würde dieser Club in die Binsen gehen. Obwohl ich froh bin, dass Sie sich zu dieser Mission bereit erklärt haben, sind Sie schmerzlich vermisst worden.«

Im Nu fühlte sie sich alarmiert. »Ich habe hart gearbeitet, um sicherzustellen, das für alles gesorgt war. Sind die Dinge reibungslos abgelaufen?«

Er legte seine Hand auf ihre. »Die Dinge waren völlig in Ordnung. Ich hatte nur zum Ausdruck bringen wollen, dass Sie hier hochgeschätzt werden.«

»Danke. Das zu hören weiß ich sehr zu schätzen.«

In dem Moment, in dem sie die Bibliothek betraten, kam eine blonde Gestalt auf sie zu gerauscht. »Du bist zurück.«

Prudence St. James, die Viscountess Glastonbury, lächelte breit und hielt sich gerade noch zurück, ehe sie Ada umarmt hätte.

Ada schlang die Arme um ihre Freundin. Sie war weit weniger gehemmt, ihre Gefühle zu zeigen, als Prudence. »Ich bin so froh, dich zu sehen.«

Sie trennten sich und Prudence legte den Kopf schief. »Ich war nicht sicher, ob du heute Abend hier sein würdest, aber ich bin so froh, dich zu sehen.« Sie hakte sich bei Ada unter.

Lucien winkte ab. »Gehen Sie nur. Ich werde Ihnen ein Glas Port bringen, Ada. Es sei denn, Sie bevorzugen etwas anderes?«

Ada dachte an den Whisky, den sie mit Max getrunken hatte, und ihren Versuch, ihn zu einem Beitritt zum Phönix

Club zu überreden, um seine Gaumenfreuden zu erweitern. »Irischer Whiskey, wenn es Ihnen nichts ausmacht.«

»Tatsächlich?« Lucien sah Prudence an: »Irgendetwas für dich?«

»Nicht im Augenblick, danke.« Prudence schaute Ada erwartungsvoll an. »Erzähl mir alles und fang damit an, wie schrecklich Warfield gewesen ist.«

»Er war exakt so unleidlich, wie du ihn beschrieben hast. Allerdings, und ich hoffe, du wirst es nicht hassen, das zu hören, ist er im Laufe von zwei Wochen weniger … schrecklich geworden. Ich war mit meiner Heiterkeit und meinem Charme vergleichsweise hartnäckig.«

Prudence lachte. »Wie gern ich das gesehen hätte. Ich bin so froh, dass du ihn bezwungen hast. Ist es so gewesen?«

»Gewissermaßen. Es gefiel ihm, mir so oft er nur konnte, zu versichern, wie sehr ich ihm auf die Nerven ginge. Er war generell nicht hilfsbereit. Doch dann erkannte er, dass ich tun würde, wozu ich gekommen war, ganz gleich, ob er mir dabei seine Hilfe anbot oder nicht.« Ada ernüchterte. »Am Ende hat er eingesehen, dass er sich für diejenigen, die ihn umgaben, nicht gerade ins Zeug legte, und ich habe ihn überzeugt, einige Veränderungen vorzunehmen.«

Prudence´ Ausdruck war der Gleiche wie Luciens – vollkommener Unglauben. »Wie was zum Beispiel?«

»Er hat einen Verwalter und weitere Dienstboten eingestellt. Jetzt hat seine arme Haushälterin Hilfe.«

»Ich bin erstaunt, dass er sich dazu bereit erklärt hat, aber ich freue mich für Mrs. Bundle. Ich mochte sie. Sie hatte sich ausgiebig für Warfields Benehmen entschuldigt.« Prudence wandte den Blick ab und schürzte die Lippen. »Hast du, ähm, mit ihm über mich gesprochen?«

»Ja. Ich habe ihn für sein Benehmen dir gegenüber zur Rede gestellt. Er denkt, er ist allein in dieser Welt, aber ich habe ihn daran erinnert, dass er das nicht ist.«

»Hat das irgendeinen Unterschied gemacht?« Prudence klang, als hätte sie das gehofft.

»Pru, hoffst du, eine geschwisterliche Beziehung mit ihm aufzubauen?« Ada würde tun, was in ihrer Macht stand, um dies möglich zu machen, wenn Prudence es wollte.

»Ich bezweifle, dass das möglich ist. Sein Widerwillen gegen mich war sehr stark.«

»Ich denke, das war größtenteils nur Gepolter«, meinte Ada leise und dachte dabei an die Verletzlichkeit, die er ihr gegenüber preisgegeben hatte. »Es ist meine sehnlichste Hoffnung, dass er sich ändert und die Wunden, die er im Krieg erlitten hat, endlich zu heilen anfangen. Dann ist alles möglich.«

Prudence lachte trocken. »Du bist der optimistischste Mensch, der mir bekannt ist.«

Lucien kehrte mit Adas Whiskey zurück. »Habe ich dich Adas unerschütterlichen Optimismus loben hören?«

»Loben ist vielleicht nicht das beste Wort. Bewundern ist eine bessere Beschreibung.«

»Es ist ein Wunder, ihn zu erleben«, stimmte Lucien zu. »Daher wusste ich, dass sie die richtige Person für Stonehill ist. Hat sie dir erzählt, dass er einen Verwalter angestellt hat und dass es sich dabei um eine Bäuerin von seinen Ländereien handelt?«

»Wie kam das zustande?«, fragte Prudence.

»Ihr Mann ist letztes Jahr gestorben, und Warfield hatte ihr gestattet, den Hof weiter zu bewirtschaften.« *Weil das für ihn einfacher war als einen Wechsel der Pächter in die Wege zu leiten.* Den letzten Teil ließ sie aus. Wieder fühlte sie, wie sie ihn verteidigte und beschützend vor ihm stand. Sie wünschte, sie alle könnten den Mann sehen, den sie kennengelernt hatte.

»Das Ganze ist mehr als erstaunlich. Ich ziehe den Hut vor Ihnen, Ada.« Lucien stieß mit seinem Glas an das ihre und trank einen Schluck, ehe er die beiden Freundinnen verließ.

»Wo ist dein Mann?«, fragte Ada und sah sich suchend in der Bibliothek um, ehe sie den Viscount Glastonbury in der Ecke stehend im Gespräch mit Dougal MacNair entdeckte.

»Niemals entfernt er sich sehr weit«, murmelte Prudence, und ein Lächeln umspielte ihre Lippen. Ganz offensichtlich war sie verliebt, und Ada hätte sich nicht mehr für sie freuen können. Sie kannte niemanden, der es mehr verdient hätte, glücklich zu sein, als Prudence.

Vielleicht stimmte das nicht mehr ganz. Sie wünschte sich so sehr, dass Max sein Glück fand. Er hatte so viel gelitten.

»Noch immer kann ich nicht glauben, dass du diejenige bist, die glücklich verheiratet ist«, meinte Ada mit einem leichten Lachen.

»Ich auch nicht. Du wärst viel eher imstande, dich zu verlieben.«

»Wie du weißt, habe ich das schon einmal getan.«

»Genauso wie ich weiß, dass es nicht geklappt hat«, sagte Prudence. »Ich hoffe für dich, dass es noch einmal passiert, aber dann für immer.«

Ada konnte nicht sagen, ob das wirklich ihr Wunsch war. Sie hatte Jonathan sehr geliebt. Ihn zu verlassen war ihr ungemein schwergefallen, doch sie hatte keine Wahl gehabt. Sie war Urheberin ihrer eigenen miserablen und schrecklichen Situation gewesen, weil sie töricht und viel zu romantisch war. Um ehrlich zu sein, sollte sie der Romantik und vielleicht sogar dem Optimismus gänzlich den Rücken kehren. Doch das lag nicht in ihrer Natur. Also würde sie weiterhin romantisch veranlagt sein - für andere.

Und doch konnte sie nicht leugnen, dass sie ... *etwas* für Max empfand. Sie empfand tiefe Gefühle für ihn, aber das bedeutete nicht, dass es Liebe war. Ehrlich gesagt, wollte sie nicht darüber nachdenken, was sie fühlte.

»Wie es aussieht, bin ich im Moment zu beschäftigt, um darüber nachzudenken«, meinte Ada leichthin und war froh über ihren Entschluss, niemandem zu erzählen, was zwischen ihr und Max vorgefallen war. Welchen Zweck hätte es, wenn es sich um ein einmaliges Ereignis handelte?

Lucien war gegangen, um mit MacNair und Glastonbury zu sprechen. Ada erinnerte sich, wie Max ihr von seinen Eskapaden mit Lucien und MacNair erzählt hatte. Sie wünschte sich, dass Max nach London kommen und seine Freunde besuchen würde. Das würde seinen Heilungsprozess nur fördern.

Vielleicht sollte sie ihm diesbezüglich schreiben. Sie könnte sich nach seinem früheren Pferd und Mrs. Tallent erkundigen und ihm vorschlagen, in die Stadt zu kommen. Würde er ihr antworten? Es tat ihr leid, ihn an dem Morgen ihrer Abreise nicht mehr gesehen zu haben. Doch was hätte sie tun sollen? Mrs. Bundle bitten, ihn zu wecken?

Nein, es war besser gewesen, sich auf diese Weise zu trennen. Ihre letzten Erinnerungen an ihn waren ihre ineinander verschlungenen Körper, ihre Lippen, die sich berührten, und ihre geteilte Freude.

»Warum lächelst du so?«, fragte Prudence. »Ich kann sehen, dass du über etwas nachdenkst, wie du es so oft tust.«

»An das Spinnen von Gedanken, meinst du. Mir geht nichts Bestimmtes im Kopf herum. Ich bin nur froh, zu Hause zu sein. Und jetzt erzähl mir alles über dein frischgebackenes Eheglück.« Ada begleitete sie zu einem Sofa und vertrieb Max aus ihren Gedanken.

Zumindest für ungefähr eine Stunde.

CHAPTER 12

Auf dem Weg zum Phönix Club rutschte Max unruhig in der Droschke hin und her. Es war Freitag und es würde ein Ball stattfinden, und somit hatte er sich im Hotel umgekleidet. Er fühlte sich angespannt und das war ihm zuwider, doch er war erst kurz zuvor in London angekommen.

Noch immer ärgerte er sich darüber, dass er Stonehill am Vortag nicht hatte verlassen können. Die neuen Pferdeknechte hatten am Morgen ihre Stellung angetreten, und das bedeutete, dass Og ihn nach London fahren konnte. Og war jedoch wegen der neuen Stallburschen ausnehmend unfreundlich gewesen und hatte sich geweigert, ihnen an ihrem ersten Tag die Verantwortung für die Tiere zu überlassen. Max hätte beinahe einen der neuen Burschen angewiesen, ihn an Ogs Stelle zu fahren.

Aber Og hatte darauf bestanden, die Kutsche zu fahren, vorausgesetzt, sie fuhren heute ab. Max hatte eingewilligt, und sei es nur, weil er wusste, wie es sich anfühlte, gegen seinen eigenen Verstand zu kämpfen. Og war in seinen Gewohnheiten und in seiner Unabhängigkeit gefangen, und

Max verlangte zwei Dinge von ihm, die ihm Stress bereiten würden: neues Personal willkommen zu heißen und ihn weiter als bis ins Dorf zu fahren.

Die Droschke hielt vor dem Phönix Club. Max stieg aus und überlegte, ob er umgehend wieder einsteigen sollte. Nur selten ließ er sich in der Öffentlichkeit blicken und hatte dies seit einiger Zeit schon nicht mehr getan. War er bereit für die Blicke und das Gemurmel, das sein Erscheinen hervorrufen würde? Sein vernarbtes Gesicht war schon schlimm genug, doch dann würden die Leute auch noch über ihn und seine auffällige Abwesenheit spekulieren.

Er drehte sich um, doch die Droschke war bereits wieder angefahren. Resigniert stieß Max die Luft aus, wandte sich wieder dem Club zu und stellte fest, dass es zwei Eingänge gab. Denn, wie Ada erklärt hatte, verfügte der Club über zwei Seiten. Welche sollte er benutzen?

Die Seite der Gentlemen, nahm er an. Aber welche war das?

Max zauderte einen Augenblick und hoffte auf eine göttliche Eingebung. Allerdings glaubte er nicht an die Göttlichkeit. Nicht nach allem, was er gesehen und getan hatte.

Finsteren Blickes war er im Begriff auf die Tür rechter Hand des Gebäudes zuzuhalten, als er ein Damen-Trio die wenigen Stufen hinaufgehen sah. Sie wurden rasch eingelassen.

Also nicht diese Tür.

Er steuerte auf die linke zu und ging die Stufen hinauf. Die Tür öffnete sich und ein grün livrierter Diener hielt sie auf, während Max hineinging.

Sofort wurde er von einem weiteren grün livrierten Kollegen empfangen, der allerdings Gold an seinem Kragen trug. Er schien irgendwie wichtig zu sein.

»Guten Abend«, sagte er zu Max und sein ruhiger Tonfall

war von Neugier unterlegt. »Verzeihen Sie mir, aber ich kenne Sie nicht. Sind Sie Mitglied?«

»Nicht offiziell.«

Überraschung und Missbilligung flackerten in den Augen des Mannes auf. »Dann tut es mit leid, aber ich kann Sie nicht einlassen.«

»Ich bin Viscount Warfield.«

»Ach, ja. Allerdings kenne ich diesen Namen nicht von der Mitgliederliste.«

Max unterdrückte seine Verärgerung. »Holen Sie Lord Lucien.«

»Ich fürchte, seine Lordschaft ist überaus beschäftigt. Heute Abend findet ein Ball statt.«

»Ich bin mir dessen bewusst, da ich eigens zu diesem verdammten Ball gekommen bin«, knurrte Max. »Wenn Sie Lord Lucien nicht sofort holen, versichere ich Ihnen, dass er nicht erfreut sein wird.«

Der Mann, der vielleicht ein bisschen jünger als Max mit seinen dreißig Jahren war, erbleichte. Dennoch zauderte er, bis Max wieder knurrte. Max hatte dem Burschen auch seine vernarbte Seite zugedreht und die Zähne gebleckt. Endlich machte der Mann sich auf den Weg.

Gelegentlich hatte es seine Vorteile, ein Monster zu sein.

Während Max wartete, schaute er sich in der großen Eingangshalle um. Über der Treppe hing als Mittelpunkt ein riesiges Gemälde, das eine Orgie zeigte. Je mehr er es studierte, desto besser schien er einige der dargestellten Figuren wiederzuerkennen. Da war Pan und natürlich Dionysius. Aber in der unteren rechten Ecke schien Lucien mit Dougal und zwei weiteren Gentlemen zu lachen. Eine weitere Gestalt, die Max´ Blick auf sich zog – und zwar auf der gleichen Seite des Gemäldes war ein Mann der zu Pferd auf dem Fest ankam. Max erkannte beide, den Reiter und das Pferd – es war er auf Arrow.

Vollkommen unvorbereitet brach die Woge der Emotion über ihn herein.

»Guter Gott, Warfield?« Luciens Stimme durchbrach den Nebel der Verwirrung, der Max umfing.

Blinzelnd drehte Max den Kopf und schaute Lucien an. »Was um alles in der Welt ist das?« Er riss den Kopf zu dem Gemälde herum.

»Ich habe es anfertigen lassen. Ist es nicht wundervoll?«

»Du hast kein Recht, mich auf dem verdammten Gemälde darzustellen. Insbesondere nicht so.« Sich selbst auf Arrow zu sehen … Max konnte immer noch nicht richtig atmen.

»Mir gefällt es«, meinte Lucien kühl. »Es ist eine wundervolle Erinnerung an meinen alten Freund.« Er rückte noch näher und senkte die Stimme. »Lass uns nicht so anfangen. Ich freue mich so sehr, dich zu sehen. Was um alles in der Welt bringt dich dazu, den ganzen Weg nach London und ausgerechnet in meinen Club auf dich zu nehmen?«

Max brummte. Er hätte wirklich gleich wieder in die Droschke steigen sollen. Er war nicht sicher, ob es diesen Ärger wert war, Ada zu sehen oder seine Halbschwester zu treffen.

»Ich bin gekommen, um Prudence ihre Mitgift zu übergeben.«

Lucien schnappte nach Luft. »Komm für einen Augenblick in mein Arbeitszimmer.« Er führte Max die Treppe hinauf. Als sie nach oben gingen, kamen sie an ein paar Gentlemen vorbei. Max kannte keinen von ihnen und als die Männer Max' Gesicht wahrnahmen, wandten sie rasch die Blicke ab.

Auf dem Treppenabsatz drehte Lucien sich nach links und Max folgte ihm. Sobald sie das Arbeitszimmer betreten hatten, schloss Lucien die Tür hinter sich. »Brandy?«

»Ich habe erfahren, dass du irischen Whiskey hast.«

Lucien starrte ihn an. »Du bist voller Überraschungen«, murmelte er. »Ja, aber er ist in der Bibliothek.«

»Führe mich dorthin«, meinte Max, der sich erinnerte, wie Ada gesagt hatte, dass sie ihm am besten gefallen würde.

Mit einem Nicken führte Lucien ihn wieder aus dem Arbeitszimmer und dann an der Treppe vorbei bis zur Vorderseite des Clubs, auf der ein langer rechteckiger Raum zur Ryder Street hinausging. Obwohl der Raum groß war, war er einladend mit dunklen Holzregalen und mehreren Sitzgelegenheiten eingerichtet. Ein Barschrank mit einer Auswahl verschiedener alkoholischer Getränke stand zwischen den Fenstern.

»Wie hast du von dem irischen Whiskey erfahren?«, fragte Lucien, während er hinüberging, um die Getränke einzuschenken. »Er ist hauptsächlich für Wexford und er hortet ihn gern.«

»Miss Treadway hat mir davon erzählt. Sie dachte, er würde mir vielleicht zusagen.« Max nahm das Glas und sog den Duft des Whiskeys ein. Er hatte eine Süße mit einem leicht fruchtigen Vanillearoma. Ehrlich gesagt erinnerte ihn das Aroma auf subtile Weise an Miss Treadway, nicht dass sie nach Whiskey gerochen hätte.

Lucien schenkte sich ein Glas Brandy ein. »Ich bin vollkommen sprachlos über was auch immer sich während Miss Treadways Besuch ereignet hat.«

»Sie hat es dir nicht erzählt?«

»Sollte sie das?«

»Sie hat einen Bericht verfasst, den du bestimmt gelesen hast. Sie redet auch gern.«

»Das ist wahr«, stimmte Lucien schmunzelnd zu. »Ihr geschriebener Report war sehr ausführlich und ich habe jedes Wort gelesen. Wir haben uns auch unterhalten, und sie hat deinen Widerstand, dich zu ändern zur Sprache gebracht, aber auch, dass du am Ende eingelenkt hast. Ich staune immer noch darüber, wie sie das geschafft hat.«

»Können wir vielleicht aufhören, ständig darauf herumzureiten?«, meinte Max kleinlaut. Er erkannte, dass er von der Reise müde und von einer ganzen Anzahl von Dingen verstimmt war, was insbesondere das sündhafte Gemälde betraf. »Ich bin heute Abend in der Hoffnung hergekommen, Prudence zu treffen. Ist sie hier?«

»Das ist sie tatsächlich. Sie ist in Begleitung ihres Ehemannes gekommen. Ich werde dich warnen, dass Glastonbury vielleicht wütend auf dich ist.«

»Das war zu erwarten.«

»Ich bin weiterhin erstaunt, dass du dir deiner Verdrießlichkeit sehr wohl bewusst bist und du dennoch nichts dagegen unternimmst. Außer dass du dies offensichtlich mit Miss Treadway getan hast.««

»Hat sie das gesagt?«

»Nicht ganz, nein. Ich habe nur angenommen, dass du milder geworden bist, weil du eingewilligt hast, einen Verwalter einzustellen. Und darüber hinaus noch eine Frau!«

»Nimm gar nichts an«, entgegnete Max brüsk. Endlich trank er einen tiefen Schluck seines Whiskeys, den er würzig und doch weich fand. Er konnte verstehen, warum er Adas bevorzugte Wahl war.

»Was hat dich veranlasst, Prudence ihre Mitgift auszuzahlen?«, fragte Lucien skeptisch.

»Miss Treadway war eine starke Kämpferin an dieser Front.«

»Also hat sie dich in dieser Frage umgestimmt, während ich gescheitert bin. Erstaunlich.« Lucien schüttelte den Kopf, und während Max erkannte, dass dieser Wandel seines Herzens und seines Verstands in diesen Punkten verblüffend war, schätzte er es dennoch nicht, wie verblüfft sich Lucien weiterhin gab.

Max starrte ihn an. »Du machst immer weiter.«

»Entschuldigung. Ich möchte dich nicht vertreiben. Ich freue mich, dass du, was meine Cousine anbelangt, zur Besinnung gekommen bist. Du wirst sie sehr mögen. Sie ist eine liebenswerte Frau mit viel Verstand und Scharfsinn.«

Max trank zur Antwort noch mehr Whiskey.

Lucien nahm einen raschen Schluck von seinem Brandy. »Deine Mitgliedschaft im Phönix Club ist offiziell. Ich entschuldige mich für den Vorsteher des Personals. Seine Aufgabe ist es, Sorge dafür zu tragen, dass sich Nicht-Mitglieder keinen Zutritt verschaffen und du bist ein unbekanntes Gesicht. Außerdem hast du die Einladung nicht offiziell angenommen, die ich dir vor über einem Jahr geschickt habe.«

»Ich werde weiter ein unbekanntes Gesicht bleiben, da dies wahrscheinlich das erste und einzige Mal ist, dass ich den Club aufsuche. Sei nicht überrascht – und bedränge mich nicht, wenn ich meine Mitgliedschaft schleifen lasse.«

Luciens Miene wurde ein wenig finsterer. »Heißt das, du wirst nicht lange in London sein?«

»Ein paar Tage, vermutlich. Ich sollte einige Zeit mit meiner Halbschwester verbringen.« Es sei denn, er würde sie heute Abend kennenlernen und absolut nervtötend finden. Er überlegte auch, sich mit Lady Peterborough – Prudence‘ Mutter und Geliebte seines Vaters – zu treffen, die auch Luciens Tante war. Max dachte an die seltenen Male zurück, die er sie in seiner Jugend getroffen hatte, ohne je ihre Verbindung zu seiner Familie zu erahnen. Diese Ignoranz fraß an ihm. Er war freundlich zu dieser Frau gewesen, die einer anderen liebenden Frau den Mann auf herzlose Weise gestohlen hatte.

»Ich bin so froh, das zu hören. Wir werden ein Familienessen –«

Max hob die Hand und legte den Kopf mit einer

Grimasse schief. »Wenn es dir nichts ausmacht, wäre es mir lieber, wenn ich an keiner großen Veranstaltung teilnehmen würde. Ich bin sicher, dass wir allein zurechtkommen werden.«

Lucien konnte scheinbar nicht anders, als sich einzumischen. Max konnte erfassen, warum er Ada eingestellt hatte und sie so wertschätzte. Sie hatten eine nervtötende Eigenschaft gemeinsam. Außer dass Max dazu gelangt war, ihre Einmischung zu akzeptieren und sie sogar zu schätzen. Konnte er das Gleiche mit Lucien tun? Vielleicht war es Zeit. Er versuchte nur, ein guter Freund zu sein. Und vielleicht versuchte sein Freund wiedergutzumachen, was er für ihn getan hatte – Max zu retten, als er nicht gerettet werden wollte. Nicht, dass Lucien dies je bereuen würde. Max glaubte, er würde seine Handlungen bis zum letzten Atemzug rechtfertigen, die er in jenem Moment und auch im Nachhinein vollzogen hatte, um sicherzustellen, dass Max als Held angesehen wurde.

»Gewiss. Ich dachte nur, dass es schön wäre, als Familie zusammenzukommen.« Lucien schaute ihm in die Augen. »Wir sind jetzt eine Familie, Max.«

Das war ihm noch gar nicht in den Sinn gekommen und Max wusste nicht, wie er sich darüber fühlte. Er hatte sich an das Alleinsein gewöhnt und es akzeptiert und es vielleicht sogar als Ausrede benutzt, sich von allen fernzuhalten. Was für ein unangenehmer Gedanke.

»Nur weil ich meine Halbschwester treffen möchte, um ihr die Mitgift zu geben, die ihr zusteht, bedeutet das nicht, dass ich mich einer Familie anschließen will.« Er trank noch einen Schluck Whiskey.

Lucien wirkte für einen Augenblick enttäuscht, doch er nickte, um es zu verbergen. »Ich verstehe. Ich weiß nicht, wo du wohnst, aber wenn du ein größtmögliches Maß an Privatsphäre bevorzugst, lade ich dich ein, hier zu bleiben. Wir haben ausgezeichnete Zimmer im zweiten Stock gleich über meinem und die Küche ist recht gut, wenn ich das sagen darf.«

Max hatte das Stephen's Hotel in der Bond Street ausgewählt. Es war der einzige Ort, an dem er glaubte, sich entfernt wohlfühlen zu können, da es von Männern des Militärs besucht wurde. Doch die Verlockung eines Ortes, an dem er relativ allein sein konnte, war zu attraktiv, um sie zu ignorieren. »Wie viele Gentlemen wohnen gerade hier?«

»Im Augenblick keiner.«

Ausgezeichnet. »Kann jemand meine Sachen aus dem Stephen's Hotel holen? Ich muss auch meinen Kutscher informieren. Sein Name ist Francis Ogden und er hält sich in den nahe gelegenen Stallungen auf.«

»Ich werde jemanden schicken, der sich um alles kümmert.« In diesem Fall war Luciens Einmischung verdammt hilfreich. Max würde versuchen, sich daran zu erinnern und es zu schätzen wissen. »Aber zuerst werde ich dich nach unten bringen, damit du Prudence kennenlernst.«

Max verzog das Gesicht. Die Vorstellung, einen Ball zu besuchen und auf einmal so viele Menschen zu sehen, war ein bisschen beunruhigend. Beinahe hätte er Lucien gebeten, sie hinaufzubringen, doch er wollte nicht wie ein Feigling dastehen.

Der er allerdings war. Oder zumindest sein wollte. Doch da er den ganzen Weg hergekommen war, würde er das Anstarren und Getuschel über sich ergehen lassen. »Gehen wir.« Er trank seinen Whiskey aus und stellte das leere Glas auf die Anrichte.

Lucien trank den Rest seines Brandys und als sie auf die Tür zugingen, stellte Dougal MacNair sich ihnen in den Weg. Breitschultrig mit tintenschwarzem Haar besaß Dougal eine imposante und gleichzeitig zugängliche Ausstrahlung. Letzteres war seinem strahlenden Lächeln zu verdanken, was derzeit allerdings nicht zu sehen war.

»Max?« Dougal schüttelte den Kopf. Dann kam das Lächeln oder zumindest ein Ansatz davon. »Ich meine Warfield. Ich entschuldige mich für die vielen Male, die ich es wahrscheinlich vergessen werde.« Seine Züge erhellten sich von aufrichtiger Freude und Max fühlte sich hart gedrängt, nicht in Gefühle auszubrechen. »Es ist lange her, mein Freund.« Sein schottischer Dialekt war schwer vor Emotion.

Dann umarmte Dougal ihn und Max erstarrte. In den zurückliegenden Jahren hatte er kaum jemanden berührt. Nur Ada war ihm so nahe gekommen.

Nachdem er Max auf den Rücken geklopft hatte, trat Dougal zurück. »Es ist so schön, dich zu sehen.« Sein Blick fiel auf Lucien. »Wusstest du von seinem Kommen und hast mir nichts gesagt?«

Lucien schüttelte den Kopf. »Er hat mich auch überrascht.«

Dougal schaute von Lucien zu Max. »Wäre es rüpelhaft von mir, wenn ich vorschlagen würde, dass wir den Ball verlassen und direkt zum Siren's Call gingen?«

Lachend entgegnete Lucien. »Nein, aber ich kann meinen eigenen verdammten Club nicht mitten in einem Ball verlassen. Seit Jahren habe ich nicht mehr an das Siren's Call gedacht. Morgen Abend?«

»Ich denke, wir müssen«, meinte Dougal grinsend. Er warf Max einen gezielten Blick zu. »Versuche nicht, dich zu weigern. Das werde ich nicht zulassen.«

»Ich bin seit Jahren nicht mehr ausgegangen.«

Luciens Blick war ernst und mitfühlend. »Wenn du dich nicht wohlfühlst, werden wir gehen.«

Max fühlte sich hin- und hergerissen. Menschen zu treffen und sich zu zeigen, erfüllte ihn mit Angst. Doch er war den ganzen Weg nach London gekommen und so war es vielleicht an der Zeit, dass er es versuchte.

»Wir werden ihn zwingen, wenn wir müssen«, meinte Lucien humorvoll, doch Max erinnerte sich an die zahlreichen Besuche, die er Stonehill in den letzten Jahren abgestattet und dabei versucht hatte, Max zu einer ganzen Anzahl von Dingen zu bewegen. Als er es das letzte Mal versucht hatte, war es zum Streit gekommen.

»Du wirst mich zu gar nichts zwingen«, sagte er mit einem merklich kühleren Tonfall zu Lucien. »Ich werde mitgehen.«

Dougal klatschte in die Hände. »Ausgezeichnet!«

»Wir sind auf unserem Weg nach unten«, meinte Lucien. »Willst du dich uns anschließen?«

»In einer Weile. Ich komme gerade von dort«, meinte Dougal, »und nachdem ich mit Miss Jones-Fry getanzt habe, denke ich, dass ich mir ein großes Glas Whisky verdient habe.«

»Ist mit deinen Füßen alles in Ordnung?«, fragte Lucien mit einer schwachen Grimasse.

»Die werden schon wieder.« Er grinste Max noch einmal an und mit festem Griff drückte er rasch seinen Arm, ehe er sich dem Barschrank zuwandte.

Max ging von der Bibliothek aus weiter. Lucien holte ihn ein und zusammen gingen sie die Treppe hinunter.

»Hier entlang.« Lucien führte Max durch einen großen Türbogen, der mit einem dunkelgrünen Vorhang verhängt war. Sie betraten einen großen, hell erleuchteten Ballsaal. Zusammen mit den Fenstern am weit entfernten Ende wurden die Flammen hunderter von Kerzen der Kronleuchter über ihren Köpfen von Spiegeln reflektiert. Tänzer glitten über den Parkettboden und die Nichttänzer hatten sich auf der anderen Seite – der Damenseite – versammelt. Die Musiker waren über ihnen im Zwischengeschoss platziert. Es war eine wundervolle Szene und in diesem Moment war Max sehr stolz auf die Errungenschaften seines Freundes. Stets hatte er daran gearbeitet, die Menschen aus guten und … weniger guten Beweggründen zusammenzubringen.

»Sie werden wahrscheinlich auf der anderen Seite sein«, meinte Lucien. »Es sei denn, sie tanzen, aber ich kann sie nicht sehen. Komm.« Er ging am Rande des Ballsaals entlang.

Max folgte ihm und versuchte, seine Aufmerksamkeit auf Luciens Rücken zu richten, damit er die Leute nicht sah, die ihn anstarrten. Oder besser gesagt, damit er ihre Reaktionen nicht sah.

Das gelang ihm ausgezeichnet, bis sie ihr Ziel fast erreicht hatten. Dann schweifte sein Blick zu einer Gruppe von vier Frauen ab, welche die Köpfe zusammengesteckt hatten und ihn fixierten. Sie standen links von Max und konnten damit natürlich sein vernarbtes Gesicht erkennen. Zwei von ihnen trugen einen identischen Ausdruck der Abscheu zur Schau, während die dritte den Blick abwandte. Die vierte musterte ihn eingehend, als wollte sie sich jede Einzelheit der Unebenheiten seiner Haut einprägen, damit sie sie später zeichnen könnte.

Er wiederholte ungefähr, was er vorhin bei dem Diener getan hatte, und grinste spöttisch, ehe der die Zähne aufeinanderschlug und die Lippen bleckte, als ob er sie beißen wollte. Alle vier schreckten zurück und er hätte beinahe gelächelt.

»Hier sind wir«, meinte Lucien, der stehen geblieben war. Er drehte sich um und seine Miene war finster. »Bist du bereit? Ich gebe zu, dass ich ein bisschen nervös bin, sie auf diese Weise zu überraschen.«

»Ich werde nicht ungehobelt sein, wenn du dir deshalb Sorgen machst.«

»Nun, das habe ich eigentlich nicht, aber das war eine gute Aussage. Obwohl du dich heute Abend offenbar von deiner besten Seite zeigst. Oder zumindest ein besseres Benehmen an den Tag legst.«

»Ich versuche es.«

Ein kurzes Lächeln flackerte um Luciens Mund auf. »Das kann ich sehen und ich kann dir gar nicht sagen, wie glücklich mich das macht. Wirklich.«

»Nichts davon ist für dich.« Max erkannte, wie grausam er klang, doch das war die Wahrheit. Er war nicht sicher, ob Lucien und er je wieder zu der Freundschaft zurückfinden würden, die sie vor der Tragödie in Spanien verbunden hatte. Wenn Max eingehend darüber nachdenken würde – und wann tat er das jemals? –, könnte ihm bewusst werden, dass er es hasste, von Lucien in seinem schlimmsten Moment gesehen worden zu sein und dass es leichter war, die Distanz zu der einen Person zu wahren, die Zeuge des schlimmsten Tages in Max´ Leben geworden war.

Darüber hinaus hatte Lucien sich an einem Punkt eingemischt, an dem er es nicht hätte tun sollen. Einmal abgesehen von der Tatsache, Max das Leben gerettet zu haben. Max hatte nicht gerettet werden wollen und ganz bestimmt hatte er nach dem, was er getan hatte, nicht als Held gefeiert werden wollen. »Wenn du mich bitte meiner Halbschwester vorstellen möchtest.«

»Sehr wohl.« Lucien zog die Stirn ein wenig kraus, ehe er sich wieder umdrehte und Max zu einer Nische mit Stühlen führte. Dort saßen zwei Ladys und Max erkannte die Brünette als Luciens jüngere Schwester, Lady Cassandra. Inzwischen war sie Lady Wexford.

Als sie Max allerdings erkannte, wich die Farbe aus ihrem Gesicht, ehe sie nach der Hand der anderen Lady griff. Das musste Prudence sein. Sie hatte helle Haut und lichtes Haar, während ihre Augen von einem hellen Moosgrün waren, was ihre Schönheit beinahe ätherisch wirken ließ. Jetzt erkannte er sie auch – als die Frau, die auf der Suche nach Arbeit zu seinem Haus gekommen war. Und die er mit bemerkenswerter Gehässigkeit hinausgeworfen hatte.

Sie hatte ihn an einem besonders schlimmen Tag erwischt.

Max verbeugte sich, ohne darauf zu warten, von jemandem vorgestellt zu werden. »Guten Abend, Lady Glastonbury. Ich bin Lord Warfield. Maximillian meine ich. Oder Max«, fügte er leise hinzu und fragte sich, warum er plötzlich nervös war.

Vielleicht war es die kühle, furiose Art, mit der sie ihn betrachtete. Sie hatte ihm sein schreckliches Benehmen nicht verziehen und er machte ihr keinen Vorwurf.

»Sie besitzen ein hohes Maß an Dreistigkeit.« Dies kam von einem Gentleman links von Max. Er war ebenfalls blond mit einem athletischen Körperbau. Mit geballten Fäusten trat er auf Max zu. Den Blick fest auf Max geheftet, mahlte er mit den Zähnen. »Lucien, ich entschuldige mich für die Szene, die ich verursachen werde, aber ich denke, ich muss Warfield schlagen, um meine Frau zu verteidigen.«

»Tu es nicht.« Prudence war aufgestanden und trat nun zwischen ihren Ehemann und Max, wobei sie sich mit dem Rücken zu Max stellte. »Ben, du wirst keine Szene machen. Außerdem wäre es nicht gerecht. Du bist Boxer und Warfield sieht aus, als würde er nicht zehn Sekunden im Ring überstehen.«

Max' Stolz war verletzt, aber sie hatte wahrscheinlich recht. Nie hatte er sein volles Gewicht zurückerlangt, das er nach seiner schweren Verwundung verloren hatte, und ganz bestimmt bewegte er sich nicht genügend. Plötzlich wollte er auch das ändern.

Prudence drehte sich um und ihre Augen glitzerten, als sie zu Max aufschaute. »Abgesehen davon denke ich, dass ich die Ehre haben sollte, wenn ihn überhaupt jemand schlägt.«

»Darin stimmen wir überein«, entgegnete Max. »Wenn

Sie nach draußen gehen wollen, werde ich über mich ergehen lassen, was immer Sie mir antun wollen.«

»Was um alles in der Welt ist hier los?«

Alle drehten sich um. Max kannte die Stimme. Sein Herz machte einen Satz.

Eine Hand in die Hüfte gestemmt, stand Ada dort. »Niemand wird irgendjemanden schlagen.«

~

Ada konnte ihren Augen kaum trauen. Max war hier. In London. Und im *Phönix Club*. Trotzdem eine überschwängliche Emotion in ihr wach wurde, nahm sie sofort an, dass etwas schiefgegangen sein musste.

Sie erkannte auch, dass sie nur Sekunden davon entfernt waren, eine noch größere Szene zu machen, als es bereits der Fall war. Sie setzte ein strahlendes Lächeln auf und drehte ihren Körper der Tür zu, die nach draußen führte. »Sollen wir in den Garten gehen? Es ist ein herrlicher Sommerabend.«

Ehe sie Augenkontakt mit Max herstellen konnte, hatte er sich schon umgewandt und strebte auf die Tür zu. Eine brennende Neugier machte sich in ihr breit, die sie allerdings bis später unterdrücken musste. Vorausgesetzt es gäbe ein Später mit Max. Sie musste in Erfahrung bringen, warum er gekommen war.

Lucien und seine Schwester Cassandra folgten Max, und Glastonbury bot Prudence seinen Arm an. Ada eilte hastig an Prudence´ Seite, als sie hinausgingen.

»Urteile nicht zu hart über ihn«, flüsterte Ada.

Prudence warf ihr einen großäugigen Blick zu. »Genau das hat er verdient.«

Ada konnte nichts dagegen einwenden und doch musste sie etwas sagen. »Er hat eine Menge durchgemacht. Das entschuldigt sein Verhalten nicht, aber es erklärt es vielleicht, denke ich.«

Prudence´ Augen wurden schmal. »Was weißt du darüber, was er durchgemacht hat?«

»Nicht viel«, gestand Ada, als sie in den Garten hinaustraten. »Und ich werde sein Vertrauen nicht missbrauchen. Glaube mir, wenn ich sage, dass ich genug weiß, um zu verstehen, warum er in den letzten Jahren solch ein kolossales Desaster gewesen ist. Ich denke, seine Ankunft hier ist ein Schritt nach vorn. Kannst du ihm eine Chance geben?«

»Das werde ich versuchen, aber ich kann nicht versprechen, dass Bennet ihn nicht verprügeln wird.«

»Auch ich kann das nicht versprechen«, versicherte Glastonbury, der damit zeigte, dass er Prudence´ Worte zumindest gehörte hatte.

Ada trat vor und drehte sich, um dem Viscount einen hochmütigen Blick zuzuwerfen. »Ich möchte Euch bitten, Euch auf das Mitgefühl und Verständnis zu besinnen, das andere Euch entgegengebracht haben.«

Glastonbury atmete hörbar aus. »Gut.«

»Ich werde es versuchen, Ada«, sagte Prudence. »Solange Warfield sich auch bemüht.«

Ada nickte und gab allen mit einem Zeichen zu verstehen, sich in die Nähe einer Fackel zu begeben, wo sie ihre Unterhaltung führen konnten. Sie bildeten einen Kreis, und Ada nahm den Platz zwischen Max und Prudence ein.

»Ich möchte noch einmal betonen, dass keine Schläge ausgeteilt werden«, verkündete Ada. »Nun, wer möchte zuerst das Wort ergreifen?«

Niemand sagte etwas. Cassandra, auf die man sich immer verlassen konnte, wenn es ums Reden ging, ergriff schließlich das Wort. »Lord Warfield ist offenbar in die Stadt gekommen, um mit seiner Halbschwester zu sprechen.« Ihr Tonfall klang verächtlich und verdeutlichte, dass sie für ihre

Cousine Prudence Partei ergriff. Ada hätte das auch getan, aber sie hatte Max kennen und verstehen gelernt. Sie freute sich, dass er gekommen war, um Prudence zu besuchen.

Max' Miene war ausdruckslos und grenzte vielleicht an Gereiztheit, was Ada beunruhigte. »Ich bin gekommen, um Prudence ihre Mitgift zu geben.«

Ada strich mit dem Handrücken über Max' Hand. Das war das Beste, was sie tun konnte, obwohl sie eigentlich seine Hand nehmen und küssen wollte, um ihm zu zeigen, wie glücklich sie über seinen Entschluss zu diesem Schritt war.

»Das ist wundervoll«, brachte Ada hervor, die ihre Freude kaum bändigen konnte.

Max schaute sie an, wobei er die Stirn ein wenig krauste. Sie hatte keine Ahnung, was er dachte.

Cassandra, die zwischen Glastonbury und Lucien stand, lächelte Prudence zu. »Besser spät als gar nicht, nehme ich an.«

Max schaute kurz zu Prudence, doch dann richtete er seinen Blick auf den Garten. »Ich möchte mich entschuldigen, sie dir nicht schon früher gegeben zu haben. Ich war, ähm, schockiert, als ich von deiner Existenz erfuhr.«

Ada konnte seine Anspannung spüren. In der Hoffnung, ihre Nähe würde ihn besänftigen, rückte sie dichter an ihn heran. Zumindest wollte sie ihn wissen lassen, dass er eine Verbündete hatte.

»Sind dreitausend Pfund angemessen?«, fragte Max.

Das war eine beachtliche Summe, doch wie Ada wusste, konnte er es sich leisten. Wieder streifte sie mit der Hand über seine und hoffte, er würde verstehen, wie stolz sie auf ihn war. Sobald sich ihr die Gelegenheit dazu bot, würde sie es ihm persönlich sagen.

Prudence tauschte einen überraschten Blick mit ihrem Mann aus, bevor sie sich an Max wandte. »Das ist sehr großzügig, danke. Ich weiß, dass du mir nichts zu geben brauchst. Laut Gesetz habe ich keinen Anspruch darauf.«

»Du bist nicht für die Umstände deiner Geburt verantwortlich«, meinte Max leise, was fast genau Adas Worten entsprach. »Und du bist auch nicht an dem Treuebruch meines Vaters schuld.« Der Zorn und der Schmerz in seiner Stimme waren nicht zu überhören.

Prudence' Gesichtszüge wurden weicher. »Ich danke dir. Niemand war erschütterter als ich, als ich von meinen leiblichen Eltern erfuhr. Meine Mutter – die Frau, die mich aufgezogen hat – klärte mich vor ihrem Ableben darüber auf, und manchmal wünschte ich, es nicht gewusst zu haben.«

Max nickte langsam. »Das kann ich verstehen. Ich wünschte, ich wüsste nichts über die Untreue meines Vaters. Es bewirkt eine erhebliche Veränderung unserer Ansicht dessen, was wir für wahr hielten, nicht wahr? Die Art und Weise, wie wir die Welt sehen.«

»Ganz genau«, meinte Prudence leise.

Ada schwoll das Herz vor Rührung. Sie hoffte, hier den Beginn einer wunderbaren geschwisterlichen Beziehung zu erleben – davon könnten beide nur profitieren. Vielleicht projizierte Ada aber auch nur ihre eigenen Sehnsüchte in die beiden. Nach dem Bruch mit ihrer eigenen Familie war ihr bewusst, dass sie immer nach einem Ersatz Ausschau hielt, selbst wenn er nicht in ihrem Interesse lag.

Prudence warf Max einen Blick zu, der sowohl zaudernd als auch von Mitgefühl erfüllt war. »Es tut mir leid, was du durchleiden musstest.«

Ada spürte, wie Max sich anspannte – sein Arm zuckte und glitt sanft gegen den ihren. Sie wollte ihn umarmen, um ihm ihre Zuwendung zu zeigen.

Glastonbury räusperte sich. »Danke für die Mitgift, Warfield. Wir wissen das sehr zu schätzen. Ich hoffe, dies ist nicht das letzte Mal, dass Prudence und Sie miteinander sprechen oder Zeit miteinander verbringen.« Er legte einen Arm um Prudence´ Taille und zog sie an sich.

»Ich bin dankbar, dass Sie sich offenbar um meine Schwester kümmern«, antwortete Max ganz platt, sodass Ada sich fragte, was in seinem Kopf vorging. »Versprechen Sie mir nur, ihr niemals untreu zu sein.«

In Glastonburys Blick aus den blauen Augen loderte ein Feuer. »Das würde ich *nie*. Pru ist mein Ein und Alles.«

Ein bezauberndes Lächeln erhellte Prudence´ Gesicht, und Ada spürte einen Anflug von Neid. Was würde sie nicht alles für so eine tiefe Liebe geben. Leider bezweifelte sie, dass dies je der Fall sein würde. Jedenfalls rechnete Ada nicht damit, und sie war sich auch nicht sicher, ob sie den Mut für einen Versuch hätte. Das Schicksal schien ihr immer wieder zu sagen, sie solle allein blieben.

Ada warf einen verstohlenen Blick zu Max. Mit gerunzelter Stirn und angespanntem Kiefer wirkte er unbehaglich. Sie wollte ihn nicht fragen und damit die Aufmerksamkeit auf seine Unruhe lenken, die er vielleicht empfand. Ein Gefühl der Enttäuschung nagte an ihr, denn sie hatte gedacht, dass diese Begegnung recht gut verlaufen wäre.

»Ich sollte wieder hineingehen«, meinte Cassandra. »Zweifelsohne wird Ruark sich fragen, wohin ich verschwunden bin.«

Max nickte Prudence und Glastonbury zu. »Ich werde die Auszahlung der Mitgift in die Wege leiten.«

Prudence schaute ihm feierlich in die Augen. »Danke. Wirklich.«

Mit einem Nicken verschränkte Max die Hände hinter seinem Rücken. Prudence und Glastonbury drehten sich um und gingen auf den Club zu. Cassandra und Lucien folgten.

Ada blieb zurück und wartete, bis sie außer Hörweite waren, ehe sie Max anschaute. Die gleiche Aufregung, die sie bei ihrem ersten Blick auf ihn heute Abend erfasst hatte, wallte erneut in ihr auf. Sie war so froh, dass er hier war. »Ich freue mich so, dich zu sehen. Jetzt sag mir, was nicht stimmt.«

»Warum glaubst du, dass etwas nicht stimmt?«

»Weil ich dich kenne und der Zug um deinen Kiefer spricht Bände.«

Aufseufzend schüttelte er den Kopf über ihre Worte. »Du bist für dein eigenes Wohl viel zu klug. Und ganz bestimmt für das meine. Ich hatte gehofft, ich könnte ein paar Minuten mit Prudence allein sprechen. Ich hätte erkennen sollen, dass es zu viel verlangt ist.«

»Heute Abend vielleicht. Aber ich bin zuversichtlich, dass sie mit dir reden will. Wirst du mir erlauben, ein Treffen zu arrangieren?«

»Das würdest du tun?« Er lächelte beinahe. »Natürlich würdest du das. Ist ›Einmischung‹ nicht dein zweiter Vorname?«

»Nein, das ist in Wahrheit Constance. Das war der Name meiner Mutter.«

»Das passt sogar noch besser – du schwankst nie. In keiner Angelegenheit.«

Ada lachte. »Ich möchte mich ja geschmeichelt fühlen, aber da es von dir kommt, bin ich nicht sicher, ob du es so gemeint hast.«

»Es ist ein Kompliment. Aber nur für dich.«

Ein albernes Flattern zog von ihrem Herzen zu ihrer Magengrube. Dieses in ihr brodelnde Gefühl – diese *Betörung* – war überaus hartnäckig. »Danke. Wenn ich dein Treffen mit Prudence arrangiert habe, wohin soll ich die Nachricht dann schicken?«

Er blinzelte sie an.

»Deine Unterkunft hier in London?«, hakte sie nach.

»Oh, ja. Ich wohne tatsächlich hier.«

»Im Phönix Club?« Beim letzten Wort kletterte ihre

Stimme eine Oktave höher, und sie hoffte, er würde nichts bemerken.

»Lucien hat mich eingeladen, da ich in einem Hotel abgestiegen bin.«

Was für eine süße Versuchung! Das bedeutete, er würde im zweiten Stock des Clubs auf der Seite der Gentlemen wohnen – und damit nur einen kurzen Gang durch eine versteckte Tür, von ihrer eigenen Wohnung aus, entfernt. Ada hatte nicht vor, ihm das zu sagen. Sie wusste, was dann als Nächstes passieren würde. Oder zumindest später, nach dem Ball.

Vorausgesetzt, er verzehrte sich noch immer so nach ihr, wie sie nach ihm. Vielleicht tat er das nicht. Immerhin bestand Möglichkeit, dass ihre eine gemeinsame Nacht ihm gereicht hatte. Ja, das wäre wohl das Beste.

Dennoch würde Ada dieses Risiko nicht eingehen. Zu wissen, dass er so nahe war, war schon schlimm genug. Noch schlimmer wäre es, ihm dies zu sagen.

Ada warf einen Blick zum Club. »Ich sollte wohl wieder nach drinnen gehen.«

»Verlangt deine Arbeit das von dir?«

Sollte das etwa bedeuten, er wollte, dass sie blieb? »Eigentlich nicht.«

»Es ist schön, dich zu sehen.«

Ada wurde es am ganzen Körper heiß und das gepaart mit diesem unstillbaren Gefühl. »Ich freue mich auch, dich zu sehen. Wie sind die Dinge mit Mrs. Tallent gelaufen?«

Er runzelte die Stirn. »Nicht gut. Ich hatte nicht mehr an das Treffen gedacht. Du hättest mich besser vorbereiten können, als mir nur eine unpersönliche Notiz auf den Schreibtisch zu legen. Keiner von uns beiden wusste, was wir im Einzelnen besprechen sollten.«

»Ach du liebe Güte, das ist ganz allein meine Schuld. Ich war in Eile, fürchte ich. Aus irgendeinem Grund habe ich länger geschlafen, als ich es hätte tun sollen.« Sie wurde rot und wich seinem Blick aus. »Im Nachhinein denke ich, ich hätte meine Abreise verschieben sollen.«

»Mrs. Tallent und Mrs. Bundle hätten das zu schätzen gewusst. Ich habe mich nicht von meiner besten Seite gezeigt, fürchte ich.« Er atmete tief ein und aus. »Ich war mein altes Selbst.«

Dass er in Begriffen wie alt und hoffentlich neu von sich sprach, ließ sie vor Freude im Kreis tanzen wollen. »Ich hoffe, sie waren nicht übermäßig verstimmt. Das ist für alle eine Umstellung.«

»Es geht schon. Glaube ich. Og ist derjenige, der sich aufgeregt hat. Ich wollte gestern schon abreisen, aber die neuen Pferdeknechte haben ihre Stellung angetreten und Og bestand darauf, dass wir seinen kostbaren Stall nicht mit nagelneuen Pferdeknechten im Stich lassen.«

Ada lachte über den Anflug von Sarkasmus in Max' Worten. »War er sehr verstimmt?«

»Du hättest sehen sollen, wie er herumstampft ist und geknurrt hat. Ich glaube, er hat auch gezischt.«

»Wie eine Schlange?« Ada kicherte.

»Das hat Archie auch gemeint – er war da, um mit anzufassen.«

»Der arme Og.« Ihr wurde bewusst, dass Og ihn in die Stadt kutschiert haben musste. »Wo ist Og jetzt? Muss ich um London fürchten?«

Max schenkte ihr ein kleines Lächeln. »Vielleicht. Ich bezweifle, dass er Ärger machen wird, aber es ist auch schon eine Weile her, seit er das letzte Mal hier war.«

»Wie lange liegt das bei dir zurück?«, fragte sie leise.

»Mehr als ein Jahr.« Er warf einen verstohlenen Blick in Richtung des Clubs. »Ich gestehe, dass ich mich unbehaglich fühle.« Er holte tief Luft und lockerte die Schultern. »Ich komme schon zurecht. Ich werde mich nicht sehr lange hier aufhalten.«

Ada kaschierte ihre Enttäuschung. »Dann will ich mal sehen, wie schnell ich dein Treffen mit Prudence arrangieren kann.« Sie überlegte, ob sie die Begegnung nicht ein wenig hinauszögern könnte, um ihn länger hier zu behalten.

Das wäre überaus eigennützig. Ada war vieles, aber egoistisch konnte man sie nicht nennen.

»Ich begleite dich ins Haus zurück.« Max bot ihr seinen Arm an.

Sie wusste von ihrem Körper, dass er in der Sekunde, in der Max sie berührte, mit feuriger Leidenschaft und Hunger nach ihm reagieren würde. Ada hatte sich nicht geirrt. Sobald ihre Fingerspitzen über seinen Ärmel streiften, musste sie sich im Stillen zurechtweisen, um nicht schamlos nach ihm zu greifen.

Anziehung war etwas Faszinierendes. Man musste nicht darüber nachdenken und sie schien eine Art natürlicher Verbindung zwischen bestimmten Menschen zu sein, oder manchmal nur für eine Person, wie Ada vermutete. Stellte sich Hingezogenheit ein, nachdem man mit jemandem intim geworden war, war das eine ganz andere Sache. Es hatte sich ein Wissen und ein Bewusstsein gebildet, das jeden Blick, jede Berührung, jeden Moment in der Gesellschaft dieser Person zu etwas Größerem und Erregenderem machte als zuvor.

Ada fühlte sich noch immer sehr zu Max hingezogen, doch es war schlimmer – jetzt wusste sie genau, was ihr fehlte. Sie seufzte leise, als sie zusammen in den Club zurückkehrten.

Es war ein Jammer, denn sie würde es nic wieder erleben.

CHAPTER 13

Was um alles in der Welt hatte Max in einer Londoner Droschke zusammengepfercht mit Dougal und Lucien zu suchen, als wären sie zwanzig Jahre alt? Allerdings waren sie jetzt etwas zurückhaltender als damals und auch viel nüchterner.

Max war sich bewusst, dass seine Kleidung ein wenig aus der Mode gekommen und sein Haar zu lang war. Er hätte nicht gedacht, sich daran zu stören, doch nun, wo sie unterwegs waren, wünschte er, er hätte die Mühe auf sich genommen, den Schneider und den Friseur aufzusuchen. Oder vielleicht einen Diener einzustellen.

Guter Gott, er wurde zu dem Mann, der zu sein er zu vermeiden versucht hatte. Der alte Max. Nein, Viscount Warfield.

Er hatte nicht verdient, dieser Mann zu sein. Er war nur ein Betrüger, der in die Fußstapfen seines Bruders trat.

Würde Ada ihm helfen, für seinen Aufenthalt in London einen Diener zu finden? Sie war die einzige Person, der er diese Aufgabe zutraute.

Ada hatte ihm vorhin eine Nachricht geschickt, dass

Prudence sich morgen mit ihm treffen wollte. Das war gut, denn dann konnte Max am Montag abreisen.

Er war allerdings nicht sicher, ob er das wollte. Es war seit Jahren sein erster Aufenthalt in London, der kein vollkommenes Desaster war. Er hatte den Ball gestern Abend tatsächlich überstanden, ohne sich schrecklich zu fühlen. Das lag seiner Vermutung nach an Ada. Sie hatte über ihn gewacht, bis er sich in seine Räumlichkeiten im zweiten Stock zurückgezogen hatte. Es war leichter, die Mitmenschen um ihn herum zu ignorieren, wenn er Ada hatte, auf die er sich konzentrieren konnte.

Wenn er am Montag abreiste, würde das bedeuten, dass er keine Zeit mehr hätte, sich mit Lady Peterborough zu treffen, was er weiterhin in Erwägung zog. Er war ungemein neugierig auf die Aspekte ihrer Beziehung zu seinem Vater. Wie war das passiert? Hatte er sie geliebt? Bedauerte sie es? Ob sein Vater das getan hat, war die Frage, die vielleicht noch wichtiger war.

Er erkannte, dass ihm ihre Antwort eventuell nicht gefallen könnte. Tatsächlich erwartete er, dass dem so war. Warum sollte er sich dann selbst quälen? Weil er es wissen musste, und seinen Vater konnte er verdammt nochmal nicht fragen.

»Du bist heute Abend nachdenklich«, meinte Dougal mit Blick auf Max, als ob es nicht offensichtlich wäre, über wen sie sprachen. Max war nicht sicher, ob Lucien je nachdenklich wirken könnte.

»Nachdenklich oder verdrießlich?«, fragte Lucien mit einem Lachen.

»Ich bin nicht in der Stimmung für diese Neckereien«, knurrte Max. »Niemals.«

Luciens Blick wurde schmal. »Wenn du miesepetrig sein willst, warum machen wir dies dann? Ich wäre im Club vollkommen zufrieden.«

»Das wissen wir«, schnaubte Dougal. »Dich heute Abend zum Ausgehen zu bewegen war schwieriger als Max zu überzeugen.« Offenbar verließ Lucien seinen Club an den Abenden nur selten.

Max wollte das Beste aus der Nacht machen. Wer wusste schon, wann sie das je wieder tun würden? »Ich werde danach streben … leutseliger zu sein.« Er erkannte – auch ohne die nicht sehr hilfreichen zweifelhaften Blicke seiner Freunde –, dass Leutseligkeit ein hochgestecktes Ansinnen war. »Ähm, wie wäre es nur mit weniger mürrisch?«

Dougal lachte und Lucien lächelte.

Sie erreichten die Kreuzung von Piccadilly und Haymarket. Das Siren's Call lag gleich dahinter in der Coventry Street.

Die Droschke setzte sie auf der anderen Seite der Kreuzung ab.

»Bereit, Jungs?«, fragte Lucien mit einem herzlichen Grinsen, genau wie er es in seiner Jugend getan hatte. Max verspürte eine merkwürdige, aber willkommene Ausgelassenheit, als ob er für eine Weile von seinen Sorgen ablassen könnte. Das hatte er seit Jahren nicht mehr getan.

»Erinnerst du dich an das erste Mal, als wir hierhergekommen waren?«, fragte Max.

Dougal lachte. »Als wir das Lokal für ein Bordell gehalten haben? Wie ungestüm wir damals waren und unserer selbst so sicher.« Er verdrehte die Augen. »Ich habe vergessen, wer uns empfohlen hatte, hierher zu kommen, und uns glauben machen wollte, wir könnten unsere Pimmel im Born der Wonne versenken, um dann auf unsere Kosten herzhaft zu lachen.«

»Es war Oliver Kent«, entgegnete Lucien. »Er schmunzelt noch immer darüber.«

Seit Jahren hatte Max nicht mehr an Kent gedacht. Er war ein mächtiges und wohlangesehenes Mitglied des Parlaments und könnte leicht ihr Vater sein, aber er besaß einen Sinn für Humor wie ein Schuljunge. Er hatte nie geheiratet und hatte es fertiggebracht, von nahezu jedem gemocht und respektiert zu werden. Insbesondere war er dafür bekannt, junge Burschen auf dem Pfad ihrer Ausschweifungen zu begleiten. Doch tat er dies mit solch einem guten Humor und einer Effizienz, dass niemand ihm dafür etwas ankreidete. Wahrscheinlich, weil er der Erste war, der jemandem in Not helfen würde – diskret natürlich. Tatsächlich hatte er Max nach seiner Rückkehr aus Spanien besucht und er schrieb ihm immer noch gelegentlich. Max hatte ihm nie geantwortet.

»Kommt Kent immer noch hierher?«, fragte Max und überlegte, ob er sich für sein rüdes Benehmen entschuldigen müsste.

»Keine Ahnung«, entgegnete Lucien. »Ich bin seit Jahren nicht mehr hier gewesen.«

»Ich ebenfalls nicht«, fügte Dougal hinzu, als sie sich dem Club näherten.

»Ihr wisst, dass ich das nicht getan habe«, fügte Max unnötigerweise hinzu.

Dougal drängte sich zwischen sie und legte seinen beiden Freunden jeweils einen Arm um die Schultern. »Ich bin froh, dass wir jetzt hier sind. Auf geht es!« Er führte sie zur Tür, wo ein Diener sie einließ.

Als Max in den großen Hauptraum des Clubs trat, sprangen ihn die Erinnerungen an. Die runden Tische, die mit lila Leinentüchern bedeckt waren, standen in Abständen im Raum verteilt, und viele davon waren von Gentlemen besetzt.

Provokativ gekleidete Frauen bewegten sich geschickt umher, und einige boten Getränke an, während andere einfach stehen blieben und sich mit den Gästen unterhielten.

Ein großer bogenförmiger Türdurchgang mit lila

Vorhängen führte in den Spielsalon. Rufe und Gelächter hallten bis in den Hauptraum und verlockten Max. Hier hatte er viel Geld gewonnen – und verloren.

»Wirst du heute Abend spielen?«, fragte Dougal, als ob er Max' Gedanken lesen könnte. Doch wahrscheinlich erinnerte er sich daran, wie sehr Max das Spiel an den Tischen genossen hatte. Das hatten sie alle.

»Ich bin schon ein bisschen alt dafür«, entgegnete Max trocken.

Als sie sich ihren Weg in den Hauptraum bahnten, drehten sich die Köpfe nach ihnen um und das Gemurmel fing an. Es waren Blicke, die kurz auf Max' Gesicht fixiert waren, bis sie sich beunruhigt oder voller Abscheu abwandten. Er biss die Zähne zusammen und ballte die Fäuste, denn er war zum Bleiben entschlossen.

Er konnte dies ertragen. Er hatte schon weitaus Schlimmeres ausgehalten.

»Ach!« Eine Frau mit leuchtend rotem Haar blieb vor ihnen stehen. Sie stemmte die Hände in die breiten Hüften und schaute von Lucien zu Dougal und dann zu Max, wobei ihr Blick auf seinem Gesicht verharrte. »Hunt?«, fragte sie mit großen Augen. »Was um alles in der Welt ist mit Euch passiert?« Ihr schottischer Akzent, der dicker als Dougals war, klang ebenso ausgeprägt wie vor einem Jahrzehnt.

»Der Krieg, Becky«, antwortete Max ruhig. »Ich war in Spanien.«

»Das hatte ich vergessen.« Sie beugte sich näher und erhob sich auf die Zehenspitzen, sodass seine Wange auf ihrer Augenhöhe war. »Es sieht aus, als wäret Ihr verbrannt worden. Ich kann mir vorstellen, dass es wie die Hölle wehgetan haben muss. Ich würde sagen, es macht Euch hässlich, aber in Wahrheit verleiht es Euch eine verwegene und vielleicht gefährliche Aura, Sir.« Sie trat zurück und blickte ihn mit einem Auge abschätzig an. »Es gefällt mir.«

Max wusste nicht, ob er sich beleidigt oder geschmeichelt fühlen sollte. Er kam zu dem Schluss, Letzterem den Vorzug zu geben. »Danke.«

Dougal beugte sich zu ihr und sprach mit leiser, rauer Stimme. »Er ist gefährlich attraktiv. Sag es den anderen weiter.«

Becky schnaubte. »Hunt hat noch nie Schwierigkeiten gehabt, die Blicke auf sich zu ziehen, und das hat er auch jetzt nicht. Nichts hat sich geändert. Wir bieten immer noch keine zusätzlichen Dienstleistungen an«, fügte sie mit einem Anflug von Ernsthaftigkeit hinzu.

»Er ist jetzt Viscount Warfield«, meinte Lucien mit gespielter Gewichtigkeit.

Sie riss die Augen auf und sank in einen tiefen, übertriebenen Knicks. »Eure Lordschaft, ich bin geehrt, Eure Gegenwart zu genießen.« Als sie sich erhob, schaute sie die drei an. »Wollt ihr einen Tisch? Ale?«

»Das würden wir sehr begrüßen«, antwortete Dougal, der die Hände aneinanderrieb.

Becky führte die drei an einen leeren Tisch in der Raummitte. Max hätte beinahe protestiert und um etwas gebeten, das mehr am Rande lag, aber es waren nicht viele Tische frei. Abgesehen davon wollte er nicht als schwierig erscheinen. Er zog seinen Hut auf der linken Seite ein bisschen tiefer.

Becky ging, um ihr Ale zu holen.

»Du wirst deine Narben damit nicht verdecken«, meinte Lucien.

Mit finsterem Blick schaute Max in seine Richtung. »Kümmere dich um dich selbst.«

»Wie war noch mal der Name des Bordells, das wir aufgesucht hatten, nachdem wir merkten, dass wir hier nicht gevögelt werden?«, sinnierte Dougal.

Lucien trommelte mit den Fingerspitzen kurz auf dem Tisch. »Ich erinnere mich nicht.«

»Madame Helene«, erinnerte sich Max recht gut.

»Heiliger Himmel, ich hatte es vergessen!« Lucien schlug auf den Tisch. »Ich frage mich, ob sie noch im Geschäft ist.«

»Denkst du daran, sie später aufzusuchen?«, fragte Dougal verschmitzt.

Ehe Lucien antworten konnte, kehrte Becky mit ihrem Ale zurück. Sie blieb ein paar Minuten, um sich mit ihnen zu unterhalten, ehe sie zu einem anderen Tisch weiterging.

Dougal hob seinen Becher. »Auf alte Freunde und neue Erinnerungen.«

»Hört, hört.« Lucien hob sein Ale.

Max sagte nichts, doch er hielt seinen Becher hoch, ehe er einen Schluck trank. Hier zu sein, kam ihm wie ein Traum vor. Fast konnte er den Schmerz der vergangenen Jahre vergessen und sich vorstellen, dass er der sorgenfreie junge Mann war, der sich für unbesiegbar gehalten hatte.

Warum tat er das also nicht für einen Abend? Konnte er nicht einfach so tun, als sei er nicht nach Spanien gegangen? Als hätte er nicht schreckliche Verluste erlitten und furchtbare Taten begangen?

»Sieh an, was der Wind hereingeblasen hat!« Eine joviale Stimme klang zu ihnen herüber und veranlasste Max, den Kopf zu dem Neuankömmling umzuwenden.

Oliver Kent stand hinter einem leeren Stuhl an ihrem Tisch und der Blick aus seinen dunkelblauen Augen war stechend, als er abwechselnd jeden Einzelnen von ihnen anschaute, wobei Warfield als Letzter an der Reihe war. »Warfield, ich habe Sie seit geraumer Zeit nicht mehr in London gesehen. Ein Jahr mindestens.«

Max versteifte sich und er fragte sich, ob er die unbeantworteten Briefe erwähnen würde. »Guten Abend, Kent.«

Kent begrüßte Lucien und Dougal, die ihn einluden, sich zu ihnen zu setzen. Der ältere Mann stellte sein Glas Portwein auf dem Tisch ab und nahm auf dem leeren Stuhl vor ihm Platz. »Es ist ein Zufall, dass ich Sie heute hier sehe, Warfield. Vorhin habe ich noch über Sie gesprochen.«

»Ach ja?« Max' Rücken kribbelte. Er erwartete, dass die Leute über ihn redeten, ob er nun in London war oder nicht, aber das bedeutete nicht, dass er davon hören wollte.

Nachdem er einen Schluck Portwein getrunken hatte, stellte Kent sein Glas wieder auf den Tisch zurück und hielt dabei den Stiel in den Händen. »Es wird geredet, dass Sie zum Earl erhoben werden. Wohlverdient, würden Sie nicht sagen, Gentlemen?« Wieder hob er sein Glas und trank einen weiteren Schluck.

Max umklammerte seinen Becher, als müsse er sich daran festhalten, um nicht unterzugehen.

»Das sind ausgezeichnete Neuigkeiten!«, meinte Dougal und grinste Max an. »Nach deinen Leistungen in Spanien kann ich mir niemanden vorstellen, der dies mehr verdient hätte.«

»Das war nicht nur ich«, murmelte Max. »Wenn schon Adelstitel verteilt oder aufgewertet werden, sollte Lucien auch einen bekommen.« Er warf Lucien einen Blick über den Tisch zu.

»Ehrlich gesagt mutet es mir ungeheuerlich an, einen von uns beiden für die Gräueltaten des Krieges auszuzeichnen«, sagte Lucien leise. Er trank einen großen Schluck und hielt seinen Becher fest, nachdem er ihn abgestellt hatte, als würde er den Rest des Inhalts in einem Moment herunterstürzen müssen.

Max bemerkte, dass er dasselbe tat.

Er stimmte zwar voll und ganz mit Luciens Kommentar überein, doch Lucien war der einzige Grund, aus dem sie gelobt wurden. Ohne sein Eingreifen wäre Max wahrscheinlich gestorben. Und dazu wäre er gern bereit gewesen. Ohne Lucia und mit dem Wissen, auf welche Weise sie ums Leben gekommen war, hatte er nicht mehr weiterleben wollen.

Insbesondere hatte er diejenigen bestrafen wollen, die sich an ihr vergangen hatten.

»Sie sind zu bescheiden«, meinte Kent mit einer Handbewegung. »Wir lieben es, Kriegshelden zu feiern, und das seid ihr beiden, ob es euch gefällt oder nicht.«

Max gefiel es ganz und gar nicht. Er trank sein Bier aus und erhob sich abrupt. Seine Hoffnungen für den Abend waren vollkommen zerstört. Die Vergangenheit ließ sich nicht mehr aus seinem Kopf vertreiben. Zumindest nicht heute Abend.

»Guten Abend, Kent.« Max blickte zu Lucien und Dougal. »Ich bin müde. Kein Grund, euch den Abend zu verderben. Amüsiert euch.« Mit einem Nicken machte er sich auf den Weg zur Tür.

Er schaffte es nicht bis nach draußen, ehe Dougal neben ihm stand. »Was ist los?«, flüsterte er.

»Nachdem ich die letzten Jahre als Einsiedler verbracht habe, finde ich das ... schwierig.« Das traf es nicht ganz, aber es kam dem Ganzen nahe genug. Er dachte an Ada und ihre Mutmaßung, dass er tatsächlich der Einsiedler war, der in seinem Zierbau auf Stonehill lebte. Er wohnte zwar nicht in diesem Bau, aber er war auf jeden Fall der Eremit von Stonehill. Vielleicht könnte er die Urheber der Eingabe auf die Änderung seines Titels davon überzeugen, dass er der Eremit von Warfield und nicht Earl sein sollte. Damit konnte er leben.

Max ging in die laue Nacht hinaus, um eine Droschke zu finden, die ihn zum Phönix Club zurückbrachte.

»Max, warte!«, rief Lucien ihm nach. Er eilte an Max vorbei und stellte sich ihm in den Weg. »Lass dir von Kents Geschwätz nicht den Abend verderben.«

»Das war ein Fehler. Ich kann nicht so tun, als wäre ich ein grüner Junge, den nichts auf der Welt kümmert.«

Luciens Kiefer krampfte sich zusammen. »Das verlangt ja auch kein Mensch von dir.«

Dougal war neben Max stehen geblieben. Er drehte sich so, dass er sowohl Max als auch Lucien anblickte. »Ignoriere Kent. Wir können jederzeit in den Phönix Club zurückkehren und uns dort amüsieren.«

»Tolle Idee«, stimmte Lucien zu.

»Wusstet ihr von dem Titel?«, fragte Max mit tiefer, rauer Stimme.

Luciens Antwort kam schnell und knapp. »Ich hatte davon gehört.«

»Und hast versäumt, dies mir gegenüber zu erwähnen, um mich zu warnen.«

»Soweit ich weiß, ist es nur Gerede.«

Max hoffte, dass dem wirklich so war.

Dougal schaute Max an. »Was stört dich daran so sehr? Es ist doch nur ein verdammter Titel, den du bereits innehast. Und wenn es eine Grafschaft statt einer Viscountcy ist?«

»Ich will das nicht. Und auch nicht die Feierlichkeiten oder den Ruhm. Ich will mich nicht darauf besinnen müssen, warum ich diese Auszeichnung erhalten habe.« Die Narben in Max' Gesicht brannten, als hätte man ihn gerade verbrüht. Das hatte er schon seit einiger Zeit nicht mehr erlebt. Er sah Lucien mit einem bitteren Blick an. »Ebenso wenig wie ich um deine Hilfe gebeten hatte. Du hattest kein Recht, dich einzumischen.«

»Hätte ich das nicht getan, wärst du jetzt tot.«

»Soll ich dir etwa dafür danken?«

Lucien hob die Hände und seine Stimme wurde scharf vor Verärgerung. »Das wäre nett.«

Max stürzte vor und seine Hand war bereits zu einer Faust geballt.

Dougal packte ihn am Arm und zerrte ihn zurück,

während er sich zwischen Max und Lucien drängte. »Die Leute starren uns an«, flüsterte er eindringlich.

»Die Leute starren immer«, gab Max schlagfertig zurück, wobei sich seine Lippen kräuselten. Er spürte, wie Dougal von ihm abließ.

Lucien hielt seinen Blick. »Ich werde mich weder dafür entschuldigen, dass ich dich gerettet habe, noch werde ich das bedauern. Aber ich werde immer für dich da sein, ob du es willst oder nicht. Wenn es dein Wunsch ist, kann ich versuchen, die Eingabe zu stoppen. Ich werde mit meinem Vater sprechen und mit jedem, der mich anhören will.« Er beugte sich vor, seine Züge verzogen sich vor Anteilnahme. »Dein Leben war nicht vorbei, als Lucia starb, und es ist auch jetzt nicht vorüber.«

»Du weißt, was ich getan habe.« Max hörte die Worte kaum, die er murmelte. »Versuch, damit zu leben.«

»Das tue ich, denn ich habe dir dabei geholfen«, entgegnete Lucien schlicht, und Max konnte nicht sagen, ob sein Freund dieselbe Bürde von Reue und Selbsthass trug. Mit seinem erfolgreichen Club und seiner ständig zunehmenden Popularität tat er das scheinbar nicht. Er wandelte mit einem breiten, selbstsicheren Lächeln und einem Übermaß an unwiderstehlichem Charme durch das Leben, während Max kaum essen oder schlafen konnte.

Max starrte ihn an und fühlte sich trostloser denn je. »Wie kann es sein, dass du seelisch nicht kaputt bist?«

Lucien schluckte, seine Gestalt versteifte sich. »Woher willst du wissen, dass ich es nicht bin?« Er drehte sich um und ging in Richtung Haymarket davon.

»Ach, verdammt. Mit wem soll ich denn gehen?«, fragte Dougal. »Ihr seid beide vollkommen vermurkst.«

»Geh Lucien nach. Er wird immer ein besserer Gesellschafter sein als ich.«

Dougal klopfte ihm auf die Schulter. »Ich will nicht, dass

das die Wahrheit ist, Max. Du hast mir gefehlt. Mir liegt etwas daran, dass wir diese Chance nicht verpassen – und ich glaube, du solltest hier sein. Nicht nur in London, sondern hier bei uns. Bei deinen Freunden.«

»Ich werde noch nicht abreisen.« Aber Max versprach auch nichts. Er war nicht hierhergekommen, um seine Freundschaften zu erneuern oder vergangene Fehler zu verzeihen, einschließlich derer, die er begangen hatte, die weit schlimmer waren als alles, was Lucien auf dem Kerbholz hatte.

»Ich werde mit Lucien reden«, meinte Dougal und nahm die Hand von Max´ Schulter. »Kehrst du in den Phönix Club zurück?«

Max nickte. »Um zu schlafen.« Wenn er dazu imstande wäre. »Ich treffe mich morgen mit meiner Halbschwester. Ich muss mir überlegen, was ich sagen soll.«

»Sei einfach du selbst.« Dougal lächelte. »Größtenteils.«

»Gute Nacht, Dougal.«

»Nacht, Max.«

Dougal eilte in Richtung Haymarket, und Max strebte hinüber zum Piccadilly, wo er eine Droschke zum Phönix Club nahm. Als er in der Ryder Street aus dem Fahrzeug stieg, ärgerte er sich über sich selbst.

Vielleicht hätte er nicht gehen sollen. Ehe sie von Kent unterbrochen worden waren, hatte Max einen Ausblick auf einen Abend erhascht, an dem er alles hätte loslassen können, was ihn mit der Vergangenheit verband. Kurz zog er eine Umkehr in Erwägung und ob er versuchen sollte, Dougal und Lucien zu finden, aber die Droschke fuhr gerade an.

Stirnrunzelnd hielt Max auf die Tür des Clubs zu, doch dann blieb er stehen. War Ada heute Abend hier? Wenn ja, dann würde sie sich natürlich auf der Seite der Ladys aufhalten. Oder vielleicht in ihrem Arbeitszimmer, wo auch immer es liegen mochte. Plötzlich wollte er es herausfinden.

In seiner Jugend hätte er sich vielleicht als Frau verkleidet und sich auf die Seite der Ladys gestohlen. Da er keine Vorstellung hatte, woher er ein Frauengewand nehmen sollte, musste er sich damit begnügen, sich unverkleidet in deren Heiligtum zu stehlen. Es musste doch einen Dienstbotenzugang geben.

Er machte kehrt und schlenderte an der Seite des Clubs entlang. Da war er. Eine Treppe führte zum Küchentrakt hinunter, der unterhalb der Seite der Ladys lag.

Vorfreude rauschte in seinen Adern wie schon lange nicht mehr. Das war äußerst ungewöhnlich für ihn – oder zumindest für den, der er geworden war.

Max schlich die Treppe hinunter und schlüpfte in das Gebäude. Als er den Korridor entlangging, war alles still. Zu seiner Linken vernahm er Geräusche aus der Küche, und zu seiner Rechten bemerkte er eine Treppe. Wo würde Ada zu finden sein? Er konnte nicht einfach die Treppe hinaufspazieren und sich auf die Suche nach ihr machen.

Verdammt.

Eine Frau in schicker Livree kam auf ihn zu, die Stirn in Falten gelegt. Noch nie hatte Max eine solche Tracht für eine Frau gesehen. Es war eine weibliche Version von etwas, das ein Diener tragen könnte. Ihm kam der Gedanke, dass die Ladys vielleicht keine Diener hatten, sondern dass Dienerinnen dort beschäftigt waren. Außergewöhnlich und brillant.

»Sie sollten nicht hier unten sein«, sprach die Frau ihn an.

»Ich bitte um Verzeihung«, entgegnete Max sanft und stellte sich so, dass sie seine bessere Seite sehen konnte – oder, was noch wichtiger war, dass ihr Blick nicht auch noch auf seine vernarbte Seite fiel. »Ich bin auf der Suche nach

Miss Treadway. Ich wohne auf der anderen Seite des Clubs, und ich brauche ihre Hilfe bei etwas. Ich nehme nicht an, dass Sie ihr eine Nachricht überbringen könnten?«

»Gewiss.« Die Dienerin wirkte skeptisch.

»Ich versichere Ihnen, Miss Treadway kennt mich und wird mir gern behilflich sein. Kann sie mich in ihrem Arbeitszimmer treffen?«

»Ich werde sie fragen, aber wenn sie sich weigert, müssen Sie auf die andere Seite zurückkehren. Das ist höchst unpassend.«

»Ich bitte um Verzeihung.« Er blitzte sie mit dem Lächeln an, das die Frauen wie ein Magnet zu ihm hinzog.

Ihre Gesichtszüge wurden weicher, und er spürte einen berauschenden Siegestaumel.

»Wo befindet sich das Arbeitszimmer von Miss Treadway?«, fragte er.

»Im zweiten Stock auf der Vorderseite.« Sie nickte in Richtung der Treppe, die jetzt direkt hinter ihm lag. »Nehmen Sie diese Treppe. Sie führt direkt nach oben.«

»Danke.« Er drehte sich um und stieg eilig die Treppe hinauf, wobei er so schnell und entschlossen war wie schon lange nicht mehr. Er war sogar aufgeregt.

Was plante er, sobald Ada oben ankam? Er hatte keine Ahnung, und diese Ungewissheit steigerte seine Vorfreude nur noch.

CHAPTER 14

*D*ie Samstagabende im Phönix Club fühlten sich während der Saison nach der großen Aufregung und dem Trubel durch die Bälle am Vorabend immer gedämpft an. Ada genoss die Ruhe allerdings. Es war unwahrscheinlich, dass sie gerufen werden würde.

An diesen Abenden suchte sie normalerweise die Bibliothek für die Ladys auf, um ein Buch zu finden, das sie im Laufe der nächsten Woche lesen wollte. Sie hatte gerade ihr letztes Buch im Regal ausgetauscht – dasjenige, das sie begonnen hatte, ehe sie nach Stonehill gereist war, und das sie versehentlich hier liegen gelassen hatte. Es war wieder ein Liebesroman, und sie kam an dem Gedanken nicht vorbei, dass Max etwas daran auszusetzen haben würde.

Anstatt finster dreinzuschauen oder anderweitig mit Verachtung zu reagieren, lächelte sie. Selbst wenn er ihr unerträglich auf die Nerven gegangen war, hatte sie ihre Geplänkel genossen.

Sie fragte sich, wo er sich heute Abend wohl aufhielt. War er in der Bibliothek auf der anderen Seite? Genoss er vielleicht einen irischen Whiskey? Oder war er schon zu Bett gegangen, wo Albträume auf ihn warteten?

Jetzt runzelte sie die Stirn. Sie verabscheute die Vorstellung, dass er sich so quälte. Und sie war nicht da, um ihm zu helfen.

Aber sie *war* hier ...

»Miss Treadway?«

Ada blinzelte ihre abschweifenden Gedanken fort und drehte sich vom Bücherregal weg, um eine der Dienerinnen mit gefalteten Händen vor sich stehen zu sehen. »Ich habe eine Nachricht von einem Gentleman. Ich habe vergessen, nach seinem Namen zu fragen.« Ihre Wangen färbten sich rot.

»Das ist schon in Ordnung, Joanna. Gibt es ein Problem?«

»Er sagte, er brauche Ihre Hilfe und würde Sie gern in Ihrem Arbeitszimmer treffen. Er wartet jetzt dort.«

»Du hast ihn in diesen Teil des Clubs gelassen?« Ada konnte sich nicht vorstellen, wie Joanna ihm überhaupt begegnet war, es sei denn, sie hatte etwas von der Seite der Gentlemen holen müssen.

»Er war schon da – im Untergeschoss. Als ich ihm gesagt habe, er sollte sich hier nicht aufhalten, gab er an, auf der Seite der Gentlemen untergebracht zu sein.«

Was hatte Max vor?

»Danke, Joanna. Ich kümmere mich um die Sache.« Ada schlenderte aus der Bibliothek und ging zur Hintertreppe. Wenn er in ihrem Büro war, würde er entdecken, dass sie auch hier lebte.

Sie ging in die Wohnung, fand aber den Hauptraum, mit ihrem Schreibtisch, einem Tisch und einer Sitzgruppe, leer vor. »Max?«

Er erschien in der Tür zu ihrem Schlafzimmer und lehnte sich mit seiner langen, geschmeidigen Gestalt gegen den Türrahmen. »Du wohnst hier.«

»Ja.«

»Das hast du gestern Abend nicht erwähnt.« Er musterte sie auf eine laszive Weise so gründlich, dass sie das Gefühl bekam, unbekleidet vor ihm zu stehen. »Ich muss dich nach dem Grund dafür fragen.«

»Ist das nicht offensichtlich?« Sie leckte sich über die Lippen, denn seine Attraktivität war ihr viel zu sehr bewusst und auch, wie sehr sie ihn begehrte. Heute Abend war irgendetwas an ihm anders. Bei der Betrachtung seines dunkelblauen Fracks mit der hellblauen Weste lief ihr vor Verlangen das Wasser im Munde zusammen.

»Ich bin mir da nicht so sicher.« Er stieß sich vom Türrahmen ab und schlenderte auf sie zu. »Vielleicht würdest du mich aufklären?«

Adas Herz pochte nun in einem gleichmäßigen, hungrigen Rhythmus. »Ich hielt es für das Beste für uns beide, dich im Unwissen darüber zu lassen, dass wir unter demselben Dach nächtigen.«

»Du wolltest von mir nicht noch einmal gebeten werden, mit mir zu schlafen.«

»Ich wollte nicht Nein zu dir sagen müssen.« Um genau zu sein, dachte sie, sie könnte das nicht über sich gebracht haben. »Du machst mir meinen Widerstand schwer.«

Bei seinem langsamen, verführerischen Lächeln blieb Ada die Luft weg. »Ich würde mich entschuldigen, aber das tut mir nicht leid.«

»Das ist ganz und gar nicht fair«, krächzte sie, und ihr Körper bebte vor Verlangen. Er war nur einen Meter von ihr entfernt stehen geblieben, und sie machte sich die verbliebene Distanz zunutze, um das Wenige, was ihr an Vernunft noch geblieben war, in den Griff zu bekommen. »Was ist heute Abend mit dir los?«

Er legte die Stirn in Falten. »Ist etwas verkehrt?«

»Nicht *verkehrt*. Es ist anders. Du verhältst dich ganz und gar ungewöhnlich. Du *flirtest*.«

»Gefällt dir das nicht?«

»Du machst es mir beinahe unmöglich, Widerstand zu leisten.«

Wieder glitt sein Blick über sie und ließ ihren ganzen Körper vor Verlangen aufflammen. »Ich mag das Unmögliche.«

Ada war kurz davor, alle Zurückhaltung und Vernunft in den Wind zu schlagen. Sie kämpfte darum, weiterzureden. »Ist heute Abend etwas vorgefallen?«

»Ich bin mit Dougal und Lucien ausgegangen. Wir waren im Siren's Call. Erinnerst du dich, dass ich dir davon erzählt habe?«

»Ja, ich erinnere mich, das angebliche Bordell, das keines ist. Wie war es?«

»Es war ungünstig gelaufen, und ich kam hierher zurück. Mir ging auf, dass ich nicht in der richtigen Verfassung war, um mich zu amüsieren. Die verfluchte Vergangenheit steigt immer wieder an die Oberfläche. Inzwischen war ich zu dem Schluss gelangt, am besten so zu tun, als hätte es die letzten fünf Jahre nicht gegeben. Nur für heute Nacht.«

Sie nahm einen kurzen Kampf in seinen Augen wahr, als würde er seine Entscheidung nochmals überdenken, oder vielleicht seine Fähigkeit, zu vergessen. Sie trat auf ihn zu, weil sie es für unabdingbar hielt, dass er als Sieger aus diesem Kampf hervorging, und er eine Nacht verbrachte, in der er nicht von all dem belastet wurde, was ihn bedrückte. »Wie kann ich helfen? Man sagte mir, du bräuchtest meine Hilfe.«

Er starrte sie nur an, und sie war sich nicht sicher, ob er seinen inneren Kampf gewinnen würde.

»Was würdest du tun, wenn es fünf oder zehn Jahre

früher wäre?«, fragte sie. »Wir könnten zum Sirene's Call zurückkehren. Oder woanders hingehen.«

Er schüttelte den Kopf. »Vor fünf oder zehn Jahren wäre ich genau hier und würde mit *dir* schlafen.«

O Gott. Beinahe hätte sie sich ihm in die Arme geworfen.

Ein Klopfen an der Tür unterbrach sie abrupt und brachte Ada kurzzeitig aus dem Konzept. Eigentlich hätte sie dankbar sein müssen. Stattdessen wollte sie dem Störenfried draußen vor der Tür am liebsten den Hals umdrehen.

»Ada, bist du da drin?«

Verflixt, es war Evie. Ada gestikulierte in Richtung ihres Schreibtisches und flüsterte eindringlich: »Versteck dich darunter!«

Max beeilte sich, ihrer Aufforderung nachzukommen. Als er sich unter den Tisch gepfercht hatte, schöpfte Ada tief Luft und ging zur Tür.

Sie öffnete sie, wobei sie ein strahlendes Lächeln aufsetzte. »Evie.«

»Ist alles in Ordnung?« Evie betrat den Raum und zwang Ada, beiseitezutreten. »Mir ist zu Ohren gekommen, es soll sich ein Mann hier oben aufhalten, der deine Hilfe braucht.« Sie blickte sich um, wobei ihr Blick auf der Tür zu Adas Schlafzimmer verharrte. Ada hätte Max dort hineinschicken sollen, denn dann hätte er sich unter ihrem Bett verstecken können.

»Ah, ja.«

Evie drehte sich zu ihr um. »Es war Warfield.«

Ohne zu überlegen, setzte Ada zu einer Erklärung an. »Er wollte nur ein Tablett mit Essen hochgeschickt bekommen. Ich sagte ihm, ich würde mich darum kümmern. Jetzt ist er wieder in sein Zimmer gegangen.«

»Warum hat er nicht einfach einen Diener auf seiner eigenen Seite des Clubs darum gebeten?«

Achselzuckend entgegnete Ada: »Du weißt doch, wie schwierig er sein kann.«

»Männer«, murmelte Evie.

»In der Tat«, stimmte Ada mit einem Nicken zu.

Evie legte den Kopf schief. »Es ist schon seltsam, dass er nach dir gesucht hat. Ist da etwas zwischen euch?« Wieder warf sie einen Blick in Richtung Schlafzimmer.

»Wir sind Freunde. Ich glaube, er fühlt sich hier in London unbehaglich. Ich bin ihm vertraut.« Ada hätte diesem Argument Glauben geschenkt. Sie hoffte, Evie würde das ebenfalls tun.

»Ich freue mich, dass du seine Freundin geworden bist. Es klingt, als ob er eine nötig hätte.« Evie wandte sich zur Tür. »Kommst du wieder runter?«

»Gleich. Mir ist eingefallen, dass ich mich noch um etwas kümmern muss.« Ada setzte sich hinter ihren Schreibtisch und hoffte, dass Evie gehen würde, wenn sie beschäftigt aussah.

»Immer bei der Arbeit«, murmelte Evie. »Ich würde dir ja sagen, du sollst es lassen, aber ich weiß, dass es dich glücklich macht.«

»Ja.« Ada sprang fast wieder vom Stuhl auf, als sie Max´ warme Hand spürte, die sich um ihre Wade schloss. Sie rang um ihre äußere Fassung, als er sie durch die dünne Schicht ihres Strumpfes hindurch streichelte.

»Wir sehen uns später.« Evie ging allein hinaus und schloss die Tür hinter sich.

Ada blickte auf Max hinab, der im Fußraum ihres Schreibtisches hockte. »Was um alles in der Welt tust du da? Wolltest du deine Anwesenheit hier kundtun?«

Er schob ihren Stuhl mit der anderen Hand zurück und rutschte nach vorn, doch er blieb dabei auf den Knien. »Das wollte ich nicht. Ich fürchte, im Gegensatz zu dir, konnte ich nicht widerstehen. Mit dir zu schlafen ist vielleicht nicht möglich, aber als du sagtest, ich hätte nach einem Tablett mit Essen verlangt, war mir eine andere Idee gekommen, falls du dafür aufgeschlossen bist.« Er ließ seine Hand an ihrem Bein emporgleiten – und zwar von der Kniekehle an bis zur Oberseite ihres Oberschenkels.

Sie konnte sich vorstellen, was er plante, und der letzte Rest ihres Widerstands löste sich in Luft auf. »Oh.« Mehr brachte sie nicht mehr hervor.

Mit der freien Hand hob er ihren Rock an und schob ihn auf ihren Schoß. »Heißt das, ich darf weitermachen?«

»Ja«, wisperte sie.

»Fantastisch.« Er schob beide Hände unter ihr Kleid und umfasste die Oberseiten ihrer Schenkel. »Spreize deine Beine.«

Das brauchte er Ada nicht zweimal zu sagen. Sie öffnete die Beine für ihn und sank ein wenig in sich zusammen, wobei sie ihr Becken zu ihm hin bewegte.

Er schob ihr das Kleid bis zur Taille hoch und entblößte ihre Haut, die nun der Luft und seinem Blick ausgesetzt war. »So schön«, murmelte er, während er über ihre Schamlippen streichelte.

Ada presste den Kopf an die Stuhllehne und holte tief Luft. Er reizte sie, indem seine Fingerspitzen an ihrem Geschlecht entlang glitten und ihre Klitoris rieben. Sie schloss die Augen und konzentrierte sich nur auf seine Berührung.

Dann ersetzte er die Finger durch seine Zunge, und mit einem leisen Schrei, der ihr verzweifeltes Verlangen nach mehr ausdrückte, hob sie sich vom Stuhl. Er schob ihre Beine zu seinen Schultern und umfasste sie von hinten. Dann vergrub er sich zwischen ihren Schenkeln, und mit seinen Lippen und seiner Zunge verschlang er sie in wilder Leidenschaft.

Ada stöhnte auf und war ihm ausgeliefert. Das war keine

neue Erfahrung für sie, und doch unterschied sie sich von allem, was sie je erlebt hatte. Er konnte nicht genug von ihr bekommen, und ihr war bewusst, seiner niemals überdrüssig zu werden. Das Vergnügen stieg in ihr auf und sie umklammerte seinen Kopf, während sie die Finger in seine Kopfhaut grub. Sie stieß nach oben, und ohne Sorge oder Scham rieb sie sich an ihm.

Er hielt ihre Pobacken fest, seine Hände massierten sie, während er sie inmitten ihrer Hingabe festhielt. Sie fühlte sich wild, ungezähmt, glorreich. Plötzlich war sein Daumen wieder an ihrer Klitoris, und die Empfindung explodierte in ihr. Ihre Muskeln verkrampften sich, und immer wieder schrie sie auf, während die Ekstase jede Faser ihres Körpers durchdrang.

Irgendwann sank sie erneut in die Realität und ihr Körper wurde sich des Stuhls unter ihr und der ungünstigen Haltung ihres Kopfes bewusst, als sie gegen die Lehne sackte. Er streichelte ihr Geschlecht weiterhin mit dem Finger, als der letzte Rest ihres Orgasmus abebbte und sie befriedigt und zitternd zurückließ.

Er stand auf, und es gelang ihr, sich in eine sitzende Position zu bringen. »Das war schön«, meinte er und ging zum Sofa, auf das er sich setzte und die Beine übereinanderschlug.

Sie bemerkte die scharfe Kontur seiner Erektion und wollte sich für den Gefallen revanchieren, den er ihr gerade erwiesen hatte. »Ich bin dankbar, dass dein Abend schiefgelaufen ist.« Ihre Stimme war rau und kratzig, was wahrscheinlich daran lag, dass sie alle möglichen unmenschlichen Geräusche von sich gegeben hatte. Sie hoffte nur, nicht zu laut gewesen zu sein und keine Aufmerksamkeit erregt zu haben. Dass sich um diese Zeit noch jemand auf dieser Etage aufhielt, war unwahrscheinlich, insbesondere deshalb, da noch Mitglieder im Club waren. Obwohl, Evie war gerade erst hierher gekommen ... Ada schüttelte diesen Gedanken ab.

»Das bin ich auch«, sagte Max. »Das hast du einem unausstehlichen Rüpel im Siren's Call zu verdanken.«

»Ich freue mich, dass du dort warst, auch wenn der Besuch dort nicht so verlaufen ist, wie du es dir erhofft hast.«

»Dieser Abend ist weitaus besser verlaufen, als ich es mir vorgestellt hatte, würde ich behaupten. Ich habe ausnahmsweise mal eine Mahlzeit beendet.«

Ada schlug sich die Hand vor den Mund und starrte ihn an. Er war geradezu unanständig, und sie genoss jeden Moment davon. »Nun, wenn es das ist, was es braucht ...« Sie zuckte mit den Schultern. »Schläfst du schon besser?«

»Nein, aber meiner Vermutung nach wird sich das heute Nacht ändern.«

Ada wusste, wie wunderbar sie schlafen würde, und sie freute sich, wenn er ebenfalls in diesen Genuss kam. Vielleicht sollten sie das jede Nacht tun, solange er in der Stadt war. Doch ihrer Befürchtung nach würde er nicht lange bleiben. »Reist du am Montag ab, nachdem du dich morgen mit Prudence getroffen hast?«

Er streckte seinen Arm über die Rückenlehne des Sofas. »Ich habe es in Erwägung gezogen.«

Da er nicht so klang, als hätte er bereits einen Entschluss gefasst, benutzte sie ihren Vorteil und hoffte, tatsächlich einen zu haben. »Bleibst du wenigstens noch einen Tag? Dann können wir am Montagabend nach Vauxhall fahren. Es ist so schön um diese Jahreszeit.« Als er den Blick abwandte, fügte sie hinzu: »Bei der Größe und den unzähligen Wegen ist es einfacher den Leuten auszuweichen als etwa auf einem Ball. Man kann einen geselligen Abend genießen, ohne sich mit Aufdringlichkeiten herumschlagen zu müssen, oder zumindest einem Übermaß davon.«

»Irgendwie klingt das verlockend, muss ich zugeben.« Sein Blick begegnete ihrem. »Du möchtest, dass ich dich begleite?«

»Bitte?«

Er nahm den Arm vom Polster und stand auf. Ada sprang von ihrem Stuhl auf und traf in der Raummitte mit ihm zusammen. »Zufälligerweise war eine Begegnung mit dir einer der Gründe, warum ich nach London gekommen bin«, meinte er sanft. Er küsste sie, und seine Lippen wanderten sanft über ihre, ehe er mit der Zunge in ihren Mund glitt.

Ada legte die Hände flach auf seine Brust, spürte seinen Herzschlag und winkelte den Kopf an, um ihn inniger zu küssen. Er schmeckte nach Hitze und nach ihr, was ihr Verlangen nach ihm abermals entfachte. Falls es jemals wirklich verebbt war.

Er zog sich zurück und küsste sie auf die Stirn. »Danke für einen denkwürdigen Abend. Gute Nacht, Ada.« Er ging allein hinaus und Ada starrte noch lange auf die Tür.

Ja, es war ein denkwürdiger Abend gewesen. Wahrscheinlich, weil sie sich endlich dieses lästige Gefühl eingestand, das sie so verzweifelt zu ignorieren und vermeiden versucht hatte. Dass ihre Gefühle für Max sehr stark und vor allem sehr tief waren. Sie verliebte sich hoffnungslos in ihn, ob sie das nun wollte oder nicht.

Im Hyde Park wimmelte es von herumrennenden Kindern, und Vogelgezwitscher erfüllte die Luft, während der Duft von Sommerblumen mit der Brise einher zog. Im Park zu spazieren war eine weitere Sache, die Max seit einiger Zeit nicht mehr getan hatte. Und das hätte er auch nicht, wenn er sich nicht mit Prudence treffen würde.

Was nicht heißen sollte, dass er die wunderschöne Umgebung nicht genoss. Vielleicht war er von dem gestrigen Abend einfach noch zu berauscht.

Es hatte sich so wundervoll angefühlt, seine Schuld und Traurigkeit loszulassen und wenn auch nur für eine kleine Weile. Warum hatte er das nicht schon früher getan?

Weil er in seiner Verzweiflung viel zu weit gegangen war. Es hatte eine hartnäckige Frau mit einer nervtötenden Neigung gebraucht, ihn Dinge fühlen zu lassen, die er seit langer Zeit nicht mehr gefühlt hatte. Und dafür, ihn zum Lächeln und zum Lachen zu bringen. Dafür, dass er lächeln und lachen *wollte*.

Ihr Gesicht gestern Abend zu beobachten, als er mit ihr geflirtet hatte, hatte ihn mit mehr Freude erfüllt, als er seit Jahren erlebt hatte. Er hoffte, er könnte es noch einmal wiederholen.

Max stand in der Nähe des Rings und hielt nach seiner Halbschwester Ausschau. Nach einigen Minuten – er war zeitig gekommen – kam sie auf ihn zu. Ihr blondes Haar war größtenteils unter einer Haube verborgen und ihr Rock mit dem Blumenmuster schwang hin und her, während sie zielstrebig voranschritt.

»Guten Tag«, begrüßte er sie, als sie bei ihm ankam. Er schaute sich um. »Bist du allein?«

»Ja. Ada dachte, dieses Treffen sollte nur unter uns beiden stattfinden. Hätte ich Bennet mitbringen sollen?«

»Nein, ich meine nur, dass du keine Zofe bei dir hast.«

»Unser Haushalt ist noch immer sehr klein«, entgegnete Prudence. »Vermutlich können wir es uns jetzt leisten, mehr Personal einzustellen, aber ich brauche nicht unbedingt eine Zofe. Ich bin nicht wie du aufgezogen worden.« Sie brachte diese Worte wie eine Feststellung von Tatsachen hervor ohne Missbilligung oder Urteil. »Als eine Viscountess sollte ich wahrscheinlich eine Begleiterin haben, doch das habe ich nun mal nicht und außerdem kümmert es mich nicht besonders, was andere von mir denken und am allerwenigsten du.«

Er mochte sie. »Würde es dich überraschen, zu erfahren, dass ich keinen Kammerdiener habe?«

»Ja, das würde es. Warum nicht?«

»Als ich aus Spanien zurückgekehrt bin, war ich für lange Zeit krank. Es bestand kein Bedarf für einen Kammerdiener. Kürzlich habe ich überlegt, einen einzustellen. Seit meiner Ankunft in London, um ehrlich zu sein. Mein Haar könnte gestutzt werden. Und ich sollte jemanden haben, der sich um meine Garderobe kümmert.« Er blickte an seiner fünf Jahre alten Garderobe herab.

»Also wirst du jemanden einstellen?«

»Ich weiß es nicht. Ich zaudere noch. Es scheint unnötig. Ich bin auch nicht daran gewöhnt, Menschen so … nahe um mich zu haben.«

»Ich verstehe«, murmelte sie. »Sollen wir ein Stück gehen?«

Er fing an, den Weg entlang zu schlendern und sie ging neben ihm her. »Es ist interessant, dass du auf der Suche nach einer Anstellung gekommen bist, anstatt mir zu sagen, dass du meine Halbschwester bist und Geld zu verlangen.«

Sie schaute stur geradeaus. »Ich fühle mich zu nichts berechtigt. Ich hätte dich auch nicht um die Mitgift gebeten. Das war in Wahrheit Lady Peterboroughs Einfall.«

»Deine Mutter.«

»Ja. Obwohl es immer noch schwierig ist, sie als solche zu sehen. Sie mag mich vielleicht zur Welt gebracht haben, aber sie ist nicht meine Mutter gewesen.«

»Ich verstehe.« Max entschied plötzlich, *dass* er ein Treffen mit der Countess haben wollte. Er kehrte zu Prudence' Worten zurück. »Du brauchtest diese Mitgift wirklich. Lucien hat versucht, mir das zu sagen, doch es hat mich nicht interessiert.« Er zog eine Grimasse und wünschte, er könnte zu jenem Tag zurückkehren und sich anders benehmen. »Ehrlich gesagt hätte ich sie euch wahrscheinlich gegeben, wenn du – oder Glastonbury – darum gebeten hättest. Was keine Entschuldigung für mich sein soll.«

»Gut. Ich weiß es zu würdigen, wenn jemand Verantwortung für sein Benehmen übernimmt.«

»Sind dreitausend Pfund genug?«, fragte er.

»Ja«, antwortete sie fest. »Ich weigere mich, mehr anzunehmen. Ich habe meinen Stolz, und meine Unabhängigkeit ist mir kostbar. Das war sie jedenfalls vor meiner Eheschließung mit Glastonbury. Jetzt bin ich als seine Ehefrau vermutlich vollkommen abhängig.« Sie schüttelte den Kopf. »Das ist nicht gerecht. Bennet behandelt mich als Partnerin.«

»Es klingt, als sei er ein guter Ehemann. Ich freue mich für dich.«

Prudence blieb auf dem Weg stehen und drehte sich zu ihm um. »Warum wolltest du dich heute mit mir treffen?«

Max schaute ihr in ihre grünen Augen. »Du bist ihm ähnlich – unserem Vater. Es ist sehr merkwürdig. Nach dem Tod meines Bruders dachte ich, ich sei vollkommen allein. Es gibt keine Cousins oder weit entfernte Verwandte.«

»Wenn du also nicht heiratest und keine Kinder hast, wird der Titel sterben.«

»Ja.«

»Dann würde ich vorschlagen, dass du heiratest«, meinte sie trocken.

»Der Titel bedeutet mir nichts.«

Sie runzelte die Stirn und legte den Kopf schief. »Aber es hat dich beschäftigt, allein zu sein?«

Er öffnete den Mund und dann schloss er ihn wieder, denn er war nicht ganz sicher, wie er ihr antworten sollte. »Ich habe meinen Bruder und meinen Vater sehr geliebt. Ich habe auch meine Mutter geliebt.« Er verstummte und hielt sich gerade eben davon ab, Lucia zu erwähnen. Ihr Tod war für ihn verheerend gewesen und so bald darauf seinen Bruder und Vater zu verlieren, hatte ihn zerbrochen.

»Wolltest du dich mit mir treffen, um zu sehen, ob du dich immer noch allein fühlst?« Sie setzte sich wieder in Bewegung und Max schloss sich ihr an. »Ich versuche, es zu verstehen. Wie du, war auch ich nach dem Tod meiner Eltern allein. Ich ging davon aus, für immer allein zu bleiben, insbesondere, nachdem du dich geweigert hattest, mich überhaupt einzustellen. Ich hatte großes Glück, an jenem Tag Lucien begegnet zu sein. Er hat meinem Schicksal eine neue Wendung gegeben.«

Max dachte an Ada und daran, wie Lucien ihr offenbar ebenfalls geholfen hatte. »Er scheint euer aller Retter zu sein.«

»Das klingt, als würde dich das ärgern«, meinte Prudence leise.

»Er kann einfach nicht anders, wenn es um die Rettung von Menschen geht.« Das wusste Max aus erster Hand und allmählich fragte er sich, warum Lucien so war.

»Ich halte es für eine gute Sache«, überlegte Prudence laut.

»Um deine Frage zu beantworten: Ich wollte dich treffen, weil du das einzige Familienmitglied bist, das mir noch geblieben ist. Ich wünschte, mein Vater wäre meiner Mutter nicht untreu gewesen, und ich könnte jetzt ein Gespräch mit ihm führen und ihn nach dem Grund dafür fragen.«

Prudence sah ihn von der Seite an. »Vielleicht solltest du mit Lady Peterborough sprechen.«

Er war froh über ihren Vorschlag. »Daran habe ich auch schon gedacht. Hältst du das für eine gute Idee?«

Sie zuckte mit den Schultern. »Es könnte nicht schaden. Ich hatte sie nicht unbedingt konfrontieren wollen, weshalb ich Verständnis habe, wenn du es nicht tust. Ich empfinde solche Dinge – wie Konfrontation und das Potenzial für Gefühlsausbrüche – als unangenehm.«

Ja, Max mochte sie wirklich. Auf jeden Fall fühlte er sich mit ihr verwandt. »Warum hast du es dann getan?«

»Das ist kompliziert, doch ich fühlte mich, als müsste ich es tun. Ich war in einer … schlimmen Situation.«

»Kann ich helfen?«

Sie lächelte ihm zu. »Du gibst mir eine Mitgift. Mehr Unterstützung brauche ich nicht.«

Max verstand nicht recht, doch er wollte nicht weiter nachhaken. Ada hätte noch weitere Fragen gestellt, bis sie auf den Kern der Sache gestoßen wäre.

»Du lächelst«, stellte Prudence fest. »Das scheinst du nicht sehr oft zu tun.«

Nur, wenn er mit Ada zusammen war. Oder wenn er an sie dachte, wie es schien.

»In letzter Zeit hatte ich nicht viel Grund zur Freude.« Bis er Ada kennengelernt hatte. Konnte er einen Moment lang einmal nicht an sie denken?

»Weil du zu sehr damit beschäftigt bist, verdrießlich zu sein?« In ihrer Stimme lag Humor, und das wusste er zu schätzen. Ihr Tonfall hatte eindeutig etwas Schwesterliches an sich.

»So würde es meine Haushälterin ausdrücken. Ich habe nicht geglaubt, es mit Absicht zu tun, aber das habe ich, glaube ich, getan.« Er stieß die Luft aus seinen Lungen. »Wie du, bevorzuge ich es, emotionale Verwicklungen zu umgehen.«

Insbesondere seit … nun, seit er so tief getroffen worden war, dass er nie wieder etwas fühlen wollte.

»Ich kann deinen Sinneswandel nicht übersehen, den du, seit Adas Besuch bei dir, zu haben scheinst. Ich kenne sie recht gut und kann mir vorstellen, welchen Einfluss sie auf dich ausgeübt haben könnte. Hat sie dich vielleicht dazu überredet?«

»Sie hat mir vorgeworfen, wie ich dich behandelt habe, doch nach ihrer Abreise habe ich beschlossen, herzukommen. Sie hat tatsächlich einen Einfluss auf mich gehabt. Ada hat mir meine Versäumnisse aufgezeigt, nämlich die Menschen um mich herum wahrzunehmen, die auf mich angewiesen sind. Dazu gehörst auch du.«

Sie wirkte beleidigt. »Ich bin nicht auf dich angewiesen.«

»Nein, aber das könntest du sein. Wenn du wolltest.«

»Willst du damit sagen, dass wir uns wie eine Familie verhalten sollen?« Sie klang, als schwankte sie irgendwo zwischen Unglauben und Sarkasmus. Das konnte er ihr nicht verdenken.

»Ich will damit sagen, dass wir eine Familie *sind*, ob wir nun wollen oder nicht.« Er holte tief Luft, und sein Herzschlag beschleunigte sich. »Und ich glaube, ich möchte das vielleicht wirklich sein.«

»Du überraschst mich, Warfield.«

»Ich überrasche mich selbst.« Da Ada ihn aus der Tiefe hervorgezogen hatte, wollte er nicht wieder hineinfallen. Das ließe sich möglicherweise mit mehreren Ankern verhindern. »Du solltest mich Max nennen.«

»Dann musst du mich Prudence nennen. Ich hatte nie Geschwister. Du hattest deinen Bruder, also macht es dir hoffentlich nichts aus, dass ich mich darauf verlasse, mir von dir zeigen zu lassen, wie ich mich verhalten soll.«

»Das liegt eventuell gar nicht in deinem Sinne«, meinte er und schüttelte leicht lächelnd den Kopf. »Ich bin mir nicht sicher, ob ich mich noch daran erinnere, wie man ... Menschen nahe ist.« Er konnte nicht ganz glauben, was er ihr da offenbarte. Das hatte nicht in seiner Absicht gelegen, und doch konnte er sich nicht zügeln. Doch das würde er – unter keinen Umständen würde er seine Vergangenheit oder die schrecklichen Dinge offenbaren, die er auf dem Gewissen hatte.

»Dann werden wir Schritt für Schritt vorgehen. Wie wäre es, wenn wir als Freunde anfangen?« Sie warf ihm einen zaghaften Blick zu.

»Es tut mir so leid, wie ich mit dir umgegangen bin.« Er hielt inne und bot ihr seinen Arm dar.

Sie nahm ihn und legte die Hand um seinen Ärmel. »Ich werde für dich da sein. Wenn du mich brauchst.«

»Ich danke dir.« Irgendwie fiel ihm das Atmen leichter, als wäre ihm eine Last – zumindest eine kleine – abgenommen worden.

»Wie lange wirst du in London bleiben?«

»Eigentlich wollte ich morgen abreisen, aber Ada, Miss Treadway, hat mich überredet, noch einen weiteren Tag zu bleiben. Sie entführt mich morgen Abend nach Vauxhall. Du solltest uns begleiten.« Er warf ihr einen Blick zu, aber sie blickte geradeaus. »Wenn du möchtest.«

»Das wäre schön. Ich werde mit Bennet sprechen. Wir werden in der nächsten Woche oder so nach Somerset zurückkehren. Ein Abend in Vauxhall wäre schön.«

»Dann freue ich mich darauf, euch zu treffen.« Die Worte kamen ihm seltsam vor, aber er meinte sie ernst. Er deutete dies als gutes Zeichen, dass er wirklich in der Lage war, voranzukommen und die Vergangenheit hinter sich zu lassen.

~

Sie wollte nicht in ihn verliebt sein.

Ada drehte sich zur Seite und blickte finster in die Dunkelheit. Aus Angst, Max könnte versuchen, zu ihr in die Wohnung zu kommen, hatte sie mit Evie in deren Haus in St. James's zu Abend gegessen. Tatsächlich hatte sie dort so lange verweilt, wie sie es gewagt hatte, und bei ihrer Rückkehr in den Phönix Club war sie dann in ihre Wohnung geeilt, ohne stehen zu bleiben.

Doch Max war nicht gekommen. Sehr zu ihrem Verdruss war sie ebenso enttäuscht wie erleichtert. Der gestrige Abend war so wundervoll gewesen. Sie hatte sich sicher gefühlt, sie würde ihn heute abweisen müssen. Weil sie das musste, ganz egal wie sehr ihr Herz sich nach seiner Gesellschaft sehnte.

In ihrem Inneren machte sich Frustration bemerkbar. Nicht mit allem und jedem, sondern mit sich selbst. Nach ihrer Erfahrung mit Jonathan hätte sie es besser wissen sollen.

Dummerweise hatte sie gedacht, mit dem Alter auch an Weisheit gewonnen zu haben, oder zumindest die Fähigkeit sich anders zu benehmen. Es hatte scheinbar nichts bewirkt, denn sie schlug die Bettdecke zurück und schlüpfte aus dem Bett. Sie zog ihren Morgenrock und die Pantoffeln an und nahm eine Kerze, um ihre Wohnung zu verlassen, wobei sie leise auf den Schrank am anderen Ende des Korridors zuging.

Es war nicht wirklich ein Schrank. Sobald sie eingetreten war, tastete sie nach dem Hebel, der die falsche Rückwand öffnete, die eigentlich eine Tür war, die zu einem weiteren, identischen Schrank führte.

Nun stellte sich die Frage, welches Zimmer das seine war. Sie hatte jeden Zentimeter des Clubs gesehen und wenn sie raten sollte, welchen Raum Lucien für Max vorgesehen hatte, würde sie auf den größten tippen, der in der hinteren Ecke lag und auf den Garten hinausging.

So leise wie möglich schlich sie sich auf Zehenspitzen zur hinteren Ecke. Dann stand sie vor der Tür und runzelte die Stirn.

Warum zögerte sie?

Weil sie nicht hier sein sollte. Er hatte sie nicht eingeladen. Aber sie hatte am Abend zuvor auch ihn nicht eingeladen und trotzdem war er in ihrem Apartment gewesen.

Sie würde ihn nach seiner Begegnung mit Prudence fragen. Ja, das war ein ausgezeichneter Grund, weit nach Mitternacht hierher zu ihm zu kommen.

Ehe sie es sich noch anders überlegen konnte, klopfte sie an. Einen Augenblick später öffnete sich die Tür und Max zog sie hinein.

»Ich wusste, dass du es bist.«

»Das ist eine Erleichterung. Ich kann mir nicht vorstellen, wen du sonst noch um diese Uhrzeit erwartest.«

»Ich sollte doch meinen, dass das offensichtlich ist.« Er zog die Augenbrauen hoch. »Eine Kurtisane.«

Sie wollte widersprechen, doch sie wusste, dass bestimmte Gentlemen – Freunde von Lucien – gelegentlich, Verabredungen auf dieser Etage hatten. Sie hieß dies nicht gut, da der Phönix Club nicht diese Art von Etablissement war.

Mit argwöhnischem Blick betrachtete sie seinen Morgenrock und die entblößte Haut an seinem Hals. »Hat dir jemand angeboten, das für dich zu arrangieren?«

»Nein. Hätte das jemand tun sollen?«

»Ich möchte doch hoffen, dass dem nicht so ist, aber ich habe nicht in allem ein Mitspracherecht, was hier vor sich geht.« Sie stellte die Kerze auf einem Tisch ab, der an die Wand gerückt war. Dann drehte sie sich wieder zu ihm um und verschränkte die Hände vor sich, wobei sie die Arme kurz streckte. Sie war nervös. »Ich bin gekommen, ähm, um dich zu fragen, wie dein Treffen mit Prudence gelaufen ist.«

»Ich hatte gehofft, dich zu sehen. Ich wünschte, die Seite der Gentlemen des Clubs wäre nicht nur an den Dienstagen für Frauen zugänglich.« Er deutete auf den Sitzbereich, der das kleine Vorzimmer beherrschte.

Ada vermied es, auf die Tür zum Schlafzimmer zu schauen, während sie auf dem Sofa Platz nahm. »Vielleicht solltest du noch einen Tag bleiben, damit du das erleben kannst. Das ist eigentlich mein Lieblingsabend der Woche.«

Er setzte sich neben sie – näher als damals, als sie sich in Stonehill ein Sofa in der Bibliothek geteilt hatten, aber nicht so nah, dass sie ihn berühren konnte. Das war ein Segen und Fluch zugleich. »Ich hatte denselben Gedanken. Das würde mir auch erlauben, Lady Peterborough zu treffen. Ich werde ihr morgen eine Nachricht schicken und um ein Gespräch bitten.«

»Es überrascht mich, dass du dich mit ihr treffen willst.«

»Prudence hat den Vorschlag gemacht, doch ich hatte es ohnehin bereits in Erwägung gezogen. Ich habe Fragen.« Stirnrunzelnd richtete er den Blick in die Ferne.

»Dann solltest du dich mit ihr treffen. Es klingt, als hättest du eine überaus ergiebige Reise.«

»Ich denke schon. Ich mag Prudence, doch ich hatte auch nichts anderes erwartet, da sie deine beste Freundin ist. Wir werden uns gut verstehen, glaube ich.«

Ada strahlte ihn an. »Ich bin so glücklich. Für euch beide.« Sie konnte es kaum erwarten, sich mit Prudence darüber zu unterhalten. Hoffentlich würde sie sie morgen treffen können.

»Ich danke dir.« Er blickte sie mit einer durchdringenden Ernsthaftigkeit an, die ihre Freude dämpfte, aber nicht auf eine negative Art. Es blieb ihr nicht verborgen, wie viel ihm das bedeutete. »Du hast mich auf eine Weise bewegt, die ich für unmöglich gehalten habe.«

O je. Schon wieder war er unwiderstehlich. Aber sie glaubte nicht, ihn anders sehen zu können. Sie war vollkommen verliebt in ihn, und wenn sie jetzt nicht die Flucht ergriff, wäre sie in seinem Netz gefangen. Wenn sie das nicht schon war.

Sie sprang auf. »Es freut mich zu hören, wie gut es sich mit Prudence anlässt.« Sie täuschte ein Gähnen vor und hielt sich die Hand vor den Mund. »Jetzt muss ich ins Bett gehen. Morgen muss ich früh raus, und wir haben einen aufregenden Abend vor uns.« Wie sollte sie das nur schaffen? Mit einem Mann die schummrigen, romantischen Wege von Vauxhall entlang zu schlendern, der ihr das Herz fast aus der Brust springen ließ? Ganz zu schweigen von der Art und Weise, wie er ihren Körper vor Verlangen pulsieren ließ. So wie es in diesem Augenblick geschah.

Er stand auf. »Du willst gehen?«

»Ich glaube, ich muss«, flüsterte sie.

»Wahrscheinlich.« Er klang resigniert. »Würdest du bleiben, wenn ich dir verspreche, dass wir nur schlafen?«

Das wollte sie. So sehr. Sie wollte sich außerdem für das Vergnügen revanchieren, das er ihr gestern Abend bereitet hatte.

Doch nein, sie musste sich beherrschen. Sie war bereits zu dem Schluss gekommen, dass sie aus ihren vergangenen Fehlern gelernt hatte, und sie war entschlossen, zu beweisen, dass sie sie nicht wiederholen würde.

»Ich werde sehr früh fortgehen müssen«, meinte sie.

Seine Augen leuchteten voller Wärme. »Genau wie in Stonehill.«

Mit Ausnahme der letzten Nacht. »Dann lass uns schlafen«, schlug sie mit fester Stimme vor. »Nur *schlafen*.«

Ein paar Minuten später legte sie sich in sein Bett, wobei sie darauf achtete, mindestens zwei Handbreit Abstand zwischen ihnen zu lassen. Doch es fiel ihr nicht leicht, einzuschlafen.

CHAPTER 15

Aufregung köchelte in Ada, als Max' Kutsche vor den Toren von Vauxhall hielt. Sie saß mit Max auf dem nach vorne gerichtetem Sitz, während Evie und Lucien ihnen gegenüber saßen. Prudence und Bennet würden sie drinnen treffen.

»Ich bin einmal mit dem Boot hierhergekommen«, sagte Evie. »Das würde ich gerne wieder tun. Was meint ihr dazu?« Sie blickte sich in der Kutsche um.

»Das würde mir gefallen«, stimmte Lucien zu.

Max warf einen Blick in Adas Richtung, als seine Hand die ihre berührte. Während der ganzen Fahrt nach Vauxhall, die nicht gerade kurz war, hatten sie sich gelegentlich berührt, doch dies war eine stille Mitteilung, dass er verstand, warum eine Bootsfahrt für sie nicht willkommen war.

Ada lächelte verlegen. »Ich mag Boote nicht sonderlich gern.«

Evie schüttelte den Kopf und zog eine leichte Grimasse. »Ach ja, natürlich nicht. Ich bitte um Entschuldigung.«

»In Wahrheit habe ich überlegt, ob ich mich dieser Angst stellen soll«, meinte Ada. »Vielleicht sollten wir eine Bootsfahrt auf der Themse unternehmen.«

Evies Miene hellte sich auf. »Das würde ich gerne mit dir machen.«

Die Tür öffnete sich, und Og half Ada aus der Kutsche. Ihn hier in einer alten, aber ordentlichen Livree in der Stadt zu sehen, war zunächst schockierend gewesen, als er sie vorhin abgeholt hatte.

»Danke, Og«, meinte Ada und schenkte ihm ein herzliches Lächeln. Sie fragte sich, ob sich sein Benehmen seit ihrer Ankunft in der Stadt gebessert hatte, wie es bei Max der Fall zu sein schien.

Als Nächstes stieg Evie aus der Kutsche, dann Lucien und schließlich Max. Lucien bot Evie seinen Arm dar, und Ada nahm Max' Arm. Beim Eintreten erkannte Ada in einiger Entfernung Prudence und Bennet, mit denen sie sich auf dem Grand Walk treffen wollten.

Die Musik des Orchesters klang von der Baumallee herüber, und die Glaslaternen leuchteten in den Bäumen. Menschen jeden Alters und Standes schlenderten umher.

Ada lächelte. »Als ich vor zwei Jahren das erste Mal hierher kam, fand ich es so zauberhaft. Das tue ich immer noch.« Sie neigte ihren Kopf in Richtung Max. »Erinnerst du dich an deinen ersten Besuch?«

»Nicht besonders. Ich glaube, ich hatte an dem Abend zu viel getrunken. Das kam recht häufig vor, wenn ich mit Lucien in der Stadt unterwegs war.«

»Dann werden wir heute Abend eine neue Erinnerung für dich schaffen.« Ada drückte Max' Arm, als sie sich Prudence und Bennet näherten.

Ada hatte sich mit Prudence früher am Tag getroffen und sich ihre Sichtweise über das Gespräch mit Max angehört.

Prudence hatte sich genauso positiv geäußert wie Max. Nichts hätte Adas optimistisches Herz mehr erfreuen können.

Nachdem sie Prudence und Bennet begrüßt hatten, schlenderte die Gruppe durch die Baumallee. Dort war die Menschenmenge dichter, und Ada wurde sich der Art und Weise bewusst, wie die Leute Max´ Gesicht anstarrten, ehe sie den Blick geschwind abwandten.

»Guten Abend, Lord Lucien«, begrüßte ein älterer Gentleman sie. Der Mann gehörte zu einer Gruppe von drei Paaren, wie sie selbst. Ada kannte keinen von ihnen. »Warfield?«, fragte er und sein Blick schwenkte zu Max, um dann an seiner Narbe hängenzubleiben. »Ich hätte Sie damit beinahe nicht erkannt.«

»Unsinn, er ist es ganz eindeutig«, warf ein anderer Gentleman mit einem Anflug von Schärfe ein. »Beleidige einen Kriegshelden nicht.«

»Ich meinte das nicht als Beleidigung.« Der erste Mann nickte leicht. »Entschuldigung.«

»Wir sollten Ihnen danken«, meinte der zweite Mann zu Max. »Ich freue mich, Sie hier in der Stadt zu sehen. Es ist eine Ehre.«

Ada konnte nicht anderes als lächeln. »Es ist sehr freundlich von Ihnen, das zu sagen.«

Max versteifte seinen Arm. »Wir waren gerade auf dem Weg zu den Erfrischungen.« Er nickte nur knapp mit dem Kopf, ehe er sie davonführte.

Von Erfrischungen war nicht die Rede gewesen. »Stimmt etwas nicht?«, fragte sie, denn sie konnte seine Erregung spüren.

»Nein.« Seine kurz angebundene Antwort besagte das Gegenteil.

»Lass uns spazieren gehen. Allein«, meinte sie leise zu

ihm. Sie drehte sich zu Prudence. »Wir werden den Grand South Walk nehmen. Dann treffen wir euch in einer Weile wieder hier.« Sie zog Max von allen fort, ehe irgendjemand Fragen stellen konnte.

Als sie die Baumallee verlassen hatten, ergriff er das Wort. »Danke.« Noch immer stand er unter Anspannung.

»Ist das der Grund, warum du Stonehill so selten verlässt?«, fragte sie und wollte auf jeden losgehen, der ihn anstarrte und flüsterte.

»Zum Teil. Ich kann es nur schwer ertragen, in der Nähe anderer Menschen zu sein.«

»Ich würde am liebsten auf jeden Einzelnen losgehen.«

Er warf ihr einen schiefen Blick zu. »Ich glaube, dass du das tatsächlich tun würdest, wenn du die Chance dazu hättest.«

»Wie wäre es, wenn wir stattdessen über etwas Angenehmes sprechen? Ich habe mich heute mit Prudence getroffen. Sie sagte, sie hätte eure gemeinsame Zeit genossen und dass du überraschend charmant wärst.«

Er stieß ein scharfes Lachen aus. »Ist sie verrückt?«

»Ganz und gar nicht. Ich bezweifle nicht, dass du charmant warst. Du musst akzeptieren, dass du nicht immer ein Grobian bist.«

»Hoffentlich kann ich morgen vermeiden, einer zu sein, wenn ich mich mit Lady Peterborough treffe. Sie hat mich eingeladen, sie in Lord Eveshams Haus zu treffen.«

»Du bist vermutlich früher schon dort gewesen? Als Luciens Freund.«

Er nickte. »Seit vielen Jahren nicht mehr. Vermutlich werde ich die Wertschätzung des Herzogs für meine militärischen Leistungen ertragen müssen.« Er kräuselte die Lippen.

Ada besann sich auf das Lob, das er in der Baumallee erhalten hatte. »Warum stört dich das ?«

Sie waren gerade unter dem ersten Bogen durch und er

steuerte einen Seitenweg an, auf dem weniger Lichter brannten. Ehe sie noch etwas sagen konnte, hatte er sie von dem Weg in den Schatten zwischen den Bäumen gezogen und küsste sie, wobei er sie grob an sich zog, als er ihren Mund verwüstete. Das Verlangen flammte in ihr auf und sie packte seinen Frack, um ihn fest an sich zu drücken.

So abrupt, wie er sie geküsst hatte, hörte er auch wieder auf. »Verzeih mir. Ich weiß nicht, wie lange das noch möglich sein wird. Dich zu küssen, meine ich.«

»Weil du London bald verlassen wirst?«, fragte sie so leise, dass sie hoffte, er hätte ihre Worte trotzdem gehört.

»Ja. Ich fühle mich nicht … wohl hier. Nicht in der Öffentlichkeit jedenfalls. Mit dir allein zu sein ist allerdings sehr schön.«

Ada fühlte ich überschwänglich und ernst zugleich. »Ich wünschte, es wäre nicht so schwierig für dich, hier zu sein.«

»Es ist besser als bei meinem letzten Besuch. Oder vielleicht bin ich auch nur in besserer Stimmung.« Er nahm ihre Hand und schlang sie wieder um seinen Arm, ehe er sie auf den Weg zurück zum Außenbereich des Gartens führte. »Ich weiß es sehr zu schätzen, dass du mich von der Menge weggeführt hast. So hatte ich mir den heutigen Abend erhofft.«

»Wie wir beide auf den dunkelsten, am wenigsten bevölkerten Wegen entlangschlendern?«

Ein Lächeln umspielte seine Lippen und abermals erkannte sie, wie verheerend gut aussehend er sein konnte. »Genau so.«

Für einen Augenblick gingen sie schweigend weiter und Ada genoss einfach seine Anwesenheit. Sie hatte versprochen, eine Erinnerung für ihn zu schaffen, doch dies war auch für sie. Ihre gestohlenen Augenblicke der Zweisamkeit würde sie für immer wertschätzen.

»Ich dachte, ich könnte noch eine weitere Sache tun, ehe

ich die Stadt verlasse«, meinte Max und weckte damit ihre Neugier.

»Ich bin atemlos vor lauter Vorfreude.«

»Sag das nicht, es sei denn du willst, dass ich dich wieder vom Weg ziehe.«

Hitze flackerte in ihr auf und sie nickte nur. Sie würde gar nichts versprechen.

»Ich habe mit Prudence über die Möglichkeit gesprochen, einen Kammerdiener einzustellen.« Er schaute sie resigniert an. »Du hast mich vollkommen ruiniert.«

Ada konnte nicht anders als lachen. »Dass du einen Kammerdiener als finale Krönung deines Untergangs betrachtest, ist absolut komisch.«

»Ich bin immer noch nicht sicher, ob ich einen will, aber wahrscheinlich brauche ich einen. Es muss allerdings die richtige Sorte Mensch sein.«

Sie verstand, was er nicht sagte. Sein Kammerdiener würde seine Albträume mitbekommen. »Es wird möglicher-weise am besten sein, wenn du vollkommen aufrichtig darüber bist, was der Bewerber zu erwarten hat, sobald wir ihn gefunden haben.«

»Du sagtest ›wir‹.«

»Das habe ich. Allerdings sollte ich wahrscheinlich nicht annehmen, dass du meine Hilfe willst.«

»Das tue ich tatsächlich. Es ist nur angemessen, da es dein Verschulden ist.«

Wieder schmunzelte sie. »Ich werde die Schuld auf mich nehmen und deine Bitte um Hilfe befürworten. Aber es kann mehrere Tage dauern.«

»Versuchst du, mich zu manipulieren, meinen Aufenthalt zu verlängern? Ich bin nicht sicher, ob ich der Versuchung widerstehen kann, jeden Abend mit dir zu schlafen, und zu versuchen, dich nicht zu berühren.«

»Gestern Abend ist uns das gründlich misslungen.« Ada

war vor dem Morgengrauen eng umschlungen mit Max aufgewacht. Zu seiner Verteidigung musste gesagt werden, dass es den Anschein hatte, als sei sie auf seiner Seite des Bettes eingedrungen und hätte sich praktisch um ihn geschlungen.

»*Dir* ist das misslungen. Ich war ein Musterbeispiel an Standhaftigkeit.«

Sie liebte es, wenn er mit ihr scherzte. Er war so einen weiten Weg gekommen. »Um auf deine Frage zu antworten, versuche ich nicht, dich zum Bleiben zu bewegen, obwohl das schön wäre. Ich kann die Bewerbungsgespräche durchführen und einige in Frage kommende Kandidaten nach Stonehill schicken. Wenn du mir das zutraust.«

»Ich vertraue dir vollkommen«, entgegnete er. »Einen Kandidaten. Du kannst mir *einen* schicken. Nur den Mann, den ich deiner Meinung nach einstellen soll. Wenn du dir nicht sicher bist, ist er nicht der Richtige für diesen Posten.«

Ada schwebte förmlich über den Weg. Sein Vertrauen gewonnen zu haben, bedeutete ihr mehr als alles andere. Sie war sich nicht einmal sicher, ob er sich selbst vertraute. »Das kann ich schaffen.« Sie war fest entschlossen, einen Kammerdiener zu finden, auf den er sich verlassen konnte und mit dem er sich wohlfühlte - jemanden, dem er ebenso vertrauen konnte wie ihr.

Verdammt, könnte sie vielleicht seine Kammerdienerin sein? Sie unterdrückte ein Kichern.

»Was amüsiert dich?«, fragte er.

»Ich habe mich nur gefragt, ob ich deine Kammerdienerin sein könnte, aber dazu bin ich genauso ungeeignet wie als deine Verwalterin.«

»Wegen deiner Verpflichtung gegenüber dem Phönix Club.« Er klang leicht verächtlich.

»Es geht um mehr als das. Es ist eine Verpflichtung mir selbst gegenüber, meinen eigenen Weg zu finden und mit meiner Lage und den von mir getroffenen Entscheidungen zufrieden zu sein.«

»Die Entscheidung, für mich zu arbeiten, hätte dich nicht froh gemacht?« Jetzt klang er traurig.

Ada zögerte mit ihrer Antwort, da sie überlegte, was sie darauf sagen sollte. Sie bekleidete einen wichtigen Posten in einem sehr erfolgreichen Londoner Club. Sie lernte alle möglichen Leute kennen, und ihr standen beträchtliche Möglichkeiten offen, immer wieder Neues zu lernen.

Die Wahrheit war jedoch, dass es sie nicht glücklich machen würde, für ihn zu arbeiten. Sie hatte bereits in einem Haushalt gearbeitet und sich sehr zu ihrem Leidwesen in den Hausherrn verliebt. Sie musste davon ausgehen, dass es mit Max ähnlich, wenn nicht sogar ebenso enden würde. Er hatte ihr nicht angeboten, sie zu seiner Viscountess zu machen. Meine Güte, das konnte sie sich nicht einmal im Entferntesten vorstellen.

»Ich denke, wir wissen beide, dass meine Arbeit für dich eine unwiderstehliche Versuchung wäre, der wir besser aus dem Weg gehen«, entgegnete sie schließlich. »Lass uns jetzt die Kaskade ansehen. Sie ist nur für kurze Zeit geöffnet.« Dann zog sie ihn in Richtung des künstlichen Wasserfalls.

»Du bist so gebieterisch«, murmelte er.

»Du magst mich so.«

»Das ist wahr.« Seine Antwort war leise und verführerisch. Sie schenkte dem Impuls der Lust keine Beachtung, der sie durchflutete.

Bei ihrer Ankunft am Wasserfall trafen sie auf die anderen Mitglieder ihrer Gruppe. Ada war froh, aber auch traurig über das Ende ihrer Zeit allein mit Max. Zumindest bis nachher, wenn sie bei ihm schlief.

Damit musste sie wirklich aufhören.

Sie betrachteten die Kaskade in Bewegung – dünne Blechtafeln begleiteten das Rauschen des Wassers. »Das ist

Wasser, über das ich mich freuen kann«, meinte sie lachend.

»Sollen wir den Zierbau besuchen?«, schlug Evie vor.

Ada schenkte Max ein geheimnisvolles Lächeln. »Ja, tun wir das. Ich weiß aus zuverlässiger Quelle, dass Warfield eine besondere Vorliebe für Einsiedeleien hat.«

Max verdrehte die Augen. »Sie übertreibt.«

»Ich glaube, wir müssen diese Geschichte hören«, meinte Lucien lachend.

Max willigte ein. »Nachdem sie den Zierbau auf Stonehill gesehen hatte, hat sie mich gefragt, ob ich mich in den letzten Jahren dort versteckt hätte.«

»Das habe ich nicht gesagt!« Ada lachte. »Jedenfalls nicht genau so.«

Sie schlenderten auf die hintere Ecke zu, in der die relativ neue Einsiedelei stand. Dort konnten sie auf den Dark Walk abbiegen, aber Ada fand das gar nicht so aufregend, da Max und sie jetzt nicht mehr allein waren.

Plötzlich ertönte ein Knall, gefolgt von Lichtern am Himmel.

»Das Feuerwerk!«, rief Prudence und drehte ihren Kopf nach oben.

Ein weiterer Knall und noch mehr Lichter.

Ada grinste in den Himmel. »Ich liebe Feuerwerke, du nicht auch?« Sie sah zu Max, doch er hatte den Blick nicht wie die anderen nach oben gerichtet.

Er starrte geradeaus, und im spärlichen Lichtschein der Laternen und der Lichter, die den Himmel erhellten, wirkte sein Gesicht blass. Sie beobachtete seine Gesichtszüge, als ein weiterer lauter Knall die Luft erfüllte. Er zuckte zusammen, und sie fürchtete, er könnte die Flucht ergreifen.

»Max«, flüsterte sie, trat dicht an ihn heran und ergriff seine Hand. »Geht es dir gut?«

»Wir müssen Deckung finden.« Er sah sich um und sein

wilder Blick blieb auf Lucien hängen. »Lucien! Schütze die Frauen!«

Mit besorgtem Gesichtsausdruck kam Lucien rasch auf ihn zu. »Es ist alles in Ordnung, Max. Das ist nur ein Feuerwerk.« Er berührte Max am Arm, aber Max stieß ihn von sich.

»Es ist nicht in Ordnung! Wir müssen von hier verschwinden!«

»Ja, das sollten wir.« Lucien sprach ruhig, dann sah er zu Glastonbury hinüber. »Hilfst du mir?«

Dass das gut ausgehen würde, glaubte Ada nicht. Ihr Instinkt sagte ihr, dass sie diejenige sein musste, die ihm half. Sie schob sich zwischen die beiden Männer und Max und baute ihren Körper vor ihm auf, sodass ihr Rücken seine Brust berührte. »Kommt nicht näher.« Sie drehte sich zu Max um und legte ihre Hand an seine Wange. »Max, lass uns gehen. Du kannst mich beschützen.«

Jemand packte sie sanft am Ellbogen. Sie schaute über ihre Schulter und sah, dass es Lucien war.

»Ada, er glaubt, wir sind im Krieg««, flüsterte er.

Das hatte sie schon vermutet. »Es wird ihm nichts passieren. Folgt uns einfach.«

Sie nahm Max an der Hand und kehrte mit raschen Schritten den Weg zurück, den sie gekommen waren.

»Nein! Wir müssen uns verstecken.« Max zog sie in die Bäume, wo er sich hinkauerte und sie mit sich zog.

»Ja, hier ist es sicherer.« Ihr war bange bei der Furcht in seinem Blick und der verkrampften Anspannung in seinem Körper. Sie befürchtete, dass er jeden Moment explodieren könnte. Wenn das geschah, hatte sie keine Ahnung, was dann passieren würde.

Sie blieben in dieser Stellung hocken, während das Feuerwerk über ihnen loderte. Die anderen aus ihrer Gruppe blieben auf dem Weg, und obwohl Ada ihre Gesichter nicht sah, konnte sie ihre Sorge spüren.

Ihre Oberschenkel brannten, als sie am Boden blieben, aber sie wagte nicht, sich zu rühren oder ein Wort zu sagen. Endlich war das Feuerwerk vorbei. Stille erfüllte die Luft.

Prüfend betrachtete Ada Max' Gesicht – seine Züge waren weiterhin angespannt, doch der Schreck in seinen Augen hatte nachgelassen. »Ist es jetzt sicher?«, fragte sie.

»Ich werde nachsehen.« Er stand auf. »Bleib hier.«

Ada erhob sich und rieb sich die schmerzenden Oberschenkel durch den Stoff ihres Rocks. Max trat auf den Weg hinaus, auf dem er Lucien traf. Einen Augenblick später kehrte er zu ihr zurück. »Lucien sagt, die Luft ist jetzt rein.«

»Gut.« Sie lächelte und war unsicher, was sie tun sollte, sobald sie wieder auf dem Weg waren. Wahrscheinlich sollten sie in den Club zurückkehren, vermutete sie. So hatte sie sich diesen Abend nicht vorgestellt.

Als sie wieder zurück auf dem Weg waren, blinzelte Max. Er schaute sich um und sein Blick heftete sich auf Ada und dann die anderen, bis er schließlich bei Lucien verharrte. Er machte den Mund auf und schien etwas sagen zu wollen, während seine Stirn vor Verwirrung gekraust war. Doch dann schloss er den Mund wieder und machte ein finsteres Gesicht.

Ada drückte sich an seine Seite und dachte, dass ihm vielleicht gerade erst aufgegangen war, wo er sich befand. »Sollen wir gehen?«

Max wischte sich mit der Hand über die Augen. »Es tut mir leid.« Die Entschuldigung war ein abgehacktes Krächzen. »Das ist mir seit langer Zeit nicht mehr passiert. Ich dachte, ich sei darüber hinweg, mit Ausnahme der Albträume.«

Er sprach mit leiser Stimme, also glaubte Ada nicht, dass die anderen ihn gehört hatten. Dennoch wollte sie das Risiko nicht eingehen, dass dem so wäre. Sie bedeutete Lucien, voranzugehen und tat das Gleiche bei Prudence, die zur Antwort nickte.

Die beiden anderen Paare fingen an, den Weg zurück zum Haupttor zu gehen, während Ada mit Max ein Stück zurückfiel, wobei sie die Hände um seinen rechten Arm geschlungen hatte.

»Ich habe dich in Verlegenheit gebracht«, meinte er.

Der Selbsthass in seinem Tonfall brachte sie fast zum Weinen. »Überhaupt nicht. Ich habe nicht gewusst, dass das Feuerwerk dich aus dem Konzept bringen würde. Das hätte ich wissen sollen.«

»Warum solltest du? Sie sind sehr unterhaltsam. Ich bin eine Anomalie.«

»Das bist du nicht!«

Er zog sich von ihr zurück. »Ich brauche einen Augenblick.« Er ging auf die Außenmauer zu, die von einem Gebüsch verdeckt war und zeigte ihr den Rücken.

Ada sehnte sich danach, zu ihm zu gehen und ihn zu trösten, doch sie würde ihn nicht stören. Sie schaute nach links und erkannte, dass die anderen beiden Paare nun mehrere Meter vor ihnen waren – sie waren bereits am nächsten Weg vorbei, an dem die Kaskade lag.

Drei junge Männer näherten sich. Sie redeten lautstark und schwankten beim Gehen. Von ihrem Standort aus konnte Ada den Gin buchstäblich riechen. Sie trat zurück und war beinahe unter den Bäumen, um ihnen großzügig Platz zu machen.

»Nanu?«, meinte einer von ihnen, als sie sich ihr näherten. »Ganz allein, meine Süße?« Sein Gin geschwängerter Atem erfüllte die Luft und Ada hielt sich die Hand vor die Nase.

»Das bin ich nicht«, entgegnete sie fest.

»Nicht mehr, Liebste«, meinte ein anderer von ihnen, als

sie sie umkreisten. »Gib uns jetzt einen Kuss.« Er streckte die Hand nach ihr aus.

Ehe Ada noch aufschreien und nach Max rufen konnte, war er schon bei ihr.

Und er brachte die Finsternis mit sich.

CHAPTER 16

$\mathcal{M}$ax beobachtete, wie die Männer sich um Ada zusammenschlossen, und für einen kurzen Augenblick konnte er sich nicht rühren. In einem Schwall wich ihm die Luft aus den Lungen. Seine Füße waren mit dem Boden verwurzelt.

Nein, er würde nicht noch jemanden verlieren.

Er stürzte in ihre Richtung los und die warme Luft, die über ihn hinwegstrich, erinnerte ihn an eine andere Sommernacht, als Gewaltanwendung erforderlich gewesen war. Er packte den ersten Mann an der Rückseite seines Fracks und zog ihn zu Boden, ehe er ihm auf die Brust trat, als er auf den nächsten losging, der seine Hände an Ada hatte.

Die Welt um ihn herum verschwamm, doch Max konzentrierte sich auf den Grobian, der versuchte, sie zu küssen. Er packte den Mann an der Schulter und riss ihn zurück, ehe er ihm mit der Faust ins Gesicht schlug.

Der Unhold taumelte zurück und Max setzte ihm nach, wobei er ihn auf brutale Weise immer wieder schlug. Ein anderer Mann zog an Max, doch er kickte nur nach hinten.

Aus dem Augenwinkel konnte Max den dritten Mann sehen, der auf ihn zu rannte. Nachdem er den Mann vor ihm wieder geschlagen hatte, drehte er sich um. Aber er war nicht schnell genug, um die Klinge abzuwehren, die sich in seine Schulter bohrte.

Max spürte den Stich kaum, als er seine Hand um das Handgelenk des anderen schloss und solange drückte, bis dieser die Waffe fallen ließ. Mit einem leisen Schrei schlug Max ihn in die Magengrube. Dann wieder. Und wieder. Der Übeltäter beugte sich vornüber und Max traf ihn mit einem Aufwärtshaken am Kinn, worauf der Kopf des Mannes zurückschnappte.

Die anderen beiden Männer kamen auf ihn zu und packten Max an den Armen und um die Taille. Er wirbelte herum und kämpfte brutal mit fliegenden Fäusten und Fußtritten. Er traf hart auf dem Boden auf und einer der Männer landete auf ihm. Max' Hand streifte über etwas im Schmutz – es war das Messer. Er klammerte die Hand um den Griff und rammte es dem Mann in die Seite, ehe er ihn von sich weg und zu Boden stieß.

Max zögerte nicht, als er aufsprang und hinter den anderen Männern herlief. Er war sich vage bewusst, dass da noch mehr Männer waren. Die Schurken hatten Hilfe.

Knurrend und mit gebleckten Zähnen sprang Max auf den ersten seiner Widersacher los. Sie waren gesichtslose Tiere und Bedrohungen, die er töten musste.

»Max, hör auf!«

Aber er war bereits in Bewegung. Und er musste diese Männer daran hindern, ihm Ada zu nehmen. Gott, das hatten sie doch nicht getan, oder?

Max verpasste den Mann, und so hob er das Messer zu einem weiteren Stoß. Eine Männerhand prallte heftig mit Max' Handgelenk zusammen und ließ sein Messer davonfliegen.

Dann prallte ein Körper mit seinem zusammen und warf ihn wieder zu Boden.

»Max, du musst aufhören. Du bist in Sicherheit. *Ada* ist in Sicherheit.«

Max rang um Luft – der Aufprall hatte ihm erneut allen Sauerstoff aus der Lunge gepresst. Er blinzelte einige Male und dann wurde das Flimmern um ihn klarer. Luciens Gesicht schwebte über ihm und gleich daneben Glastonburys.

Wo war Ada?

Max stieß Lucien von sich und dann rollte er sich auf die Seite, um aufzuspringen. Wild blickte er um sich.

»Vorsicht Max. Immer mit der Ruhe.« Lucien berührte ihn am Arm und Max schüttelte ihn ab.

»Wo ist sie?«

»Hier«, antwortete Ada, als sie in sein Sichtfeld trat. Ihr Gesicht war blass und die Augen weit aufgerissen.

Erleichterung durchströmte ihn, doch sie verflüchtigte sich wieder. Er wirbelte herum. »Wo sind sie?«

»Fort«, antwortete Lucien. »Wir haben sie in die Flucht geschlagen und sie haben ihren verwundeten Kameraden mit sich genommen.«

Der Mann, den Max mit dem Messer attackiert hatte? »Er ist nicht tot?«

»Noch nicht.«

»Wir müssen ihnen nachsetzen.« Max drehte sich suchend nach ihnen um.

Wieder packte Lucien ihn am Arm und dieses Mal griff er etwas beherzter zu. Seine Finger gruben sich durch den Frack in Max´ Arm. »Nein. Hör auf.«

Mit einem leisen, wütenden Schrei schlug Max ihm auf den Kiefer. Lucien taumelte zurück. »Ich will deine verdammte Hilfe nicht.«

»Warfield, er ist nicht dein Feind«, sagte ein Mann, den

Max für Glastonbury hielt.

»Er ist auch nicht mein Freund.«

»Das kannst du nicht ernst meinen.« Es war die Stimme einer Frau, aber Max glaubte nicht, dass es Ada war.

Er konnte den Blick nicht von Lucien abwenden. »Du kannst nicht anders als dich in jedermanns Leben einzumischen, ob sie das nun von dir wollen oder nicht. Immer denkst du, du wüsstest, was das Beste ist und dass du alles wieder ins Lot bringen kannst.«

»Das denke ich nicht.« Lucien spannte den Kiefer an und seine Augen verengten sich, als er mit der Hand über seine gerötete Wange fuhr, wo Max ihn getroffen hatte.

Sie hatten dies zuvor schon einmal erlebt, als Lucien nach Stonehill gekommen war. Dass Lucien weiterhin versuchte, ihm zu helfen, wo es doch eindeutig nicht erwünscht war, brachte Max in Rage. »Was braucht es, damit du mich in Ruhe lässt?«

»Nichts«, antwortete Lucien wütend. »Ich werde dich niemals im Stich lassen.«

Max schrie wütend auf, ehe er auf Lucien losging und ihn zu Boden riss, wobei er die Arme um seine Taille schlang. Sie landeten im Staub und Max erhob sich über Lucien, um ihn erneut auf den Kiefer zu schlagen.

Lucien hatte den vorigen Kampf angefangen und Max geschlagen, nachdem dieser etwas besonders Beleidigendes gesagt hatte. Mrs. Bundles Eintreffen hatte sie nach wenigen Schlägen aufhören lassen. Heute Abend griff niemand ein.

»Max bitte, tu es nicht!«

Das war Ada.

Luciens Fäuste trafen Max in die Magengrube und sie bearbeiteten ihn, ehe Lucien versuchte ihn zur Seite zu stoßen, um ihn loszuwerden.

Jemand zog Max am Frack. Schnaubend drehte er den

Kopf und war bereit, wen auch immer zu schlagen, der es wagte, ihn zu stören.

Ada riss mit entsetztem Blick die Hand zurück. »Max, *bitte.*«

Max ließ die Hand sinken. Er hätte sie getroffen. *Nein, nein, nein.*

Er war ein Ungeheuer.

Als Lucien ihn wieder stieß, rollte Max sich auf den Rücken und ließ die Arme in den Staub sinken. Er starrte zum Himmel und wartete auf die Schläge, die da kommen mussten.

»Lass dir von mir helfen.« Glastonbury bot ihm seine Hand an.

Max ergriff sie und der andere Viscount zog ihn hoch. Eine Woge aus Scham und Widerwillen schlug über Max zusammen. Er konnte sich nicht überwinden, Ada anzuschauen. Oder überhaupt irgendjemanden.

»Ich werde eine Droschke nehmen«, murmelte er, ehe er sich in Richtung Eingang entfernte. Seine Schulter brüllte vor Schmerz. Er hatte vergessen, dass er mit einem Messer angegriffen worden war.

Ada holte ihn ein. »Wir sind in deiner Kutsche gekommen. Ich werde mit dir fahren. Prudence und Glastonbury werden Evie und … Lucien mitnehmen.« Sie zögerte, auch nur seinen Namen zu sagen.

»Geht es dir gut?« Max war hin- und hergerissen, jeden Zentimeter von ihr zu untersuchen, um sich zu versichern, dass sie unversehrt war, und gleichzeitig wollte er nicht die Furcht in ihren Augen erspähen. Also richtete er den Blick direkt geradeaus.

»Mir geht es gut.«

»Wie kann es dir gut gehen?«

»Mir geht es besser als dir«, meinte sie trocken. Sie fasste seinen Ellbogen und er erschrak. Als er sie anschaute, sah er, dass die Farbe wieder in ihre Wangen zurückgekehrt war. Gut.

Er beugte den Arm und hielt ihn ihr hin, damit sie ihn nahm. Er konnte zumindest vorgeben, ein Gentleman zu sein.

Als sie bei Max' Kutsche ankamen, glotzte Og ihn an. »Was um alles in der Welt ist passiert?«

»Ein betrunkener Grobian ist ein bisschen zu nahe gekommen«, erklärte Ada.

»Seid Ihr unversehrt?« Offensichtlich war Og mit Adas Antwort nicht zufrieden.

»Mir geht es gut.«

Ogs tief gefurchte Stirn glättete sich nicht. Max versicherte ihm, dass ihm nichts fehlte, ehe er Ada in die Kutsche half.

Als sie von Vauxhall wegfuhren, saßen sie beide nebeneinander auf dem nach vorn gerichteten Sitz und sie drehte den Oberkörper zu ihm um. »Das war ganz und gar nicht, was ich mir für heute Abend vorgestellt hatte.«

Das konnte er sich auch nicht vorstellen. Er war ein Dummkopf gewesen, als er geglaubt hatte, er könnte normale Aktivitäten genießen und sich einfach so unter die Leute mischen. Er war kaum besser als diese Tiere, die Ada angegriffen hatten.

Sie verzog die Lippen und ihr Blick heftete sich auf seine rechte Schulter. »Wir müssen deinen Frack ausziehen, damit ich mir deine Verletzung anschauen kann.«

Er zog das Kleidungsstück zurück und wimmerte, als es in seine Schulter schnitt.

»Vorsichtig«, mahnte sie und half ihm, den Frack an seinem Arm nach unten zu schieben.

Max zog den Frack über seinen anderen Arm ebenfalls nach unten und warf ihn auf den Boden der Kutsche. Dann zog er seinen Hut ab und ließ ihn auf den gegenüberliegenden Sitz segeln.

Ada schaute stirnrunzelnd auf die Wunde. »Die Weste auch.«

Zusammen befreiten sie ihn aus dem Kleidungsstück und es landete bei seinem Frack.

»Vermutlich ist das eine Möglichkeit, neue Kleidung zurechtfertigen«, bemerkte sie leise. »Nicht, dass du eine Rechtfertigung dafür bräuchtest.« Sie verlagerte ihr Gewicht und kniete nun halb auf dem Sitz, wobei sie sich in das Polster drückte, damit sie die Wunde im Licht der Laterne besser untersuchen konnte.

»Wie schlimm ist es?«

»Ein hässlicher Kratzer, dank deiner Kleidung. Die Blutung hat aufgehört, also glaube ich nicht, dass du genäht werden musst. Ich werde dich verbinden, wenn wir im Club ankommen. Ich werde nachsehen, ob die Köchin irgendeine Salbe oder Kräuter hat, welche die Heilung unterstützen.«

Er beobachtete sie, als sie ihn eingehend untersuchte, und ihr Gesicht war sorgenerfüllt und sanft, aber auch fest und kompetent. In dem Moment dachte er, dass er sie lieben könnte. Dass, wenn er jemals wieder jemanden lieben könnte, es Ada wäre.

Ein Kloß bildete sich in seiner Kehle. »Es tut mir so leid, dass dir das passiert ist, Ada.« Seine Stimme krächzte.

Sie streckte ihr Bein und setzte sich wieder neben ihn. »Mir geht es gut. Wirklich. Ich habe mich früher schon gegen ruppige Wüstlinge zur Wehr gesetzt. Nachdem ich meine Familie verlassen hatte, musste ich mich mehrere Jahre lang selbst verteidigen.«

Er schaute sie an und war unsicher, ob sie versuchte, Licht in die Situation zu bringen, oder ob sie wirklich dachte, dass sie sich allein hätte verteidigen können. »Sie waren zu dritt. Und einer hatte ein Messer.«

»Es ist in jedem Fall eine müßige Diskussion, da ich mich nicht selbst verteidigen musste. Ich hatte dich.« Sie schaute ihn an und beinahe wäre er vor der tiefen Zuneigung in ihrem Blick zurückgewichen. »Warst du noch immer im Krieg? Von dem Feuerwerk, meine ich.«

»Nicht genau. Ich habe nur gesehen, dass du bedroht wurdest, und aus dem Impuls heraus gehandelt. Ich habe alles ohne nachzudenken getan.« Wie auch in der Sommernacht vor drei Jahren.

Und beinahe hätte er Ada verletzt. Das durfte er niemals geschehen lassen.

Er blickte aus dem Fenster in die dunkle Nacht hinaus, als sie auf die Brücke zufuhren, die sie auf die andere Seite des Flusses und nach St. James's bringen würde. »Du kannst mich nicht retten«, meinte er leise und seine Qual zerriss ihn dabei innerlich. »Ich bin irreparabel zerstört.«

Sie legte die Hand um seine Wange und zog seinen Kopf wieder zurück, damit er sie anschaute. »Ich weigere mich, das zu glauben. Du warst verwundet – *bist* verwundet. Es wird Zeit brauchen, bis du dich wieder erholst, aber du *wirst* dich erholen.«

Er schaute ihr in die Augen und ergötzte sich an der leidenschaftlichen Überzeugung, die sie in ihn setzte. Wie hatte er es je geschafft, sich dies von ihr zu verdienen? »Du hast keine Ahnung, was ich getan habe. Davon gibt es kein Zurück mehr.« Er verkrampfte sich innerlich. In gewisser Weise war dies schlimmer als jede Qual, die er vorher erlitten hatte. Oder das wäre es jedenfalls, wenn er es ihr sagte.

»Erzähl es mir«, meinte sie ruhig, und sie hielt seinen Blick dabei mit einer Autorität, der er sich nicht widersetzen wollte. »Ich verspreche, dass ich nicht über dich richten werde. Ich könnte niemals schlecht von dir denken.« Sie fuhr fort, seine Wange zu liebkosen und ihn zu besänftigen. Das geschah allerdings nur oberflächlich. Die Verheerung, die er spürte, drang direkt bis zu seiner Seele durch.

Er konnte sie bei dem unvermeidlichen Entsetzen, das sich in ihrem Gesicht abzeichnen würde, nicht anschauen. Also schloss er die Augen und lehnte den Kopf gegen die Rückenlehne. Er zwang sich zu atmen und zu versuchen, das unaufhörliche Rasen seines Herzens zu beschwichtigen. Seit dem Feuerwerk war es nicht ruhiger geworden.

»Es war ein Sommerabend wie dieser, vor drei Jahren. Lucia – sie war meine Verlobte und wir wollten im Herbst heiraten. Sie folgte der Armee, kochte für uns, wusch die Wäsche und sorgte dafür, dass unser Lager so gut es eben ging ein Zuhause war.« Max lächelte und ihr Gesicht leuchtete in seiner Erinnerung auf. »Sie war lebenslustig und heiter und selbst im Krieg war sie hoffnungslos optimistisch.« Er öffnete das eine Auge einen Spalt und erkannte, dass Ada ihn aufmerksam beobachtete. »In vielerlei Dingen war sie ganz wie du.«

Ada antwortete mit einem milden Lächeln. »Es klingt, als sei sie liebenswert gewesen.«

Wieder schloss er die Augen. »Ich habe sie so geliebt. Ich habe mir ein Leben für uns in Spanien nach dem Krieg vorgestellt, doch an jenem Tag hat sich alles geändert. Sie hat das Essen für mich gemacht, ehe sie die Kleidung in einem nahe gelegenen Bach waschen ging. Das war nicht ungewöhnlich oder gefährlich. Vorher war sie schon viele Male zu der gleichen Stelle gegangen. Während ich aß, kam einer der Jungen, der im Lager half, um mir zu sagen, dass sie in Bedrängnis war und ich zu ihr gehen müsste.«

Max schluckte bei der Erinnerung, die langsam in seinem Verstand Gestalt annahm, und damit war sichergestellt, dass er sich an jede Einzelheit erinnerte. Als ob er dies je vergessen könnte. »Ich bin aufgestanden und die Angst drehte mir den Magen um, sodass ich mich beinahe übergeben hätte. Ich zog meine Jacke an, setzte meinen Hut auf und dann ging ich, um Arrow zu satteln.«

Seine Stimme brach beinahe bei der Erinnerung an sein geliebtes Pferd. Warum hatte er ihn fortgeschickt? Weil er zwischen dem, was Arrow in Spanien miterlebt hatte und dem Verlust von Alec durch einen tödlichen Unfall auf seinem eigenen Pferd, das Tier nicht mehr hatte sehen wollen. Er dachte an Prudence und die Art und Weise, wie er sie behandelt hatte – sie konnte ebenso wenig dafür, wer ihre Eltern waren oder unter welchen Umständen sie geboren worden war, wie Arrow für die Tragödie verantwortlich war, die Max erlitten hatte.

Ada ließ die Hand auf seinen Schoß sinken und nahm dann seine Hand in ihre. Ihr sanftes Streicheln verschaffte ihm Erleichterung, und es gab ihm … Mut.

»Ich fand Lucia neben dem Bach. Sie hatten sie zu Tode gewürgt – ihr wunderschöner Hals war bereits blutunterlaufen und ihre schwarzen Augen starrten blicklos in den Himmel.« Sein Schmerz war sowohl frisch als auch entfernt. Max hatte sich seit einiger Zeit schon nicht mehr gestattet, sich so an sie zu erinnern. In seinen Albträumen erschien sie ihm allerdings, und ihr toter Blick beschuldigte ihn, dass er sie hatte sterben lassen. »Sie hatten sie nicht nur umgebracht, verstehst du.« Er war nicht sicher, ob sie ihn hören konnte – seine Stimme war kaum zu verstehen und die Worte so schwer auszusprechen. »Ihr Rock war zerrissen, ihre Beine gespreizt –«

Sie drückte seine Hände. »Ich verstehe. Es tut mir so leid, Max. Ich kann mir nicht vorstellen, wie das für dich gewesen sein muss.«

»Denke an das Schlimmste und dann multiplizicre es mit Tausend und dann noch einmal mit Tausend. Unendlich, vielleicht.« Wieder drückte er die Augen fest zu und zog bei der Welle der Qualen, die über ihn hereinbrachen, eine Grimasse.

»Rage beschreibt nicht annähernd, was ich gefühlt habe. Ich habe mich auf die Suche nach den Männern gemacht, ohne mich zu kümmern, wie viele dort waren oder welche Waffen sie hatten. Ich fand sie nicht weit entfernt, lachend und trinkend, und sie waren vollkommen unbekümmert darüber, was sie getan hatten oder ob ihre Taten Konsequenzen haben würden.« Seine Erinnerung war klar und deutlich, wie er sich an ihr Lager angeschlichen hatte. Von dem Moment allerdings, als er auf Arrow voranstürmte, vermischte sich alles – Geräusche, Gerüche, Schmerz und Wut.

»Ich ritt auf Arrow in ihr Lager und machte einen nach dem anderen nieder, bis sie mich aus dem Sattel zerrten. Dann griff ich sie mit meinem Schwert und der Pistole an. Einer von ihnen schüttete mir heißes Wasser entgegen, denn sie waren dabei, ihre Mahlzeit vorzubereiten. Auf diese Weise bin ich verbrannt worden.« Sein vernarbtes Gesicht und die Schulter zuckten bei der Erinnerung. »Sie haben auf mich geschossen und mich auch mit dem Schwert verletzt. Ich habe überhaupt keine Erinnerung daran, jedenfalls nicht im Einzelnen. Ich erinnere mich nur, dass ich wusste, sterben zu müssen und es war mir egal. Es war ein ehrenvoller Tod, ein notwendiger Tod, um Lucia zu rächen.«

Max fühlte Feuchtigkeit auf seinen Fingern. Als er die Augen aufschlug, sah er, dass Ada sich über die Wange wischte. Dann fuhr sie sich mit dem Handrücken über die Augen. »Es tut mir leid.«

»Das muss es nicht«, antwortete er leise, und es war ihm zuwider, ihr wehzutun. »Ich sollte aufhören.«

»Nein, ich möchte den Rest hören. Offensichtlich bist du nicht gestorben.«

»Nein.« Er schöpfte tief Luft. »Lucien ist gekommen. Der

Junge hatte ihm gesagt, was passiert war und dass ich das Lager verlassen hatte, um Lucia zu finden.« Seine restliche Erinnerung war umwölkt. Es war wirklich ein Chaos. Aber er erinnerte sich an Lucien und seine kalte Wut. »Lucien hat den Rest von ihnen umgebracht. Insgesamt waren es acht, aber er will mir nicht sagen, wie viele ich erledigt habe und wie viele er. Er sagt, es spiele keine Rolle.«

»Ich denke, ich stimme ihm zu«, meinte sie leise und noch immer streichelte ihre Hand die seine – methodisch und mit großer Sorgfalt.

»Er hätte nicht kommen sollen.«

»Es klingt, als wärst du tot, wenn er nicht gekommen wäre.«

»Genau. Ich wollte nicht ohne sie leben. Welchen Sinn hätte das?« Er stieß einen abgehackten Atemzug aus und verlagerte sein Gewicht auf dem Sitz. »Ich war ernsthaft verwundet worden. Es dauerte mehrere Wochen, ehe sie mich nach England zurückschickten. Inzwischen war mein Vater gestorben, was ich vor meiner Abreise erfuhr. Als ich zuhause ankam, wurde mir mitgeteilt, dass auch mein Bruder gestorben war.«

»Er ist von einem Pferd abgeworfen worden.«

Max hätte nicht überrascht sein sollen, dass sie dies wusste. Sie hatte eine sehr gründliche Untersuchung auf Stonehill durchgeführt.

»Hast du Arrow deshalb verkauft?«, fragte sie.

»Ich hätte ihn nicht mit mir zurück nach England gebracht. Er ist mir mit dem Horror jenes Tages in meine Erinnerung eingebrannt.«

»Du hast mir erzählt, du würdest deine Mahlzeiten nicht beenden, weil du einmal unterbrochen worden bist. Es war der Junge, der gekommen war, um dich wegen Lucia zu rufen.«

»Ja.« Merkwürdigerweise hatte er in den vergangenen

beiden Tagen alles gegessen, was auf seinem Teller gewesen war. Er hatte allerdings nichts zu Ada darüber gesagt. Vielleicht hatte er Angst, dass der Wandel nicht von Dauer sein würde.

Stille machte sich in der Kutsche breit. Obwohl Ada sich nicht zurückzog – im Gegenteil, sie hielt ihn weiter und tröstete ihn –, fürchtete Max, dass er sie endlich dazu gebracht hatte, ihre Meinung gegen ihn zu richten.

Er blickte auf die gegenüberliegende Seite der Kutsche. »Ich bin kein guter Mensch, Ada.«

»Das glaube ich nicht. Du hast Unvorstellbares überlebt.«

Er schaute zu ihr und biss die Zähne zusammen. »Du hast nicht gesehen, was ich diesen Männern angetan habe.«

»Ich sagte dir, dass ich nicht über dich richten würde. Bitte hör auf, mich darum zu bitten. Ich war nicht dort. Beantworte mir eine Frage: Tut es dir leid, dass sie tot sind?«

Sie hatte den Kern der Sache getroffen. Die gleiche Frage hatte Max sich etwa eintausend Mal gestellt, und auch, ob er es wieder tun würde, wenn er eine zweite Gelegenheit dazu hätte. »Nein, es tut mir nicht leid.«

Sie stieß die Luft aus und drückte seine Hand sanft. »Was ich nicht verstehe, ist die Frage, warum du auf Lucien wütend bist oder denkst, dass er nicht dein Freund ist. Aus meiner Perspektive ist er der standhafteste und liebevollste aller Freunde. Wenn Menschen wie er in dein Leben treten und zu dir halten …«, ihre Stimme erstarb, »weist du sie nicht ab.«

Er hatte den Verdacht, dass sie aus Erfahrung sprach, denn als junge Frau war sie ganz allein gewesen. »Wer ist diese Person für dich?«

»Evie. Und Lucien bis zu einem gewissen Grad. Aber Evie ist der Grund, warum ich nicht Gott weiß wo ein Leben mit einem Kind friste, das von mir abhängig ist.«

Ein Kind? Nie hätte sich Max vorstellen können, dass sie

ihn so schnell und wirkungsvoll von seinen quälenden Gedanken ablenken könnte. »Du hast ein Kind?«

Sie erwiderte seinen Blick. »Nein. Und ich werde dir die Geschichte später erzählen, da wir uns unsere dunkelsten Geheimnisse anvertrauen. Bevor wir allerdings im Club ankommen, erwarte ich von dir, dass du verstehst, dass das, was heute Abend passiert ist, kein Beweis für deine Schlechtigkeit als Mensch ist.«

Sie wusste natürlich, dass er genau das dachte. »Als ich sah, wie die Männer dich berührten und dich bedrohten, hatte ich sie umbringen wollen. Das hätte ich vielleicht, wenn Lucien und Glastonbury nicht eingegriffen hätten.«

»Ich denke, du solltest nicht vergessen, dass du im Krieg gekämpft hast. Ich bin sicher, dass es viele andere Dinge gibt, die du gesehen – und überlebt – hast, die schrecklich waren und dich sogar verfolgen. Die Art und Weise, wie du seitdem gelitten hast, insbesondere nach allem, was du hattest aushalten müssen, ist, glaube ich, zu erwarten. Nicht nur dein Körper war verwundet, sondern auch deine Seele.«

Sie brachte es fertig, in Worte zu fassen, wie die vergangenen beiden Jahre für ihn gewesen waren. Als er äußerlich genesen war, hatten alle von ihm erwartet, wieder normal zu werden. Diejenigen, die ihn kannten, jedenfalls. Diejenigen, die sich nicht aus Angst oder Widerwillen von ihm abwandten, wenn sie sein Gesicht sahen, und bestätigten, was er als Wahrheit kannte – das er ein Ungeheuer war und für menschliche Gesellschaft ungeeignet. Seine äußerlichen Narben hatten ihm geholfen, die inneren Wunden nicht verheilen zu lassen.

»Mein Körper konnte geheilt werden«, meinte er hölzern. »Größtenteils«, lenkte er in Hinblick auf sein Gesicht ein. »Aber wie kann jemand meinen Verstand und meine Seele heilen?« Er wollte es aufrichtig wissen.

Seiner Vermutung nach tat er das bereits.

»Ich denke, mit der Zeit und Menschen, die dich mögen, ist eine Heilung möglich.« Sie hatte voller Zuversicht gesprochen und ihn mit ihrer Sicherheit in Bann geschlagen. »Um zu überwinden, was du für unmöglich hältst und damit du nicht nur überlebst, sondern aufblühst.«

»Wie kannst du darüber so klug sein?«

»Weil ich die gleichen Wunden hatte, die allerdings nicht an meinem Körper waren. Ich habe Schuld und Selbsthass mit mir herumgetragen und er wurde von meinem Bruder und meinen Schwestern nur noch vervielfacht. Ich habe mich als wertlose Person gesehen und es war nicht, bis ich zu dem Menschen geworden war, der ich dachte, ich sollte sein – jemand, der es verdient hat, schlecht behandelt zu werden –, dass ich erkannt habe, das nicht zu wollen. Außerdem *war* ich nicht diese Person, selbst wenn meine Familie anders dachte.«

Er blickte sie staunend an. »Du hast so viel Mut und Kraft. Neben dir fühle ich mich ganz schwach.«

Sie spannte den Griff um seine Hand an. »Nein! Du bist überhaupt nicht schwach und wage es nicht, das zu glauben. Wie ich sagte, braucht es Zeit, die Verletzungen zu überwinden und zu heilen. Das tust du – langsam. Wenn du die Fortschritte nicht sehen kannst, die du in den vergangenen paar Wochen gemacht hast, werde ich mit dem Gedanken spielen, dich mindestens für schwachsinnig zu halten.«

Dass sie ihn provozieren konnte, einen Anflug von Belustigung zu empfinden, war erstaunlich. »Ich würde nicht wollen, dass du so etwas denkst.«

»Gut, denn das würde ich ohnehin nicht.« Sie schaute ihn aus schmalen Augen an. »Du liegst allerdings falsch, was Lucien anbelangt.«

Er hörte ihre Worte und sie hatte nicht unrecht. Er hatte nicht wirklich gemeint, was er vorhin über Lucien gesagt hatte, dass er nicht sein Freund war. »Wegen Lucien werde ich als Held gefeiert. Die Wahrheit ist allerdings, dass ich eine Schwadron ohne vorhergehende Provokation angegriffen und auch keinen Befehl dazu hatte. Lucien hat unseren Vorgesetzten berichtet, dass wir durch Zufall auf sie gestoßen waren und uns zur Wehr setzen mussten.«

»Also bist du auf Lucien wütend, weil er nicht nur dein Leben gerettet, sondern dich auch vor einem Militärgericht bewahrt hat?«

»Du lässt mich lächerlich klingen.« Er wandte den Blick ab.

»Das ist nicht meine Absicht. Du hast in dem Glauben gelebt, es verdient zu haben, alles zu verlieren. Aber ich bin froh, dass das nicht geschehen ist. Und Lucien bin ich besonders dankbar, dass er dir so ein guter Freund ist.«

»Ich habe etwas Dummes und Schreckliches getan, und ich sollte dafür nicht auch noch belohnt werden. Sie wollen mir den Titel eines Earls verleihen.« Er schürzte die Lippen.

»Willst du ihnen lieber die Wahrheit sagen und sehen, was dann passiert?«

Sein Blick schnellte zu ihr. »Das würde ich Lucien nicht antun. Er würde die gleichen Konsequenzen wie ich erleiden. Wahrscheinlich sogar in stärkerem Ausmaß, da er gelogen hat.«

Ein Lächeln umspielte ihre Lippen. »Du sorgst dich also weiterhin um ihn. Ich bin erfreut, das zu hören.« Sie schaute zum Fenster. »Wir sind da.«

Quietschend blieb die Kutsche stehen und einen Augenblick später öffnete sich die Tür. Ada sammelte seine Kleider einschließlich des Huts auf und stieg mit Ogs Hilfe aus der Kutsche.

Max kam ihr nach und sein Blick fiel sofort auf Ogs immer noch besorgtes Gesicht. »Seid Ihr sicher, dass Ihr in Ordnung seid?«

Ada fasste Max am Arm. »Das wird er sein, nachdem ich ihn drinnen behandelt habe.«

Og wirkte ein wenig erleichtert. »Werden wir immer noch übermorgen nach Stonehill zurückkehren?«

Nach heute Abend war Max sich gar nichts mehr sicher. »Ich werde dich informieren. Gute Nacht, Og.« Max ging mit Ada auf den Club zu.

Sie zauderte. »Ich möchte nicht durch den Club hineingehen. Ich weiß, wie sehr du es ablehnst, von den Menschen angestarrt zu werden und dein Mangel an Kleidung in Verbindung mit deiner blutigen Schulter wird jedes erdenkliche Interesse wecken. Lass uns den Seiteneingang unten durch die Küche nehmen, wo ich das Verbandsmaterial mitnehmen kann, und dann gehen wir in meine Wohnung hinauf.«

Ohne auf seine Antwort zu warten, ging sie auf die rechte Gebäudeseite zu, wo er sich neulich Abend auf der Seite der Ladys ins Haus gestohlen hatte. Er folgte ihr die Treppe zum Eingang hinab, aber bevor sie die Tür öffnen konnte, zog er sie weg und drückte sie an die Außenwand. Sie hielt seine Kleider zwischen sie.

»Ich werde nie verstehen, warum das, was ich heute Abend getan habe, dich nicht veranlasst, so schnell wie möglich vor mir davonzulaufen. Ich hätte *dich* beinahe in meinem Rausch verletzt.« Der Gedanke daran brachte eine Tortur mit sich, die er nie wieder zu erleben gehofft hatte.

Sie hob die Hand an seine Wange. »Aber das hast du nicht und ich vertraue darauf, dass du das niemals wirst. Das Feuerwerk hat etwas in dir ausgelöst und dich an einen schrecklichen Ort versetzt. Dann haben diese Grobiane mich bedrängt und du hast von deiner Lage aus reagiert. Es war eine perfekte Überschneidung für jemanden mit deinen … Wunden.«

»Du denkst, das Zusammentreffen der beiden Ereignisse sei der Grund für meine Reaktion?«

»Ich halte das für eine sinnvolle Erklärung, und ich liebe es, wenn Dinge sinnvoll sind.«

Er blickte in ihre klugen Augen und dann auf ihre vorwitzige Nase und das markante Kinn. Sie war der vernünftigste Mensch, der ihm je begegnet war. »Seit Jahren ist für mich nichts mehr sinnvoll gewesen«, flüsterte er. »Nicht, bis du gekommen bist.«

Er senkte den Kopf und küsste sie, indem er mit seinem Mund den ihren bedeckte. Erneut schob sie ihre Hand zu seinem Nacken und hielt ihn fest, während sie sich in seine Umarmung schmiegte.

Sie küsste ihn, bis ihm die Luft wegblieb und zog sich dann zurück, um mit der Handfläche seinen Hals entlang zu streifen und sanft an seinem Krawattenschal zu zupfen. »Gehen wir in meine Wohnung.« Sie verengte ihre Augen leicht. »Um deine Wunde zu reinigen.«

»Einverstanden.« Er versuchte, nicht enttäuscht zu klingen.

»Und ich werde dir meine Geschichte erzählen. Warten wir ab, was für eine Meinung du anschließend von mir hast.«

CHAPTER 17

Ada beendete das Anlegen des Verbandes, der Max´ Schulter bedeckte und unter seinem anderen Arm um seinen Oberkörper verlief. Er sah aus, als trüge er eine Schärpe.

»Tut es noch weh?«, fragte sie, während sie die Utensilien aufräumte und die Schüssel mit dem blutgefärbten Wasser zu einem Tisch neben der Tür trug.

Max saß auf einem Sessel vor dem Kamin, und mit schief gelegtem Kopf bemühte er sich, das Resultat ihrer Arbeit zu begutachten. »Eigentlich nicht. Ich danke dir.«

Ada kehrte zu ihm zurück und setzte sich in den anderen Sessel. »Vermutlich wartest du darauf, dass ich dir von dem Kind erzähle.« Eigentlich hatte sie ihm nichts davon sagen wollen, doch nach dem, was er ihr anvertraut hatte, wollte sie es tun, und zwar insbesondere, wenn das bedeuten würde, dass er Lucien wieder in sein Leben lassen würde.

»Nur wenn du willst«, meinte er leise. »Du musst nicht das Gefühl haben, dass du das tun müsstest.«

»Doch, das muss ich. Euer Zerwürfnis, oder was auch immer es mit Lucien ist, erfüllt mich mit Unruhe. Manchmal bedeutet Freundschaft, schwierige Dinge auf sich zu nehmen. Wie zum Beispiel, jemandem zu sagen, dass er sich dumm verhält, wenn das wirklich so ist.«

»Hat Evie das für dich getan?«

Ada nickte. »Erinnerst du dich an den Liebhaber, den ich erwähnt habe?« Auf sein Nicken fuhr sie fort. »Ich war schwanger und am Boden zerstört. Ich wollte keinen Bastard in die Welt setzen.« Sie krampfte sich innerlich zusammen – das war nur ein Teil dessen, und den Rest brachte sie nicht über die Lippen. Er würde über ihr Verhalten entsetzt sein. Allein das war schon beschämend genug. »Als unverheiratete Mutter hätte ich praktisch keine Wahl mehr gehabt, und die war ohnehin schon gering. Ich hatte meine Stelle als Gouvernante bereits aufgeben müssen.«

»Er hätte dich heiraten sollen.«

Jonathan hatte sie geliebt, doch er war bereits verheiratet. Sie brachte es nicht über sich, Max das zu gestehen, da sie wusste, wie aufgebracht er über die Untreue seines Vaters war. Nie würde Max sie wieder auf dieselbe Weise ansehen. »Das konnte er nicht, und es hat keinen Sinn, sich über ihn aufzuregen. Es war einzig *mein* törichtes Benehmen.«

»Was hast du getan?«

»Ich habe Evies Rat befolgt und beschlossen, das Baby nicht zu bekommen. Es gibt … Möglichkeiten, das zu bewerkstelligen.« Sie faltete die Hände in ihrem Schoß. »Ich bedaure es nicht. Manchmal denke ich an das Kind, das ich hätte haben können, und bin traurig, doch es war der richtige Entschluss – für mich und für das Kind. Ich bereue allerdings, mich selbst in eine Situation gebracht zu haben, in der ich diese Entscheidung hatte treffen müssen. Ich hätte klüger sein sollen.« Er schwieg einen langen Moment, ehe er sie fragte: »Ist das der Grund, warum du so vehement versuchst, dich den Gefühlen zu widersetzen, die wir füreinander empfinden?«

Er hatte sie klar durchschaut. »Ja. Unsere Anziehung stellt etwas dar, das ich vermeiden sollte.« Sie brachte ihre Antwort mit einem leichten Lachen vor, doch es entsprang ihrem Unbehagen. Es war mehr als nur die körperliche Anziehungskraft, die sie füreinander fühlten. Sie musste ihr Herz schützen. Doch sie wollte nicht darüber sprechen und so lenkte sie das Gespräch auf ein anderes Thema. »Was wirst du wegen Lucien unternehmen?«

Max lehnte sich zurück und runzelte die Stirn. »Ich weiß es nicht. Vielleicht bin ich wütend auf ihn, damit ich nicht immer auf mich selbst wütend bin.«

»Du solltest auch auf dich nicht wütend sein.«

Mühselig holte er Luft. »Ich hatte versagt, Lucia zu beschützen.«

Ada nahm die Qual in seiner Stimme wahr und sie würde alles getan haben, um sie zu vertreiben. »Lass nicht zu, dass Schuldgefühle dein Leben beherrschen.«

»Ich sollte auf dich hören – immerhin bist du eine Expertin auf diesem Gebiet. Ich versuche es ja.«

»Ich weiß. Meiner Ansicht nach wäre es hilfreich, Lucien zu vergeben und eure Freundschaft wiederherzustellen. So schwer das auch sein mag.«

Er fuhr sich mit der Hand durch sein blondes Haar und zerzauste es derart, dass sie es am liebsten wieder in Ordnung gebracht hätte. Nein, das war nur eine Ausrede, um ihn zu berühren. Ihre Finger juckten förmlich vor Verlangen, das zu tun. Nach all den Dingen, die er ihr heute Abend anvertraut hatte, wollte sie ihn nur noch festhalten, ihn beschwichtigen und ihm den Trost spenden, den er so nötig hatte.

Er wischte sich mit der Hand über den Mund und setzte sich aufrechter in den Sessel. »Ich werde es versuchen. Lucien wird sich lang und breit darüber auslassen, nehme ich an.«

»Das denke ich nicht. Ihm liegt nur daran, dass es dir besser geht. Seine Sorge um dich ist der Antrieb für alles, was er mit dir und für dich zu tun versucht hat.«

»Als er kam, um für Prudence eine Mitgift zu fordern, versuchte er, mich davon zu überzeugen, dass es gut für mich wäre, eine Beziehung mit ihr aufzubauen.« Sein Kiefer spannte sich an. »Er hatte recht.«

»Ich bin über deine Meinungsänderung in dieser Sache so froh.«

Ihre Blicke trafen sich. »Auch du hattest recht. In allem.« Er ließ seinen Blick zu ihren Brüsten gleiten und dann tiefer, womit er ihren bereits erregten Körper erhitzte, ehe er sich wieder ihrem Gesicht zuwandte. » Es ist bedauerlich, dass ich dir nicht zeigen kann, wie sehr ich dich schätze.«

»Du bist nicht noch einmal an der Reihe«, stellte sie fest und rutschte vom Stuhl auf die Knie. Sie bewegte sich nach vorne, umfasste seine Oberschenkel und positionierte sich zwischen seinen Beinen, die er für sie auseinanderschob um es ihr bequemer zu machen. »Ich bin an der Reihe, dich zu würdigen.«

»Ada, ich dachte, du würdest versuchen, mir zu widerstehen.«

»Es kann kein Schaden dabei entstehen, nicht wahr?« Sie warf einen Blick auf seine große Erektion, die sich durch seine Kleidung abzeichnete. Dann schaute sie zu ihm auf und musste sich sehr anstrengen, um die Liebe aus ihrem Gesichtsausdruck zu halten, die sie für ihn empfand. Es war schwierig. »Wenn ich dich nach allem, was du mir heute Abend anvertraut hast, nicht berühren kann, werde ich verrückt werden. Wirst du mich lassen?«

»Nur, wenn du es mir im Gegenzug gestattest.« Er liebkoste ihre Wange und legte die Hand um ihr Kinn. »Das ist nicht verhandelbar.«

Sie nickte. »In Ordnung.«

Er beugte sich vor und umfing ihren Mund in einem süßen, aber wilden Kuss, während er ihre Lippen und die Zunge mit seinem Mund verschlang. Seine andere Hand hatte er um ihren Kopf gelegt, sodass er sie gefangen halten konnte, während er den Kuss vertiefte und ihren Kopf dabei nach hinten neigte.

Die Wollust pochte zwischen ihren Beinen und sie umklammerte seine Oberschenkel, während ihre Finger sich in seine Hose gruben. Auf der Suche nach den Knöpfen schob sie die Hände höher. Als sie fündig wurde, knöpfte sie einen nach dem anderen auf und die Vorfreude baute sich mit jedem einzelnen noch mehr in ihr auf.

Sie zog die Hose ein Stück herunter und ließ ihre Hand in seine Unterwäsche gleiten. Dort war sein Schaft verborgen, der bereits dick und hart war, und seine Haut fühlte sich warm und glatt in ihrer Hand an. Sie schob die Finger dahinter und umschloss ihn mit ihrer Hand, wobei sie sich vom Ansatz zur Spitze bewegte, wo sie die Vorhaut zurückzog und mit dem Daumen über die Oberseite streifte.

Er stöhnte an ihrem Mund, ehe er sich von ihr löste und sich in seinen Sessel zurückfallen ließ. Max rutschte ein Stück tiefer, um ihr besseren Zugang zu gewähren. Es war allerdings nicht genug. Sie wollte ihn nackt.

Widerstrebend, aber notwendigerweise ließ sie ihn los, um ihm rasch die Schuhe auszuziehen. Er brummte und klang überaus gekränkt, bis er erkannte, was sie da tat. Als sie an seiner Kleidung zog, hob er seine Hüften, sodass sie ihm die Hose und Unterwäsche leichter ausziehen konnte.

Als sie seine Haut entblößt hatte, leckte sie sich die Lippen und dann warf sie die Kleidungsstücke einschließlich seiner Strümpfe fort. Ihr Blick fiel auf die Narbe, die er auf dem Oberschenkel hatte. Es war eigentlich die Schlimmste. Sie war lang und noch immer gerötet, wohingegen der Rest rosa war.

»Das muss schrecklich gewesen sein«, flüsterte sie und streifte mit den Fingern über seine geschundene Haut.

»Ich hatte es kaum gespürt, als es passierte. Später war es schrecklich. Ich denke es war ein Bajonett. Offensichtlich ist der Stich ganz in der Nähe einer Arterie gewesen, aus der bei einer Verletzung mein ganzes Blut geflossen wäre.«

Sie riss den Kopf hoch. »Ich bin ungemein froh, dass das nicht geschehen ist.« Sie drückte ihre Lippen auf die Narbe und dann glitt sie mit der Zunge über die unebene Haut.

Er stöhnte und es war für sie das berauschendste Geräusch, das sie je gehört hatte. Sie wurde kühner und setzte ihren Weg aufwärts und dann bis zu seinem Schaft fort. Er stand stolz und begierig auf ihre Berührung vor. Blonde Locken kringelten sich um den Ansatz. Sie umfasste seine Hoden und beobachtete den Tropfen Flüssigkeit, der sich auf der Eichel zeigte.

Max schob seine Hand in ihr Haar und löste die Strähnen, sodass sie sich über ihre Wangen und Schläfen ergossen. Er fasste ihren Kopf, als sie die Lippen zu ihm senkte und seinen Schaft küsste, ehe sie die Hand um den Ansatz legte. Sie leckte ihn und bewegte sich zur Spitze hinauf, wo sie die Flüssigkeit mit dem Daumen verteilte.

Er hielt sie fest und seine Oberschenkel spannten sich um sie an. Sie nahm seinen Schaft in den Mund und drückte ihre Zunge gegen die Spitze. Dann fing sie an, ganz langsam, ihre Hand und ihren Mund im Einklang zu bewegen.

Er knurrte und stöhnte und gab alle Arten erotischer Geräusche von sich, die sie sogar noch mehr erregten. Ihre Brüste kribbelten und ihr Geschlecht pochte. Sie wünschte, sie wäre ebenfalls nackt. Doch dann könnte sie der Versuchung, auf ihn zu klettern und ihn zu reiten, bis sie beide zum Höhepunkt kamen, unmöglich widerstehen.

Plötzlich zog er sie von sich herunter und zog an ihrem Haar, aber nicht schmerzhaft. Sein Schaft glitt aus ihrem

Mund und sie schaute zu seinem vor Lust verklärten Gesicht auf. »Was stimmt nicht?«

»Ich kann das nicht ohne dich genießen. Vertraust du mir?«

»Natürlich.«

Ein sinnliches Versprechen glitzerte in seinen Augen. »Dann werde ich dich zum Bett tragen.«

Max zog Ada hoch und schwang sie dann auf seine Arme. Er trug sie unverzüglich in ihr Schlafzimmer und stellte sie neben dem Bett ab. »Zu viel Kleidung.« Er fing an, die Vorderseite ihres Kleides aufzuschnüren, die ein Mieder hatte, das sich herunterklappen ließ.

Sie legte ihre Hände auf seine. »Ich bin nicht sicher, ob ich dir widerstehen kann, wenn ich auch nackt bin.«

Er lächelte sie an und küsste sie sanft. »Du sagst, du vertraust mir. Ich werde keine Schwangerschaft riskieren, und ich meine damit nicht, dass ich mich aus deinem Körper zurückziehen werde. Wir werden einander so genießen wie wir es vorher gemacht haben – aber zusammen. Das hast du vorher noch nicht getan?«

»Nein. Zeig es mir.« Ihre Augen verengten sich verführerisch.

Er knöpfte ihr Kleid auf und half ihr heraus, ehe er sich dann ihrem Unterrock zuwandte. Sie drehte sich, sodass er ihr Korsett lockern konnte. Es gesellte sich zu den anderen Kleidungsstücken auf dem Boden und ihr blieb nur noch ein Hemd, das sie rasch über den Kopf zog.

Nein, das war nicht ganz richtig, denn sie trug noch immer ihre Stiefel, die Strümpfe und die Strumpfhalter. Max hob sie auf das Bett und dann bückte er sich, um mit raschen Griffen die Stiefel auszuziehen. Als er sie los war, fuhr er mit den Fingerspitzen über ihre Wade bis zur Innenseite ihres Knies. Er band ihren Strumpfhalter auf und zog ihn rasch mit dem Strumpf aus. Dann wandte er sich dem anderen Bein zu und führte genau die gleiche Abfolge von Handlungen aus. Als er fertig war, bebten ihre Oberschenkel.

Er stand zwischen ihren Beinen und legte einen Finger an ihr Geschlecht, um ihre Haut zu necken. »Du bist schon so feucht.«

»Es ist eher beschämend, wie sehr ich dich begehre.« Sie bekam rote Wangen.

»Es ist verdammt berauschend.« Er beugte den Kopf und küsste sie, während er sie mit seinen Fingern streichelte.

Sie packte seine Unterarme, als sie die Beine weiter spreizte und sich langsam zurückfallen ließ. Er half ihr, zurückzusinken, ohne mit seinen Stößen in ihren feuchten Spalt nachzulassen. Er brach den Kuss ab und streifte mit den Lippen an ihrem Hals hinab bis in das Tal zwischen ihren Brüsten, ehe er nach rechts glitt und ihre Brustwarze in seinen Mund nahm.

Er saugte kräftig daran und sie wölbte sich ihm entgegen. Er war bereits auf seinen Orgasmus zugesteuert, als sie noch ihren Mund um seinen Schaft gehabt hatte, und wenn er nicht vorsichtig war, würde er explodieren.

Er zog sich von ihr zurück und strengte sich an, tief Luft zu holen. Aufgrund seiner starken Erregung war das ein bisschen schwierig.

»Ich werde mich hinlegen und du kannst über mich kommen, damit du beenden kannst, was du angefangen hast. Verstanden?«

Ihr Blick war dunkel und die Lider schwer. »Das nehme ich an.« Sie rutschte, um ihm Platz zu machen.

Er jubelte innerlich vor Vorfreude, als er ins Bett kam

und sich in die richtige Position brachte. Dann legte er die Hände flach auf die Bettdecke.

Sie warf einen Blick auf seinen Schaft und ihre Stirn runzelte sich dabei, sodass sich diese entzückenden Falten zwischen ihren Augenbrauen bildeten, die er so liebte. »Soll ich mich auf dich setzen?«

»Leg deinen Mund auf meinen Schaft, Ada. Dann lass mich meinen Mund auf deine Muschi legen. Jetzt bitte?« Es war kein Befehl, aber wenn sie sich nicht schnell bewegte, würde er sich aus Verzweiflung selbst befriedigen.

Ihre Frisur war noch immer zum Großteil von Nadeln gehalten, doch einige dunkle Strähnen umspielten ihr Gesicht und ihren Nacken. Sie schob einige vereinzelte Strähnen hinter die Ohren und senkte den Kopf zu seiner Taille. Sie fasste seinen Schaft und nahm ihn in den Mund. Dann schob sie sich über ihn.

Der Duft ihrer Erregung erfüllte seine Sinne, als er sie fest um die Oberschenkel fasste und in die richtige Position brachte. Er fing mit seinem Daumen an und ließ ihn über ihrer Klitoris kreisen. Er hatte vergessen, welche Konzentration erforderlich war, zu geben, während er von ihr empfing, doch er war so begierig, sie abermals zu schmecken.

Er hielt sie mit seinen Daumen offen und leckte sie innen, wobei er auf die gleiche Weise mit seiner Zunge in sie drang und sich wieder zurückzog, wie er es mit seinen Fingern getan hatte. Sie fing an, sich an ihm zu bewegen und ihre Hüften kreisten in einem beharrlichen Rhythmus, den er mit seinem eigenen Körper erwiderte.

Sie saugte seinen Schaft tief in ihren Mund, dann zog sie sich langsam hoch, wobei ihre Hand zusammen mit ihrem Mund an seinem Schwanz emporwanderte. Seine Hüften hoben sich mit ihr, während seine Lust immer stärker wurde.

Er verstärkte den Druck seiner Zunge und bewegte einen

Daumen zu ihrer Klitoris hinauf. Sie antwortete, indem sie ihn noch weiter in ihren Mund nahm und die Lippen fester um ihn schloss, während sie ihn mit rücksichtsloser, unerbittlicher Kraft mit der Hand streichelte. Dann umfasste sie seine Hoden und drückte sanft zu, während sie ihn bis ganz hinten in ihre Kehle zog.

Er stieß einen Schrei an ihrem Geschlecht aus und fasste nach ihrem Hintern, um seine Finger in ihr Fleisch zu graben, während er auf seinen Orgasmus zusteuerte. Als er mit dem Daumen über ihren Kitzler fuhr, stieß er seine Zunge in sie hinein und leckte über ihre feuchten Schamlippen. Ihre Muskeln zitterten und dann verkrampften sie sich, und er spürte, dass sie gleich kommen würde.

Gut, denn er war verloren.

Ihre Muskeln spannten sich an, und seine Hüften zuckten. Verdammt, er hatte keine Ahnung, ob es ihr willkommen war, wenn er in ihrem Mund kam, doch es war zu spät.

Mit geschlossenen Augen kämpfte er darum, sie in Ekstase zu versetzen, während er selbst in ihr kam. Er hatte keine Ahnung, was er als Nächstes tat. Es gab nur Glückseligkeit und Befriedigung und das verzweifelte Bedürfnis, sie nie wieder loszulassen.

Irgendwann ließ sie von ihm ab und er hörte ihre tiefen, schnellen Atemzüge, die mit seinen eigenen übereinstimmten. Er bemühte sich, zur Ruhe zu kommen – seine Glieder zitterten. Verdammt, er konnte sich nicht erinnern, wann er sich jemals so *gut* gefühlt hatte.

Er spürte, wie sich das Bett bewegte, und schlug die Augen auf. Sie hatte sich umgedreht und sich neben ihn gelegt.

»Das war … erstaunlich«, schwärmte sie und strich sich die Haare aus dem Gesicht. Mehr Haare – viel mehr – hatten sich gelöst.

»Ich dachte, es würde dir gefallen.«

»Ich glaube, es ist meine neue Lieblingsbeschäftigung.« Ihr Blick fiel auf seine Schulter, und mit einem erschrockenen Aufkeuchen riss sie die Augen auf. »Du blutest ja!«

Er hatte seine Verletzung vollkommen vergessen. »Es tut nicht weh.« Nun, da sie darüber sprachen, tat es das doch.

Sie setzte sich auf und löste den Verband, der auf ihrer Seite war. Vorsichtig hob sie ihn von der Wunde ab. »Es ist nur ein Rinnsal. Trotzdem hätten wir das nicht tun sollen. Ich werde einen neuen Verband machen und die Wunde frisch verbinden.« Sie sah ihm in die Augen. »Beweg dich nicht.«

»Ich glaube nicht, dass ich das könnte, selbst wenn ich es wollte. Du hast mich ganz schön fertiggemacht.«

»Tut mir leid.«

Er lächelte. »Auf die beste Art und Weise.« Er zog ihren Kopf zu sich und küsste sie kurz, aber innig. »Ich danke dir.«

Sie stieg aus dem Bett und kehrte in den Hauptraum zurück. Als sie wiederkam, hatte sie einen neuen Verband und ein feuchtes Tuch dabei, mit dem sie die Wunde erneut reinigte.

Max schloss die Augen, während sie sich um ihn kümmerte. Daran konnte er sich gewöhnen.

An was genau?

An sie. Mit ihm. Die ganze Zeit über.

Er liebte sie, das war ihm klar. Doch das wollte er nicht. Der Schmerz, der mit dem Verlust einer Liebe einherging, war es nicht wert. Ada hatte recht gehabt. Er war verwundet. Was sie nicht erkennen konnte, war, dass diese Wunden, wie die Narben an seinem Körper, für immer bleiben würden. Er war nicht mehr der Mann, der er einmal gewesen war, und das konnte er auch nie wieder sein. Sie verdiente einen ganzen Mann – jemanden, der für sie so brillant und hinreißend sein konnte, wie sie es für ihn war.

Das war er nicht.

Sie beendete das Anlegen des neuen Verbandes. »So, jetzt ist alles besser. Und jetzt überanstrenge dich nicht mehr.«

Er schlug die Augen auf und blickte zu ihr auf. Sie hatte ihr Haar gelöst und es mit einem Band über eine Schulter gebunden. »Du warst rege daran beteiligt gewesen.«

Sie schürzte die Lippen und bedachte ihn mit einem rügenden Blick. »Du machst dich über mich lustig.« Dann lachte sie. »Das ist so reizend. Das musst du noch einmal machen.«

»Leider muss ich mich wohl anziehen und den Weg zu meinem Zimmer finden.«

Sie schüttelte entschieden den Kopf. »Unfug. Ich sagte, keine Anstrengung. Dazu gehört auch, sich anzuziehen und das Bett zu verlassen. Du schläfst hier, und ich dulde keine Widerrede.«

»Das würde ich nie wagen.« Er konnte sich das Grinsen nicht verkneifen, das seine Lippen teilte.

Sie lachte. »Du bist recht gut darin, mich zu necken.«

Als sie nach dem Verbandswechsel alles wieder aufgeräumt hatte, half sie ihm unter die Bettdecke und kam dann selbst ins Bett. Sie drehte sich zu ihm um und fragte: »Muss ich ein Nachthemd anziehen oder wirst du dich benehmen?«

Er griff nach ihrer Hand, führte sie an seine Lippen und küsste ihre Knöchel. »Glaubst du wirklich, dass ein Nachthemd für uns beide eine ausreichende Barriere darstellt?«

Sie atmete aus und machte ein albernes Geräusch mit ihren Lippen. »Da hast du recht. Wir beide werden uns von unserer besten Seite zeigen müssen. Ich will nicht, dass du diese Wunde wieder aufreißt. Hast du das verstanden?«

»Ja, Madam.«

Sie lächelte und dann beugte sie sich zu ihm herüber, um ihn zu küssen, ehe sie sich auf die Seite rollte.

Er betrachtete ihren Hinterkopf und schwelgte in der Freude, die ihn immer in ihrer Nähe umgab. Irgendwie hatte sie es fertiggebracht, ihm diese Freude nicht nur zu bringen – sondern sie hatte sie ihm geschenkt, als er glaubte, sie nie wieder fühlen zu können. Was auch immer morgen oder am folgenden Tag passieren würde, dafür wäre er ihr für immer dankbar.

da half Max früh am Morgen, doch weit nach der Dämmerung, zu seinem Zimmer zurück. Sie hatten verschlafen. Angesichts der Aufregung des vorigen Abends war sie nicht überrascht. Sie half ihm in sein Bett und wies ihn an, wieder einzuschlafen, dass es den Heilungsprozess seiner Schulter fördern würde.

Als sie ihn zum Abschied küsste, fragte sie sich, ob es wohl zum letzten Mal geschah. Vermutlich war dem so, da er morgen abreisen würde. Was bedeutete, dass sie die heutige Nacht zusammen hatten. Aber sollten sie diese Zeit in dem Wissen um seine darauffolgende Abreise am Morgen gemeinsam verbringen? Es wurde immer schwieriger.

Für sie zumindest. Sie hatte keine Ahnung, wie er sich fühlte und sie hatte nicht den Nerv, ihn zu fragen.

Was würde er antworten? Dass er es verabscheute, von ihr getrennt zu sein und er sie bat, seine Frau zu werden? Unter keinen Umständen wäre er jetzt dazu bereit – er befand sich noch im Prozess seiner Genesung. Und wenn er wieder er selbst wäre, oder so sehr wie er selbst zu sein erhoffen konnte, war nicht zu sagen, ob er das tun würde. Er war in seiner Absicht, unverheiratet zu bleiben und seinen Titel aussterben zu lassen, unmissverständlich gewesen.

Der gestrige Abend war voller Enthüllungen gewesen. Sie verstand nun voll und ganz die Last seiner Bürde und die Tiefe seiner Schuld und Verzweiflung. Sie erkannte auch, dass er trotz allem, was in Vauxhall passiert war, heilte.

Es war schwierig, ihre Arbeit nicht zu vernachlässigen, um nach ihm zu sehen. War er bereits zu Lady Peterborough aufgebrochen? Ada war neugierig zu erfahren, wie der Besuch verlaufen war. Hoffentlich würde sie ihn heute Abend auf der Seite der Gentlemen des Clubs treffen. Nach dem gestrigen Abend war es nicht garantiert, dass er unter Menschen sein wollte.

Es könnte aber sein letzter Abend in London sein. Wenn er nicht kommen würde, könnte sie überlegen, ihn dazu zu drängen. Bei seiner Rückkehr nach Stonehill könnte er wieder der Einsiedler werden.

Der Gedanke daran ging ihr ans Herz.

In diesem Moment kam es ihr in den Sinn, dass sie sich selbst antreiben sollte. Sie hatte darüber nachgedacht, was Evie in der Kutsche darüber gesagt hatte, ein Boot nach Vauxhall zu nehmen. Es war vielleicht an der Zeit, ihre Furcht vor dem Wasser zu überwinden.

Sie könnte mit einem kleinen Boot auf dem Serpentine Teich fahren. Das wäre sehr einfach. Doch der Serpentine Teich war kaum das Gewässer, das sie zittern ließ. Nun, sie hatte ihn meistens umgangen, aber wenn sie ihr Entsetzen wirklich überwinden wollte, sollte sie eine Jolle nehmen und die Themse hinunterfahren.

Die Vorstellung ließ ihr das Blut in den Adern gefrieren.

Vielleicht könnte sie Max bitten, sie zu begleiten. Sie wusste, dass er das tun würde. Trotzdem konnte sie sich nicht von ihm abhängig machen – das *sollte* sie nicht. Es würde seine bevorstehende Abreise noch schmerzlicher machen.

Evie oder Prudence oder sie beide würden sie begleiten. Sie könnten einen Tagesausflug daraus machen und vielleicht bis Hampton fahren. Nun, vielleiht nicht *so* weit.

Ehe sie den Gedanken noch in ihren Hinterkopf verschieben konnte, nahm Ada ihren Mut zusammen und stand von ihrem Schreibtisch auf. Sie ging die Treppe in das darunterliegende Stockwerk hinunter, in dem sich Evies Büro befand.

Die Tür war offen, also trat Ada ein. Evie saß schreibend hinter dem Schreibtisch und die Morgensonne fiel hinter ihr ins Zimmer. Als sie aufschaute, lächelte sie, doch ein Anflug von Besorgnis hatte sich in ihre normalerweise glatte Stirn gegraben. »Guten Morgen, Ada. Ich hatte dich nach der Aufregung des gestrigen Abends nicht stören wollen. Wie geht es Warfield?«

Ada überlegte, Ausflüchte zu machen, doch Evie war nicht dumm. Sie wusste zumindest, dass Ada seine Verletzung behandelt hatte, nachdem sie zum Club zurückgekehrt waren. »Seine Verletzung war nicht so schlimm.«

Evie stand auf und kam um den Schreibtisch herum, wobei sie auf das Sofa zeigte, ehe sie selbst Platz nahm. »Und seine allgemeine Verfassung? Hat sie sich gebessert?«

Da Ada nun neben Evie saß, entschied sie erneut, nicht zu lügen. »Ich denke ja. Das Feuerwerk hat ihn in einen Zustand versetzt, in dem er sich wieder im Krieg wähnte. Dann haben diese Männer mich belästigt und er hat auf gewalttätige Art und Weise reagiert. Er war von all dem sehr erschüttert.«

»Das konnte ich sehen. Er war auch sehr wütend auf Lucien.« Sie runzelte die Stirn. »Lucien wollte es mir nicht erklären. Ich nehme nicht an, dass Warfield dir die Wahrheit über die Angelegenheit gesagt hat?«

»Das ist eine Sache zwischen Lucien und ihm.« Das war

das Diplomatischste, was Ada zu sagen einfiel. Unter keinen Umständen würde sie Max' Vertrauen brechen. »Ich habe ihm geraten, mit Lucien zu sprechen und ihre Kluft zu überwinden, wenn er dazu in der Lage ist.«

»Wird er das tun?« Evie schnalzte mit der Zunge. »Noch nie habe ich Lucien so bestürzt gesehen.« Das sollte etwas heißen, denn Evie kannte ihn wahrscheinlich länger als irgendjemand sonst. Für einige Zeit war sie seine Mätresse gewesen und sie waren noch immer enge Freunde. Ada hatte sie einmal gefragt, ob für sie irgendwelche Hoffnung in der Zukunft bestände. Evie hatte ihr geantwortet, dass dem nicht so sei und sie keine romantischen Gefühle für ihn hegte und er nicht für sie.

Ada zuckte mit den Schultern. »Das kann ich nicht sicher sagen.«

»Du und Warfield seid euch sehr nahe. Darf ich zu hoffen wagen, dass etwas zwischen euch ist?«

»Warum würdest ausgerechnet du das hoffen?«, fragte Ada mit einem Lachen. Evie war eine erklärte Gegnerin der Ehe. Als ehemalige Kurtisane hatte sie kein Interesse, je wieder von einem Mann besessen zu werden. Sie hatte keine Geldnöte und sie vertrat den Standpunkt, dass Liebe auch ohne die Bindung möglich wäre, welche die Ehe verlangte.

»Nur weil ich keine Ehefrau sein will, bedeutete das nicht, dass du das nicht sein solltest.« Evie hielt die Hand hoch, ehe Ada etwas sagen konnte. »Ich weiß, dass du lieber unverheiratet bleibst, um an deiner Unabhängigkeit festzuhalten. Doch manchmal denke ich, dass du versuchst, mir nachzueifern.«

Ada bewunderte Evies Schläue und sie hatte nicht unrecht. »Das habe ich einst. Allerdings bin ich sehr zufrieden damit, Ada Treadway die Buchhalterin zu sein. Zum ersten Mal fühle ich mich gebraucht und wichtig und dass mein Verlust spürbar wäre. Ich weiß nicht, ob ich das für irgendetwas eintauschen würde.« Ihre Kehle kitzelte von ihrer Gefühlsaufwallung und sie hustete sanft.

»Hört, hört«, meinte Evie leise. »Ich bin sehr stolz auf dich. Ich werde für immer für den Tag dankbar sein, an dem wir uns in diesem Tee-Salon in St. Germans getroffen haben.«

»Nicht mehr als ich.« Damals hatte Evie dort von Adas Kümmernissen erfahren. Nur wenige Tage zuvor hatte sie ihre Stellung als Gouvernante gekündigt, und sie versuchte, herauszufinden, wie sie ihr Leben als unverheiratete Mutter ohne Anstellung bestreiten sollte. Evie hatte sich ihrer angenommen. Sie hatte Adas Tränen getrocknet und sie beraten, wie sie ihr Leben wieder in den Griff bekommen konnte.

Durch Evies Unterstützung und ihre sofortige Sorge um ihr Wohlergehen gestärkt, hatte Ada beschlossen, das Kind nicht zu bekommen. Kurze Zeit später waren Evie und Ada in den Westen Cornwalls gereist. Diese Monate hatten Ada gezeigt, wie das Leben einer unabhängigen Frau aussehen konnte – und das wollte sie auch für sich.

Jetzt hatte sie dieses Leben.

»Ich bin gekommen, um dich zu fragen, ob du mir helfen könntest, meine Furcht vor dem Wasser zu überwinden.«

Ein Ausdruck der Bestürzung huschte über Evies Gesicht. Sie streckte ihre Hand aus und berührte Ada am Unterarm. »Ist das wegen meiner unsensiblen Bemerkung gestern Abend?«

»Ja, aber das ist nichts Schlimmes, wirklich nicht. Da ich Max – Lord Warfield – bei seiner Genesung unterstütze, was auch die Überwindung seiner Ängste und Herausforderungen einschließt, fühle ich mich wie eine Heuchlerin. Also werde ich ein Boot besteigen. Ich hatte überlegt, eine Fähre von der Horse Ferry zu nehmen, die vielleicht bis nach

Somerset House fährt.« Sie schauderte. »Begleitest du mich? Ich gedenke, auch Prudence einzuladen.«

»Natürlich! Aber Prudence möchte vielleicht nicht auf eine Fähre steigen, wenn sie sich wegen des Babys krank fühlt.«

Prudence erwartete ein Kind, was nur ein ausgewählter Kreis von Menschen wusste. Ada hatte Prudence über ihren Schock und ihre Angst hinweggeholfen, als sie erfuhr, dass sie schwanger war – was vor ihrer Heirat mit Glastonbury gewesen war. Glücklicherweise hatte sich alles zum Guten gewendet und die beiden hatten eine gegenseitige Liebe und Hingabe entdeckt, doch es war nicht einfach für sie gewesen.

»Das ist bestimmt richtig, obwohl sie sich meines Glaubens meist wohlfühlt. Ich würde gerne morgen fahren.«

»So bald?«

»Ich will den Mut nicht verlieren.«

Evie lächelte. »Dann lass uns das machen. Ich sorge für jemanden, der uns bei Somerset House abholt.«

Joanna, eine der Dienerinnen, erschien in der Tür des Büros. Sie machte einen verwirrten Eindruck. »Verzeihen Sie, wenn ich störe. Hier ist ein Gentleman, der Miss Treadway sprechen möchte.« Sie warf einen Blick in Richtung Ada. »Ich habe ihm gesagt, dass wir auf dieser Seite des Clubs keine Gentlemen empfangen, aber er war sehr hartnäckig.«

Adas erster Gedanke war, dass es sich um Max handeln musste, doch das konnte nicht sein. Er kannte die Regeln des Clubs und hatte gezeigt, dass er sie zu umgehen wusste. Das klang nach jemandem, der nicht wusste, was der Phönix Club war und auf der Suche nach Ada hierher gekommen war.

»Wir müssen ihn auf der Seite der Gentlemen empfangen«, verkündete Evie mit Autorität und stand auf. »Weise ihn an, die andere Tür zu benutzen und ich werde Sebastian bitten, ihn in Luciens Büro zu führen.«

Joanna nickte, dann ging sie.

Ada stand auf und fragte sich, wer das wohl sein könnte. »Bevor du fragst, nein, ich weiß nicht, wer es ist. Ich bin genauso verdattert wie Joanna.«

»Das werden wir noch früh genug herausfinden.« Evie trat vor ihr über die Schwelle, und zusammen machten sie sich auf den Weg zur Seite der Gentlemen, wo sie rasch in Luciens Büro ankamen.

Lucien saß an seinem Schreibtisch und las, doch bei ihrem Eintreten schaute er auf. »Guten Morgen. Stecke ich in Schwierigkeiten?«

»Nein, wie kommst du denn darauf?«, fragte Evie.

»Weil ihr beide hier seid und der gestrige Abend, nun, schwierig war.«

»Sie sind nicht in Schwierigkeiten«, bestätigte Ada ihm und betrat das Büro, um sich neben das Sofa zu stellen. »Wir sind nicht einmal deswegen hergekommen.«

»Wie geht es Max?«, fragte er leise.

»Besser als Sie wahrscheinlich annehmen«, antwortete Ada. »Hoffentlich werden Sie das von ihm selbst hören, und mehr werde ich zu diesem Thema nicht sagen. Wir sind hier, weil ein Gentleman mich besuchen möchte. Evie meinte, ich könnte Ihr Büro benutzen.«

»Eigentlich habe ich gesagt, ›wir‹ würden ihn empfangen«, stellte Evie richtig. »Wenn du glaubst, ich würde dich, selbst in der sicheren Umgebung des Clubs, allein lassen, um einen unbekannten Mann zu treffen, dann kennst du mich nicht besonders gut.«

»Vielleicht sollte ich ebenfalls bleiben«, erbot Lucien sich und stand von seinem Stuhl auf.

Ada atmete aus. »Ich schätze euch beide sehr, aber ich bin eine erwachsene, unabhängige Frau.«

Sebastian erschien in der Tür, und mit einem Blick aus seinen blauen Augen zollte er den Anwesenden im Büro Respekt. »Mr. Jonathan Hemmings ist für Miss Treadway hier.«

Glücklicherweise stand das Sofa in der Nähe, denn Ada ließ sich darauf sinken und ihr Kiefer erschlaffte, ehe sie sich die zitternde Hand vor den Mund schlug.

Evie setzte sich neben sie. »O je. Du kannst doch nicht wollen, dass ich jetzt gehe.«

»Dann bleibe ich auch«, beschloss Lucien und hielt auf die andere Seite des Kamins zu, wo er sich an den Kaminsims lehnte.

Ada war sich nicht sicher, ob sie sich die beiden als Zuhörer für das wünschte, was Jonathan ihr hier sagen wollte. Allerdings war sie im Augenblick auch nicht in der Lage, Worte zu formulieren. Sie hätte nie geglaubt, ihn einmal wiederzusehen.

»Führ ihn herein«, gebot Evie und drückte Adas plötzlich eiskalt gewordene Hand.

Jonathan trat ein und hielt dabei den Hut in den Händen, und sein vertrautes Gesicht weckte etwas tief in Ada, das sie für immer begraben geglaubt hatte. Seine braunen Augen kräuselten sich an den Rändern und er hatte den Mund zu einem charmanten, jungenhaften Lächeln geformt. »Ada, du siehst gut aus.«

Irgendwie schaffte sie es, zu sprechen. »Genau wie du. Aber ich bin schockiert, dich zu sehen.«

Sein Blick wanderte zu Evie und dann zu Lucien, bevor er sich wieder auf Ada konzentrierte. Sie beantwortete seine stumme Frage. »Erlaube mir, dir meine Arbeitgeber vorzustellen, Lord Lucien Westbrook und Mrs. Evangeline Renshaw.«

Jonathan verbeugte sich. »Ich freue mich sehr, die

Menschen kennenzulernen, die meiner Ada eine Zuflucht bieten.«

Ada war empört. *Seine* Ada?

Jonathan lächelte freundlich und fuhr fort: »Könnten wir vielleicht ein paar Minuten unter vier Augen sprechen? Ich habe einige Neuigkeiten, die ich Ada mitteilen möchte.«

»Ich komme schon zurecht«, flüsterte Ada zu Evie. »Würde es dir etwas ausmachen, draußen zu warten und Lucien mit hinaus zu nehmen?«

Evie drückte ihr erneut die Hand, ehe sie sie losließ. »Ich werde gleich draußen vor der Tür sein, wenn du mich brauchst.« Sie stand auf und warf Lucien einen Blick zu, mit dem sie ihm schweigend zu verstehen gab, dass er sie begleiten sollte.

Lucien schien nicht gehen zu wollen, doch letztendlich gab er nach, während sein Blick auf Jonathan geheftet war. »Wir sind gleich draußen vor der Tür.«

Die Tür fiel zu und dann war Ada mit dem Mann allein, den sie einmal geliebt hatte. Der Mann, dessen Kind sie in sich getragen hatte und der ihr das Herz gebrochen hatte. Nein, sie hatte ihr Herz dargeboten, damit es ihr gebrochen wurde, indem sie sich überhaupt erst auf so eine dumme Affäre eingelassen hatte.

Ada hatte sich nicht in Jonathan verlieben wollen, obwohl sie wusste, dass seine Frau ihn nicht liebte. Ihre Heirat war arrangiert worden, als sie noch Kinder gewesen waren und Letitia hatte kein Geheimnis daraus gemacht, dass sie ihn nicht einmal attraktiv fand. Manchmal fragte Ada sich, ob die Dinge, die Letitia gesagt hatte, ihre Zuneigung zu ihm überhaupt erst geweckt hatten und sie vielleicht Mitleid mit ihm hatte, weil er in einer Ehe gefangen war, mit der weder er noch seine Frau besonders glücklich waren. Wie Ada, hatte Jonathan verdient, geliebt und wertgeschätzt zu werden. Obwohl sie versucht hatten, ihrer auf Gegenseitigkeit beruhenden Anziehung zu widerstehen – und das hatten sie für mehr als ein Jahr getan –, hatten sich ihre einsamen Herzen aneinander geklammert. Und Ada hatte sich überzeugt, dass es in Ordnung war und ihre Verbindung zueinander rein und wahr war, obwohl er bereits mit einer anderen verheiratet war. Sie hatte nicht über ihr eigenes Bedürfnis nach Liebe und Intimität hinausgedacht. Auf vielerlei Weise fühlte sie sich für ihr Verhalten mit Jonathan ebenso schuldig, wie für den Tod ihrer Schwester.

Jonathan setzte sich neben sie auf das Sofa und riss sie aus ihren Gedanken. Er drehte ihr den Oberkörper zu und legte den Hut hinter sich auf das Polster. Dann blickte er sie mit einem Ausdruck an, den sie schon viele Male gesehen hatte – unverhohlenes Verlangen. Hegte er noch immer Gefühle für sie? »Du siehst sehr gut aus.«

»Danke. Mir geht es auch gut. Wie hast du mich gefunden?«

»Ich habe jemanden beauftragt. Es hat einige Zeit gedauert, dich ausfindig zu machen.« Er blickte sich im Büro um. »Was für eine Art Club ist das? Was tust du hier?«

Seine Frage enthielt einen Anflug von Beunruhigung und sie fragte sich, was er wohl glaubte, was der Phönix Club war. »Es ist ein Club für Mitglieder – für Männer und Frauen. Er ist anders als alle anderen in London. Ich bin die Buchhalterin.« Sie legte den Kopf schief. »Was hast du geglaubt, was ich bin?«

Seine Züge entspannten sich vor Erleichterung. »Ehrlich gesagt, hatte ich keine Ahnung. Aber als mir gesagt wurde, dass die andere Seite nur für Frauen war und diese für Männer, ist mir die Fantasie ein bisschen durchgegangen.«

»Hast du geglaubt, ich wäre eine Prostituierte geworden?« Sie hatte ihm erzählt, was sie einmal getan hatte, als sie auf ihrem absoluten Tiefpunkt gewesen war. »Ich hatte dir gesagt, dass ich das nie wieder tun würde.«

»Ich weiß, aber das Leben kann schwierig sein.« Er griff nach ihrer Hand. »Ich würde deshalb nicht über dich richten, mein Liebling. Ich liebe dich immer noch so sehr.«

Seine Gefühle waren nicht versiegt. Das hätte sie nie erwartet. »Warum bist du hier?«

»Letitia ist letztes Jahr gestorben, als sie unserem vierten Kind das Leben geschenkt hat. Es ist ein Mädchen, was Rebecca sehr gefreut hat.«

Ada war traurig über den Tod seiner Frau, insbesondere im Kindbett. Das war eine ihrer größten Ängste. Ein Kind ohne Mutter und verletzlich auf der Welt zurückzulassen, war wahrscheinlich der Hauptgrund, aus dem Ada sich entschieden hatte, das Baby nicht zu bekommen. »Es tut mir so leid wegen Letitia.« Sie tätschelte seine Hand und dann zog sie die ihre zurück, was ungeschickt war, da seine Hand nun in ihrem Schoß lag.

Er verstand den Wink allerdings und zog sich zurück. »Es ist schwierig gewesen, insbesondere mit den Kindern. Rebecca hat versucht, Mutter zu spielen, was dich nicht überraschen sollte.«

Rebecca war seine älteste Tochter und ein dominantes und neugieriges Kind, das Ada angebetet hatte. Sie musste inzwischen etwa zehn Jahre alt sein. Es gab auch zwei kecke und verspielte Jungen.

»Nein, das überrascht mich nicht«, murmelte Ada. Sie hatte seine Kinder vermisst. Und lange Zeit hatte sie auch Jonathan vermisst.

»Du kannst dir wahrscheinlich denken, warum ich gekommen bin.« Seine Augen bekamen einen erwartungsvollen Schimmer.

»Das kann ich ehrlich gesagt nicht.« Wollte er sie bitten, als seine Gouvernante zurückzukehren, damit sie ihre Affäre wieder aufnehmen konnten? Von dem Kind hatte sie ihm nie erzählt. Welchen Sinn hätte das gehabt? Sie hatte einfach gekündigt und behauptet, sie hätte eine andere Stellung gefunden.

»Ich möchte, dass du meine Frau wirst. Um meinen Kindern eine Mutter zu sein. Sie beten dich so an. Sie können kaum erwarten, dass ich mit dir zurückkehre.«

Sie blinzelte ihn an. »Du hast ihnen gesagt, dass du mich besuchen würdest?«

»Um dich zu *holen.* Ehrlich gesagt waren sie, abgesehen von meiner eigenen Sehnsucht und der Liebe, die ich immer noch für dich empfinde, zum Teil der Grund, warum ich nach dir gesucht habe. Das gilt insbesondere für Rebecca. Sechs Monate nach dem Tod ihrer Mutter ist sie zu mir gekommen und sagte mir, dass es Zeit sei, eine neue Mutter für sie zu finden. Sie hat dich vorgeschlagen, aber ich muss zugeben, dass ich nie aufgehört habe, an dich zu denken. Unsere Monate zusammen waren die glücklichsten meines Lebens. Ich bin beschämt, dir zu sagen, dass Letitias Tod mich mit der Hoffnung erfüllt hat, dass wir eine gemeinsame Zukunft haben könnten. Ich freue mich so, dass du keinen anderen geheiratet hast.«

Ada konnte nicht anders, als eine Woge des Glücks darüber zu empfinden, dass Rebecca sie als Mutter wollte.

Doch andererseits verspürte sie auch eine aufkommende Furcht darüber, dass Jonathans Gefühle sich nicht geändert hatten, während dies bei ihr sehr wohl geschehen war. Sie entschied, Letzteres zugunsten des Ersteren zu ignorieren. »Ich vermisse die Kinder. Sind sie alle munter?«

»Sehr, einschließlich des Babys. Ihr Name ist Constance.«

Die Luft wich Ada aus den Lungen. »Nicht nach mir?« Das letzte Wort hatte sie beinahe gequiekt.

»Nur ich weiß das, aber ja. Wie ich sagte, warst du immer in meinen Gedanken, Ada. Und in meinem Herzen. Ich hätte früher nach dir gesucht, aber ich dachte, ich sollte eine Trauerzeit abwarten – wegen der Kinder.«

Dies war so merkwürdig und unerwartet. Ada fühlte sich ,als ob sie diese Begegnung als Zuschauer erleben würde und sie jemand anderem passierte. Sie konnte seine Gefühle nicht in dem Ausmaß erwidern, in dem sie wollte. Wollte sie das? Das hatte sie sich so lange gewünscht – eine Familie, die sie ihr Eigen nennen konnte, und einen Ort, an dem sie erwünscht war und gebraucht wurde. »Ich, ähm, habe hier im Phönix Club so viel Glück. Ich bin sehr zufrieden.«

»Ich bin erleichtert, das zu hören. Aber du kannst nicht für immer hier bleiben wollen? Ich möchte, dass du mit mir zurück nach Cornwall kommst. Du wirst die Herrin von Tidwell und Mutter von vier Kindern, die dich bereits lieben – plus einigen weiteren, die wir zusammen haben werden.« Seine braunen Augen schimmerten vor Hoffnung und Liebe.

Ada konnte nicht ignorieren, dass sein Angebot verlockend war, insbesondere der Teil über die zukünftigen Kinder. Sie hatte nie auch nur zu träumen gewagt, dass das einmal möglich sein würde und dass Jonathan und sie glücklich als Ehemann und Ehefrau mit eigenen Kindern zusammenleben könnten. Es hätte bedeutet, dass sie sich den Tod seiner Frau herbeigewünscht hätte, was sie nie gewollt hatte.

»Das ist solch ein Schock«, war alles, was sie hervorbringen konnte. Mit dem Phönix Club und ihrem derzeitigen Leben war sie mehr als glücklich.

Ein Leben, das jedenfalls im Moment einen bestimmten Viscount einschloss, in den sie unglücklicherweise und unerwidert irrsinnig verliebt war.

»Das kann ich mir vorstellen«, meinte er. »Ich bin sicher, dass du Bedenkzeit brauchst, um dich an solch eine große Veränderung zu gewöhnen. Du scheinst hier ein gutes Leben zu haben und ich vermute, dass es schwierig sein wird, es aufzugeben. Ich kann nur hoffen, dass du das möchtest.« Er schenkte ihr ein sympathisches aufmunterndes Lächeln, das sie an seine Güte und Fürsorge erinnerte. Das waren Eigenschaften, die sie insbesondere nach der kalten Bitterkeit ihrer eigenen Familie geliebt hatte.

Sie würde ihm zumindest die Höflichkeit erweisen, seinen Antrag zu überdenken. Es war das Vernünftigste und wenn sie eines war, dann vernünftig. Er bot ihr lebenslängliche Sicherheit und Liebe an. Eine Familie. Einen Ort, an dem sie bleiben konnte. »Du wohnst wahrscheinlich irgendwo in der Stadt?«

»Ja, bei einem alten Freund aus meiner Schulzeit – Reginald Huxton.«

»Ich kenne Reggie. Seine Frau und er sind Mitglieder hier.« Ada hatte keine Ahnung, dass die beiden Jonathan kannten, aber warum sollte sie das auch wissen?

»Das habe ich nicht gewusst. Ich war nicht eindeutig darüber, wohin ich heute gehen würde.« Er hob die Hand, als wollte er sie wieder berühren, doch dann änderte er seine Meinung und legte sie wieder in seinen Schoß.

Ada atmete erleichtert auf. Sie war sich nicht ganz sicher, wie sie zu dem Wiedersehen mit Jonathan stand, aber sie wusste, dass sie noch nicht bereit war, ihre Beziehung wieder aufzunehmen. Begierig, mit ihren Gedanken allein zu sein, oder zumindest ohne ihn, stand sie auf.

Jonathan erhob sich ebenfalls. »Wann kann ich dich das nächste Mal sehen?«

»Ich bin nicht sicher. Du hast mir eine Menge zum Nachdenken gegeben. Ich habe hier ein gutes Leben und ich bin sehr glücklich.«

»Du wirkst glücklich. Du bist von einer Aura von Freude und Ruhe umgeben, aber du hast immer schon solch eine positive Energie besessen.«

»Du hast immer gesagt, ich sei strahlender als die Sonne.« Sie fühlte, wie die Nostalgie in ihr wach wurde und war vielleicht ein bisschen traurig über ihren Verlust. Doch sie hatte sich schon vor einiger Zeit damit abgefunden.

»Das bist du immer noch.« Er nahm ihre Hand und küsste ihren Handrücken. »Du weißt, wo du mich findest. Du solltest nur wissen, dass ich wiederkommen werde, wenn ich nicht bald von dir höre.«

Sie folgte ihm zur Tür und hielt sie für ihn auf, als er ging. Evie und Lucien standen im Mitgliederrefugium. Sie sahen Jonathan zu, als er aus dem Büro kam und dann eilten sie auf Ada zu.

»Was hat er gewollt?«, fragte Evie.

Ada blinzelte, als wachte sie gerade aus einer Trance auf. »Seine Frau ist gestorben. Er hat mir einen Heiratsantrag gemacht.«

Evie machte große Augen und Lucien wischte sich mit der Hand über das Gesicht.

Evie schaute sie erwartungsvoll an. »Was hast du geantwortet?«

»Dass ich darüber nachdenken müsste.« Ada war innerlich in Aufruhr – dies war so unerwartet.

»Ziehst du das wirklich in Erwägung?« Evie klang, als würde sie die Luft anhalten.

»Ich weiß es nicht. Ich denke, ich wäre dumm, wenn ich es nicht tun würde. Es bedeutet jede Menge Sicherheit, die Ehefrau eines Gentlemans zu sein.« Es war, als würde sie versuchen, sich selbst zu überzeugen, was sie vermutlich tat.

»Du hast hier Sicherheit.« Evie klang irritiert. »Dies ist weit mehr als irgendein Gentleman dir bieten kann. Insbesondere einer, der seine Position dir gegenüber als dein Arbeitgeber zu seinem Vorteil genutzt hat.«

Ada war über Evies Reaktion nicht überrascht und es störte sie auch nicht. »Ich war ebenso schuld daran wie er. Er hat sich nichts herausgenommen, was ich nicht freiwillig angeboten habe.« Zu spät erkannte sie, dass sie diese Unterhaltung vor Lucien führten. Hitze erfasste ihren Nacken und sie warf ihm einen nervösen Blick zu.

»Ich bedaure, aber ich stimme mit Evie überein«, meinte er. »Er hat seinen Vorteil eindeutig genutzt, auch wenn Sie ihn ermuntert haben. Gentlemen unterhalten keine Affären mit den Gouvernanten oder irgendwelchen ihrer Angestellten, um das klarzustellen.«

Ada wusste, dass sie naiv und verzweifelt gewesen war. Sie hatte mit irgendjemandem eine Verbindung haben wollen, und Jonathan hatte das auch gewollt. »Aber jetzt ist er hier und beteuert seine Liebe und er macht mir einen Heiratsantrag. Unser Benehmen in der Vergangenheit mag falsch gewesen sein, aber ich werde ihn nicht für etwas beschuldigen, woran ich eifrig beteiligt war.«

»Liebst du ihn immer noch?«, fragte Evie leise. »Als ich dich zum ersten Mal getroffen hatte, fragte ich mich, ob du je darüber hinwegkommen würdest, ihn zu verlassen. Aber seit sehr langer Zeit hast du ihn nicht mehr erwähnt. Tatsächlich bin ich nicht sicher, ob du ihn je wieder erwähnt hast, nachdem wir Cornwall verlassen hatten.«

Weil Ada sich gelobt hatte, dass sie ihn und die Liebe, die sie für ihn empfand, dort zurücklassen würde, wenn sie mit Evie nach London kam. Also hatte sie nie wieder von ihm gesprochen.

Evies Frage dröhnte in ihrem Verstand: Liebte sie ihn noch?

»Nein, ich liebe ich nicht mehr.« Die Antwort kam schnell und sicher hervor. »Ich mag ihn und ich werde ihn immer mögen. Er hat mir Trost und Hoffnung gespendet, als ich keine hatte.«

Ein schockierender Gedanke kam ihr in den Sinn. Vielleicht hatte sie Jonathan gar nicht wirklich geliebt. Oder vielleicht hatte sich ihre Liebe oder die Art, wie sie liebte, gewandelt. Denn was sie für Max fühlte, war vollkommen anders. Max brachte sie dazu, sich strahlender als die Sonne zu *fühlen*.

Doch Max bot ihr keine Ehe an und das würde er auch nie.

»Wenn ihr mich entschuldigen wollt. Ich habe zu arbeiten.« Ada brachte ein halbherziges Lächeln zustande und kehrte auf die Seite der Ladys des Clubs zurück.

CHAPTER 19

Der Butler des Herzogs von Evesham führte Max in den Salon. In seiner Jugend war Max mehrere Male zuvor mit Lucien in diesem Haus gewesen. Es sah noch immer ganz genauso aus und trug noch immer die erhabene Eleganz, die man mit dem Herzog in Verbindung brachte.

Aber Max war nicht hier, um Luciens Vater zu besuchen. Er wollte Luciens Tante, Lady Peterborough, aufsuchen. Sie wohnte derzeit bei ihrem Bruder, nachdem sie das Haus ihres Ehemannes verlassen hatte. Prudence hatte Max erzählt, dass der Ehemann seine Frau in ein Kloster in Wales hatte schicken wollen, nachdem Prudence' Existenz ans Licht gekommen war. Evesham hatte eingegriffen und seine Schwester hierhergebracht.

Lady Peterborough war nicht im Salon, als Max eintrat. Der Butler überließ ihn sich selbst und so schlenderte er im Raum umher. Er nahm seinen Hut ab und machte einen Rundgang, ehe er erkannte, dass er nervös war. Dann bezog er neben dem Fenster Posten und Lady Peterborough rauschte in den Raum. Ihre dunkelbraunes mit Grau durchsetztes Haar war zu einer kunstvollen Hochsteckfrisur frisiert und zu einem persimonefarbenen Kleid, das ihre rundliche Gestalt umschmiegte, trug sie eine korallenfarbige Kette um den Hals.

Die Countess kam nicht sehr weit, denn als sie Max erblickte, blieb sie ruckartig stehen und ihr Blick fixierte sich auf ihn. »Guter Gott, jetzt sehen Sie noch mehr wie Ihr Vater aus.« Sie blinzelte und kam auf ihn zu. »Außer diesen hässlichen Narben natürlich.« Das brachte sie in einem nüchternen Tonfall ohne einen Anflug von Boshaftigkeit hervor, und er nahm an, dass sie eine Frau war, die sagte, was sie wollte. Das respektierte er. Es bedeutete auch, dass er etwas darüber erfahren würde, weshalb er heute hierhergekommen war. Er hoffte, dass das der Fall sein würde.

»Sie kannten meinen Vater sehr gut«, stellte er fest, ohne recht zu wissen, wie er anfangen sollte.

Sie lachte leise, während sie zu einem Sessel in der Zimmermitte glitt und sich setzte. »Ich denke, das wissen Sie, da Sie Ihre Halbschwester kennen, die meine Tochter ist. Danke für die Mitgift, die Sie ihr zur Verfügung gestellt haben, wenn auch etwas spät.« Sie rümpfte geziert die Nase, während sie die Hände im Schoß verschränkte.

Max nahm in einem Sessel ihr gegenüber Platz und stützte die Ellbogen auf die Armlehne. »Ich war sehr schockiert, als ich von ihr erfuhr«, entgegnete er gleichmütig. Verdammt, wenn sie offen sprechen wollte, musste er das auch. »Das sage ich immer wieder, aber in Wahrheit war ich verletzt und wütend, als ich erfuhr, dass mein Vater meiner Mutter untreu gewesen war.«

»Und nicht nur mit mir.« Sie presste die Lippen aufeinander. »Vielleicht haben Sie das nicht gewusst. Ich entschuldige mich.«

»Habe ich nicht«, antwortete er knapp und fragte sich, ob er seinen Vater überhaupt je gekannt hatte. »Vermutlich bedeutet das, dass er meine Mutter nicht wirklich geliebt hat und er unglücklich mit ihr gewesen war.«

»Ich glaube nicht, dass das unbedingt so war.« Die Countess legte den Kopf schief, während sie ihn betrachtete. »Ehrlich gesagt, hat er nicht über Ihre Mutter gesprochen, und ich habe nicht danach gefragt.«

»Ich glaube, Sie waren anderweitig beschäftigt«, meinte er sardonisch und mit einem Hauch von Feindseligkeit.

»Ein Liebespaar zu sein, meinen Sie. Es war mehr als das. Ich mochte ihn sehr. Er war ein wundervoller Mann. Sein Tod hat mich sehr traurig gestimmt.«

Er scherte sich nicht um ihre Gefühle für seinen Vater. »Wundervolle Männer sind keine Ehebrecher.« Max hasste ihn aufs Neue, auch wenn er ihn schrecklich vermisste. »Sein Tod hat mich am Boden zerstört, genauso wie der meiner Mutter.«

»Natürlich«, murmelte sie. »Warum sind Sie heute hierhergekommen?«

Er tat sich schwer diese Frage zu beantworten. »Ich glaube, ich wollte etwas über Ihre Beziehung zu ihm erfahren, und ob Sie sich geliebt haben.«

»Ich war in einer unglücklichen Ehe gefangen, und Ihr Vater war charmant und schmeichelhaft. Er gab mir das Gefühl ... außergewöhnlich zu sein.« In ihren Augen schimmerte es. Sie mochte seinen Vater nicht geliebt haben, aber er konnte sehen, dass sie ihn tatsächlich gemocht hatte.

»Wusste meine Mutter von Ihnen oder Prudence?«

»Ich glaube nicht, aber ich kann es nicht mit Sicherheit sagen. Ihr Vater war sehr hilfsbereit, als ich ihm sagte, dass ich schwanger sei. Ich hatte gehofft, Peterborough würde das Kind einfach als sein eigenes akzeptieren, da ich ihm bereits einen Erben und einen zweiten Sohn geschenkt hatte.«

»Er hat sich geweigert?« Max kannte die Antwort, aber er wollte von ihr hören, was passiert war.

»Oh, ja. Er war mehr als wütend. Er schickte mich in ein Kloster, bis ich Prudence zur Welt brachte. Ihr Vater hatte sich um ihre Vormundschaft gekümmert.«

»Mein Vater hat das getan?«

»Ja. Er wollte sicherstellen, dass unser Kind von einer Familie adoptiert wird und in einem guten Haushalt aufwächst. Der Adoptivvater von Prudence war Lehrer. Sie ist sehr gebildet, falls Sie das nicht wissen.«

Max hörte Stolz in ihrer Stimme. »War es schwer, sie wegzugeben?«

»Beinahe unmöglich. Aber ich hatte keine Wahl. Ihr Vater hatte sie nehmen wollen, aber das war ein Hirngespinst. Er gab zu, dazu nicht imstande zu sein. Daher nehme ich an, dass Ihre Mutter wahrscheinlich nichts von mir oder Prudence wusste.«

Als Max an den Tod seiner Mutter zurückdachte, erinnerte er sich an den Kummer seines Vaters. Er schien sie wirklich geliebt zu haben. »Es fällt mir schwer, die Untreue meines Vaters zu begreifen. Nie hätte ich gedacht, dass er eine andere als meine Mutter liebt.«

»Vielleicht hat er das nicht. Man muss nicht verliebt sein, um sich auf eine Affäre einzulassen. Sie haben sicher nicht alle Frauen geliebt, die Sie ... na ja, Sie wissen schon. Oder?«

Natürlich hatte er das nicht. Aber es war schon lange her. Er hatte Lucia verzweifelt geliebt. Und seit ihr war da nur noch Ada gewesen. Er war sich sicher, dass er sie ebenfalls liebte. Er zerbrach beinahe an dem Schmerz, den er dabei empfand.

»Ich war verliebt«, sagte er leise, wobei er ihr tief in die Augen sah. »Und ich würde nie mit einer anderen als dieser Frau zusammen sein können.« Plötzlich fragte er sich, ob er Lucia irgendwie untreu war. Nein, sie würde wollen, dass er sein Leben weiterlebte. Dessen war er sich sicher.

»Ihr Vater wäre stolz auf Sie. Wie ich höre, ist die Rückkehr aus dem Krieg nicht leicht für Sie gewesen. Sie wurden schwer verwundet?«

Er nickte. »Aber es geht mir schon besser.«

»Ich bin froh, das zu hören. Ich habe Prudence gestern getroffen und sie erzählte, Sie beide hätten neulich einen schönen Spaziergang unternommen. Sie hat auch gesagt, dass sie glaubt, Sie beide könnten sich in Zukunft als Geschwister sehen. Ihr Vater wäre begeistert, das zu erfahren. Ich hoffe, das ist ein Trost für Sie.«

Das wollte er nicht, denn er war immer noch wütend auf seinen Vater, doch das war es. Und vermutlich war das der Grund, warum er heute gekommen war. Um zu erfahren, was diese Frau über seinen Vater berichten konnte. Das Wissen um seine Sorge für die Betreuung seiner Tochter und dass er sich freuen würde, dass sie und Max sich wie Geschwister fühlen würden, bescherte ihm ... ein Gefühl der Erleichterung. Es verleitete ihn zu dem Glauben, dass seine tief empfundene Wut mit der Zeit verblassen würde. Vielleicht war es wie bei seinen anderen Wunden, und vielleicht könnte er mit der Zeit und Achtsamkeit den Schmerz überwinden und seinem Vater verzeihen. Ada würde dies für eine brillante und vernünftige Sichtweise halten.

Max stand auf. »Danke, dass Sie mich heute empfangen haben.«

»Sie klingen sogar ganz ähnlich wie er.« Ein wissendes Lächeln umspielte ihre Lippen. »Es war mir ein Vergnügen, meine Zeit mit Ihnen zu verbringen, Warfield. Ich hoffe, wir werden uns wiedersehen.«

»Vermutlich werden wir das, da wir anscheinend eine Familie sind. Guten Tag.« Er drehte sich um und verließ das Zimmer, um dann die Treppe nach unten zu gehen. Als er in die Eingangshalle trat, sah er Lucien rechter Hand das Gleiche tun.

Lucien, der einen grellgelben Krawattenschal trug, blinzelte überrascht. »Ich habe nicht gewusst, dass du hier bist.«

»Ich habe deine Tante besucht.«

»Ich hoffe, es ist alles gut gegangen.«

Die Luft zwischen ihnen fühlte sich geladen an, doch Max vermutete, dass das wegen ihrer letzten Begegnung, bei der sie sich geschlagen hatten, nur angemessen war. Alles, was Ada über Lucien und ihre Freundschaft zu ihm gesagt hatte, kam ihm in den Sinn – lautstark.

»Das ist es. Ich nehme an, du hast dich gerade mit deinem Vater getroffen«, meinte Max mit einem Nicken zu seinem Krawattenschal.

Lucien blickte an sich hinab. »Du erinnerst dich?«

»Dass du Krawattenschale in schreienden Farben getragen hast, um ihn zu ärgern? Ja.« Max konnte nicht anders als lächeln, was merkwürdig war, da er sich bis vor zwei Wochen kaum dazu hatte durchringen können. »Bedeutet das, dass sich an deiner Beziehung zu ihm nichts geändert hat?« Der Herzog bevorzugte seinen ältesten Sohn und Erben, sowie sein jüngstes Kind, seine Tochter. Lucien war in seinen Augen immer schon mangelhaft gewesen.

»Es könnte sich tatsächlich geringfügig verbessert haben, was wahrscheinlich darauf zurückzuführen ist, dass seine anderen beiden Kinder glücklich verheiratet sind. Das würde mich allerding nie davon abhalten, ihn zu piesacken«, fügte er grinsend hinzu. »Er wird jedenfalls bald erkennen, dass ich noch immer eine Enttäuschung für ihn bin, und dann wird die Sache wieder schlimmer werden.«

»Du klingst resigniert.«

Lucien zuckte mit den Schultern. »Ich hege keine Erwartungen auf eine Verbesserung. Bist du auf deinem Rückweg in den Club?«

»Das bin ich. Ich bin zu Fuß gegangen.«

»Möchtest du Gesellschaft?«

Der alte Max – derjenige der Ada Treadway nie getroffen hatte – hätte ein finsteres Gesicht gemacht und verneint. Doch langsam fing er an zu glauben, dieser Max könnte vielleicht verschwunden oder zumindest geschrumpft sein. »Das würde ich gern, danke.«

Sie verließen das Haus und machten sich auf den Weg vom Grosvenor Square nach St. James's.

Nach einigen Augenblicken sagte Max, was er zu sagen hatte. »Ich möchte mich für gestern Abend entschuldigen.«

»Das ist nicht nötig. Das Feuerwerk hat dich aus dem Konzept gebracht.«

»Ich dachte, wir wären wieder in Spanien. Dann hatten diese Rüpel Ada umringt. Es war, als ob ich endlich die Chance hatte, Lucia zu retten.«

»Himmel.« Lucien schlug Max die Hand kurz auf die Schulter.

Max zuckte zusammen und wich zurück. »Das war die Stelle, an der ich mit dem Messer verletzt worden bin.«

»Mist. Entschuldigung!« Lucien wirkte verlegen.

Dann lachten sie beide. Für viel zu lange. Max erinnerte sich nicht, dass Lachen sich so gut anfühlte.

Lucien blickte ihn an, als sie an Chesterfield House vorbeikamen. »Dir geht es aber gut?«

»Die Schulter ist in Ordnung.«

»Und … der Rest?«

»Du meinst meinen Verstand und mein Gebaren? Ich will nicht lügen – es ist schwierig. Es ist mir heute schwergefallen, mein Schlafzimmer zu verlassen.«

»Ist das oft so?«, fragte Lucien leise.

»Das ist davon abhängig, was du für oft hältst«, meinte Max trocken. »Ada hat eine Theorie, dass ich innerlich verwundet bin und endlich zu heilen anfange. Ich denke, sie muss recht haben, denn ich habe seit Jahren nicht mehr gelacht.« Abgesehen davon, mit Ada gelacht zu haben, erinnerte Max sich nicht an das letzte Mal.

»Ihr beide scheint ein Band geknüpft zu haben.«

»Darüber weiß ich nichts, aber wir sind Freunde geworden, vermute ich. Sie hat es geschafft, mich aus meinem Trübsinn zu reißen oder wie auch immer du es nennen willst.«

»Wie?«

»Himmel, wenn ich das wüsste. Ich habe sie absolut nervtötend gefunden. Sie war auch so beharrlich und so verdammt fröhlich.«

Lucien grinste. »Sie hat dich mürbe gemacht.«

»Das ist wahrscheinlich die beste Art, es zu beschreiben. Doch es war mehr als das. Sie hat mir gezeigt, in welcher Weise ich die Menschen auf Stonehill vernachlässigte. Ich mag mich vielleicht nicht für das Anwesen interessieren, aber es ist deren Lebensunterhalt und ich schulde ihnen, es zu erhalten.«

»Sie hat geschafft, wozu ich bei meinen vielen Besuchen nicht in der Lage gewesen bin.« Luciens Stimme war frei von Ärger. Tatsächlich klang er fast wehmütig.

»Es lag nicht an einem Mangel von Versuchen deinerseits. Leider denke ich, dass du zum Scheitern verurteilt warst – und das war ganz meine Schuld. Ich hätte dir nie erlaubt, mich wieder zu retten. Nicht auf die Art und Weise, wie mein Verstand funktioniert hat.« Ehe Ada Licht in die Dunkelheit gebracht hatte. Max begegnete Luciens Blick. »Ich weiß, dass es keinen Sinn ergibt, aber du warst dort. Sicher weißt du –«

Lucien berührte ihn am Ärmel. »Ich weiß. Und ich hätte erkennen sollen, dass wir auf verschiedene Art mit den Geschehnissen umgegangen sind. Nie hätte ich erwarten sollen, dass du so reagierst wie ich.«

»Und wie ist das?«

»Nun, darüber werde ich nicht sprechen.« Lucien grinste. »*So* gehe ich damit um.« Scharf sog er die Luft in seine Lungen und dann blickte er geradeaus. »Da du dich Stonehill verschrieben hast, bedeutet das auch, dass du deine Einstellung zu einer Heirat und dem Hervorbringen eines Erben geändert hast?«

»An dieser Front hat sich nichts geändert.«

»Was ist mit Ada?«

Max wäre beinahe stehen geblieben. Der Gedanke an sie und einen Erben in aufeinanderfolgenden Gedanken gab ihm das Gefühl … Er wusste nicht, wie er sich dabei fühlte. Er streckte die Hände, als sie weitergingen. »Was ist mit ihr?«

»Besteht nicht etwa die Chance, dass ihr mehr sein könntet als nur Freunde? Dass vielleicht die Möglichkeit für eine Zukunft auf Stonehill besteht?«

»Du bist ebenso aufdringlich wie Ada.«

Lucien zog eine Grimasse. »Ich habe nur gefragt.«

»Es ist nichts zwischen mir und Ada.« Nichts, das etwas anderes als kurzfristig wäre, jedenfalls. »Ich werde nach Stonehill zurückkehren – wahrscheinlich morgen. Ich bin ihr für ihre Hilfe zutiefst dankbar, aber sie ist im Phönix Club sehr glücklich. Sie liebt ihre Stellung hier wirklich, wenn du das nicht bereits weißt.«

»Das weiß ich. Sie macht ihre Arbeit ausgezeichnet.« Lucien runzelte die Stirn und Max konnte die Rädchen praktisch sehen, die sich in seinem Verstand drehten. Das war noch etwas, das er mit Ada gemeinsam hatte. Sie beide waren laute Denker.

»Gibt es noch etwas, bei dem du das Gefühl hast, es sagen zu müssen?« Max unterdrückte den Impuls, die Augen zu verdrehen.

Lucien zauderte, ehe er den Kopf schüttelte. »Nein.«

»Ich glaube dir nicht.«

Lucien stieß die Luft aus und kniff sich in den Nasenrücken. »Ich versuche wirklich, insbesondere bei Beziehungen nicht so aufdringlich zu sein. In letzter Zeit habe ich meine Nase in einige Angelegenheiten gesteckt, und mir ist gesagt worden, ich solle mich um meine eigenen Angelegenheiten kümmern.«

Also *hatte* er versucht, Ehestifter zu spielen. Da Max das nicht wollte, ließ er das Thema sein. »Wo wir schon von aufdringlich sprechen, fürchte ich, dass ich mich bei etwas aufgedrängt habe.« Lucien warf einen unsicheren Blick zu Max.

»Himmel, was hast du getan?«

»Ich habe Arrow gekauft.«

Dieses Mal blieb Max stehen. »Mein Pferd?««

Lucien hielt inne und drehte sich zu ihm um. »Ja. Er wird morgen gebracht. Wenn du ihn willst, gehört er dir.«

Max schaute ihn an. »Warum hast du das getan?«

»Willst du die Wahrheit wissen? Es war Adas Idee. Sie sagte, er wäre bei Tattersall's verkauft worden und bat mich, ihn zu finden. Als mir das gelungen war, bot sein neuer Besitzer ihn mir zum Kauf an. Es klingt, als sei er nicht glücklich.«

Verdammt. Max fühlte sich, als hätte ihm jemand in seine verdammte Brust gegriffen und würde ihm nun das Herz zusammendrücken. »Bitte sag mir, dass du den Besitzer meinst, und nicht mein Pferd.«

»Ich denke, du weißt, was ich meine.« Lucien zuckte mitfühlend mit den Lippen. »Es tut mir leid.«

»Ich werde ihn nehmen.« Max setzte sich wieder in Bewegung und sein Verstand rotierte, als sie sich Piccadilly näherten. Ada hatte sich nach Arrow erkundigt? Der alte Max wäre über ihre Einmischung wütend gewesen. Der neue Max, der *verbesserte* Max wollte sie küssen.

»Ich bin so froh.« Lucien pfiff eine kurze Melodie. »Es ist

Dienstag, was bedeutet, dass die Ladys heute auf die Seite der Gentlemen des Clubs kommen dürfen. Es ist der unterhaltsamste Abend der Woche. Du solltest nach unten kommen. Ich bin sicher, dass Prudence dort sein wird, wenn du Zeit mit ihr verbringen möchtest. Dougal wird wahrscheinlich ebenfalls anwesend sein.«

»Warum nicht. Ich bin hier, nicht wahr?«

»Sollen wir es noch einmal mit dem Siren's Call versuchen?«, fragte Lucien. »Ich bin nicht sehr glücklich damit, wie das ausgegangen ist.«

Max erinnerte sich an das Ende des Abends und er teilte das Bedauern seines Freundes nicht. Das sagte er aber nicht. »Ich denke, wir sind dem Siren's Call entwachsen. Dein Club ist genau richtig.«

»Gut, denn ich hasse es ehrlich gesagt inzwischen, andere Lokale aufzusuchen«, entgegnete Lucien schmunzelnd.

»Du kannst wirklich stolz darauf sein, was du aufgebaut hast«, sagte Max voller Ernst. »Ich bin überhaupt nicht überrascht. Du bist immer wundervoll darin gewesen, die Menschen zusammenzubringen – und das Beste aus den Menschen hervorzulocken.«

»Nicht immer. Du warst eine harte Nuss, die es zu knacken galt, mein Freund.«

Freund. Ja, sie waren Freunde und Max war dumm genug gewesen, jemals etwas anderes geglaubt und behauptet zu haben.

Max hielt inne und drehte sich wieder zu Lucien um, und der Verkehr auf dem Piccadilly floss trotz der Bedeutsamkeit des Augenblicks weiter. »Danke, dafür, dass du mir das Leben gerettet hast.«

Lucien war ebenfalls stehen geblieben und sein Blick traf und hielt Max' fest. »Ich würde es wieder tun.«

»Selbst wenn es bedeutet, dass du wieder verletzt würdest?« Lucien war nicht so schlimm wie Max verwundet worden, doch er war auch nicht ungeschoren davongekommen.

»Selbst wenn es meinen Tod bedeutete.«

»Nun, verdammt. Jetzt fühle ich mich *sehr* schlecht für mein Benehmen.«

»Gut, denn das war meine Absicht.« Lucien sagte dies mit einem Lachen und Max stimmte ein.

Vielleicht sollte er morgen doch noch nicht abreisen.

~

Als Ada an diesem Abend die Bibliothek auf der Seite der Gentlemen des Clubs betrat, fühlte sie sich, als hätte man sie auf einer Folterbank gestreckt. Den ganzen Tag über hatte sie zu arbeiten versucht, was ihr größtenteils nicht gelungen war, da sie immer wieder an Jonathans Besuch und seinen Antrag denken musste. Erinnerungen ihrer gemeinsamen Zeit, die Liebe, die sie einander entgegengebracht hatten, und an die sehr vernünftige Aussicht, Mrs. Hemmings zu werden, drängten sich immer wieder in ihre Gedanken.

Ada ging direkt zur Bar, wo ihr ein Diener ein Glas irischen Whiskey einschenkte. »Danke.« Sie nahm in einer Ecke Platz, in der sie – wahrscheinlich zu schnell – in einer gewissen Privatsphäre trinken konnte. Dabei behielt sie jedoch die Tür im Auge.

Ihre Aufmerksamkeit wurde bald belohnt, als Max hereinspazierte. Er sah allerdings anders aus. Ihr fiel auf, dass sein blondes Haar gestutzt war und er eine Garderobe trug, die neu aussah. Diese Kleidung hatte sie noch nie gesehen und es schien der neuesten Mode zu entsprechen oder auf jeden Fall zeitgemäßer als das zu sein, was er normalerweise trug.

Ohne nachzudenken, hielt sie auf ihn zu, als würde sie

von einem unsichtbaren Faden zu ihm gezogen. Ihre Blicke trafen sich und schienen vor Hitze zu lodern. Plötzlich löste sich die Anspannung, die auf Adas Schultern lag. Und sie hatte ihren Whiskey noch nicht einmal angerührt.

»Max, du siehst großartig aus.« Sie konnte nicht anders, als ihn anzustarren, ihr Körper kribbelte vor Verlangen.

»Du bist wunderschön, wie immer««, murmelte er.

»Hast du das Zwischengeschoss besichtigt?«, fragte sie, von dem Bedürfnis überwältigt, ihn zu berühren, zu küssen, irgendwie das verzweifelte Bedürfnis zu stillen, das in ihr pulsierte.

Er runzelte die Stirn, und sie griff nach seiner Hand, wobei sie froh war, dass die Bibliothek so gut wie leer war und keine ihrer Freundinnen oder Familienmitglieder dort waren. Sie hielt Ausschau nach eben diesen Menschen und führte ihn schnell in das Zwischengeschoss, das, wie es an diesem Abend sein sollte, vollkommen verwaist war. Dann führte sie ihn durch einen doppelten Vorhang in den Bereich mit Blick auf den Ballsaal darunter, der ebenfalls menschenleer war und in dem das Orchester während der Bälle spielte. Die Vorhänge waren zur Seite des Ballsaals hin geschlossen, sodass sie den Raum darunter nicht sehen konnten.

Sie stellte ihren Whiskey auf einen Tisch, der für die Erfrischungen des Orchesters vorgesehen war. Es war beinahe dunkel, und nur ein spärliches Licht fiel durch den kleinen Spalt in den Vorhängen, durch die sie eingetreten waren. »Ich fürchte, ich kann dir im Moment nicht widerstehen. Du siehst viel zu köstlich aus.«

Ada warf sich ihm entgegen und schlang ihm die Hände um seinen Hals. Er hielt sie fest und senkte den Kopf, um sie zu küssen. Ihre Zungen begegneten sich in einem wilden Tanz, während sie ihre Finger in sein frisch gestutztes Haar schob. Sie stellte sich auf die Zehenspitzen und presste die

Hüften gegen seine, denn sie war auf der verzweifelten Suche nach Erleichterung in ihrem Geschlecht.

Er unterbrach den Kuss, um ihren Hals zu kosten, und dann schmiegte er die Hand um ihren Nacken, als sie sich in seiner Umarmung nach hinten wölbte. »Wenn ich nur gewusst hätte, dass ich nur einen neuen Anzug und einen neuen Haarschnitt brauche ...« Er fasste sie um die Pobacken und drückte sich gegen sie, womit er ihr genau das gab, was sie so ersehnte.

Stöhnend zog sie seinen Kopf zu sich zurück und gierig nach seinem Geschmack und seiner Berührung, küsste sie ihn erneut. »Ich brauche dich, Max. Und zwar schnell.«

Sie blickte sich um und fragte sich, wie sie erreichen konnten, was sie wollte, um dann frustriert aufzustöhnen.

Er umfasste ihren Kiefer und strich mit dem Daumen über ihre Wange. »Schhh. Sag mir, was du willst.«

»Dich. In mir.«

Er zog eine Augenbraue hoch. »Bist du sicher?«

Sie zerrte an seinem Haar. »Bitte.«

Er streckte die Hand nach dem Whiskey aus, hob ihn an seine Lippen und leerte den Inhalt. »Ich will nicht, dass er verschüttet wird.« Er lächelte verführerisch, bevor er das leere Glas wieder abstellte. »Dreh dich um und stütze dich mit den Ellbogen auf den Tisch.«

Sie blickte ihn wissend an, denn ihr war klar, was er meinte, doch sie brauchte einen Moment, um es zu verarbeiten, weil sie das noch nie getan hatte. Erregung pulsierte zwischen ihren Beinen. Sie drehte sich um und lehnte sich über den Tisch.

Er zog ihr das Kleid hoch und legte es ihr um die Taille. Sie hörte, wie er scharf einatmete, bevor er seine Hand über ihre Kehrseite wandern ließ und ihre Haut zärtlich streichelte.

»Nimm deine Beine weiter auseinander.« Seine Stimme klang tief und rau, und sie war so aufreizend.

Sie hätte seinen Anweisungen die ganze Nacht lauschen können und wahrscheinlich allein dadurch ihre Erlösung gefunden. Als sie sich ihm öffnete, fühlte sie sich verletzlich, und das erregte sie sogar noch mehr. Ihr Körper schrie vor Verlangen und jeder Nerv war in Aufregung und wartete auf seine Berührung an der Stelle, an der sie es am meisten ersehnte.

Er drückte und massierte sie, und widmete sich ihren beiden Pobacken. Sie war erstaunt, wie seine Liebkosungen ihr Verlangen und ihre Erregung weiter steigerten. Dann endlich streichelte er ihre Schamlippen, und sie stöhnte immer wieder auf, wobei sie ihre Hüften gegen seine Hand kreisen ließ.

Seine Berührungen waren unerbittlich, und seine Finger glitten in sie hinein, dann rieben sie ihre Klitoris in einer langsamen Abfolge einer seligmachenden Tortur nach der anderen. Sie hielt sich an der anderen Tischseite fest und mit geschlossenen Augen drückte sie ihre Wange gegen das kühle Holz, während sich ein himmlischer Druck in ihrer Scham aufbaute. Als er seine Hand wegzog, schrie sie vor Verzweiflung auf. Sie war so kurz vor ihrem Orgasmus gewesen.

Doch als er nun mit dem Schaft in sie glitt, schrie sie erneut auf, diesmal vor Erleichterung. »Lass den Tisch nicht los, Ada. Ich werde nicht sanft sein.«

In diesem Moment wäre sie beinahe zum Höhepunkt gekommen.

Max drang ganz in sie hinein und zog sich dann zurück. Er hatte ihre Hüfte gepackt und hielt sie fest, als er heftig in sie drang. Ada hielt sich am Tisch fest und stellte die Füße auf den Boden, als er tief und schnell in sie stieß und sie mit einer unmöglichen Ekstase erfüllte. Sie kam wie noch nie zuvor und ihre Muskeln krampften sich um ihn zusammen, während seine ungestümen Stöße ihre Lust noch verlängerten.

Er verließ sie und irgendwie besaß sie die Geistesgegenwart, ihm zu sagen, er solle ihren Unterrock benutzen.

Er grunzte und seine Beine bewegten sich noch immer gegen die Hinterseite ihrer Oberschenkel, als er sich erlöste.

Ada lächelte auf dem Tisch vor sich hin. »Danke. Das war wundervoll.«

»Es tut mir leid um deinen Unterrock.« Er zog ihr Kleid wieder herunter.

Sie straffte sich und er hielt ihren Arm, als sie sich umdrehte, »Das ist schon in Ordnung. Ich hoffe, wir haben deine neue Garderobe nicht zerknittert. Wann hast du nur Zeit gefunden, dich darum zu kümmern?«

»Lucien hat seinen Schneider heute gebeten, ein Wunder zu vollbringen. Und sein Kammerdiener hat mir das Haar gestutzt.«

»Das habe ich bemerkt. Du hast vorher schon außerordentlich gut ausgesehen, aber jetzt raubst du mir gänzlich den Atem.«

»Du schmeichelst mir.« Wieder küsste er sie, doch dieses Mal sanfter, und seine Lippen neckten die ihren.

»Und *du* hast meinen Whiskey getrunken.« Sie schob ihm ihre Zunge in den Mund und schmeckte ihn.

Lachend zog er sich zurück. »Ich werde dir mehr besorgen. Sollen wir zurückkehren?«

»Ja. Das sollten wir vermutlich, ehe wir noch vermisst werden. Ich frage mich, ob wir die Bibliothek getrennt betreten sollen.«

»Wird irgendjemand wirklich glauben, wir hätten es im Alkoven des Orchesters getrieben?«

Ada grinste. »Das bezweifle ich.« Sie nahm ihn beim Arm.

Als sie zur Bibliothek zurück gingen, fragte sie ihn, wie seine Unterhaltung mit Lady Peterborough verlaufen war.

»Besser als erwartet, tatsächlich. Ich hatte gedacht, nicht über meine Wut auf meinen Vater – und auf sie als die Frau, die ihn von seiner Frau weggelockt hat – hinaussehen zu können.«

Ada strengte sich an, Luft zu holen. Aus diesem Grund hatte sie ihm nichts von Jonathan gesagt, der ihr Arbeitgeber *und* verheiratet gewesen war. »Ich bin froh zu hören, dass es gutgegangen ist.«

»Ich kann immer noch nicht verstehen, wie man jemanden lieben kann und sich sein Vergnügen anderswo sucht.«

Das war mit Jonathan nicht der Fall gewesen. Er hatte Letitia nicht geliebt und sie hatte ihn nicht geliebt. Dennoch konnte Ada sich nicht überwinden, Max die Wahrheit zu sagen. Selbst wenn er versuchte, es zu verstehen, würde er sie nie wieder auf die gleiche Weise sehen.

Dieser Gedanke ließ es so erscheinen, als erwartete sie eine Zukunft mit ihm. Es gab keine. Er würde nach Stonehill zurückkehren und sie würde … was? Ihre Arbeit fortführen, die sie so liebte, oder würde sie die Herrin ihres eigenen Hauses mit einer Familie werden und einem Mann, der sie liebte?

Einem Mann, den sie nicht mehr liebte oder begehrte, und diese Dinge waren wichtig. Nein, sie waren unerlässlich. Gerade eben hatte Max sie daran erinnert, indem er einfach er gewesen war.

Morgen würde sie Jonathan aufsuchen und seinen Antrag ablehnen. Sofort fühlte sie sich leichter.

»Lass uns in das Mitgliederrefugium gehen«, schlug Max vor. »Ich bin noch nicht dort gewesen.«

Sie lächelte zu ihm auf und war für jeden Moment dankbar, den sie zusammen hatten. »Dann sollten wir das tun.«

Dies erwies sich als sehr schlechte Entscheidung, denn

die ersten Gäste, mit denen sie dort zusammentrafen, waren Reginald Huxton und Jonathan Hemmings.

»Guten Abend, Ada!«, begrüßte Reggie sie mit einem herzlichen Lächeln.

Adas Herz hämmerte gegen ihre Rippen. Ihr Kopf fühlte sich schwerelos an und ihre Knie wie Wackelpeter. Sie fasste Max noch etwas fester um den Arm. »Gestatten Sie mir, Ihnen Viscount Warfield vorzustellen.«

Ada zwang sich, weiterzusprechen, obwohl sie sich umdrehen und Max in die Bibliothek ziehen wollte. Ach, warum waren sie stattdessen nicht dorthin gegangen? »Das ist Mr. Reginald Huxton.«

Rasch ergriff Reggie das Wort. »Und mein Gast, Mr. Jonathan Hemmings. Er ist auf Besuch von Cornwall, aber das wissen Sie ja bereits, Miss Treadway.«

Jonathans Augen glitzerten vor Freude. »Ich werde so froh sein, wenn du sie als Mrs. Hemmings anredest.«

Max versteifte sich neben ihr. Er drehte den Kopf zu ihr. »Wovon redet er?«

Eine innere Panik überfiel Ada. »Er hat mir einen Heiratsantrag gemacht«, platzte sie hervor. »Ich habe ihm noch keine Antwort gegeben.« Sie warf Jonathan einen gereizten Blick zu.

»Wie kommt es, dass ihr einander kennt?«, fragte Max mit steifer Stimme.

»Ada hat früher für mich gearbeitet«, antwortete Jonathan. »Obwohl es so nur angefangen hat.« Er lächelte Ada an, als würden sie ein wundervolles Geheimnis teilen.

Max' Blick wurde dunkel. »Das ist der Mann, von dem du mir erzählt hast?«

Sie schluckte. »Ja.«

Plötzlich flammte sein Blick auf. Er sah Jonathan an. »Sie kommen erst jetzt dazu, sie zu heiraten? Nicht, als sie mit Ihrem Kind schwanger war?«

Ada schnappte nach Luft und dann schlug sie sich mit der Hand vor den Mund. Hatte er das wirklich gerade laut gesagt?

Jonathan erbleichte. Er starrte Ada an. »Welches Kind?«

»Nun, vielleicht sollten wir –« Was immer Reggie sagen wollte, wurde von Jonathan abgeschnitten.

Er trat auf Ada zu und sein Ausdruck war voller Liebe. »Du hast es mir wegen Letitia nicht gesagt. Weil wir nicht zusammen sein konnten. Oh, mein Liebling, es tut mir so leid. Aber wir können unser Kind jetzt zusammen aufziehen.«

Max drehte sich zu Ada und sein Arm wurde schlaff, sodass sie ihre Hand zurückziehen musste. »Wer ist Letitia?«

»Meine Frau«, antwortete Jonathan. »Sie ist letztes Jahr gestorben.«

Max starrte sie an und sein Ausdruck war eiskalt, als ob er aus Stein gemeißelt wäre.

Taubheit nahm von ihr Besitz. »Ich war ihre Gouvernante. Das habe ich dir nicht erzählt, weil ich wusste, dass es dich aufregen würde.«

»Was für ein perfekt hässlicher Grund zu lügen. Aber vermutlich hast du mich als zu labil erachtet, um die Wahrheit zu vertragen.« Er wirbelte auf dem Absatz herum und marschierte aus dem Mitgliederrefugium.

Ada rang um Luft. Sie fühlte sich, als würde sie von allen Seiten eingequetscht. Sie war auf seine Wut gefasst gewesen, aber nicht darüber. Ihre Angst hatte sich darauf begründet, dass Max von ihrer Affäre mit einem verheirateten Mann erfuhr und nicht darauf, dass sie ihn als schwach erachtete. Dieser Gedanke zerriss sie.

Jonathan legte die Hand auf ihre Taille und führte sie zur Wand. »Du siehst ganz blass aus, mein Liebling. Was kann ich tun?«

Sie zog sich von ihm zurück. »Nichts. Ich bin nicht dein

Liebling und auch nicht dein Problem. Ich hätte dir schon früher sagen sollen, dass ich dich nicht heiraten möchte.«

Er runzelte die Stirn. »Aber was ist mit unserem Kind?«

»Es gibt kein Kind. Ich hatte mich entschieden, es nicht zu bekommen.«

»Ich verstehe nicht.«

Natürlich tat er das nicht. »Ich war dumm, mich mit dir einzulassen, dich zu lieben. Ich war jung und verletzlich und verzweifelt auf jede Art von Verbindung aus, insbesondere auf Liebe. Wenn es das überhaupt war. Ich weiß es ehrlich gesagt nicht mehr.« Sie wusste allerdings, dass sie sich immer mehr um andere als um sich selbst gesorgt hatte. Ihre Familie hatte ihr mit ihrer Behandlung gezeigt, dass sie einen geringeren Wert besaß und sie hart arbeiten müsste, um sich um andere zu kümmern, die sie niemals im Stich lassen dürfte.

»Natürlich war es Liebe«, beharrte er. »Ich liebe dich immer noch so sehr.«

»Es tut mir leid, aber ich liebe dich nicht.« Ada wollte unbedingt Max nachgehen und anflehen, ihr zuzuhören. Dass er dachte, sie hätte ihn als zu schwach bewogen, um die Wahrheit zu hören, zwang sie beinahe in die Knie. Sie legte eine Hand an die Wand. »Ich hätte es dir bei deinem vorigen Besuch sagen sollen, aber ich war so schockiert, dich zu sehen. Unsere gemeinsame Zeit liegt eine Ewigkeit zurück. Jetzt habe ich ein neues Leben.« Und sie war verzweifelt in einen anderen verliebt.

»Für mich fühlt es sich wie gestern an«, entgegnete er mit einer Spur Trotz.

»Kehre nach Hause zurück, Jonathan.« Sie quälte sich bei dem Ausdruck von Herzschmerz in seinen Augen, doch das vermochte sie für ihn nicht zu ändern. Mit Verspätung fragte sie sich, wie viele Menschen ihre Unterhaltung mitangehört hatten. Sie hatten leise gesprochen, aber was auch immer für

ein Schaden entstanden war, so war er nicht wiedergutzumachen.

Ada konnte nur versuchen, das ins Lot zu bringen,
worauf es wirklich ankam. Sie wirbelte herum und verließ
eilig das Mitgliederrefugium, und dann rannte sie zu Max'
Zimmer hinauf, da sie dachte, dass er dorthin gegangen sein
musste.

Ehe sie anklopfte, versuchte sie, tief Luft zu holen, was
ihr misslang. Sie war so eine Närrin gewesen.

So wütend und verletzt er sich auch wegen der Erkenntnis gefühlt hatte, dass Ada ihm nicht die Wahrheit gesagt hatte, überlegte Max allerdings, ob sie mit ihrer Meinung womöglich richtiglag. Vielleicht war er zu labil. Man sehe sich nur seine zitternden Hände, seinen flachen Atem und seinen rasenden Puls an.

Es war mehr als das. Sie hatte etwas vor ihm geheim gehalten. Etwas so Wichtiges und Wesentliches über ihre Person, während er ihr alles offenbart hatte. Er dachte, sie würden eine einzigartige Verbindung teilen.

Das Klopfen an seiner Tür überraschte ihn nicht. Dort stand er stillschweigend und grübelte darüber nach, was zu tun wäre.

»Max bist du dort drin? Kann ich bitte mit dir reden?« Adas Stimme klang düster und qualvoll.

Ohne nachzudenken, ging er zur Tür und machte sie auf.

Sie war blass und ihre Augen waren weit aufgerissen. »Darf ich hereinkommen?«

Ohne ein Wort trat er beiseite und schloss die Tür hinter

ihr. Hatten sie nicht gerade erst eine wilde, wundervolle Leidenschaft geteilt?

Sie drehte sich zu ihm und presste dabei ängstlich die Hände zusammen. »Es tut mir so leid, dass ich dir nicht die Wahrheit über Jonathan gesagt habe. Es lag nicht daran, dass ich dachte, du könntest nicht damit fertigwerden.« Sie wandte den Blick ab und Schamesröte zeigt sich auf ihren Wangen. »Ich habe es dir nicht gesagt, weil ich wusste, dass du angesichts dessen, was dein Vater getan hat, eine geringere Meinung von mir haben würdest. Gerade erst vorhin hast du mir von deiner Wut erzählt, die du auf Lady Peterborough empfunden hast. *Ich* bin Lady Peterborough – oder das war ich jedenfalls. Ich konnte dein Missfallen nicht ertragen.«

Es war also nicht darum gegangen, ihn zu beschützen. Sie wollte sich selbst beschützen. Ihm fiel nichts ein, was er darauf sagen sollte.

Er wollte ihr sagen, dass er nicht wütend auf sie gewesen wäre, eine Affäre mit ihrem verheirateten Arbeitgeber zu unterhalten, aber Treue war wichtig für ihn. Ob es an der starken Liebe lag, die er für Lucia empfunden hatte, und die er nun für Ada spürte, oder an der Untreue seines Vaters wusste er nicht. Wahrscheinlich war es alles zusammen.

Eines wusste er allerdings – er wollte es verstehen. Wenn er das konnte. »Du warst die Gouvernante seiner Kinder?«

»Ja. Seine Frau und er führten eine unglückliche Ehe. Sie liebten einander nicht.«

»Er hat dich ausgenutzt.« Max verachtete Männer, die einen Vorteil aus ihrer Machtposition zogen, um zu korrumpieren, insbesondere wenn sie sie dazu benutzten, Frauen zu manipulieren.

Sie drehte sich von ihm weg und stand mit gesenktem Kopf vor dem Kamin. »Ich hatte es nicht so gesehen, als hätte er mich ausgenutzt, doch Evie sagte, das hätte er getan und dann auch Lucien und jetzt du. Ich hatte nur jemanden gewollt, den ich gernhaben konnte und der mich gernhatte. Meiner Ansicht nach hat er in gewisser Weise das Gleiche gefühlt.«

Der verletzte Mann in seinem Inneren empfand Mitgefühl für die junge Frau, aber nicht für ihren Arbeitgeber. »Niemand sollte eine Affäre mit seiner Angestellten anfangen, ganz egal, was er für sie empfindet.« Er erkannte, dass er Ada niemals als seine Verwalterin hätte einstellen können. Nichts könnte quälender sein, als sie in seiner Nähe zu wissen und die Distanz wahren zu müssen.

Er schaute zu ihr zurück, und sträubte sich innerlich. »Lucien und Evie wussten über alles Bescheid. Du hast darauf bestanden, dass ich dir alles offenbare und du mich nicht verurteilen würdest und doch wolltest du mir nicht die gleiche Höflichkeit erweisen?« Er fühlte sich, als hätte er einen Schlag in die Magengrube erhalten.

Sie schaute ihn an und Schmerz zeichnete ihr Gesicht. »So habe ich das nicht gesehen. Es tut mir so leid.« Sie schniefte. »Du bist so ein ehrenwerter Mann. Ich habe dich im Stich gelassen und ich schäme mich so.«

Warum sah sie die Sache auf diese Weise? Sie hatten einander keine Versprechungen gemacht und waren keine Verpflichtungen eingegangen. Sie liebte ihn nicht … nicht so, wie er sie liebte. Und das hatte er ihr noch nie gesagt.

»Schäme dich nicht. Du weißt, dass ich weit von ehrenwert entfernt bin.« Tatsächlich hatte er gerade dem gesamten Club bekanntgegeben, dass sie unverheiratet mit dem Kind dieses Mannes schwanger gewesen war. »Ich hoffe, ich habe die Sache für dich dort unten nicht ruiniert. Ich hätte nicht sagen sollen, was ich gesagt habe.«

Sie schüttelte den Kopf. »Bitte mach dir darüber keine Sorgen. Es tut mir so leid, dass du so schockiert warst – und das ist einzig mein Fehler und nicht deiner.«

»Du musst mir deine dunkelsten Geheimnisse nicht anvertrauen. Du schuldest mir gar nichts.« Er war nicht mehr wütend, doch der Schmerz blieb. Er war so ein verdammtes Desaster. *Immer noch.* Und er musste davon ausgehen, dass er das für immer bleiben würde. Sie sollte jemanden wie Hemmings heiraten. Er konnte ihr eine echte Zukunft und Stabilität bieten. Selbst wenn sie ihn nicht liebte.

»Ich heirate ihn nicht. Ich liebe ihn nicht.«

Hatte sie seine Gedanken gelesen? »Ich werde morgen nach Hause zurückkehren«, sagte er. »Ich möchte dir für alles danken, was du für Stonehill getan hast. Und für mich.« Es war nur zum Besten, sich auf diese Weise zu trennen. Alles andere wäre schwierig und würde ein Durcheinander nach sich ziehen.

Sie nickte. »Ich werde immer für dich da sein, wenn du mich brauchst. Ich hoffe, du sagst mir Bescheid, wenn ich dir mit Stonehill helfen kann.«

Das würde er nicht tun. »Gewiss.«

Er konnte sehen, wie aufgebracht sie war. Aber er wollte nichts sagen, um das zu ändern. So war es leichter – für sie beide.

Max ging zur Tür und öffnete sie. »Gute Nacht, Ada.«

Sie trat auf ihn zu und blieb auf der Schwelle stehen. »Gute Nacht.« Von der Tür aus warf sie einen Blick über ihre Schulter zurück. »Und auf Wiedersehen.«

Max schloss die Tür und lehnte die Stirn gegen das Holz. Die vorhin empfundene Freude schien eine ferne Erinnerung zu sein. Er fragte sich, ob er sie jemals wieder spüren würde – wie vertraut ihm diese Angst war.

Er stieß sich von der Tür ab und begab sich auf die Suche nach dem irischen Whiskey, den er sich am Vortag in weiser Voraussicht von einem Diener auf sein Zimmer hatte bringen lassen. Heute Abend würde er seine Gefühle betäuben, und morgen würde er nach Stonehill zurückkehren, wo er recht geschickt darin war, sich stoisch zu geben.

Er hoffte nur, er hatte gelernt, wie er den Schmerz des Verlustes – wieder einmal – überstehen konnte, ohne in Verzweiflung zu versinken.

~

Nachdem er seine Koffer nach unten geschickt hatte, begab Max sich zu Luciens Büro. Er hatte eine absolut schreckliche Nacht verbracht, ohne ein Auge zuzumachen. Er war sich nicht sicher, was schlimmer war – die Albträume oder die Tatsache, dass er nicht schlafen konnte, weil er von Zweifeln und Unsicherheiten geplagt wurde.

Es war die richtige Entscheidung gewesen, zu gehen. Es gab keinen Grund für ihn, weiter in London zu bleiben.

Lucien stand von seinem Schreibtisch auf, als Max zur Tür hereinkam. »Guten Morgen! Was ist gestern Abend geschehen? Wie ich hörte, warst du im Club, aber ich habe dich nicht gesehen.«

»Meine Schulter hat geschmerzt«, log er. »Deshalb bin ich früh zu Bett gegangen. Ich wollte für heute frisch sein. Ich dachte, ich könnte versuchen, wenigstens einen Teil der Strecke auf Arrow zu reiten.«

Lucien zog die Augenbrauen hoch. »Wunderbar! Er sollte bald hier ankommen. Ich kann mir vorstellen, dass du dich schon auf euer Wiedersehen freust.«

»Das tue ich wirklich.« Mehr als Max gedacht hätte. Er hatte sein Pferd vermisst. Das war nur eines der Gefühle, die er seit seiner Rückkehr nach England unterdrückt hatte.

Dieses Wiedersehen mit Arrow fühlte sich richtig gut an. Er wünschte, er selbst hätte seinen Wunsch danach erkannt. Aber wie bei allem anderen in seinem Leben seit Spanien, war er scheinbar auf andere angewiesen, die ihm den Anstoß gaben und ihm klarmachten, was er zu tun hatte.

»Hast du dich schon verabschiedet?«, fragte Lucien. »Ich nehme an, es wird eine Weile dauern, bis du das nächste Mal in die Stadt kommst.«

Max ignorierte seine Frage. »Ich kehre vermutlich zurück, sobald das Parlament wieder zusammentritt.«

Lucien schnitt eine Grimasse. »Meiner Befürchtung nach wirst du bis dahin, vielleicht schon ein Earl sein. Ich habe zwar durchblicken lassen, dass du die Erhebung für unnötig erachtest, doch der allgemeine Konsens besagt, dass du sie verdienst, und die Änderung des Titels vom Viscount zum Earl ist einfacher, als dir einen neuen Titel zu verleihen.«

»Tatsächlich?« Als zweitgeborener Sohn hatte Max sich nie um diesen Unsinn gekümmert.

»Woher soll ich das wissen? Ich weiß ebenso wenig über solche Dinge wie du.« Lucien kam auf ihn zu. »Komm, gehen wir ins Speisezimmer, damit wir Arrows Ankunft verfolgen können.«

Max drehte sich um und begleitete Lucien die Treppe hinunter, wo sie auf Glastonbury trafen.

»Morgen, Warfield, Lucien.« Glastonbury blickte zu Max. »Ich habe Prudence mitgebracht, um Miss Treadway zu besuchen, und dachte, ich schaue mal nach, ob du schon fort bist.«

Verdammt. Max warf einen Blick zur Seite der Ladys. Er sollte sich vor seinem Aufbruch wirklich von Prudence verabschieden, da er sie gestern Abend nicht mehr gesehen hatte. Am Morgen hatte er ihr jedoch eine Nachricht geschickt. Außerdem konnte er nicht einfach zu ihrer Seite des Clubs gehen, und das hatte nichts mit der lähmenden Gewissheit zu tun, Ada dort zu begegnen.

»Du wirkst ein bisschen mitgenommen, Max«, stellte Lucien fest. »Ist alles in Ordnung?«

»Ich dachte nur, ich könnte mich persönlich von Prudence verabschieden, da sie hier ist.«

»Ich glaube, die Ladys sind gerade aufgebrochen«, meinte Glastonbury. »Sie wollen einen Ausflug auf der Themse unternehmen.«

Tatsächlich? Verflixt und zugenäht. Max hatte Ada aufs Wasser begleiten wollen, um ihr bei der Überwindung ihrer Angst behilflich zu sein. Sie hatte so viel für ihn getan. Trotzdem hatte sie behauptet, ihn im Stich gelassen zu haben. Das würde sie nie schaffen.

Er hatte *sie* im Stich gelassen. Gestern Abend hatte er sich von ihr abgewandt. Er hatte sich vollkommen falsch verhalten, nämlich sich in sich selbst zurückzuziehen, sobald die Dinge anfingen, schwierig zu werden.

Blödsinn. Was hatte er nur getan?

»Bist du sicher, dass das alles ist?«, erkundigte Lucien sich.

»Nein«, flüsterte Max. Er war sich über gar nichts sicher. Außer einer Sache – er liebte Ada. »Ich habe Angst, gebrochen zu sein. Dass ich kein ganzer Mensch bin.«

Lucien trat näher heran. »Du bist nicht gebrochen, und du *bist* ein ganzer Mensch. Du bist schon so weit gekommen. Verliere die Hoffnung nicht.«

»Dem möchte ich mich anschließen, wenn ich darf«, sagte Glastonbury leise. »Ich fürchtete lange Zeit, gebrochen zu sein – eigentlich fast mein ganzes Leben lang. In meiner, ähm, Familie besteht eine Geisteskrankheit, die bei vielen von uns auftritt, und ich war überzeugt, davon betroffen zu sein.«

Lucien blinzelte ihn an. »Das war mir nicht bewusst.«

»Ich habe sehr hart daran gearbeitet, dies zu kaschieren. Mein Vater war von der Krankheit auf furchtbare Weise betroffen. Das ist der Grund, warum er die Viscountcy beinahe in den Ruin getrieben hatte.« Glastonbury lächelte schwach. »Ich habe ihn geliebt, aber er war anstrengend. Und furchteinflößend. Nie wusste ich, was für ein Tag es werden würde, ob er glücklich wäre und eher er selbst, oder untröstlich und schwierig.«

Max gefror das Blut in den Adern. Glastonbury hätte ihn selbst beschreiben können. Er war diese Person gewesen und jeder auf Stonehill konnte das bestätigen. Himmel, selbst Lucien konnte das. Max warf einen Blick zu Lucien und dann zuckte er innerlich zusammen, als er sah, dass sein Freund ihn beobachtete.

»Du bist *nicht* so«, stellte Lucien klar, womit er exakt erriet, was Max durch den Kopf gegangen war.

»Den Teufel bin ich nicht.« Max Schultern spannten sich an und der Schmerz schoss in seine Wunde. »Ich habe einen schrecklichen Fehler gemacht.«

»Dir geht es besser«, widersprach Lucien. »Und das hat angefangen, als sie zu dir zu Besuch gekommen ist.«

Er musste nicht sagen, wer »sie« war.

Glastonbury schaute von Max zu Lucien und dann wieder zurück. »Sprechen wir über Ada? Prudence ist der Meinung, dass zwischen dir und ihr etwas im Gange ist.«

»So ist es.« Das kam von Lucien und nicht von Max.

Max ballte die Hände zu Fäusten und hielt die Luft an, was er beides nicht mit Absicht tat. Sein Körper hatte sich einfach angespannt.

Luciens dunkle Augenbrauen bildeten ein V. »Verdammt, bring mich nicht dazu, mich einzumischen.« Er atmete hörbar aus. »Du zwingst mich, mich einzumischen. Versuche nicht zu leugnen, dass zwischen Ada und dir etwas ist. Ich weiß alles über die Szene gestern Abend im Mitgliederrefugium. Ich hatte nicht gewusst, dass Huxtons Gast der Einfaltspinsel wäre, der schon früher am Tag hier gewesen war, um Ada zu besuchen.«

Max starrte Lucien an. »*Darauf* hast du dich gestern

bezogen, als wir von Evesham House zurückgelaufen sind. Du hättest dich verdammt noch mal *zu jenem Zeitpunkt* einmischen sollen.«

Lucien stemmte die Hand in die Hüfte. »Tatsächlich? Was hättest du getan? Würde heute Morgen hier irgendetwas anders sein?«

Nein, denn *Max* war der Einfaltspinsel. Und er war starr vor Angst. »Ich kann sie nicht einfach verlieren, wie ich Lucia verloren habe.« Seine Stimme war kaum hörbar.

»Es ist also besser, sie zu verlassen?« Lucien schüttelte den Kopf. Das ist unlogisch.«

Glastonbury grinste. »Es ist vollkommen nachvollziehbar. Angst bringt uns dazu, die unsinnigsten Dinge zu tun – das sollte ich am besten wissen. Und die Angst, wenn wir verliebt sind? Nun, das macht uns zu vollkommenen Idioten.« Er starrte Max mit einem ernsten Blick an. »Willst du sie?«

»Das tue ich. Aber ich weiß nicht, ob sie mich will. Nicht … für immer.«

»Warum würde sie das nicht wollen?«

»Das habe ich dir gesagt. Ich bin zerbrochen.«

Lucien schnaubte. »Das würde Ada nicht abhalten. Sie würde ihr Leben damit zubringen, dich zu heilen und glücklich dabei sein.«

Max sah ihn finster an und erkannte dabei, dass er seit einer Weile niemanden mehr so angesehen hatte. Seine Muskeln fühlten sich ein bisschen müde an. »Ich möchte nicht ihr Projekt sein.« Er wollte, dass sie gleichwertig wären. Dass er jemand wäre, dem sie vertraute und sich selbst mitteilte – und er würde ihr zeigen, dass er diese Person sein könnte. Dass er diese Person *war*.

»Ich wage zu sagen, dass sie dich nicht auf diese Weise sieht. Nicht, wenn sie deine Liebe erwidert.«

»Ich weiß nicht, wie sie das kann. Ich bin ein vollkommenes Desaster. Außerdem hat sie ein Leben in London, das sie liebt. Ich könnte ihr auf Stonehill nichts bieten, was sie gern haben würde.«

Glastonbury schüttelte den Kopf. »Außer *dir*. Vielleicht bist du der Einfaltspinsel. Ich mache Scherze.« Er warf Max einen schwermütigen Blick zu. »Darf ich dir einen Rat geben? Nun, ich werde es ohnehin tun. Glaube nicht, dass du sie vielleicht nicht verdient hättest – das hast du nicht zu bestimmen. Es ist ihr Entschluss und wahrscheinlich wird sie dich überraschen.«

Max würde immer Angst haben, sie zu verlieren – er war sich ganz sicher, dass das nach Lucia nun ein Teil seines Wesens geworden war. Aber Ada gehen zu lassen war schlimmer. Er musste aufhören, den Dingen einfach *ihren Lauf zu lassen*. Er wollte sie. Er liebte sie. Und das musste er ihr verdammt noch mal sagen.

Er drehte sich zu Lucien, der mit den Schultern zuckte. »Ich weiß nicht, ob sie den Phönix Club verlassen würde. Aber wenn du ihr nicht sagst, was du empfindest, wirst du es nie wissen.« Sein Blick schweifte zum Fenster. »Ich denke, deine Kutsche ist gerade angekommen.«

»Gut.« Max drehte sich zu Glastonbury um. »Wohin sind sie auf der Themse gefahren?«

»Zur Horse Ferry, um dann eine Fähre zu nehmen. Sie werden nach Somerset House fahren, wo eine Kutsche auf sie wartet.«

Max trug weder Handschuhe noch Hut, doch das war ihm einerlei. »Lucien, nimm Arrow für mich in Empfang, bis ich zurückkehre.«

»Halte nichts zurück«, rief Glastonbury hinter ihm her.

Max winkte zur Antwort und sauste zur Tür hinaus auf die Kutsche zu. »Og, mit der größten Eile zur Horse Ferry.«

»Was zum Teufel?«

»Beeilung!«

Max stieg in die Kutsche und schlug die Tür zu. Einen Augenblick später waren sie auf ihrem Weg.

Anstatt Angst verspürte er Hoffnung. Was auch immer passieren würde, dies war richtig. Genau das musste er tun.

Gestern Abend hatte er sich ganz sicher wie ein Idiot aufgeführt. Sie war so verzweifelt gewesen. Und das war nur aufgrund ihrer eigenen Furcht passiert, dass er sie ablehnen könnte, wenn er die Wahrheit über ihre ehemalige Affäre mit ihrem verheirateten Arbeitgeber erführe.

Sie hatte recht gehabt, sich davor zu fürchten. Er *hatte* sie abgewiesen. Er hatte sie als Ausrede benutzt, um seine eigene Furcht zu beschwichtigen.

Er hasste es, ihr wehgetan zu haben. Nach allem, was sie für ihn getan hatte und all die Male, die sie ihn aus der Finsternis geführt hatte, stieß er sie beiseite. Sie hatte etwas weitaus Besseres verdient. Sie hatte alles verdient.

Ada war ein Licht, und wann immer er mit ihr zusammen war, verspürte er Hoffnung. Was als ein Schimmer begonnen hatte, als sie anfing, seine Schutzmauern einzureißen, war zu einem strahlenden Signalfeuer geworden. Er wollte nicht ohne sie weitermachen. Er wollte ohne sie an seiner Seite nicht in die Einsamkeit zurückkehren.

Sie war der Stern, dem zu folgen er bestimmt war.

CHAPTER 21

Nach einer hauptsächlich schlaflosen Nacht überlegte Ada, ob sie ihr Abenteuer auf dem Wasser verschieben sollte. Vielleicht war heute nicht der richtige Tag, sich ihren Ängsten zu stellen. Tatsächlich schien heute der perfekte Tag zu sein, den Kopf unter die Decke zu stecken und die Welt zu ignorieren.

Insbesondere aufgrund von Max' heutiger Abreise.

Doch andererseits hatte sie auch entschieden, dass es gut sein würde, wenn sie bei seinem Aufbruch nicht im Club wäre. Dann käme sie nicht in Versuchung, hinter ihm herzulaufen und ihn zu bitten, zu bleiben.

Kurz vor der verabredeten Zeit für ihre Abfahrt zur Horse Ferry kam Ada die Treppe herunter. Prudence war gerade angekommen und stand mit Evie in der Eingangshalle. Die beiden hatten die Köpfe zusammengesteckt und unterhielten sich flüsternd.

»Bereit?«, fragte Evie fröhlich.

»Ja.« Ada folgte ihnen nach draußen in den warmen Sommermorgen. Sie nahmen Evies Kutsche, die sie dann bei Somerset House erwarten würde.

Sobald sie saßen – Ada auf dem rückwärts gerichteten Sitz und die anderen beiden ihr gegenüber –, runzelte Prudence die Stirn. »Ada, es tut mir leid, aber du siehst schrecklich aus. Und angesichts dessen, was ich über die Szene gestern Abend im Mitgliederrefugium gehört habe, kann ich mir auch denken, warum.«

Tränen kündigten sich unheilvoll an, doch Ada glaubte nicht, dass sie noch welche zu vergießen hatte. »Hat der gesamte Club die Ohren gespitzt?« Ada fragte sich, ob sie sich eine neue Stellung suchen müsste. Max hatte öffentlich gemacht, dass sie sich auf eine Affäre eingelassen hatte und dabei schwanger geworden war. Ach, wie sehr sie hoffte, dass niemand es gehört hätte.

Evie sah sie mitfühlend an. »Nicht der gesamte Club. Es war klar, dass es da eine … Situation gegeben haben musste, aber die Umstände waren nicht bekannt. *Ich* kann es mir allerdings vorstellen, da ich alle Beteiligten kenne.«

Prudence kannte sie ebenfalls, und Ada konnte nur annehmen, dass Evie ihr von Jonathans Antrag erzählt hatte.

»Und nun habe ich gehört, dass Warfield heute abreist«, meinte Evie. »Allein?«

»Mit wem sollte er abreisen?«

»Tu nicht so, als wäre nichts zwischen ihm und dir«, meinte Prudence. »Wir sind deine engsten Freundinnen. Wir kennen dich. Wir sind auch sehr gut imstande, euch beide zu sehen und wie ihr euch benehmt. In Vauxhall war eindeutig klar, dass ihr einander gernhabt. Die Frage, die ich nun habe, ist, wie sehr ihr euch mögt.«

»Ich liebe ihn.« Ada drehte den Kopf und war unfähig ihr Mitgefühl noch einen weiteren Augenblick zu ertragen. »Aber ihr kennt mich, ich verzehre mich nach Liebe wie eine Biene nach Honig.«

»Ach ja? Das bedeutet nicht, dass diese Liebe nicht real ist.«

Ada blickte zu Evie, die diese Worte ausgesprochen hatte. »Ich bin dazu verdammt, Menschen zu lieben, die ich nicht lieben sollte, oder die meine Liebe nicht erwidern können. Wieder und wieder werde ich daran erinnert, dass ich allein sein sollte.«

»Nun, das klingt sehr bedauerlich«, meinte Evie schniefend.

Das tat es tatsächlich. »Ich habe Max über meine Affäre mit Jonathan angelogen. Ich habe den Umstand ausgespart, dass er verheiratet war. Ich glaubte nicht, das Max es verstehen würde.« Das war es, was ihr am meisten zu schaffen machte. Warum dachte sie das nur? Er hatte sich ihr vollkommen offenbart und sie hätte das Gleiche tun sollen.

»Du darfst dich nicht weiter quälen«, meinte Prudence sanft.

Der Rat, den Ada Max bei mehr als einer Gelegenheit ans Herz gelegt hatte, kam ihr in den Sinn – Schuld war eine schreckliche Sache. Dies war allerdings frische Schuld. Sie hätte so ehrlich zu ihm sein sollen, wie er zu ihr. Jetzt musste sie mit den Konsequenzen klarkommen.

»Hast du Max die Wahrheit gesagt?«, fragte Evie. »Reist er deshalb heute ab? Wenn dem so ist, dann gute Reise. Wenn er dich wirklich liebte, würde er verstehen, warum du Angst hattest, es ihm zu sagen.«

Ada holte tief Luft und presste das Rückgrat gegen die Lehne der Sitzbank. »Das ist kein Liebesroman, Evie.« Kurz schloss sie die Augen und stieß die Luft aus. Dann schaute sie ihre Freundinnen an und setzte ein Lächeln auf. »Ich würde den gestrigen Abend und Max gern für eine Weile vergessen, wenn ich das kann. Heute ist ein monumentaler Tag für mich, und ich würde mich gern darauf konzentrieren, meine Furcht zu überwinden.«

Evie und Prudence tauschten einen Blick aus, ehe sie wieder zu ihr zurück blickten und nickten.

Prudence lächelte. »Natürlich. Wir wollen nur dein Bestes. Ich würde es hassen, wenn du verletzt werden würdest.«

»Ich werde mich von einem leicht angeknacksten Herzen erholen.« Was für eine Untertreibung das war. »Jedenfalls gibt es für Max und mich keine Zukunft. Er ist ein unwilliger Viscount, ohne den Wunsch zu heiraten und er lebt eine gute Tagesreise von London entfernt. Ich bin eine erfolgreiche, unabhängige Frau, mit einem erfolgreichen Leben *in* London. Wir passen überhaupt nicht zusammen.«

Damit fühlte sie sich besser. Selbst wenn sie nicht so töricht gewesen wäre, die Wahrheit vor ihm geheim zu halten, wäre er trotzdem abgereist. Vielleicht nicht heute, aber bald. Die Umstände dieser Trennung wären tatsächlich noch viel schmerzhafter gewesen. Es war, als würde sie den Dorn auf einmal herausziehen, anstatt ihn nach und nach aus dem Fleisch zu befördern.

Sie kamen bei der Horse Ferry an und der Kutscher verhandelte für sie wegen der Bootsfahrt. Evie hatte dies arrangiert, weil die Bootsmänner recht aggressiv werden konnten, insbesondere wenn mehrere Männer ein Geschäft witterten.

Ihr Bootsmann hieß Gradon. Kräftig gebaut mit muskulösen Armen vom Rudern, hatte er ein breites Lächeln, das einen fehlenden Zahn auf der unteren rechten Seite preisgab. »Wer steigt zuerst ein?«

»Das bin ich«, meldete sich Evie zu Wort und nahm seine Hand, als sie von der Stelle, wo die Stufen ins Wasser führten, ins Boot kletterte.

Prudence ging als Nächste und dann war Ada an der Reihe. Das Boot schaukelte auf dem Fluss und Ada brach der Schweiß im Nacken und zwischen den Brüsten aus. Vielleicht war das eine schlechte Idee.

»Komm, Ada. Du schaffst es«, ermunterte Evie sie freundlich.

»Ich habe Angst«, platzte sie an Gradon gewandt heraus.

»Ach, es besteht kein Grund, sich zu fürchten«, meinte er heiter. »Ich bin ein guter Ruderer. Sind Sie noch nie zuvor auf einem Boot gewesen?«

Sie hätte sein Boot rudern können, aber das wollte sie absolut *nicht*. »Mein Vater war Fischer.«

»Dann sollten Sie eine Expertin sein! Kommen Sie schon.« Er packte sie an der Hand und zog sie vorwärts, sodass sie in das Boot steigen musste.

Ada japste und klammerte sich an ihn, als ob ihr Leben davon abhinge. Und ihrer Vermutung nach war dem auch so.

Gradon lachte. »Sie haben einen kräftigen Griff. Sie können bestimmt rudern, möchte ich wetten.«

»Ja, tatsächlich«, murmelte sie und zwang sich, Luft zu holen.

Evie und Prudence saßen im hinteren Teil des kleinen Ruderboots. Sie hielten Ada ihre Hände hin.

»Setzen Sie sich hin«, meinte Gradon und schob Ada von sich weg.

Ada tat zwei Schritte und nahm die Hände ihrer Freundinnen, die sie zwischen sich nahmen. Sie hielten sie fest, indem jede eine ihrer Hände umschloss.

Prudence lächelte aufmunternd. »Na siehst du, so ist es gut, nicht wahr?«

»Gerade so.« Ada konnte immer noch nicht richtig atmen.

Gradon stieß sie von der Treppe ab und im Bug stehend ruderte er sie auf Westminster zu. Das Boot schaukelte über das Wasser und Ada drückte ihren Freundinnen die Hände.

»Wie lange wird dies dauern?«, fragte sie angespannt.

»Nicht lange«, antwortete Evie fröhlich. »Genieße

einfach den schönen Sommertag.« Sie drehte das Gesicht zum Himmel und lächelte im Sonnenlicht.

Ada biss die Zähne zusammen. Sie wollte Gradon nicht beim Rudern zuschauen. Er wirkte zu unbekümmert, wie er da stand, während das Boot auf den Wellen auf und nieder wippte. Er könnte leicht in die Themse fallen.

Sie kniff die Augen zusammen, als könne sie damit die schrecklichen Gedanken verdrängen, was ihr Vater hatte erleiden müssen, als sein Boot sank. Nein, sie wollte nicht daran denken. Sich vorzustellen, wie er gefroren und Angst ausgestanden haben musste, und dann ... sterben musste, erfüllte sie mit unvergleichlichen Qualen. Sie fühlte sich, als wäre sie es, die ertrank.

»Denk nicht daran, denk nicht daran, denk nicht daran.« Sie flüsterte die Worte wieder und wieder.

»Sollen wir uns von ihm zur nächsten Wassertreppe bringen lassen?«, fragte Prudence leise mit einem besorgten Tonfall in der Stimme.

Ada riss die Augen auf. Sie wollte sich nicht ihrer Angst hingeben. Sie konnte es schaffen.

Als sie sich umschaute, erkannte sie, dass sie sich ziemlich weit im Fluss befanden – es war nicht in der Mitte, aber viel zu weit vom sicheren Ufer entfernt. Andere Boote fuhren in ihrer Nähe, aber nicht zu nahe. Ada starrte jedoch entsetzt auf die lachenden und plappernden Menschen. Wie konnten sie sich nur amüsieren?

Sie schalt sich leise. Es ging doch darum, die Fahrt zu genießen. Und damit war nicht nur die Bootsfahrt gemeint. Das Leben war eine Reise, und wenn man keine Freude suchen und finden konnte, welchen Sinn hatte es dann?

»Halt!«, rief sie.

»Was ist?« Gradon drehte den Kopf und hielt im Rudern inne.

»Würden Sie bitte einen Moment aufhören?« Sie wollte

sehen, ob sie sich einfach in dem Boot sitzend an die Bewegung des Wassers gewöhnen konnte. Vielleicht könnte sie sich dann ein wenig entspannen.

Der Bootsmann runzelte die Stirn. »Ich sollte nicht.«

»Würde es helfen?«, fragte Prudence sie.

»Ich glaube schon, und ich würde es gern versuchen.«

»Ich verdopple Ihr Honorar«, meinte Evie zu Gradon. »Halten Sie nur ein paar Minuten inne, damit Miss Treadway sich akklimatisieren kann. Es ist furchtbar wichtig.« Sie schenkte ihm ein kokettes Lächeln, und ihre Wimpern klimperten, worauf Ada dachte, dass Gradon ihnen wahrscheinlich eher das Geld zurückerstatten würde, als das Doppelte dessen anzunehmen, was sie bereits bezahlt hatten.

Der Bootsmann lächelte verklärt, und einen Moment lang befürchtete Ada, er würde tatsächlich in den Fluss stürzen. »Nur für ein paar Minuten.« Er setzte sich abrupt hin und legte das lange Ruder auf seinen Schoß.

»Ada!«

»Hast du das gehört?«, fragte Prudence und blickte in die Ferne.

»Ada, warte!«

Ja, Ada hatte es gehört. Sie blinzelte und sah ein anderes Boot auf sie zukommen. Einen Moment später erkannte sie Max. Er trug keinen Hut.

»Ada, Gott sei Dank, ich habe dich gefunden.«

Jetzt waren es Prudence und Evie, die Ada fest in die Arme nahmen.

»Rudere näher ran«, sagte Max laut zu seinem Bootsmann.

Der Mann schüttelte den Kopf, aber Ada konnte seine Worte nicht hören.

»Was zum Teufel macht er da?«, fragte Gradon und schob seinen Hut auf dem Kopf zurück. »Ist er ein Bekannter von Euch?«

»Ja«, antwortete Ada, und ihr Herz schwoll an. Er war gekommen, um sie zu suchen. Auf dem Fluss.

»Er lässt mich nicht näher heran!«, rief Max ihnen zu. »Er sagt, er würde eine Strafe bekommen oder so.« Er warf dem Bootsmann einen Blick zu, und Ada konnte ihn praktisch knurren hören. Sie hielt sich den Mund zu, als sie kicherte. Das war das Ungeheuer, das sie kennengelernt hatte.

»Es ist zu gefährlich für ihn, noch näher heranzukommen«, warnte Gradon. »Er könnte kentern oder uns mit in die Tiefe reißen.«

Panik krampfte sich in Adas Lunge. »Komm nicht näher!«, rief sie.

Selbst aus dieser Entfernung – es waren mindestens zwanzig Meter – konnte sie sehen, wie er das Gesicht verzog.

»Ich liebe dich, Ada«, rief er. »Ich weiß, dass du das wahrscheinlich nicht hören willst. Es lag ganz bestimmt nicht in meinen Plänen, aber ich liebe dich über alles.«

Zwischen ihrer Angst hier auf dem Boot, und dem plötzlichen Auftauchen des Mannes, von dem sie geglaubt hatte, ihn nicht haben zu können, geriet Adas Herz ins Rasen. Er liebte sie?

Er fuhr fort, und seine Stimme war laut und deutlich über das Wasser zu hören. »Gestern Abend war ich ein Schuft. Es ist mir egal, was du getan hast. Ich werde dich nicht verurteilen, so wie du mich nicht verurteilt hast.« Darauf wischte er sich mit der Hand übers Gesicht. »Ich weiß nicht, womit ich diese Güte von dir verdient habe, aber sie hat mich absolut gerettet. Ich verdanke dir alles.«

Ada erhob ihre Stimme. »Nein, das tust du nicht. Du bist so viel mehr als das, was du erlitten hast.«

»Nur weil du mir das gezeigt hast. Du hast mir ein Licht gezeigt und mir den Weg aus der Dunkelheit gewiesen. Ich weiß, wer ich sein will. Dein Ehemann, wenn du zustimmst.« Er kniete in dem Boot nieder. »Ada, willst du mich heiraten?«

Andere Boote hatten sich versammelt – scheinbar so nahe, wie es noch sicher war – und die Insassen schauten zu. Es war eine unheimliche Stille eingetreten.

»Das ist das Romantischste, was ich je erlebt habe«, murmelte Evie.

Prudence strahlte. »Es passt perfekt zu Ada.«

»Aber …« Ada rang nach Worten.

»Ich weiß, du hast hier dein Leben und du liebst deine Stellung im Club. Vielleicht kannst du dort weiter beschäftigt werden. Ich bin mir sicher, dass Lucien dies irgendwie für dich regeln wird. Es würde ihm gar nicht gefallen, dich zu verlieren. Du könntest sogar in London bleiben, und ich werde so oft wie möglich bei dir sein. Sobald Mrs. Tallent in Stonehill auf dem Laufenden ist …«

Ada unterbrach ihn. »Hör einfach auf! Ja, ich werde dich heiraten.« Ihr Magen begehrte auf, und das hatte nichts mit dem Boot zu tun.

Plötzlich stürzte Max vor und sprang in den Fluss. Ada schrie auf. Sie sprang von ihrem Sitz an den Rand des kleines Bootes und kippte es gefährlich nah zum Wasser.

»Sie dumme Gans!«, brüllte Gradon. »Gehen Sie da weg. Sie schicken uns noch ins Wasser.«

Ada lehnte sich rückwärts. »Rettet ihn, bitte!«

»Er muss nicht gerettet werden. Er schwimmt schon.«

Evie half Ada auf, bevor sie sich wieder auf ihren Platz setzte.

Dann tauchte Max' Hand an der Bordwand des Bootes auf.

»Verflixt und zugenäht«, murmelte Gradon. Er machte Ada und den anderen ein Zeichen. »Gehen Sie auf die andere Seite oder wir kippen.«

Sie krabbelten zu der Stelle, die Gradon ihnen zugewiesen hatte, und Gradon zog Max ins Boot. »Sie sind ein Idiot.«

Max grinste. »Ja, das bin ich.«

Gradon verdrehte die Augen. »Setzen Sie sich dort in die Mitte und bewegen Sie sich nicht, oder sie werden das Boot aus dem Gleichgewicht bringen. Die Ladys gehen wieder nach hinten.«

»Kann ich in der Mitte mit ihm sitzen«, fragte Ada, die ihn unbedingt berühren wollte.

»Machen Sie schnell«, brummte Gradon.

Ada setzte sich sofort zu Max und zog ihn in ihre Arme – vorsichtig allerdings, damit sie das Boot nicht zu sehr ins Schaukeln brachte. Er erwiderte ihre Umarmung und sie wurde gründlich durchnässt.

Erschrocken zog sie sich zurück. »Wie geht es deiner Schulter? Das hättest du nicht tun sollen.«

Er zog eine Grimasse. »Wahrscheinlich nicht. Aber ich würde es wieder tun.« Er lächelte sie an und dann küsste er sie.

Rufe ertönten um sie herum und es wurde applaudiert.

»Ihr habt ein enthusiastisches Publikum«, meinte Evie mit einem Lachen.

»Ich kann nicht glauben, dass du mir hierher gefolgt bist«, meinte Ada.

»Ich konnte nicht abreisen, ohne dir zu sagen, was ich für dich empfinde und ich möchte dich bitten, meine Frau zu werden. Hast du wirklich ja gesagt?«

Sie nickte. »Ich liebe dich ebenfalls. Das tue ich seit einiger Zeit. Nie hätte ich mir vorgestellt, dass du das Gleiche für mich empfinden könntest.«

Er schaute ihr die Augen und war wirklich perplex. »Warum?«

»Ich weiß es nicht.« Sie zuckte mit den Schultern. »Vermutlich habe ich gedacht, mir sei es bestimmt, allein zu bleiben und dass ich der Liebe oder einer Familie nicht würdig bin.«

»Das kann niemals stimmen. Du bringst jeden in deiner Nähe dazu, sich so besonders und wertgeschätzt zu fühlen – wie Familie.«

Nie hatte sie sich so gesehen. Sie war fröhlich und gutherzig, doch Max ließ es so klingen, als sei sie jemand, der … wertvoll war. »Ich dachte, dass es mir bestimmt war, allein zu bleiben und ich dies nach allem, was ich getan hatte, auch verdiente.« Offensichtlich war sie nicht so erfahren darin, eine Schuld zu vergessen, wie sie glauben wollte.

»Nicht mehr, als ich es verdient habe, ein Leben in Dunkelheit und Verzweiflung zu fristen. Du hast mir gezeigt, dass das nicht stimmte und ich so viel mehr sein konnte. Ich muss nur daran arbeiten, anstatt es zu verstecken.«

Er liebkoste ihre Wange. »Wirst du mir gestatten, das Gleiche für dich zu tun? Ich weiß nicht, ob ich dir überhaupt einen Teil dessen geben kann, was du mir gegeben hast –«

Sie legte einen Finger an seine prächtigen Lippen. »Du hast mir bereits mehr gegeben, als ich mit erträumt habe. Du hast mir das Unmögliche gegeben.«

Sie küsste ihn, ohne ihr Publikum wahrzunehmen oder das Boot oder die Tatsache, dass sie inzwischen beide sehr nass waren. Alles außer ihm und ihrer gemeinsamen Zukunft war ihr egal.

~

Mrs. Renshaws Salon war ein äußerst femininer Ort, der mit Blumentapete und einer Kombination aus kühnen und weichen Tönen geschmückt war. Max fühlte sich hier noch ungehobelter wie üblich oder vielleicht versuchte er noch immer, sich in der

Gruppe wohlzufühlen. Als Ada und er mit Prudence und Mrs. Renshaw zum Phönix Club zurückkehrten, hatte Letztere ein Dinner für den Abend geplant, um Adas Verlobung zu feiern. Max hätte es vorgezogen, allein zu sein, aber er konnte erkennen, wie glücklich Adas Freunde waren, und er würde ihnen diese Gelegenheit nicht versagen. Es war nicht einmal eine große Gruppe – nur Mrs. Renshaw, Prudence und Glastonbury. Lucien und Dougal waren noch nicht angekommen.

Vielleicht war sein schwaches Angstgefühl auf die enorme Veränderung zurückzuführen, die er heute durchgemacht hatte. Er würde heiraten. Sein Blick traf Ada. Sie stand dort mit Mrs. Renshaw und Prudence und strahlte, wie sie es seit ihrem Zusammentreffen auf der Themse getan hatte.

Eine kleine Stimme in seinem Hinterkopf stellte seine Entscheidung in Frage, doch Max sagte ihr, still zu sein. Das hatte er nicht geplant, doch zweifelsohne war es das, was er wollte. Er wusste es besser, als einen stillschweigenden Verstand zu erwarten. Er war sich nicht einmal sicher, ob er noch wusste, wie sich das anfühlte.

»Lord Lucien«, kündigte der Butler an, als Lucien in den Salon geschlendert kam.

Max runzelte die Stirn. Lucien sah mitgenommen aus. Er zeigte nicht seinen üblichen leutseligen Ausdruck und angesichts der Neuigkeiten des Tages hätte Max das erwartet. Sowohl Lucien als auch Glastonbury waren bei seiner Ankunft im Club gewesen und hatten darauf bestanden, auf seine Verlobung anzustoßen. Max hatte es geschafft, sie abzuwimmeln, da sie beide, Ada und er, durchgeweicht waren und dringend ein Bad brauchten. Sie hatten dieses Bad in ihrem Zimmer gemeinsam genossen.

»Guten Abend«, begrüßte Lucien die Anwesenden. »Ich bedaure, euch informieren zu müssen, dass Dougal nicht bei uns sein kann. Er ist nach Schottland abgereist. Er hat schlechte Nachrichten über seinen Bruder erhalten.«

Max trat schnell auf ihn zu und fragte leise: »Wie schlimm?« Fast wollte er es nicht wissen. Es erinnerte ihn an den Moment, als er vom Tod seines Vaters und dann seines Bruders erfahren hatte.

»So schlimm, wie du dir vorstellen kannst«, flüsterte Lucien. »Es hat eine Art Unfall gegeben. Und nun ist Dougal der Erbe.«

Max rang nach Luft und fühlte sich, als hätte er einen Hieb die Magengrube erhalten. »Es tut mir so leid für ihn«, murmelte er, während die Qual über seinen eigenen Verlust in ihm hochkam.

Lucien klopfte ihm auf die Schulter. »Es tut mir für ihn und für dich leid.«

Ada kam an Max' Seite und legte ihm einen Arm um die Taille. »Was ist denn los? Du wirkst besorgt.«

»Lucien sagt, Dougals Bruder sei ums Leben gekommen.« Wenigstens hatte Dougal noch seinen Vater. Max blickte zu Lucien. »Dougal wird meiner Vermutung nach einige Zeit mit dem Earl in Schottland verbringen.«

»Das würde ich erwarten, vor allem, wenn man bedenkt, wie nahe die beiden sich stehen.«

»Es tut mir leid, die Fröhlichkeit eures Abends zu dämpfen«, meinte Lucien.

»Keineswegs«, entgegnete Ada herzlich. »Wir werden in Gedanken bei Dougal sein.«

»Das würde er zu schätzen wissen.« Lucien blickte von ihr zu Max und wieder zu ihr zurück. »Wir sollten euren Vorschlag von vorhin besprechen.«

In der kurzen Zeit, die sie mit Lucien gesprochen hatten, ehe sie nach oben geeilt waren, um sich ihrer durchnässten Kleidung zu entledigen, hatte Ada den Wunsch geäußert, ihre

Anstellung im Club zu behalten. Eifrig dreht sie sich zu Lucien, um ihr Anliegen vorzubringen. »Ich weiß, es wird schwieriger sein, wenn ich nicht die ganze Zeit hier bin, aber in den zwei Wochen, die ich in Stonehill war, seid ihr gut zurechtgekommen. Ich würde während der Saison in London sein und den Rest des Jahres mindestens eine Woche im Monat.«

»Du hast gründlich darüber nachgedacht.» Lucien klang nachdenklich.

Sie nickte. »Ich liebe meine Arbeit und würde es sehr bedauern, sie aufzugeben.«

»Heißt das, du würdest sie aufgeben?» Luciens Stimme blieb neutral, aber Max sah die leichte Falte in seiner Stirn.

»Wenn du mich fragst, ob ich lieber im Phönix Club bleiben würde, als Max zu heiraten, lautet die Antwort nein. So gern ich auch dort arbeite, liebe ich Max doch noch mehr.« Sie schmiegte sich an seine Seite, und er fühlte sich, als wollte er vor Freude platzen.

»Ihr Plan könnte funktionieren«, meinte Max. »Was wäre, wenn sie einen Assistenten einstellt, der sie unterstützt, während sie nicht anwesend ist? Du kennst doch sicher eine oder mehrere Kandidaten, die eine Beschäftigung brauchen?«

Ada blickte bewundernd zu Max auf. »Das ist eine ausgezeichnete Idee.«

Lucien grinste. »Entweder habt ihr euch heute hoffnungslos ineinander verliebt oder ihr wart beide unglaublich geschickt darin, die Tiefe eurer Gefühle geheim zu halten. Ich hatte schon den Verdacht, dass ihr euch mögt, aber jetzt ist es schmerzlich offensichtlich, dass der eine ohne den anderen nicht mehr atmen kann.«

»Nun, vielleicht habe ich meine Gefühle verheimlicht«, meinte Ada verlegen.

Max legte einen Arm um sie. »Ich glaube, ich habe meine

Gefühle nicht ganz begriffen. Das kommt vor, wenn man ihnen so lange ausgewichen ist wie ich.«

»Ich könnte nicht glücklicher für euch beide sein. Lasst mich über die Belange des Clubs nachdenken, aber ihr habt meine Unterstützung – wir werden eine Möglichkeit finden, Ada weiter einzubinden. Du bist viel zu wertvoll, um dich loszulassen. Ich wüsste wirklich nicht, was wir ohne dich tun würden, Ada.« Lucien nickte ihr stolz zu und entfernte sich.

»Bist du erleichtert?«, erkundigte Max sich.

»Ja. Und geschmeichelt.« Ihr Lächeln war so strahlend. »Es ist schön, sich so begehrt zu fühlen.«

»Du wirst begehrt *und* auch gebraucht. Keiner von uns kann ohne dich funktionieren.«

Sie sah ihn mit einem Augenzwinkern an. »Deshalb heiratest du mich, nicht wahr?«

Er drehte sich zu ihr um und legte die Hände auf ihre Taille, ohne sich um die Anwesenden auf der anderen Seite des Raumes zu scheren. »Ich heirate dich, weil ich dich aus vollem Herzen liebe – so inständig wie ein Bruchstück eines Mannes dazu imstande ist.«

Sie legte ihm die Hände flach auf die Brust. »Du bist kein Bruchstück eines Mannes. Manchmal denke ich sogar, du bist mehr Mann, als ich bewältigen kann.«

Das Lachen sprudelte aus seiner Brust, und das war das allerschönste Gefühl. »Es gibt nichts, was du nicht schaffen könntest.«

»Wenn du das sagst.« Sie lächelte ihn an, und das geschah wahrscheinlich nicht in der Absicht, verführerisch zu wirken, aber trotzdem provozierte sie seine lüsternen Gedanken.

»Das tue ich. Ich habe mich noch nicht dafür bedankt, dass du Arrow gefunden hast. Heute Nachmittag habe ich einen kurzen Ausritt unternommen, und es war, als wären wir nie getrennt gewesen. Ich weiß nicht, warum ich ihn damals fortgegeben habe. Vermutlich dachte ich, es wäre weniger schmerzhaft.«

»Das kommt mir bekannt vor«, murmelte sie. »Es scheint, als seien wir beide eher bereit, den anderen gehen zu lassen, als unsere Herzen aufs Spiel zu setzen.«

Er schaute ihr in die Augen und erkannte darin das Spiegelbild seiner großen Liebe zu ihr. »Ich leide noch immer unter der Angst, dich zu verlieren. Vielleicht werde ich das immer tun. Aber ich werde alles in meiner Macht Stehende unternehmen, um dich zu beschützen.«

»Ich weiß. Und dasselbe werde ich für dich tun. Zum ersten Mal seit langer Zeit fühle ich mich mit jemandem wirklich verbunden. Ich weiß, dass du mich nicht verlassen wirst.«

Er drückte sie in der Taille und glitt mit seinen Lippen über ihren Mund. »Niemals.«

Der Butler kam herein, um das Dinner anzukündigen, und sie trennten sich nur ungern voneinander. Max bot ihr seinen Arm, und sie gingen die Treppe hinunter ins Esszimmer.

»Ich frage mich, ob du mir das Reiten beibringen könntest?«, fragte Ada.

»Das würde ich gerne tun. Ich werde zu Tattersall´s gehen und dir ein Reittier kaufen.«

»Das musst du wohl, wenn man bedenkt, wie wenig Tiere du in deinen Ställen auf Stonehill hältst.«

»Vielleicht sollte ich ein paar Pferde kaufen. Kann ich mir das leisten? Ich habe mir die Bücher angesehen, bevor ich nach London kam – deine Arbeit versetzt mich in Erstaunen –, aber du kennst sie besser als ich.«

Sie lachte leise. »Ja, du kannst es dir leisten.«

»Auch wenn ich dir morgen einen riesigen und unverschämt teuren Verlobungsring kaufe?«

»Nun, vielleicht muss er nicht *unverschämt* teuer sein. Es

sei denn, du bestehst darauf.« Lächelnd schaute sie zu ihm auf. »Ich brauche wirklich nichts Großartiges. Ich brauche nur dich.«

Als sie saßen, hob Lucien sein Weinglas. »Einen Toast auf meine lieben Freunde, Max und Ada. Sollen sie immer so glücklich sein, wie sie heute sind – und noch glücklicher.«

Die Anwesenden um den Tisch hoben zu einem Chor von »Hört, hört« an, während sie ihre Gläser erhoben.

Fröhlichkeit ergriff von Max Besitz, und ihm ging auf, dass er ein ganzer Mann *war*, und dass Ada ihn dazu gemacht hatte.

EPILOGUE

Epilog

Stonehill, Oktober 1815

»Lady Warfield!«, rief Mrs. Bundle, als Ada nach draußen trat, um einen Strauß der vielleicht letzten Herbstblumen im Garten zu schneiden.

Nach fast drei Monaten Ehe gewöhnte sie sich endlich an ihren neuen Adelstitel. Lächelnd drehte sie sich um und grüßte die Haushälterin, die erfreut, aber auch gestresst war, weil sie die erste Hausparty in Stonehill seit Jahren betreuen sollte. Sie versuchte auch, den neuen Butler einzuarbeiten. Wick hatte letzten Monat angefangen.

»Ist irgendetwas nicht in Ordnung?« Ada hoffte, dass dem nicht so war, aber falls doch, würden sie damit fertigwerden. Am Nachmittag würden die Gäste eintreffen.

»Es gibt eine Änderung des Abendmenüs. Der Steinbutt war nicht einwandfrei.«

»Ich vertraue auf die Änderungen, die Sie vornehmen müssen.« Ada erkannte den bangen Blick der Frau. »Sie leisten wunderbare Arbeit. Wahrhaftig.«

Mrs. Bundle schien sich zu entspannen, denn die Falten auf ihrer Stirn glätteten sich. »Ich möchte nicht, dass Ihr glaubt, ich könnte solche Veranstaltungen nicht bewältigen.«

»Das würde ich nie annehmen. Es ist das erste Mal, dass Stonehill so viele Menschen beherbergt, und es gibt eine ganze Reihe neuer Angestellter. Keiner unserer Freunde oder Familienmitglieder wird sich beschweren. Seine Lordschaft und ich auch nicht.«

»Danke, dass Ihr das sagt.« Mrs. Bundle warf einen Blick auf den Korb, der an Adas Unterarm hing. »Pflückt Ihr Blumen? Das hätte ich auch einem der Dienstmädchen auftragen können. Oder, noch besser, einem der Gärtner. Ich muss mich erst noch daran gewöhnen, dass wir hier so viel Personal haben.« Das Letzte fügte sie mit einem schiefen Murmeln hinzu.

»Müssen wir das nicht alle?«, entgegnete Ada mit einem Lächeln. »Es macht mir nichts aus, die Blumen selbst zu schneiden.«

»Nein, das glaube ich auch nicht.« Mrs. Bundle lächelte, ehe sie wieder ins Haus zurückkehrte.

Ada wandte sich dem wiederbelebten Garten zu und konnte nicht umhin, vor Freude aufzuatmen. Es gab noch viel zu tun, doch der im Juli eingestellte Gärtner hatte in kurzer Zeit wahre Wunder vollbracht. Mit einer Handvoll junger Männer und Jungen, die ihm zur Seite standen, hatte er reichlich Hilfe. Außerdem konnten Ada und Max ihre Hände nicht von der Arbeit lassen.

Die Rückkehr der Blumen nach Stonehill gehörte zu den Dingen, auf die Ada am stolzesten war.

Als sie zum Garten mit den spät blühenden Blumen schlenderte, entdeckte sie Max, der mittendrin stand. Wahrscheinlich war er der einzige Mensch, der sich über die wiederhergestellten Gärten noch mehr freute als sie.

Er sah auf, als sie sich ihm näherte, und sein Blick streifte sie von Kopf bis Fuß. Immer wieder entfachte er eine Hitze in ihr. Sie wusste, sie würde sich erst abkühlen, wenn er seine Hände auf sie legte.

»Ist das ein neues Kleid?«, fragte er. »Es ist wunderschön an dir, aber ich denke, es wird sich später auf dem Fußboden unseres Schlafzimmers noch besser ausmachen.«

Ihre Hitze flammte zu einer Feuersbrunst auf. »Wenn du dich mit deinen Komplimenten nicht zurückhältst, ist es in fünf Minuten so weit, und wir haben noch einiges zu tun, ehe die Gäste eintreffen.« Mit leichten Schritten kam sie auf ihn zu und berührte seine Brust. »Dein Kammerdiener hat einen neuen Knoten gemeistert, wie ich sehe.«

Sie hatte sich Zeit gelassen, um den richtigen Mann für Max zu finden, und war bei einem ehemaligen Armeeoffizier gelandet. Er war ein paar Jahre älter als Max, und nach zwei gemeinsamen Monaten stand außer Frage, dass sie perfekt zusammenpassten.

Mrs. Tallent kam aus der Richtung ihres Hauses auf sie zu, in das sie im August eingezogen war, nachdem sie einen Pächter für ihren Hof gefunden hatten. Die neuen Bewohner waren ein nettes junges Paar, frisch verheiratet und begierig darauf, ihr Leben in Angriff zu nehmen.

»Guten Morgen«, begrüßte die Verwalterin sie und betrachtete die Blumen. »Sie sind so wunderschön. Ich liebe es, jeden Tag an ihnen vorbeizugehen.«

»Sie sollten einen Strauß in Ihrem Haus haben«, meinte Ada. »Sie können jederzeit ein paar Stecklinge mitnehmen.«

»Ich danke Ihnen. Das werde ich im Hinterkopf behalten.« Sie schaute zu Max. »Haben Sie noch Zeit, um die Reparaturen an der Mühle zu besprechen?«

»Ich würde mir Zeit nehmen, auch wenn ich keine hätte. Ich bin in Kürze da.«

Mrs. Tallent nickte, dann machte sie sich auf den Weg zum Haus. Sie arbeitete oft in Max' Arbeitszimmer, was Ada anfangs schockiert hatte. Dieser Ort war ihm so heilig gewesen, als sie in Stonehill angekommen war. Max hatte es schon weit gebracht, obwohl noch ein langer Weg vor ihm lag.

»Du musst wohl gehen, wie ich vermute«, meinte Ada und zog einen vorgetäuschten Schmollmund.

»Ja, aber mein Angebot, den Fußboden unseres Schlafzimmers mit deinen Kleidern zu schmücken, gilt noch immer. Treffen wir uns in einer Stunde?« Er warf ihr einen so charmanten, verführerischen Blick zu, dass Ada, selbst wenn sie gewollt hätte, nicht hätte nein sagen können.

Und das sollte sie wirklich.

Doch sie wollte es keinesfalls.

»Ich werde die Minuten zählen.« Sie stellte sich auf die Zehenspitzen und strich mit den Lippen über seine Wange.

Er umfasste ihre Taille und nahm ihre Lippen in Besitz, indem er sie innig küsste und sie völlig außer Atem brachte. »Ich muss los, aber es wird nicht lange dauern – eine halbe Stunde vielleicht. Mrs. Tallent ist sehr fähig. Sie braucht meine Hilfe kaum.« Er ließ Ada los und hielt auf den Weg zu. »Sie einzustellen war vielleicht die beste Entscheidung, die du je getroffen hast.«

Ada war anderer Meinung. »Besser als dich zu heiraten?«, fragte sie kokett.

»Auf jeden Fall.« Er wackelte auf eine spielerische Art mit den Augenbrauen, die so anders war als der verdrießliche Miesepeter, dem sie bei ihrem ersten Besuch begegnet war. »Das wirst du vielleicht noch bereuen.«

Sie lachte fröhlich, und ihr ging das Herz vor Liebe über. »Unmöglich.«

Da Dougal MacNair nun der Erbe des Earls of Stirling ist, hat er weniger Zeit, seinem Land als Spion zu dienen. Aber einen Auftrag hat er zumindest noch: Er soll eine neue Agentin ausbilden, eine intellektuelle Lady mit einer sehr unabhängigen Ader. Finden Sie in Unwiderstehlich: Eine Scheinehe mit dem Spion, dem nächsten Buch der Phönix Club Serie heraus, was passiert, wenn die beiden vorgeben, verheiratet zu sein ...

Ich danke Ihnen sehr, dass Sie **Unmöglich** gelesen haben. Ich hoffe, es hat Ihnen gefallen!

Möchten Sie erfahren, wann mein nächstes Buch verfügbar ist? Sie können sich für meinen Deutscher Newsletter anmelden, mir auf Amazon.de folgen und meine Facebook-Seite liken. Alle Newsletter-Abonnenten erhalten exklusive Bonus-Geschichten, die sonst nirgends erhältlich sind, unter anderem auch die einleitende Vorgeschichte zur Buchreihe *Der Phönix Club.*

Rezensionen helfen anderen, Bücher zu finden, die für sie geeignet sind. Ich schätze alle Bewertungen, ob positiv oder negativ. Ich hoffe, dass Sie erwägen werden, eine Bewertung bei Ihrem bevorzugten der Seite Ihres bevorzugten Internet-Netzwerkes abzugeben.

Ich mag meine Leser so sehr. Danke!

Sind Sie an weiterer Regency-Romantik interessiert? Schauen Sie sich meine anderen historischen Serien an:

Die Unberührbaren

Geraten Sie ins Schwärmen über zwölf der begehrtesten und schwer fassbaren Junggesellen der feinen Gesellschaft und die Blaustrümpfe, Mauerblümchen und Außenseiterinnen, die sie in die Knie zwingen!

Die Unberührbaren: Die Prätendenten

In der faszinierenden Welt der Unberührbaren spielend, handelt die Saga von einem Geschwistertrio, die sich darin auszeichnen, sich als jemand auszugeben, der sie nicht sind. Werden ein unerschrockene Bow Street Ermittler, ein niedergeschmetterter Viscount und eine desillusionierte Dame der feinen Gesellschaft es schaffen, ihre Geheimnisse zu lüften?

Ruchlose Geheimnisse und Skandale

Sechs unglaubliche Geschichten, die sich in den glamourösen Ballsälen Londons und den herrlichen Landschaften Englands abspielen. Das erste Buch, **Ihr ruchloses Temperament** erscheint in Kürze!

Die Liebe ist überall

Herzerwärmende Nacherzählungen klassischer Weihnachtsgeschichten im Regency-Stil, die in einem gemütlichen Dorf spielen und von drei Geschwistern und dem besten Geschenk von allen handeln: der Liebe.

Der Club der verruchten Herzöge

Sechs Bücher, geschrieben von meiner besten Freundin, der New York Times Bestseller-Autorin Erica Ridley, und mir. Lernen Sie die unvergesslichen Männer von Londons berüchtigtster Taverne, dem Verruchten Herzog, kennen. Verführerisch attraktiv, mit Charme und Witz im Überfluss, wird eine Nacht mit diesen Wüstlingen und Filous nie genug sein ...

Der charmante Marquess

Der verwundete Viscount

Die Unberührbaren: Die Prätendenten

Geheimnisvolle Kapitulation

Ein skandalöser Pakt

Des Gauners Rettung

Ruchlose Geheimnisse und Skandale

Ihr ruchloses Temperament

Sein ruchloses Herz

Die Verführung des Halunken

Verliebt in eine Diebin

Die Schöne und der Halunke

Einmal Halunke, immer Halunke

Die Liebe ist überall

(eine Regency Weihnachtstrilogie)

Der Earl mit dem flammendroten Haar

Das Geschenk des Marquess

Eine Freude für den Herzog

Der Club der verruchten Herzöge

Eine Nacht zum Verführen by Erica Ridley

Eine Nacht der Hingabe by Darcy Burke

Eine Nacht aus Leidenschaft by Erica Ridley

Eine Nacht des Skandals by Darcy Burke

Eine Nacht zum Erinnern by Erica Ridley

Eine Nacht der Versuchung by Darcy Burke

ÜBER DIE AUTORIN

Darcy Burke ist die USA Today Bestsellerautorin für sexy, emotionale, historische und zeitgenössische Romantik. Darcy schrieb ihr erstes Buch im Alter von 11 Jahren – mit einem Happy End – über einen männlichen Schwan, der von der Magie abhängig war, und einen weiblichen Schwan, der ihn liebte, mit nicht sehr gelungenen Illustrationen. Schließen Sie sich ihr an newsletter!

Darcy, die in Oregon an der Westküste der Vereinigten Staaten geboren wurde, lebt am Rande des Wine Country mit ihrem auf der Gitarre spielenden Ehemann und ihren beiden ausgelassenen Kindern, die das Schreiben geerbt zu haben scheinen. Sie sind eine nach Katzen verrückte Familie mit zwei bengalischen Katzen, einer kleinen, familienfreund-lichen Katze, die nach einer Frucht benannt ist, und einer älteren, geretteten Maine Coon, die der Meister der Kühle und der fünf-Uhr-morgens-Serenade ist. In ihrer ›Freizeit‹ ist Darcy eine regelmäßige ehrenamtliche Mitarbeiterin, die in einem 12-stufigen Programm eingeschrieben ist, in dem man lernt, ›Nein‹ zu sagen, aber sie muss immer wieder von vorne anfangen. Ihre Lieblingsplätze sind Disneyland und das Labor Day Wochenende in The Gorge. Besuchen Sie Darcy online unter https://www.darcyburke.de.

facebook.com/darcyburkefans
twitter.com/darcyburke
instagram.com/darcyburkeauthor
pinterest.com/darcyburkewrites
goodreads.com/darcyburke